凱信企管

用對的方法充實自己，
讓人生變得更美好！

凱信企管

用對的方法充實自己，
讓人生變得更美好！

Vocabulary

100 滿分必考

英文單字

帶著走

User's Guide
使用說明

只記會考的！
必考單字帶著走，考點、滿分輕鬆get！

1
電腦精選出題率高頻單字，標示相對應的單字程度，學習更有效率！

嚴選大考英語測驗的必考單字，包括：國中會考、大學學測、全民英檢等考試，並清楚標示相對應應考適用程度，讓學習者以最好的效率背最有用的單字，輕鬆應付各種考試！

| 英初 | 國12 | 會考 |

appetite [ˈæpəˌtaɪt]

n. 胃口、食欲
名詞複數 appetites
同 stomach 胃、胃口
家族字彙
appetite
appetizing **adj.** 開胃的
appetitive **adj.** 有食慾的
appetizer **n.** 開胃菜

2
「擴散式聯想記憶」邏輯記單字，單字記最多也最好記！

◆ 核心擴散
從每個字最核心的意義，將往外延伸的意思一併記住。

◆ 垂直擴散
是指單字的詞性擴散，家族字彙一次網羅。

◆ 平行擴散
指的是同義字或反義字，用心體會其程度上的差別，寫作用字就會越來越精準。

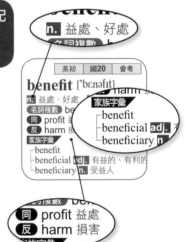

n. 益處、好處

| 英初 | 國20 | 會考 |

benefit [ˈbɛnəfɪt]

n. 益處、好處
名詞複數 be
同 profit
反 harm
家族字彙
benefit
beneficial **adj.** 有益的、有利的
beneficiary **n.** 受益人

家族字彙
benefit
beneficial **adj.**
beneficiary **n.**

同 profit 益處
反 harm 損害

③ 重要考點練習＆解析，提前熟悉考試出題題型及考情，考試不失分！

光背單字≠高分保證，精心設計考點練習測驗，除能溫故知新，還能助其破除學習盲點及考試陷阱，掌握得分關鍵！

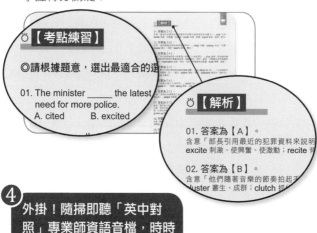

Ö【考點練習】

◎請根據題意，選出最適合的選⋯

01. The minister ＿＿＿ the latest
   need for more police.
   A. cited   B. excited

Ö【解析】

01. 答案為【A】。
含意「部長引用最近的犯罪資料來說明⋯
excite 刺激、使興奮、使激動；recite 背⋯

02. 答案為【B】。
含意「他們隨著音樂的節奏拍起手⋯
luster 叢生、成群；clutch 抓住⋯

④ 外掛！隨掃即聽「英中對照」專業師資語音檔，時時洗腦刷單字記憶！

專業師資親錄英中對照單字MP3，單字帶著走，不限時間空間，隨時耳聽學習記憶，還能鍛鍊一口道地英語與高效聽力，一舉數得。

全書音檔雲端連結

「記單字」對許多英語學習者來説，真是一場惡夢！背了就忘，忘了再背的無限循環，好似淪落單字煉獄般的痛苦至極！但偏偏英文句子是由單字所組成的，無論是要溝通或是考試，一定都要背單字，無一倖免。你的痛苦，我們都經歷過也都能理解，但在無可避免的情況下，正面迎擊面對、解決才是正道。

　　為了終止學習者永無止盡背單字的惡夢，同時也讓學習時間有限的你，能夠找到一套省時又有效的記單字方法，充份掌握學習時間又能直取好成績，因而出版了《滿分必考英文單字帶著走》這本書，帶你利用「擴散式聯想記憶」的方式，用核心／垂直／平行擴散式的記憶方式，從熟悉的單字核心或是垂直、平行往外擴散學習，單字就能記得快、記得多、記得牢，確實終結記單字的可怕惡夢。同時，書中的每一個單字除了都是精選重要考試裡的核心必考單字範圍之外，每一個字還有程度對照及適用的考試範圍標示，更精心規畫「考點練習」，幫助學習者提前熟悉單字出現在考題之中的模式，應考更能沉著以對不失分。

　　期待這一本專為考用設計的單字書，能夠陪伴每一位學習者不論是接受何種大考或英語測驗，都能縱橫各大考場，順利取得高分。

單字適用考試範圍〔縮寫對照表〕

台灣地區英文測驗適用：

英初 全民英檢單字初級

英中 全民英檢單字中級

會考 國中會考

學測 大學學測

國 1 國中小必考單字 1000

國 12 國中小必考單字 1200

國 20 國中小必考單字 2000

大 4 大學入學考試中心公佈 7000 單字範圍之 Level 4

大 5 大學入學考試中心公佈 7000 單字範圍之 Level 5

大 6 大學入學考試中心公佈 7000 單字範圍之 Level 6

Contents
目錄

A-Z
滿分必考英文單字

全書音檔雲端連結

因各家手機系統不同，若無法直接掃描，
仍可以至以下電腦雲端連結下載收聽。
（https://tinyurl.com/2p9k2w2d）

Aa

🎧 | **MP3** | Track 001 | ⬇

abandon [ə`bændən]

v. 丟棄、遺棄　　**n.** 盡情、放縱
動詞變化 abandoned; abandoned;
　　　　　　abandoning
同 desert 拋棄、遺棄
家族字彙
┌abandon
├abandoned **adj.** 被拋棄的
├abandonee **n.** 被遺棄者
└abandoner **n.** 遺棄者

英初　國12　會考

ability [ə`bɪlətɪ]

n. 能力、本領
名詞複數 abilities
同 talent 才能、才幹
家族字彙
┌ability
└able **adj.** 能幹的、有才能的

英中　大6　學測

abnormal [æb`nɔrml]

adj. 反常的、異常的
形容詞變化 more abnormal;
　　　　　　the most abnormal
反 normal 正常的
家族字彙
┌abnormal
├abnormality **n.** 異常
└abnormally **adv.** 反常地

英初　國20　會考

aboard [ə`bord]

prep. 在（船、飛機、車）上、向
　　船、飛機、車）上
adv. 在船（或飛機、車）上、上船（或
　　飛機、車）
反 ashore 在岸上、上岸

英中　大5　學測

abolish [ə`bɑlɪʃ]

v. 徹底廢除、廢止
動詞變化 abolished; abolished;
　　　　　　abolishing
同 cancel 取消、刪去
反 establish 建立
家族字彙
┌abolish
├abolisher **n.** 廢除者
├abolishment **n.** 廢除
└abolishable **adj.** 可廢除的

🎧 | **MP3** | Track 002 | ⬇

英中　大5　學測

abortion [ə`bɔrʃən]

n. 流產、墮胎
名詞複數 abortions
同 miscarriage 流產
家族字彙
┌abortion
├abort **v.** 流產
├abortionist **n.** 施墮胎術者
├abortive **adj.** 流產的
├aborted **adj.** 流產的
├aborticide **n.** 墮胎藥
├abortively **adv.** 流產地
└abortus **n.** 流產兒

英初　國12　會考

abroad [ə`brɔd]

adv. 到國外、在國外
同 overseas 在海外、在國外
反 home 回本國

英中　大5　學測

abrupt [ə`brʌpt]

adj. 突然的、意外的
同 sudden 突然的、意外的
家族字彙
┌abrupt
├abruptly **adv.** 突然地、唐突地
└abruptness **n.** 突然、魯莽

英初　國12　會考

absence [ˈæbsn̩s]

n. 缺席、不在
名詞複數 absences
同 presence 出席、到場
家族字彙
- absence
- absent **v. / adj.** 缺席、缺席的
- absentee **n.** 缺席者
- absently **adv.** 心不在焉地、茫然地

英初　國12　會考

absent [ˈæbsn̩t]

adj. 缺席的
同 present 出席的、在場的
家族字彙
- absent
- absence **n.** 不在、缺席
- absentee **n.** 缺席者
- absently **adv.** 心不在焉地、茫然地

🎧 | **MP3** | Track 003 | ⬇

英中　大4　學測

absolute [ˈæbsəˌlut]

adj. 十足的、絕對的
同 sheer 純粹的
反 relative 相對的
家族字彙
- absolute
- absolutely **adv.** 絕對地

英中　大4　學測

absorb [əbˈsɔrb]

v. 吸收、吸引……的注意
動詞變化 absorbed; absorbed;
　　　　　absorbing
同 suck 吸入、吸收
反 spit 吐出
家族字彙
- absorb
- absorption **n.** 吸收、吸收作用
- absorbable **adj.** 能被吸收的
- absorbed **adj.** 被吸收的

英中　大4　學測

abstract [ˈæbstrækt]

adj. 抽象的、抽象派的
n. 摘要、梗概
v. 做……的摘要、提取
形容詞變化 more abstract;
　　　　　the most abstract
同 notional 概念的、抽象的
反 concrete 具體的
家族字彙
- abstract
- abstracted **adj.** 心不在焉的

英中　學測

abundant [əˈbʌndənt]

adj. 大量的、充足的
形容詞變化 more abundant;
　　　　　the most abundant
同 massive 大量的
反 few 很少的
家族字彙
- abundant
- abundance **n.** 大量、充足

英中　大6　學測

abuse [əˈbjuz]

n. 濫用、虐待　**v.** 濫用、妄用
動詞變化 abused; abused; abusing
同 maltreat 虐待
反 caress 善待、寵愛

🎧 | **MP3** | Track 004 | ⬇

英中　大4　學測

academic [ˌækəˈdɛmɪk]

adj. 學校的、學術的　**n.** 大學教師
形容詞變化 more academic;
　　　　　the most academic
同 unrealistic 不切實際的
反 practical 實際的、實用的
家族字彙
- academic
- academy **n.** 學院、學術、學會
- academical **adj.** 學術的、學院的

| 英中 | 大5 | 學測 |

academy [ə'kædəmɪ]

n. 研究院、（中等以上）專科學院
名詞複數 academies
同 institute 學會、學院
家族字彙
- academy
- academical **adj.** 學術的、學院的
- academic **adj.** 學術的、理論的

| 英中 | 大6 | 學測 |

accelerate [æk'sɛlə.ret]

v. （使）加快、（使）增速
動詞變化 accelerated; accelerated; accelerating
同 expedite 加快、促進
反 slower 慢下來
家族字彙
- accelerate
- acceleration **n.** 加速、加速度

| 英初 | 國12 | 會考 |

accept [ək'sɛpt]

v. 接受、領受
動詞變化 accepted; accepted; accepting
同 receive 接受
反 refuse 拒絕
家族字彙
- accept
- acceptable **adj.** 可接受的
- acceptance **n.** 接納、承認
- acceptancy **n.** 接受

| 英初 | 國20 | 會考 |

acceptable [ək'sɛptəbḷ]

adj. 可接受的、合意的
形容詞變化 more acceptable; the most acceptable
同 receivable 可接受的
反 inacceptable 不能接受的、達不到的
家族字彙
- acceptable
- accept **v.** 接受
- acceptance **n.** 接納、承認

| 英中 | 大4 | 學測 |

access ['æksɛs]

n. 通道、入口 **v.** 存取（電腦檔）
名詞複數 aceesses
同 entrance 入口
反 outlet 出口
家族字彙
- access
- accessibly **adv.** 可接近地
- accessible **adj.** 容易取得的
- accession **n.** 接近、到達

| 英中 | 大4 | 學測 |

accidental [.æksə'dɛntḷ]

adj. 意外的、偶然（發生）的
同 unexpected 意外的
家族字彙
- accidental
- accident **n.** 意外遭遇、事故

| 英中 | 大6 | 學測 |

accommodation [ə'kɑmə'deʃən]

n. 住處、膳宿
名詞複數 accommodations
同 residency 住所
家族字彙
- accommodation
- accommodator **n.** 提供方便者
- accommodative **adj.** 予以方便的
- accommodate **v.** 容納、向……提供住處

| 英中 | 大4 | 學測 |

accompany [ə'kʌmpənɪ]

v. 陪伴、陪同
動詞變化 accompanied; accompanied; accompanying
同 escort 陪同、護送
家族字彙
- accompany
- accompaniment **n.** 伴隨物

英中　大4　學測

accomplish [əˈkɑmplɪʃ]

v. 達到（目的）、完成（任務）

動詞變化 accomplished;
　　　　　accomplished;
　　　　　accomplishing

同 finish 完成

家族字彙
- accomplish
- accomplished **adj.** 完成的、熟練的
- accomplishment **n.** 完成、成就
- accomplishable **adj.** 可完成的

🎧 | **MP3** | Track 006 | ⬇

英中　大6　學測

accord [əˈkɔrd]

n. 一致、符合　**v.** 相符合、相一致

同 uniformity 一致

反 discrepancy 差異

家族字彙
- accord
- accordance **n.** 一致、和諧
- according **adj.** 相符的、和諧的
- accordingly **adv.** 相應地

英中　大6　學測

accordance [əˈkɔrdn̩s]

n. 一致、和諧

名詞複數 accordances

同 harmony 和諧、融洽

家族字彙
- accordance
- accord **v.** 相一致
- according **adj.** 相符的

英中　大6　學測

accordingly [əˈkɔrdɪŋlɪ]

adv. 相應地、因此

同 therefore 因此

家族字彙
- accordingly
- according **adj.** 相符的、和諧的

英初　國20　會考

account [əˈkaʊnt]

n. 帳戶、解釋

v. 說明……的原因、是……的原因

名詞複數 accounts

動詞變化 accounted; accounted;
　　　　　accounting

同 explain 解釋

家族字彙
- account
- accountable **adj.** 負有責任的

英中　大4　學測

accountant [əˈkaʊntənt]

n. 會計人員、會計師

名詞複數 accountants

家族字彙
- accountant
- account **n.** 記述、帳戶
- accountancy **n.** 會計工作

🎧 | **MP3** | Track 007 | ⬇

英中　大6　學測

accumulate [əˈkjumjəˌlet]

v. 累積、聚積

動詞變化 accumulated; accumulated;
　　　　　accumulating

同 pile 堆積、積累

家族字彙
- accumulate
- accumulation **n.** 累積、積聚物

英中　大4　學測

accuracy [ˈækjərəsɪ]

n. 準確（性）、精確（性）

名詞複數 accuracies

同 preciseness 精確

家族字彙
- accuracy
- accurate **adj.** 準確的

accurate [ˈækjərɪt]

adj. 正確無誤的、準確的
形容詞變化 more accurate; the most accurate
同 exact 精確的、確切的
反 inaccurate 不準確的、錯誤的
家族字彙
- accurate
- accurately **adv.** 準確地
- accuracy **n.** 準確性

英中 | 大4 | 學測

accuse [əˈkjuz]

v. 指控、控告
動詞變化 accused; accused; accusing
同 charge 指控
家族字彙
- accuse
- accuser **n.** 原告

英中 | 大4 | 學測

accustomed [əˈkʌstəmd]

adj. 習慣於……的、慣常的
同 habitual 慣常的、習慣的
家族字彙
- accustomed
- accustom **v.** 使習慣

🎧 | **MP3** | Track 008 | ⬇

英中 | 大4 | 學測

achievement [əˈtʃivmənt]

n. 成就、完成
名詞複數 achievements
同 accomplishment 成就
家族字彙
- achievement
- achieve **v.** 完成、實現
- achiever **n.** 獲得成功的人

英中 | 大4 | 學測

acid [ˈæsɪd]

n. 酸、酸性物質 **adj.** 酸的、刻薄的
名詞複數 acids
同 tart 尖酸的、刻薄的
反 tolerant 寬容的

英中 | 大5 | 學測

acknowledge [əkˈnɑlɪdʒ]

v. 承認、確認
動詞變化 acknowledged; acknowledged; acknowledging
同 admission 承認
家族字彙
- acknowledge
- acknowledgment **n.** 承認、鳴謝

英中 | 大4 | 學測

acquaintance [əˈkwentəns]

n. 相識的人、相識
名詞複數 acquaintances
反 stranger 陌生人
家族字彙
- acquaintance
- acquaint **v.** 使認識、使熟悉

英中 | 大4 | 學測

acquire [əˈkwaɪr]

v. 取得、獲得
動詞變化 acquired; acquired; acquiring
同 obtain 獲得、得到
反 lose 失去
家族字彙
- acquire
- acquired **adj.** 後天習得的
- acquirement **n.** 取得、學識
- acquirable **adj.** 可取得的

🎧 | **MP3** | Track 009 | ⬇

acquisition [ækwə`zɪʃən]

n. 取得、獲得
名詞複數 acquisitions
家族字彙
- acquisition
- acquire **v.** 取得、獲得
- acquisitive **adj.** 想獲得的

acre [`ekɚ]

n. 英畝
名詞複數 acres

action [`ækʃən]

n. 行動、行動過程
名詞複數 actions
同 activity 活動、行動
家族字彙
- action
- act **v.** 行動、表演

activity [æk`tɪvətɪ]

n. 活動、行動
名詞複數 activities
同 vitality 活力
家族字彙
- activity
- active **adj.** 積極的、活躍的
- actively **adv.** 積極地、活躍地

acute [ə`kjut]

adj. 嚴重的、激烈的
形容詞變化 acuter; the acutest
同 drastic 激烈的
反 chronic 慢性的

🎧 **MP3** | Track 010 | ⬇

ad [æd]

n. 廣告、宣傳
名詞複數 ads
家族字彙
- ad
- advertise **v.** 做廣告、宣傳

adapt [ə`dæpt]

v. 使適應、使適合
動詞變化 adapted; adapted; adapting
同 adjust 適應、調整
家族字彙
- adapt
- adaptable **adj.** 有適應力的
- adaptation **n.** 適應、改寫

addition [ə`dɪʃən]

n. 加法、增加的人（或物）
名詞複數 additions
同 summation 總和
家族字彙
- addition
- add **v.** 加、增加
- added **adj.** 附加的

additional [ə`dɪʃən!]

adj. 添加的、額外的
同 extra 額外的
家族字彙
- additional
- addition **n.** 加、加法

adequate [`ædəkwɪt]

adj. 充足的、足夠的
同 sufficient 足夠的
反 absent 缺乏的
家族字彙
- adequate
- adequately **adv.** 足夠地、適當地

| 英中 | 大4 | 學測 |

adjective [ˈædʒɪktɪv]

n. 形容詞
名詞複數 adjectives
家族字彙
- adjective
- adjectival **adj.** 形容詞的
- adjectivally **adv.** 像形容詞一般地

| 英中 | 大4 | 學測 |

adjust [əˈdʒʌst]

v. 校正、調整
動詞變化 adjusted; adjusted; adjusting
同 regulate 調整、調節
家族字彙
- adjust
- adjusted **adj.** 已適應的
- adjustment **n.** 調整、適應

| 英中 | 大6 | 學測 |

administration
[ədˌmɪnəˈstreʃən]

n. 管理、經營
名詞複數 administrations
同 management 管理、經營
家族字彙
- administration
- administrate **v.** 經營、管理
- administrator **n.** 管理者、行政人員
- administrative **adj.** 管理的、行政的

| 英初 | 國20 | 會考 |

admire [ədˈmaɪr]

v. 欣賞、欽佩
動詞變化 admired; admired; admiring
同 appreciate 欣賞
反 despise 鄙視
家族字彙
- admire
- admiration **n.** 讚賞、欽佩
- admirer **n.** 讚美者、羨慕者

| 英中 | 大4 | 學測 |

admission [ədˈmɪʃən]

n. 准許進入、承認
名詞複數 admissions
同 acknowledgement 承認
反 prohibition 禁止
家族字彙
- admission
- admit **v.** 承認、准許

| 英初 | 國12 | 會考 |

adopt [əˈdɑpt]

v. 收養、批准
動詞變化 adopted; adopted; adopting
同 ratify 批准
反 ban 禁止
家族字彙
- adopt
- adopted **adj.** 被收養的
- adoptee **n.** 被收養者
- adoption **n.** 採用、收養

| 英初 | 國12 | 會考 |

adult [əˈdʌlt]

n. 成年人（或動物）
adj. 成年的、已成熟的
名詞複數 adults
同 grown-up 成人
反 child 小孩

| 英初 | 國20 | 會考 |

advanced [ədˈvænst]

adj. 先進的、高級的
形容詞變化 more advanced; the most advanced
同 highgrade 高級的
反 lowgrade 低級的
家族字彙
- advanced
- advance **v.** 前進、提前
- advancement **n.** 前進、促進

英初　國20　會考

advantage [əd`væntɪdʒ]

n. 優點、有利條件
名詞複數 advantages
同 merit 優點、價值
反 shortcoming 缺點
家族字彙
- advantage
- advantageous **adj.** 有利的
- disadvantage **n.** 不利、損失

英初　國20　會考

adventure [əd`vɛntʃə]

n. 歷險、冒險的經歷
名詞複數 adventures
同 venture 冒險
家族字彙
- adventure
- adventurer **n.** 冒險者
- adventurous **adj.** 冒險的、驚險的

🎧 | **MP3** | Track 013 | ⬇

英中　大4　學測

adverb [`ædvɝb]

n. 副詞
名詞複數 adverbs
家族字彙
- adverb
- adverbial **adj.** 副詞的
- adverbialize **v.** 變為副詞
- adverbially **adv.** 副詞地

英初　國20　會考

advertise [`ædvɝˌtaɪz]

v. 為……做廣告、宣傳
動詞變化 advertised; advertised; advertising
同 publicize 宣傳
家族字彙
- advertise
- advertisement **n.** 廣告
- advertising **n.** 廣告業

英初　國20　會考

advertisement
[ˌædvɝ`taɪzmənt]

n. 廣告、宣傳
名詞複數 advertisements
同 handbill 傳單、廣告
家族字彙
- advertisement
- advertise **v.** 做廣告、宣傳

英中　大6　學測

advisable [əd`vaɪzəbl̩]

adj. 可取的、適當的
形容詞變化 more advisable; the most advisable
同 proper 合適的、適當的
家族字彙
- advisable
- advise **v.** 建議
- adviser **n.** 顧問
- advisory **adj.** 勸告的

英中　大6　學測

advocate
[`ædvəˌket] / [`ædvəkɪt]

v. 擁護、提倡　**n.** 擁護者、提倡者
動詞變化 advocated; advocated; advocating
同 claim 要求、主張
家族字彙
- advocate
- advocation **n.** 擁護、支持

🎧 | **MP3** | Track 014 | ⬇

英初　國20　會考

affect [ə`fɛkt]

v. 影響
動詞變化 affected; affected; affecting
同 impact 對……發生影響
家族字彙
- affect
- affected **adj.** 不自然的、假裝的
- affectation **n.** 做作、虛假

affection [əˋfɛkʃən]

n. 喜愛、感情
名詞複數 affections
同 emotion 感情、激情
家族字彙
- affection
- affectionate adj. 親切的
- affectionately adv. 熱情地、體貼地

afterward(s)
[ˋæftəwəd(z)]
adv. 以後、後來
同 later 後來
反 formerly 從前

agency [ˋedʒənsɪ]

n. 代理行、經銷處
名詞複數 agencies
家族字彙
- agency
- agent n. 代理人、經紀人
- agential adj. 代理人的

agenda [əˋdʒɛndə]

n. 議事日程
名詞複數 agendas
同 schedule 時刻表、日程

🎧 | **MP3** | Track 015 | ⬇

agent [ˋedʒənt]

n. 代理人、代理商
名詞複數 agents
同 mandatary 代理人
家族字彙
- agent
- agency n. 代理行、經銷處
- agential adj. 代理人的

aggressive [əˋgrɛsɪv]

adj. 侵犯的、有進取心的
形容詞變化 more aggressive;
　　　　　 the most aggressive
同 incursive 侵略的、入侵的
反 defensive 防禦的
家族字彙
- aggressive
- aggression n. 侵略、進攻
- aggressively adv. 侵略地
- aggressor n. 侵略者

agony [ˋægənɪ]

n. （精神或肉體的）極大痛苦、苦難
名詞複數 agonies
同 suffering 痛苦、受難
家族字彙
- agony
- agonize v. 極度痛苦

aid [ed]

n. 幫助、援助　**v.** 幫助、援助
名詞複數 aids
同 assistance 幫助、援助

aircraft [ˋɛrˏkræft]

n. 飛機
名詞複數 aircrafts
同 airplane 飛機

🎧 | **MP3** | Track 016 | ⬇

airline [ˋɛrˏlaɪn]

n. 航空公司
名詞複數 airlines
同 airways 航空公司
家族字彙
- airline
- airliner n. 班機

英初　國12　會考

airplane [ˈɛrˌplen]
n. 飛機
名詞複數
同 plane 飛機

英中　大4　學測

air-conditioning
[ɛr kənˈdɪʃənɪŋ]
n. 空調設備
同 air conditioner 空調設備

英初　國12　會考

alarm [əˈlɑrm]
n. 驚恐、憂慮　**v.** 使驚恐
名詞複數 alarms
動詞變化 alarmed; alarmed; alarming
同 alert 警報、警戒
家族字彙
- alarm
- alarmed **adj.** 驚恐的
- alarmedly **adv.** 驚恐地

英中　大4　學測

alcohol [ˈælkəˌhɔl]
n. 含酒精的飲料、酒精
名詞複數 alcohols
同 spirit 烈酒
家族字彙
- alcohol
- alcoholic **n.** 酗酒者

🎧 **MP3** | Track 017 | ⬇

英中　大4　學測

alert [əˈlɝt]
adj. 警覺的、留神的
v. 向……報警、使警惕
形容詞變化 more alert;
the most alert
同 vigilant 警惕的

英初　國12　會考

alike [əˈlaɪk]
adj. 同樣的、相像的
adv. 一樣地、相似地
同 same 同樣的
反 different 不同的

英初　國12　會考

alive [əˈlaɪv]
adj. 活著的、在世的
同 living 活著的
反 dead 死的

英中　大6　學測

alliance [əˈlaɪəns]
n. 結盟、聯盟
名詞複數 alliances
同 union 聯盟
家族字彙
- alliance
- allied **adj.** 聯合的
- alliy **v.** 結盟

英中　大4　學測

allowance [əˈlaʊəns]
n. 津貼、補貼
名詞複數 allowances
同 subsidy 津貼
家族字彙
- allowance
- allow **v.** 允許、承認

🎧 **MP3** | Track 018 | ⬇

英中　大5　會考

ally [ˈælɪ]
n. 同盟國、同盟者
v. （使）結盟、（使）聯合
名詞複數 allies
動詞變化 allied; allied; allying
同 confederation 同盟
反 enemy 敵人

英中　大6　學測

alongside [ə`lɔŋ͵saɪd]

adv. 在旁邊、沿著邊
prep. 在……旁邊、沿著……的邊
同 aside 在旁邊

英初　國12　會考

alphabet [`ælfə͵bɛt]

n. 字母表
名詞複數 alphabets
家族字彙
- alphabet
- alphabetical **adj.** 按字母表順序的

英中　大5　學測

alter [`ɔltɚ]

v. 改變、改動
動詞變化 altered; altered; altering
同 change 改變、變化
家族字彙
- alter
- alteration **n.** 改變、變更
- alterable **adj.** 可改變的
- alterant **adj.** 改變的

英中　大6　學測

alternative [ɔl`tɝnətɪv]

adj. 兩者擇一的、供選擇的
n. 取捨、抉擇
名詞複數 alternatives
同 vicarious 代替性的
家族字彙
- alternative
- alternate **adj.** 交替的
- alternately **adv.** 交替地、輪流地

🎧 | **MP3** | Track 019 ⬇

英中　大5　學測

altitude [`æltə͵tjud]

n. 高度、海拔
名詞複數 altitudes
同 height 高度

英中　大5　學測

alumin(i)um [͵æljə`mɪnɪəm]

n. 鋁
名詞複數 alumin(i)ums
家族字彙
- alumin(i)um
- aluminize **v.** 以鋁覆蓋

英中　大4　學測

amateur [`æmə͵tʃʊr]

n. 業餘愛好者、業餘運動員
adj. 業餘愛好的、業餘（身份）的
名詞複數 amateurs
同 afterhours
反 professional 專業的
家族字彙
- amateur
- amateurish **adj.** 業餘愛好的、不熟練的

英初　國20　會考

amaze [ə`mez]

v. 使大為驚奇、使驚愕
動詞變化 amazed; amazed; amazing
同 surprise 驚訝、驚奇
家族字彙
- amaze
- amazement **n.** 驚愕、驚奇

英初　國20　會考

ambassador [æm`bæsədɚ]

n. 大使、使節、派駐國際組織的代表
名詞複數 ambassadors
同 envoy 使者
家族字彙
- ambassador
- ambassy **n.** 大使館

🎧 | **MP3** | Track 020 ⬇

| 英初 | 國20 | 會考 |

ambition [æm'bɪʃən]

n. 抱負、雄心
名詞複數 ambitions
同 aspiration 抱負、志向
家族字彙
- ambition
- ambitious **adj.** 雄心勃勃的、野心的
- ambitiously **adv.** 雄心勃勃地
- ambitiousness **n.** 不凡的抱負

| 英中 | 大6 | 學測 |

ambulance ['æmbjələns]

n. 救護車
名詞複數 ambulances

| 英中 | 大4 | 學測 |

amid [ə'mɪd]

prep. 在……中間、在……之中
同 among 在……之中
家族字彙
- amid
- amidst **prep.** 在……當中

| 英初 | 國12 | 會考 |

amount [ə'maʊnt]

n. 量、數量 **v.** 合計、共計
名詞複數 amounts
動詞變化 amounted; amounted; amounting
同 quantity 數量

| 英中 | 大4 | 學測 |

amuse [ə'mjuz]

v. 逗樂、逗笑、給……提供娛樂
動詞變化 amused; amused; amusing
同 recreate 消遣、娛樂
家族字彙
- amuse
- amusement **n.** 娛樂、娛樂設施
- amusing **adj.** 有趣的
- amused **adj.** 被逗樂的

🎧 | **MP3** | Track 021 | ⬇

| 英中 | 大4 | 學測 |

analyse(-ze) ['ænḷaɪz]

v. 分析、解析、研究
動詞變化 analys(z)ed; analys(z)ed; analys(z)ing
同 research 研究
家族字彙
- analyse(-ze)
- analysis **n.** 分析、分析報告

| 英中 | 大4 | 學測 |

analysis [ə'næləsɪs]

n. 分析、分析報告
名詞複數 analyses
家族字彙
- analysis
- analyst **n.** 分析家、化驗員

| 英中 | 大4 | 學測 |

ancestor ['ænsɛstə]

n. 祖宗、祖先
名詞複數 ancestors
同 forefather 祖先、先輩

| 英中 | 大5 | 學測 |

anchor ['æŋkə]

n. 錨、給人安全感之物（或人）
v. 拋（錨）、泊（船）
名詞複數 anchors
動詞變化 anchored; anchored; anchoring
同 dock 使靠碼頭
家族字彙
- anchor
- anchorage **n.** 停泊地點、拋錨地點

| 英初 | 國12 | 會考 |

ancient ['enʃənt]

adj. 古代的、古老的
形容詞變化 more ancient; the most ancient
同 old 老的
反 modern 現代的

🎧 | **MP3** | Track 022 | ⬇

angle [ˈæŋɡl̩]

英初　國20　會考

n. 角、角度　**v.** 釣魚、謀取

名詞複數 angles

動詞變化 angled; angled; angling

同 viewpoint 觀點、看法

家族字彙
- angle
- angled **adj.** 有……角的
- angler **n.** 垂釣者
- anglepod **n.** 角莢植物
- anglerfish **n.** 琵琶魚

ankle [ˈæŋkl̩]

英初　國12　會考

n. 踝、踝關節

名詞複數 ankles

家族字彙
- ankle
- anklet **n.** 腳鐐、踝飾、短襪
- anklebone **n.** 踝骨
- ankle-deep **adv.** 深及踝部地

anniversary

英中　大4　學測

[ˌænəˈvɝsərɪ]

n. 周年紀念（日）

名詞複數 anniversaries

同 commemoration 紀念

announce [əˈnaʊns]

英初　國20　會考

v. 通告、發表

動詞變化 announced; announced; announcing

同 declare 宣佈、聲明

反 conceal 隱瞞

家族字彙
- announce
- announcement **n.** 通告、宣佈
- announcer **n.** 播音員、報幕員

annoy [əˈnɔɪ]

英中　大4　學測

v. 使惱怒、使煩惱

動詞變化 annoyed; annoyed; annoying

同 provoke 激怒

反 amuse 使歡樂

家族字彙
- annoy
- annoyance **n.** 煩惱事（人）
- annoying **adj.** 使人氣惱的、討厭的
- annoyed **adj.** 惱怒的
- annoyingly **adv.** 煩人地

🎧 **| MP3 | Track 023 | ⬇**

annual [ˈænjʊəl]

英中　大4　學測

adj. 每年的、年度的　**n.** 年報、年刊

同 annals 年報

家族字彙
- annual
- annually **adv.** 每年、按年計算
- annualised **adj.** 年度的

ant [ænt]

英初　國12　會考

n. 螞蟻

名詞複數 ants

同 pismire 螞蟻

anticipate [ænˈtɪsəˌpet]

英中　大6　學測

v. 預期、期望

動詞變化 anticipated; anticipated; anticipating

同 expect 預期

家族字彙
- anticipate
- anticipation **n.** 預期、預料
- anticipatory **adj.** 預期的
- anticipative **adj.** 充滿期望的
- anticipator **n.** 搶先者

antique [ænˈtik]

英中　大5　學測

antique [ænˈtik]

adj. 古時的、古老的　**n.** 古物、古董
形容詞變化 ▸ more antique;
　　　　the most antique
同 ancient 古代的
反 present-day 當前的、當代的
家族字彙
┌antique
├antiqued **adj.** 仿古的
└antiquer **n.** 古物收藏家

英中　大4　學測

anxiety [æŋˈzaɪətɪ]

n. 焦慮、掛慮
名詞複數 anxieties
同 desire 渴望
反 easiness 舒適
家族字彙
┌anxiety
├anxious **adj.** 焦慮的
└anxiously **adv.** 渴望地

🎧 | **MP3** | Track 024 | ⬇

英初　國12　會考

anyhow [ˈɛnɪˌhaʊ]

adv. 不管怎麼說、無論如何
同 whatever 無論如何、不管怎樣

英初　國12　會考

anyway [ˈɛnɪˌwe]

adv. 不管怎麼說、無論如何
同 anyhow 不管怎麼說

英初　國12　會考

apart [əˈpart]

adv. 分離、分開
adj. 分離的、分隔的
同 separate 分開的
家族字彙
┌apart
├apartment **n.** 一套公寓房間、房間
└apartness **n.** 孤立

英初　國12　會考

apartment [əˈpartmənt]

n. 一套公寓房間、房間
名詞複數 apartments
同 chamber 房間
家族字彙
┌apartment
└apart **adv.** 分離

英中　大4　學測

apology [əˈpɑlədʒɪ]

n. 道歉、認錯
名詞複數 apologies
反 thanks 謝謝、謝意
家族字彙
┌apology
├apologize **v.** 道歉、認錯
└apologetic **adj.** 道歉的

🎧 | **MP3** | Track 025 | ⬇

英初　國12　會考

apparent [əˈpærənt]

adj. 顯然的、明白的
形容詞變化 ▸ more apparent;
　　　　the most apparent
同 obvious 明顯的、顯然的
家族字彙
┌apparent
└apparently **adv.** 顯然、表面上地

英初　國20　會考

appeal [əˈpil]

n. 呼籲、懇求　**v.** 呼籲、懇求
名詞複數 appeals
動詞變化 appealed; appealed;
　　　　appealing
同 attraction 吸引力
家族字彙
┌appeal
├appealing **adj.** 吸引的、打動人心的
├appealingly **adv.** 吸引人地
└appealable **adj.** 可上訴的

A
B
C
D
E
F
G
H
I
J
K
L
M
N
O
P
Q
R
S
T
U
V
W
X
Y
Z

appearance [ə`pɪrəns]

n. 出現、顯露
名詞複數 appearances
同 emergence 出現、露出
反 concealment 隱匿、隱藏
家族字彙
- appearance
  - appear **v.** 出現、顯露

appetite [`æpə͵taɪt]

n. 胃口、食欲
名詞複數 appetites
同 stomach 胃、胃口
家族字彙
- appetite
  - appetizing **adj.** 開胃的
  - appetitive **adj.** 有食慾的
  - appetizer **n.** 開胃菜

applause [ə`plɔz]

n. 鼓掌、掌聲
名詞複數 applauses
同 clap 拍手、鼓掌
家族字彙
- applause
  - applaud **v.** 鼓掌、喝彩
  - applausive **adj.** 讚賞的

🎧 | **MP3** | Track 026 | ⬇

appliance [ə`plaɪəns]

n. 器具、應用
名詞複數 appliances
同 equipment 設備、器具
家族字彙
- appliance
  - apply **v.** 申請、請求
  - applicable **adj.** 可應用的
  - applicably **adv.** 可適用地

applicable [`æplɪkəb!]

adj. 可應用的、可實施的
形容詞變化 more applicable;
　　　　　　 the most applicable
同 available 可用的、有效的
家族字彙
- applicable
  - applicant **n.** 申請人
  - applicability **n.** 適用性
  - applicably **adv.** 可適用地
  - applicative **adj.** 適用的

applicant [`æpləkənt]

n. 申請人
名詞複數 applicants
同 claimer 申請人
家族字彙
- applicant
  - apply **v.** 申請、請求
  - application **n.** 申請

application [͵æplə`keʃən]

n. 申請、申請表
名詞複數 applications
同 requisition 請求、申請
家族字彙
- application
  - applicable **adj.** 合適的、適用的
  - apply **v.** 申請

apply [ə`plaɪ]

v. 申請、請求
動詞變化 applied; applied; applying
同 use 使用
家族字彙
- apply
  - applied **adj.** 實用的、應用的

🎧 | **MP3** | Track 027 | ⬇

appoint [ə`pɔɪnt]

v. 任命、委派

動詞變化 appointed; appointed; appointing

同 designate 任命、指派

家族字彙
- appoint
- appointment **n.** 約會、約定
- appointed **adj.** 任命的

---

appointment

[ə`pɔɪntmənt]

n. 約會、約定

動詞變化 appointments

同 date 約會

家族字彙
- appointment
- appoint **v.** 約定、任命

---

appreciate [ə`priʃɪet]

v. 重視、賞識

動詞變化 appreciated; appreciated; appreciating

同 admire 欽佩、欣賞

反 scorn 輕蔑

家族字彙
- appreciate
- appreciation **n.** 評價、感激
- appreciative **adj.** 感謝的、讚賞的

---

approach [ə`protʃ]

v. 靠近、接近　**n.** 靠近、接近

名詞複數 approaches

動詞變化 approached; approached; approaching

同 close 接近、靠近

家族字彙
- approach
- approachable **adj.** 可接近的
- approachability **n.** 易接近性

---

appropriate [ə`proprɪet]

adj. 適當的、恰當的　**v.** 私占、侵吞

形容詞變化 more appropriate; the most appropriate

動詞變化 appropriated; appropriated; appropriating

同 proper 合適的、適當的

反 improper 不恰當的

家族字彙
- appropriate
- appropriation **n.** 撥款、挪用公款
- appropriately **adv.** 適當地
- appropriative **adj.** 專用的
- appropriator **n.** 佔用者
- appropriateness **n.** 適當

🎧 | **MP3** | Track 028 | ⬇

approval [ə`pruvl]

n. 贊成、同意

名詞複數 approvals

同 agreement 同意

反 opposition 反對

家族字彙
- approval
- approve **v.** 贊成、批准、認可
- approvable **adj.** 可贊同的

---

approve [ə`pruv]

v. 贊成、同意

動詞變化 approved; approved; approving

同 agree 同意

反 object 反對

家族字彙
- approve
- approval **n.** 贊成、批准
- approved **adj.** 眾所公認的
- approver **n.** 贊成者
- approving **adj.** 贊成的
- approvingly **adv.** 認可地

英中　大6　學測

approximate
[əˈprɑksəmɪt] / [əˈprɑksəmet]

adj. 大概的、大約的　**v.** 近似、接近

動詞變化 approximated;
approximated;
approximating

同 round 大概的、大約的

反 precise 精確的

家族字彙
- approximate
- approximately **adv.** 近似地、大約地

英中　大5　學測

arbitrary
[ˈɑrbəˌtrɛrɪ]

adj. 隨意的、任意的

同 discretionary 隨意的

家族字彙
- arbitrary
- arbitrarily **adv.** 任意地

英中　大5　學測

architect
[ˈɑrkɪˌtɛkt]

n. 建築師、設計師

名詞複數 architects

同 designer 設計師

家族字彙
- architect
- architectural **adj.** 建築學的
- architecture **n.** 建築學、建築物

🎧 | **MP3** | Track 029 | ⬇

英中　大5　學測

architecture
[ˈɑrkɪˌtɛktʃɚ]

n. 建築學、建築術

名詞複數 architectures

同 construction 建築、建造物

家族字彙
- architecture
- architect **n.** 建築師
- architectural **adj.** 建築學的

英初　國12　會考

argument
[ˈɑrgjəmənt]

n. 爭論、爭吵

名詞複數 arguments

同 quarrel 爭吵

家族字彙
- argument
- argue **v.** 爭論、辯論

英中　大4　學測

arise
[əˈraɪz]

v. 產生、出現

動詞變化 arised; arised; arising

同 happen 發生、出現

家族字彙
- arise
- arisen **adj.** 興起的

英初　國20　會考

arithmetic
[əˈrɪθməˌtɪk]

n. 算術

名詞複數 arithmetics

同 figure 數字、算術

英中　大4　學測

arouse
[əˈraʊz]

v. 引起、激起

動詞變化 aroused; aroused; arousing

同 awake 喚起、醒來

🎧 | **MP3** | Track 030 | ⬇

英初　國12　會考

arrange
[əˈrendʒ]

v. 安排、準備

動詞變化 arranged; arranged;
arranging

同 design 設計、計畫

家族字彙
- arrange
- arrangement **n.** 安排、準備工作、整理

arrangement

[ə`rendʒmənt]
n. 整理、排列
名詞複數 arrangements
同 ordonnance 安排、配置
反 disorder 混亂
家族字彙
┌arrangement
└arrange **v.** 安排、籌畫、整理

arrest [ə`rɛst]

v. 逮捕、拘留　**n.** 逮捕、拘留
名詞複數 arrests
動詞變化 arrested; arrested; arresting
同 nab 抓住、逮捕
反 release 釋放
家族字彙
┌arrest
├arrestment **n.** 財產扣押、扣留
├arrestee **n.** 被捕者
├arrester **n.** 逮捕者
├arresting **adj.** 醒目的
└arrestive **adj.** 引人注意的

arrow [`æro]

n. 箭、矢
名詞複數 arrows

artificial [͵ɑrtə`fɪʃəl]

adj. 人工的、人造的
同 factitious 人工的
反 natural 自然的、天然的
家族字彙
┌artificial
├artificially **adv.** 人工地
└artificiality **n.** 人工製造

🎧 | **MP3** | Track 031 | ⬇

artistic [ɑr`tɪstɪk]

adj. 藝術（家）的、美術（家）的
形容詞變化 more artistic;
　　　　the most artistic
同 artistical 藝術的
家族字彙
┌artistic
├art **n.** 藝術
├artist **n.** 藝術家
└artistry **n.** 藝術性

ash [æʃ]

n. 灰、灰燼
名詞複數 ashes
同 dust 灰塵、塵土
家族字彙
┌ash
├ashen **adj.** 灰白色的
└ashen-faced **adj.** 臉色蒼白的

ashamed [ə`ʃemd]

adj. 羞愧的、慚愧的
形容詞變化 more ashamed;
　　　　the most ashamed
同 humiliating 丟臉的

aside [ə`saɪd]

adv. 在旁邊、到（或向）一邊
同 alongside 在旁邊

aspect [`æspɛkt]

n. 方面、（建築物的）朝向
名詞複數 aspects
同 perspective 看法、觀點

🎧 | **MP3** | Track 032 | ⬇

| 英中 | 大4 | 學測 |

assemble [ə`sɛmbl]

v. 集合、聚集

動詞變化 assembled; assembled; assembling

同 gather 集合、聚集

家族字彙

- assemble
- assembly **n.** 集會、集合

| 英中 | 大4 | 學測 |

assembly [ə`sɛmblɪ]

n. 立法機構、議會

名詞複數 assemblys

同 meeting 會議、集會

家族字彙

- assembly
- assemble **v.** 集合、聚集

| 英中 | 大6 | 學測 |

assert [ə`sɜt]

v. 肯定地說、斷言

動詞變化 asserted; asserted; asserting

同 affirm 斷言、肯定

家族字彙

- assert
- assertion **n.** 斷言

| 英中 | 大6 | 學測 |

assess [ə`sɛs]

v. 對……進行估價、確定……的數額

動詞變化 assessed; assessed; assessing

同 evaluate 評估

家族字彙

- assess
- assessment **n.** 估計、評估
- assessor **n.** 估價員、估計財產的人

| 英中 | 大5 | 學測 |

asset [`æsɛt]

n. 有價值的人（或物）、優點

名詞複數 assets

同 property 財產

| 英中 | 大4 | 學測 |

assign [ə`saɪn]

v. 指派、選派

動詞變化 assigned; assigned; assigning

同 designate 任命、指派

家族字彙

- assign
- assignable **adj.** 可分配的
- assigner **n.** 分配人
- assignment **n.** 分配、任務

| 英中 | 大4 | 學測 |

assignment [ə`saɪnmənt]

n. （分派的）任務、（指定的）作業

名詞複數 assignments

同 distribution 分配

家族字彙

- assignment
- assign **v.** 指派、選派、分配
- assignation **n.** 分配

| 英初 | 國20 | 會考 |

assist [ə`sɪst]

v. / n. 幫助、協助

名詞複數 assists

動詞變化 assisted; assisted; assisting

同 help 幫助、幫忙

家族字彙

- assist
- assistance **n.** 幫助、援助
- assistant **adj.** 助理的、輔助的

| 英中 | 大4 | 學測 |

assistance [ə`sɪstəns]

n. 幫助、援助

名詞複數 assistances

同 aid 援助

家族字彙

- assistance
- assist **v.** 幫助、協助

英中 大4 學測

associate

[ə`soʃɪet] / [ə`soʃɪɪt]

v. 把……聯繫在一起、使聯合
n. 夥伴、同事、合夥人
adj. 副的
名詞複數 associates
動詞變化 associated; associated; associating
同 unite 聯合、合併
家族字彙
┌associate
└association **n.** 協會、聯盟、社團

🎧 | **MP3** | Track 034 | ⬇

英中 大4 學測

association [ə,sosɪ`eʃən]

n. 協會、聯盟
名詞複數 associations
同 society 協會、社團
家族字彙
┌association
└associate **v.** 使聯合、結交

英中 大4 學測

assume [ə`sum]

v. 假定、假設
動詞變化 assumed; assumed; assuming
同 suppose 假定
家族字彙
┌assume
└assumption **n.** 假定、臆斷

英中 大6 學測

assumption [ə`sʌmpʃən]

n. 假定、臆斷
名詞複數 assumptions
同 presumption 推測、假設
家族字彙
┌assumption
└assume **v.** 假定、臆斷

英中 大4 學測

assure [ə`ʃur]

v. 使確信、使放心
動詞變化 assured; assured; assuring
同 convince 使確信、使信服
反 doubt 懷疑、不信任
家族字彙
┌assure
├assured **adj.** 自信的、確定的
└assuredly **adv.** 確實地、確信地

英中 大5 學測

astonish [ə`stɑnɪʃ]

v. 使驚訝
動詞變化 astonished; astonished; astonishing
同 surprise 使驚奇、驚訝
家族字彙
┌astonish
├astonished **adj.** 驚訝的
├astonishing **adj.** 令人驚訝的
└astonishment **n.** 吃驚、驚訝

🎧 | **MP3** | Track 035 | ⬇

英初 國20 會考

athlete [`æθlit]

n. 運動員、體育家
名詞複數 athletes
同 sportsman 運動員
家族字彙
┌athlete
├athletic **adj.** 運動的、強壯的
└athletics **n.** 運動、體育

英中 大4 學測

atmosphere [`ætməs,fɪr]

n. 大氣、大氣層
名詞複數 atmospheres
同 air 大氣、空氣
家族字彙
┌atmosphere
└atmospheric **adj.** 大氣的

A B C D E F G H I J K L M N O P Q R S T U V W X Y Z

| 英中 | 大4 | 學測 |

atom [ˈætəm]

n. 原子、微粒
名詞複數 atoms
同 atomy 原子、微粒
家族字彙
- atom
- atomic **adj.** 原子的、原子能的
- atomism **n.** 原子論
- atomist **adj.** 原子論者
- atomistic **adj.** 原子論的

| 英中 | 大4 | 學測 |

atomic [əˈtɑmɪk]

adj. （關於）原子的、原子能的
同 atomistic 原子的、原子論的
家族字彙
- atomic
- atom **n.** 原子、微粒

| 英中 | 大4 | 學測 |

attach [əˈtætʃ]

v. 繫上、貼上
動詞變化 attached; attached; attaching
同 join 連接、接合
反 detach 分開、拆卸
家族字彙
- attach
- attachment **n.** 附著、附件、愛慕
- attachable **adj.** 可附上的
- attached **adj.** 附屬的

🎧 | **MP3** | Track 036 | ⬇

| 英中 | 大6 | 學測 |

attain [əˈten]

v. 達到、獲得
動詞變化 attained; attained; attaining
同 obtain 獲得、得到
反 lose 失去
家族字彙
- attain
- attainment **n.** 完成、成就
- attainable **adj.** 可獲得的

| 英初 | 國20 | 會考 |

attitude [ˈætəˌtjud]

n. 態度、看法
名詞複數 attitudes
同 opinion 看法
家族字彙
- attitude
- attitudinal **adj.** 態度的
- attitudinarian **n.** 裝模作樣之人

| 英中 | 大6 | 學測 |

attorney [əˈtɜnɪ]

n. 律師、法定代理人
名詞複數 attorneys
同 lawyer 律師
家族字彙
- attorney
- attorneyship **n.** 代理人之職務

| 英中 | 大4 | 學測 |

attraction [əˈtrækʃən]

n. 吸引、吸引力
名詞複數 attractions
同 appeal 吸引力
反 repulsion 拒絕
家族字彙
- attraction
- attract **v.** 吸引、引起……的注意
- attractive **adj.** 吸引的、有吸引力的

| 英初 | 國20 | 會考 |

attractive [əˈtræktɪv]

adj. 吸引的、有吸引力的
形容詞變化 more attractive; the most attractive
同 fascinating 迷人的、有吸引力的
家族字彙
- attractive
- attract **v.** 吸引、引起…的注意
- attraction **n.** 吸引力、誘惑力

🎧 | **MP3** | Track 037 | ⬇

attribute

英中 | 大6 | 學測

attribute

[ə'trɪbjut] / ['ætrə,bjut]

v. 把…歸因於
n. 屬性、特性
名詞複數 attributes
動詞變化 attributed; attributed;
attributing
同 ascribe 歸因於
家族字彙
┌attribute
└attribution **n.** 歸屬

英初 | 國20 | 會考

audience ['ɔdɪəns]

n. 聽眾、觀眾
名詞複數 audiences
同 spectator 觀眾、旁觀者

英中 | 大4 | 學測

audio ['ɔdɪo]

adj. 聽覺的、聲音的
反 video 電視影像的

英中 | 大6 | 學測

authentic [ɔ'θɛntɪk]

adj. 真的、真正的
形容詞變化 more authentic;
the most authentic
同 acoustical 聽覺的
反 optical 視覺的
家族字彙
┌authentic
└authenticate **v.** 證明（某物）為真

英初 | 國20 | 會考

author ['ɔθə]

n. 著作家、作者
名詞複數 authors
同 writer 作者、作家

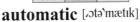 | **MP3** | Track 038 | ⬇

英中 | 大4 | 學測

authority [ə'θɔrətɪ]

n. 權力、當權者
名詞複數 authorities
同 power 力量、權力
家族字彙
┌authority
├authoritative **adj.** 權威的、命令式的
├authorize **v.** 授權、批准
└authorization **n.** 授權、委任狀

英初 | 國20 | 會考

automobile ['ɔtəmə,bil]

n. 汽車
名詞複數 automobiles
同 car 汽車

英初 | 國20 | 會考

automatic [,ɔtə'mætɪk]

adj. 自動的、不加思索的
n. 自動手槍（或步槍等）、有自動裝置
的汽車
名詞複數 automatics
同 self-driven 自動的
反 manual 手工的
家族字彙
┌automatic
├automation **n.** 自動化、自動操作
└automatically **adv.** 自動地、無意識
地

英中 | 大5 | 學測

auxiliary [ɔg'zɪljərɪ]

adj. 輔助的、補助的
同 supplementary 補充的、附加的

A
B
C
D
E
F
G
H
I
J
K
L
M
N
O
P
Q
R
S
T
U
V
W
X
Y
Z

available [əˋveləbḷ]

adj. 現成可使用的、在手邊的
同 useable 可用的
家族字彙
- available
- avail **n.** 效用、幫助
- availably **adv.** 有效用地

🎧 **MP3** | Track 039 | ⬇

英初　國20　會考

avenue [ˋævəˏnju]

n. 林陰道、大街
名詞複數 avenues
同 street 街道

英初　國12　會考

avoid [əˋvɔɪd]

v. 避免、預防
動詞變化 avoided; avoided; avoiding
同 prevent 預防、防止
反 approach 靠近
家族字彙
- avoid
- avoidable **adj.** 可避免的
- avoidance **n.** 避免
- avoidless **adj.** 無法避免的

英中　大4　學測

await [əˋwet]

v. 等候、期待
動詞變化 awaited; awaited; awaiting
同 wait 等待、等候

英初　國20　會考

award [əˋwɔrd]

v. 授予、給予 **n.** 獎、獎品
名詞複數 awards
動詞變化 awarded; awarded; awarding
同 prize 獎品、獎金

英初　國20　會考

aware [əˋwɛr]

adj. 意識到的、知道的
同 conscious 意識到的
反 unaware 不知道的
家族字彙
- aware
- awareness **n.** 知道、曉得

🎧 **MP3** | Track 040 | ⬇

英初　國20　會考

awful [ˋɔfʊl]

adj. 極壞的、令人不快的
形容詞變化 more awful; the most awful
同 terrible 可怕的
家族字彙
- awful
- awfully **adv.** 令人畏懼地

英中　大4　學測

awkward [ˋɔkwəd]

adj. 尷尬的、棘手的
形容詞變化 more awkward; the most awkward
同 embarrassed 尷尬的
家族字彙
- awkward
- awkwardly **adv.** 笨拙地、棘手地

英初　國20　會考

ax(e) [æks]

n. 斧頭
名詞複數 ax(e)s
同 hatchet 短柄小斧

Bb

英中　大5　學測

bachelor [`bætʃələ]

n. 單身男子、單身漢
名詞複數 bachelors
同 single 單身者

英初　國20　會考

background
[`bæk‚graʊnd]

n. 出身背景、經歷
名詞複數 backgrounds
同 backdrop 背景
反 foreground 前景

🎧 | **MP3** | Track 041 | ⬇

英初　國12　會考

backward(s)
[`bækwəd(z)]

adj. 向後的、反向的　**adv.** 向後、往回
同 back 後面的、向後的
反 forward 向前的

英初　國20　會考

bacon [`bekən]

n. 鹹肉、培根
同 meat 肉

英初　國20　會考

bacteria [bæk`tɪrɪə]

n. 細菌
同 germ 微生物、細菌
家族字彙
　┌bacteria
　├bacterial **adj.** 細菌的
　└bacterin **n.** 疫苗

英中　大5　學測

badge [bædʒ]

n. 徽章、證章
名詞複數 badges
同 emblem 象徵、徽章
家族字彙
　┌badge
　└badger **v.** 糾纏、吵著要

英初　國20　會考

baggage [`bægɪdʒ]

n. 行李
名詞複數 baggages
同 luggage 行李

🎧 | **MP3** | Track 042 | ⬇

英初　國12　會考

bakery [`bekərɪ]

n. 麵包店
名詞複數 bakeries
家族字彙
　┌bakery
　└baker **n.** 麵包師傅

英初　國20　會考

balance [`bæləns]

n. 平衡、均衡　**v.** 使平衡、使均衡
同 equilibrium 平衡

英初　國12　會考

balcony [`bælkənɪ]

n. 陽臺、（電影院等的）樓廳
名詞複數 balconies
同 veranda 陽臺

英初　國12　會考

balloon [bə`lun]

n. 氣球
名詞複數 balloons
同 airballoon 氣球
家族字彙
　┌balloon
　└ballooning **n.** 股票上漲、操縱價格

英中 | **大5** | **學測**

ban [bæn]

v. 取締、查禁　**n.** 禁止、禁令
名詞複數 bans
動詞變化 banned; banned; banning
同 forbid 禁止
反 allow 允許

🎧 | **MP3** | Track 043 | ⬇

英初 | **國12** | **會考**

band [bænd]

n. 群、帶　**v.** 用帶綁
名詞複數 bands
動詞變化 banded; banded; banding
同 belt 帶子

英初 | **國20** | **會考**

bang [bæŋ]

n. 猛擊、猛撞　**v.** 猛擊、猛撞
動詞變化 banged; banged; banging
同 slam 撞擊、猛撞

英中 | **大4** | **學測**

bankrupt [`bæŋkrʌpt]

adj. 破產的、徹底失敗的
v. 使破產、使枯竭
n. 破產者
名詞複數 bankrupts
動詞變化 bankrupted; bankrupted;
　　　　　 bankrupting
同 insolvent 無力償還的、破產的
家族字彙
┌bankrupt
└bankruptcy **n.** 破產

英中 | **大5** | **學測**

banner [`bænə]

n. 橫幅、旗
名詞複數 banners
同 flag 旗幟

英初 | **國12** | **會考**

bar [bɑr]

n. 酒吧、售酒（或食物等）的櫃檯
v. （門窗等的）門、阻止
名詞複數 bars
動詞變化 barred; barred; barring
同 pub 酒吧

🎧 | **MP3** | Track 044 | ⬇

英初 | **國12** | **會考**

barber [`bɑrbə]

n. 理髮師
名詞複數 barbers
同 hairdresser 理髮師、美容師

英初 | **國20** | **會考**

bare [bɛr]

adj. 赤裸的、光禿的　**v.** 露出、暴露
同 naked 赤裸裸的、無遮蔽的
家族字彙
┌bare
├barely **adv.** 僅僅、只不過、幾乎不
└bareness **n.** 赤裸

英初 | **國20** | **會考**

barely [`bɛrlɪ]

adv. 僅僅、只不過
同 merely 僅僅、只不過
家族字彙
┌barely
└bare **adj.** 赤裸的、光禿的

英初 | **國12** | **會考**

bark [bɑrk]

v. （狗等）吠、叫　**n.** 吠聲、叫聲
名詞複數 barks
動詞變化 barked; barked; barking
同 shout 呼喊、大叫
家族字彙
┌bark
└barker **n.** 咆哮者

英初　國20　會考　PTE-2

barn [bɑrn]

n. 穀倉、牲口棚
名詞複數 barns
同 granary 穀倉
家族字彙
- barn
- barnyard **n.** 穀倉前的空地

🎧 | **MP3** | Track 045 | ⬇

英中　大4　學測

barrier [ˈbærɪɚ]

n. 柵欄、關卡
名詞複數 barriers
同 fence 柵欄

英初　國12　會考

baseball [ˈbesˌbɔl]

n. 棒球
名詞複數 baseballs
同 horsehide 馬革、棒球
家族字彙
- baseball
- base **n.** 基礎、底部

英中　大4　學測

basically [ˈbesɪklɪ]

adv. 基本上、從根本上説
同 essentially 本質上、基本上
家族字彙
- basically
- basic **adj.** 基本的、基礎的

英初　國12　會考

basis [ˈbesɪs]

n. 基礎、根據
名詞複數 bases
同 principle 原則
家族字彙
- basis
- basic **n.** 基礎
- basically **adv.** 基本上

英初　國12　會考

bat [bæt]

n. 球棒、球拍
名詞複數 bats
同 racket 球拍

🎧 | **MP3** | Track 046 | ⬇

英中　大4　會考

battery [ˈbætərɪ]

n. 電池（組）、蓄電池（組）
名詞複數 batteries

英初　國20　會考

bay [be]

n. （海或湖泊的）灣、（大廳等建築物內的）分隔間
名詞複數 bays
同 gulf 海灣

英中　大4　學測

beam [bim]

n. 柱、樑 **v.** 面露喜色、播送
名詞複數 beams
動詞變化 beamed; beamed; beaming
同 pillar 柱、棟樑
家族字彙
- beam
- beaming **adj.** 笑吟吟的

英初　國12　會考

bean [bin]

n. 豆
名詞複數 beans
同 pea 豌豆

英初　國12　會考

beard [bɪrd]

n. 鬍鬚
名詞複數 beards
同 mustache 髭、鬍子

A B C D E F G H I J K L M N O P Q R S T U V W X Y Z

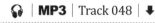

英中　大4　學測

bearing [ˈbɛrɪŋ]

n. 舉止、風度
名詞複數 bearings
同 behavior 舉止、風度
家族字彙
bearing
bear **v.** 忍受、承擔

英初　國20　會考

beast [bist]

n. 野獸、牲畜
名詞複數 beasts
同 brute 野獸、獸性
家族字彙
beast
beastly **adj.** 殘忍的、卑鄙的
beastliness **n.** 獸性

英初　國20　會考

beggar [ˈbɛgɚ]

n. 乞丐　**v.** 使貧窮
名詞複數 beggars
同 vagrant 流浪者、乞丐
家族字彙
beggar
beg **v.** 懇求、請求

英中　大5　學測

behalf [bɪˈhæf]

n. 利益、方面
同 aspect 方面

英初　國20　會考

behave [bɪˈhev]

v. 表現、舉止端正
動詞變化 behaved; behaved;
behaving
同 perform 行動、表現
家族字彙
behave
behavior **n.** 行為、舉止
behavioral **adj.** 行為的

英中　大4　學測

behavior [bɪˈhevjɚ]

n. 行為、舉止
名詞複數 behaviors
同 conduct 行為、舉動
家族字彙
behavior
behave **v.** 舉止、表現、行為

英初　國20　會考

being [ˈbiɪŋ]

n. 生物、人
名詞複數 beings
同 human 人類
家族字彙
being
be **v.** 是、在

英初　國12　會考

belief [bɪˈlif]

n. 相信、信任
名詞複數 beliefs
同 faith 信仰
反 unbelief 不信
家族字彙
belief
believe **v.** 相信、認為
believer **n.** 信徒
believable **adj.** 可以相信的

英中　大5　學測

beloved [bɪˈlʌvɪd]

adj. 所鍾愛的、受愛戴的
形容詞變化 more beloved;
the most beloved
同 darling 可愛的、親愛的

英初　國20　會考

beneath [bɪˈniθ]

prep. 往……下面
adv. 在下方、在底下
同 underneath 在……下面
反 above 在……上面

英中　大5　學測

beneficial [͵bɛnəˋfɪʃəl]

adj. 有益的、有利的
形容詞變化 more beloved;
　　　　　the most beloved
同 advantageous 有利的、有益的
反 harmful 有害的
家族字彙
- beneficial
- beneficiary **n.** 受益人
- benefit **n.** 益處

英初　國20　會考

benefit [ˋbɛnəfɪt]

n. 益處、好處　**v.** 有益於、得益
名詞複數 benefits
同 profit 益處
反 harm 損害
家族字彙
- benefit
- beneficial **adj.** 有益的、有利的
- beneficiary **n.** 受益人

英初　國12　會考

besides [bɪˋsaɪdz]

adv. 而且、此外（還）
prep. 除⋯⋯之外（還）
同 moreover 而且、此外

英初　國12　會考

bet [bɛt]

v. 以⋯⋯打賭、與⋯⋯打賭
n. 打賭、賭金
名詞複數 bets
動詞變化 bet; bet; betting
同 wager 打賭、賭注

英中　大6　學測

betray [bɪˋtre]

v. 背叛、出賣
動詞變化 betrayed; betrayed;
　　　　　betraying
同 rebel 反叛、起義
家族字彙
- betray
- betrayer **n.** 叛徒、背信者、告密者

英初　國20　會考

bible [ˋbaɪbḷ]

n. 聖經、有權威的書
名詞複數 bibles
家族字彙
- bible
- Biblical **adj.** 出自聖經的

英中　大5　學測

bid [bɪd]

n. 企圖、努力　**v.** 喊價、出價
名詞複數 bids
動詞變化 bade, bid; bidden, bid;
　　　　　bidding
同 attempt 企圖
家族字彙
- bid
- bidder **n.** 出價人、投標人

英初　國20　會考

billion [ˋbɪljən]

n. 十億
名詞複數 billions
同 milliard 十億

英初　國12　會考

bind [baɪnd]

v. 捆綁、捆紮
動詞變化 bound; bound; binding
同 tie 紮、繫、連接
反 unloose 解開、放鬆
家族字彙
- bind
- binder **n.** 裝訂工、裝訂機
- binding **adj.** 捆綁的、必須遵守的

英中　大4　學測

biology [baɪˋɑlədʒɪ]

n. 生物學
名詞複數 biologies
家族字彙
- biology
- biological **adj.** 生物學的

| 英中 | 大4 | 學測 |

blade [bled]

n. 刀刃、刀片
名詞複數 blades
同 knife 刀
家族字彙
┌blade
└bladed **adj.** 有刀刃的

| 英初 | 國20 | 會考 |

blame [blem]

v. 譴責、歸咎　**n.** 對壞事的責任、過失
動詞變化 blamed; blamed; blaming
同 denounce 譴責、指責
反 praise 讚美、稱讚
家族字彙
┌blame
└blameless **adj.** 無可責難的

| 英初 | 國12 | 會考 |

blank [blæŋk]

adj. 空著的、茫然的
n. 空白（處）、空白表格
名詞複數 blanks
同 vacant 空著的、茫然的

| 英初 | 國20 | 會考 |

blanket [ˈblæŋkɪt]

n. 毛毯
名詞複數 blankets
同 carpet 地毯、毛毯

| 英中 | 大5 | 學測 |

blast [blæst]

n. 爆炸、一股（強烈的氣流）
v. 炸、炸掉
名詞複數 blasts
動詞變化 blasted; blasted; blasting
同 explosion 爆炸

| 英中 | 國20 | 會考 |

bleed [blid]

v. 出血、勒索……的錢
動詞變化 bled; bled; bleeding
同 blackmail 勒索

| 英中 | 大4 | 學測 |

blend [blɛnd]

v. （使）混和、（使）混雜
n. 混合物、混和
名詞複數 blends
動詞變化 blended; blended; blending
同 mixture 混合、混合物

| 英初 | 國12 | 會考 |

bloody [ˈblʌdɪ]

adj. （用於加強語氣）非常的、該死的
adv. （用於加強語氣）非常、很
v. 使為血所汙、血染
動詞變化 bloodied; bloodied;
　　　　　bloodying
同 damned 該死的
家族字彙
┌bloody
└blood **n.** 血、血液、血統、家族

| 英中 | 大4 | 學測 |

bloom [blum]

n. 花、開花（期）
v. 開花
動詞變化 bloomed; bloomed;
　　　　　blooming
同 blossom 開花
家族字彙
┌bloom
└blooming **adj.** 正開花的、妙齡的

blossom [ˈblɑsəm]

n. （尤指果樹的）花　**v.** （植物）開花
名詞複數 blossoms
動詞變化 blossomed; blossomed; blossoming
同 flower 花、開花

🎧 | **MP3** | Track 053 | ⬇

bold [bold]

adj. 勇敢的、無畏的
形容詞變化 bolder; the boldest
同 brave 勇敢的
反 timid 膽怯的、害羞的
家族字彙
┌bold
└boldly **adv.** 大膽地、醒目地

bolt [bolt]

n. （門或窗的）插銷、閂　**v.** 閂、栓住
名詞複數 bolts
動詞變化 bolted; bolted; bolting
同 latch 門閂
家族字彙
┌bolt
└bolted **adj.** 脫離的

bomb [bɑm]

n. 炸彈　**v.** 轟炸、投彈於
名詞複數 bombs
動詞變化 bombed; bombed; bombing
同 bombard 炮轟、轟擊
家族字彙
┌bomb
├bombard **v.** 轟炸
└bombardier **n.** 轟炸員

bond [bɑnd]

n. 聯結、聯繫
v. （使）黏合、（使）結合
名詞複數 bonds
動詞變化 bonded; bonded; bonding
同 contract 合同
家族字彙
┌bond
└bonded **adj.** 有擔保的、保稅的、抵押的

boom [bum]

n. （人口、貿易等的）突然增加、迅速發展
v. 激增、繁榮
名詞複數 booms
動詞變化 boomed; boomed; booming
同 flourish 繁榮、茂盛
反 downcome 下降、衰落
家族字彙
┌boom
├boomer **n.** 發出隆隆聲者
└booming **adj.** 景氣好的

boost [bust]

v. 提高、使增長　**n.** 提高、增長
名詞複數 boosts
動詞變化 boosted; boosted; boosting
同 raise 提高、增長
反 decline 下降、衰退
家族字彙
┌boost
├booster **n.** 支持者
└boosterism **n.** 積極支持

🎧 | **MP3** | Track 054 | ⬇

boot [but]

n. 靴、（汽車後部的）行李箱
名詞複數 boots
同 trunk （汽車後部）行李箱

A
B
C
D
E
F
G
H
I
J
K
L
M
N
O
P
Q
R
S
T
U
V
W
X
Y
Z

英初 | 國20 | 會考

border [ˈbɔrdɚ]

n. 邊、邊緣 **v.** 給……加上邊、鄰接
名詞複數 borders
動詞變化 bordered; bordered; bordering
同 verge 邊緣
反 heart 中心

英初 | 國20 | 會考

bore [bor]

v. 使厭煩、使厭倦
n. 令人討厭的人（或事）
名詞複數 bores
動詞變化 bored; bored; boring
同 loathy 可厭的、令人討厭的
反 favorable 討人喜歡的
家族字彙
┌ bore
├ boredom **n.** 厭煩、厭倦、無聊
└ boring **adj.** 乏味的、無聊的

英中 | 大6 | 學測

boring [ˈborɪŋ]

adj. 令人厭煩的、乏味的
形容詞變化 more boring; the most boring
同 dull 乏味的
反 interesting 有趣的
家族字彙
┌ boring
├ bore **v.** 使厭煩
└ boredom **n.** 厭煩、厭倦、無聊

英初 | 國12 | 會考

bother [ˈbɑðɚ]

v. 打擾、給某人添麻煩
n. 麻煩、不便
名詞複數 bothers
動詞變化 bothered; bothered; bothering
同 disturb 打擾、妨礙
家族字彙
┌ bother
└ bothersome **adj.** 討厭的

英中 | 大4 | 學測

bounce [baʊns]

v. （使）彈起、反彈 **n.** 彈、反彈
名詞複數 bounces
動詞變化 bounced; bounced; bouncing
同 rebound 回彈

英中 | 大5 | 學測

bound [baʊnd]

adj. 一定的、必然的
v. 跳躍、跳躍著前進
名詞複數 bounds
動詞變化 bounded; bounded; bounding
同 inevitable 必然的
反 unsure 不確定的
家族字彙
┌ bound
└ boundless **adj.** 無限的

英中 | 大5 | 學測

boundary [ˈbaʊndərɪ]

n. 分界線、邊界
名詞複數 boundaries
同 border 邊界、邊境

英初 | 國12 | 會考

bow(1) [bo]

n. 弓、弓形物
名詞複數 bows
同 arch 弓形

英初 | 國12 | 會考

bow(2) [baʊ]

n. 鞠躬、點頭
v. 點頭、欠（身）致敬
名詞複數 bows
動詞變化 bowed; bowed; bowing
同 nod 點頭

英初　國20　會考

brake [brek]

n. 閘、煞車
v. 煞車、（車）被停住
名詞複數 brakes
動詞變化 braked; braked; braking
同 lock 鎖、閘

英初　國12　會考

brand [brænd]

n. 商標、（商品的）牌子
v. 打烙印於、以烙鐵打（標記）
名詞複數 brands
動詞變化 branded; branded; branding
同 trademark 商標
家族字彙
┌brand
└branded **adj.** 品牌商標的

英初　國20　會考

brass [bræs]

n. 黃銅、黃銅器
名詞複數 brasses
同 copper 銅

英中　大5　學測

breadth [brɛdθ]

n. 寬度、幅度
名詞複數 breadths
反 length 長度

英初　國20　會考

breast [brɛst]

n. 胸脯、乳房
名詞複數 breasts
同 bosom 胸部、乳房

英中　大4　學測

breed [brid]

n. 種、品種　**v.** 繁殖
名詞複數 breeds
動詞變化 bred; bred; breeding
同 variety 品種、種類
家族字彙
┌breed
├breeding **n.** 飼養、教養
└breeder **n.** 飼養動物的人

英初　國20　會考

breeze [briz]

n. 微風、輕風　**v.** 飄然而行
名詞複數 breezes
動詞變化 breezed; breezed; breezing
同 zephyr 微風
反 gale 大風、狂風
家族字彙
┌breeze
├breezy **adj.** 微風的、輕鬆的
├breezeless **adj.** 無風的
├breezily **adv.** 微風輕拂的
└breeziness **n.** 微風的輕吹

英初　國12　會考

brick [brɪk]

n. 磚　**v.** 用磚砌、用磚堵住
名詞複數 bricks
動詞變化 bricked; bricked; bricking

英初　國20　會考

bride [braɪd]

n. 新娘
名詞複數 brides
反 groom 新郎
家族字彙
┌bride
└bridesmaid **n.** 伴娘

A B C D E F G H I J K L M N O P Q R S T U V W X Y Z

brief [brif]

adj. 短時間的、簡短的
v. 向……介紹基本情況、作……的提要
n. 概要、摘要
名詞複數 briefs
動詞變化 briefed; briefed; briefing
形容詞變化 briefer; the briefest
同 concise 簡明的
反 lengthy 冗長的
家族字彙
- brief
- briefly **adv.** 簡短地、簡略地
- briefer **n.** 情報官
- briefing **n.** 簡報
- briefness **n.** 時間短促

🎧 | **MP3** | Track 058 | ⬇

brilliant [ˈbrɪljənt]

adj. 卓越的、傑出的
形容詞變化 more brilliant; the most brilliant
同 preeminent 卓越的、優秀的
反 dim 暗淡的
家族字彙
- brilliant
- brilliance **n.** 光輝、輝煌
- brilliantly **adv.** 燦爛地、傑出地

brow [braʊ]

n. 眉、眉毛
名詞複數 brows
同 eyebrow 眉毛

bubble [ˈbʌbḷ]

n. 水泡、氣泡　**v.** 冒泡、起泡
名詞複數 bubbles
動詞變化 bubbled; bubbled; bubbling
同 suds 肥皂泡

budget [ˈbʌdʒɪt]

n. 預算、預算撥款
v. 規劃、安排
adj. 低廉的、收費公道的
名詞複數 budgets
動詞變化 budgeted; budgeted; budgeting
同 allot 撥出、分配

bulb [bʌlb]

n. 電燈泡、球狀物
名詞複數 bulbs
同 globe 球體
家族字彙
- bulb
- bulbed **adj.** 有球莖的

🎧 | **MP3** | Track 059 | ⬇

bulk [bʌlk]

n. 大量、數量
v. 變得越來越大（或重要）、使更大（或更厚）
名詞複數 bulks
動詞變化 bulked; bulked; bulking
同 quantity 數量、大量
反 knob 小塊
家族字彙
- bulk
- bulky **adj.** 龐大的

bullet [ˈbulɪt]

n. 子彈
名詞複數 bullets

bump [bʌmp]

英初　國20　會考

v. 碰、撞　**n.** 碰撞、猛撞
名詞複數 bumps
動詞變化 bumped; bumped; bumping
同 collide 碰撞
家族字彙
- bump
- bumper **n.** 保險桿

bunch [bʌntʃ]

英初　國20　會考

n. 群、夥　**v.** 使成一束（或一群等）
名詞複數 bunches
動詞變化 bunched; bunched; bunching
同 group 群、組

bundle [ˈbʌndl]

英初　國12　會考

n. 捆、包　**v.** 收集、歸攏
名詞複數 bundles
動詞變化 bundled; bundled; bundling
同 collect 收集

🎧 **MP3** | Track 060 | ⬇

burden [ˈbɝdn̩]

英初　國20　會考

n. 重擔、精神負擔　**v.** 加重壓於、煩擾
名詞複數 burdens
動詞變化 burdened; burdened; burdening
同 load 負荷、重擔

bureau [ˈbjʊro]

英中　大5　學測

n. 局、辦事處
名詞複數 bureaus
同 office 局、所
家族字彙
- bureau
- bureaucracy **n.** 官僚、政府機構

burst [bɝst]

英初　國12　會考

v. 破裂、爆炸
動詞變化 burst; burst; bursting
同 explode 爆炸

bush [bʊʃ]

英初　國20　會考

n. 灌木、灌木叢
名詞複數 bushes
同 shrub 灌木
家族字彙
- bush
- bushy **adj.** 灌木叢生的、茂密的

business [ˈbɪznɪs]

英初　國12　會考

n. 生意、買賣
名詞複數 businesses
同 trade 貿易、商業
家族字彙
- business
- businessman **n.** 商人
- businesswoman **n.** 女實業家
- businesslike **adj.** 有系統的

🎧 **MP3** | Track 061 | ⬇

butcher [ˈbʊtʃɚ]

英中　大5　學測

n. 屠夫、肉商　**v.** 屠宰、殘殺
名詞複數 butchers
動詞變化 butchered; butchered; butchering
同 slaughter 殘殺、屠殺

butterfly [ˈbʌtɚˌflaɪ]

英初　國12　會考

n. 蝴蝶
名詞複數 butterflies

Cc

cabbage [ˈkæbɪdʒ]

n. 捲心菜、甘藍菜
名詞複數 cabbages
同 pamphrey 捲心菜
家族字彙
- cabbage
- cabbagehead **n.** 笨蛋
- cabbageworm **n.** 吃甘藍菜之毛蟲

英初 | 國20 | 會考

cabin [ˈkæbɪn]

n. 小木屋、機艙
名詞複數 cabins
同 hut 小屋

英中 | 大4 | 學測

cabinet [ˈkæbənɪt]

n. 內閣、貯藏櫥
名詞複數 cabinets
同 cupboard 櫥櫃、壁櫥
家族字彙
- cabinet
- cabinetmaker **n.** 家具工人
- cabinetmaking **n.** 家具製造
- cabinetry **n.** 細工家具

🎧 | MP3 | Track 062 ⬇

英初 | 國12 | 會考

cable [ˈkebl̩]

n. 纜繩、鋼索
名詞複數 cables
動詞變化 cabled; cabled; cabling
同 wire 電線、打電報
家族字彙
- cable
- cabler **n.** 搓繩機

英中 | 大4 | 學測

calculate [ˈkælkjəˌlet]

v. 計算、核算
動詞變化 calculated; calculated; calculating
同 reckon 計算
家族字彙
- calculate
- calculation **n.** 計算、估計
- calculative **adj.** 計算的、精明的

英中 | 大4 | 學測

calculator [ˈkælkjəˌletɚ]

n. 計算器
名詞複數 calculator
同 counter 計算者、計算器
家族字彙
- calculator
- calculate **v.** 計算

英初 | 國12 | 會考

calendar [ˈkæləndɚ]

n. 日曆、月曆
名詞複數 calendars
同 almanac 曆書、年鑑
家族字彙
- calendar
- calendrical **adj.** 曆法的

英初 | 國12 | 會考

calm [kɑm]

adj. 平靜的、安靜的　**n.** 平靜、鎮定
v. 平靜下來
動詞變化 calmed; calmed; calming
形容詞變化 calmer; the calmest
同 peaceful 安靜的
反 excited 興奮的、活躍的
家族字彙
- calm
- calmly **adv.** 平靜地
- calmness **n.** 平靜、冷靜

🎧 | MP3 | Track 063 ⬇

英初 | 國1 | 會考

camel [ˈkæml]

n. 駱駝
名詞複數 camels
家族字彙
- camel
- cameleer **n.** 駱駝夫
- camelback **n.** 駱駝的背

英中 | 大4 | 學測

campaign [kæmˈpen]

n. 運動、戰役
v. 參加（或發起）運動、參加競選
名詞複數 campaigns
動詞變化 campaigned; campaigned; campaigning
同 crusade 運動
家族字彙
- campaign
- campaigner **n.** 競選者、出征者

英初 | 國20 | 會考

campus [ˈkæmpəs]

n. （大學）校園
名詞複數 campuses
同 college 學院、大學

英中 | 大5 | 學測

canal [kəˈnæl]

n. 運河、溝渠
名詞複數 canals
同 waterway 航路、運河

英初 | 國12 | 會考

cancel [ˈkænsl]

v. 取消、刪去
動詞變化 cancelled; cancelled; cancelling
同 erase 抹去、擦掉
家族字彙
- cancel
- canceler **n.** 消除器
- cancelable **adj.** 可刪除的

英初 | 國12 | 會考

cancer [ˈkænsə]

n. 癌
名詞複數 cancers
同 tumour 腫塊、腫瘤
家族字彙
- cancer
- cancerous **adj.** 患癌症的

英中 | 大4 | 學測

candidate [ˈkændəˌdet]

n. 候選人、應考者
名詞複數 candidates
同 nominee 被提名的人
家族字彙
- candidate
- candidacy **n.** 候選資格

英初 | 國1 | 會考

candy [ˈkændɪ]

n. 糖果
名詞複數 candies
同 sweet 糖果
家族字彙
- candy
- candied **adj.** 糖煮的、甜言蜜語

英初 | 國20 | 會考

capable [ˈkepəbl]

adj. 有能力的、有技能的
形容詞變化 more capable; the most capable
同 able 能幹的、有才能的
反 incapable 無能力的、不能的
家族字彙
- capable
- capably **adv.** 有能力地

英中 | 大4 | 學測

capacity [kəˈpæsətɪ]

n. 容量、容積
名詞複數 capacities
同 volume 容積、容量

🎧 **MP3** | Track 064 | ⬇

🎧 **MP3** | Track 065 | ⬇

英初　國20　會考

capture [ˈkæptʃə]

v. 俘虜、捕獲　**n.** 俘獲、捕獲
名詞複數 captures
動詞變化 captured; captured; capturing
同 catch 捕捉
家族字彙
- capture
- capturer **n.** 俘獲者

英中　大5　學測

carbon [ˈkɑrbən]

n. 碳
名詞複數 carbons
家族字彙
- carbon
- carbonize **v.** 使成碳、碳化
- carbonous **adj.** 含碳的

英中　大4　學測

career [kəˈrɪr]

n. 生涯、職業　**adj.** 職業性質的
名詞複數 careers
同 occupation 職業
家族字彙
- career
- careerist **n.** 野心家

英中　大4　學測

cargo [ˈkɑrgo]

n. （船、飛機等裝載的）貨物
名詞複數 cargoes; cargos
同 freight 貨物

英初　國20　會考

carpenter [ˈkɑrpəntə]

n. 木工、木匠
名詞複數 carpenters
同 woodworker 木工
家族字彙
- carpenter
- carpentry **n.** 木工工藝

英初　國20　會考

carriage [ˈkærɪdʒ]

n. （火車）客車廂、馬車
名詞複數 carriages
同 conveyance 運輸設備、運載工具

英中　大4　學測

carrier [ˈkærɪə]

n. 運輸公司、運輸工具
名詞複數 carriers
同 transporter 運輸者、運輸裝置
家族字彙
- carrier
- carry **v.** 運送

英初　國12　會考

cartoon [kɑrˈtun]

n. 漫畫、卡通
名詞複數 cartoons
同 caricature 漫畫
家族字彙
- cartoon
- cartoonist **n.** 漫畫家

英初　國12　會考

cash [kæʃ]

n. 錢、現款　**v.** 把……兌現
名詞複數 cashes
動詞變化 cashed; cashed; cashing
同 money 金錢
家族字彙
- cash
- cashless **adj.** 無現款的

英中　大6　學測

cashier [kæˈʃɪr]

n. 出納
名詞複數 cashiers
同 teller 出納員

英初　國12　會考

cassette [kæˋsɛt]

n. 盒式錄音（或錄影）帶
名詞複數 cassettes

英初　國20　會考

cast [kæst]

v. 投、扔　　**n.** 投、抛
名詞複數 casts
動詞變化 cast; cast; casting
同 throw 投、抛
家族字彙
- cast
- castability **n.** 可鑄性
- castable **adj.** 可鑄的

英初　國12　會考

castle [ˋkæsḷ]

n. 城堡
名詞複數 castles
同 fortress 城堡、要塞

英初　國12　會考

casual [ˋkæʒʊəl]

adj. 偶然的、碰巧的
形容詞變化 more casual;
　　　　　the most casual
同 accidental 偶然的
反 planned 有計劃的
家族字彙
- casual
- casually **adv.** 偶然地
- casualness **n.** 隨便、漫不經心

英中　大4　學測

catalog(ue) [ˋkætələg]

n. 目錄（冊）、一系列
v. 將……編入目錄、將（書籍、資料等）編目
名詞複數 catalogues
動詞變化 catalogued; catalogued;
　　　　　cataloguing
同 list 目錄、明細表
家族字彙
- catalog(ue)
- cataloger **n.** 編制目錄的人
- catalogic **adj.** 如目錄的、目錄的

英初　國1　會考

catch [kætʃ]

v. 抓、捕捉
動詞變化 caught; caught; catching
同 seize 抓住、捉住
家族字彙
- catch
- catcher **n.** 捕手、捕捉器、捕捉者
- catching **adj.** 易傳染的、有魅力的
- catchment **n.** 集水量

英中　大5　學測

category [ˋkætəˏgorɪ]

n. 種類、類
名詞複數 categories
同 type 類型、種類
家族字彙
- category
- categorize **v.** 將……分類
- categorization **n.** 分類

英中　大5　學測

cautious [ˋkɔʃəs]

adj. 十分小心的、謹慎的
形容詞變化 more cautious;
　　　　　the most cautious
同 careful 小心的、謹慎的
反 incautious 輕率的
家族字彙
- cautious
- cautiously **adv.** 小心地、謹慎地
- cautiousness **n.** 謹慎、小心
- caution **n.** 小心

英中　大4　學測

cease [sis]

v. / **n.** 停止、終止
動詞變化 ceased; ceased; ceasing
同 stop 停止
家族字彙
- cease
- ceaseless **adj.** 不停的、不斷的
- ceasefire **n.** 停火
- ceaselessly **adv.** 不停地

ceiling [ˈsilɪŋ]

英初　國12　會考

n. 天花板、頂蓬
(名詞複數) ceilings
(同) platfond 頂棚、天花板
(反) floor 地板

家族字彙
- ceiling
- ceilinged **adj.** 有天花板的

🎧 | **MP3** | Track 069 | ⬇

celebrate [ˈsɛləˌbret]

英初　國20　會考

v. 頌揚、讚美
(動詞變化) celebrated; celebrated; celebrating
(同) praise 讚揚、歌頌

家族字彙
- celebrate
- celebrator **n.** 慶祝者
- celebration **n.** 慶祝、頌揚
- celebratory **adj.** 慶祝的

cell [sɛl]

英初　國12　會考

n. 細胞、小牢房
(名詞複數) cells
(同) cubicle 小臥室

cellar [ˈsɛlɚ]

英中　大5　學測

n. 地窖、地下室
(名詞複數) cellars
(同) basement 地下室

cement [səˈmɛnt]

英中　大4　學測

n. 水泥、膠結材料　**v.** 黏結、膠合
(動詞變化) cemented; cemented; cementing
(同) solidify 弄堅固

家族字彙
- cement
- cementer **n.** 水泥工人

centigrade [ˈsɛntəˌgred]

英中　大5　學測

adj. 攝氏的
(同) Celsius 攝氏溫度計的、攝氏的

🎧 | **MP3** | Track 070 | ⬇

centimeter [ˈsɛntəˌmitɚ]

英初　國20　會考

n. 釐米
(名詞複數) centimeters
(同) centimetre 釐米

century [ˈsɛntʃərɪ]

英初　國12　會考

n. 世紀、百年
(名詞複數) centuries
(同) centenary 一百年

家族字彙
- century
- centurial **adj.** 一世紀的、百人隊的

cereal [ˈsɪrɪəl]

英初　國12　會考

n. 加工而成的穀類產品
(名詞複數) cereals
(同) grain 穀物、穀類

ceremony [ˈsɛrəˌmonɪ]

英中　大5　學測

n. 典禮、儀式
(名詞複數) ceremonies
(同) ritual 儀式、典禮

家族字彙
- ceremony
- ceremonious **adj.** 禮節的、儀式的
- ceremonial **n.** 禮俗、儀式
- ceremonialism **n.** 講究禮節
- ceremonialist **n.** 禮儀家
- ceremonially **adv.** 禮儀上地

英中 | 大5 | 學測

certificate [sə`tıfəkıt]
n. 證書、執照
名詞複數 certificates
同 document 證書、提供資訊和證明的文件
家族字彙
- certificate
- certification **n.** 證明、保證
- certificated **adj.** 持有合格證書的、持有證明的

🎧 | **MP3** | Track 071 | ⬇

英初 | 國20 | 會考

challenge [`tʃælındʒ]
n. 艱鉅的任務、挑戰
v. 反對、公然反抗
名詞複數 challenges
動詞變化 challenged; challenged; challenging
同 confront 使面對、對抗
家族字彙
- challenge
- challenger **n.** 挑戰人、挑戰物
- challenging **adj.** 有挑戰性的

英中 | 大4 | 學測

chamber [`tʃembə]
n. 室、（作特殊用途的）房間
名詞複數 chambers
同 room 房間
家族字彙
- chamber
- chambered **adj.** 有房間的、隔成房間的

英初 | 國20 | 會考

champion [`tʃæmpıən]
n. 冠軍
名詞複數 champions
同 winner 獲勝者
家族字彙
- champion
- championship **n.** 冠軍的地位

英初 | 國20 | 會考

channel [`tʃænl̩]
n. 頻道、航道
名詞複數 channels
同 waterway 航路、運河
家族字彙
- channel
- channelize **v.** 使形成溝渠、疏導

英中 | 大6 | 會考

chaos [`keɑs]
n. 混亂、紊亂
同 disorder 雜亂、混亂
反 cosmos 秩序、和諧
家族字彙
- chaos
- chaotic **adj.** 混亂的、無秩序的
- chaotically **adv.** 混亂地、亂糟糟地

🎧 | **MP3** | Track 072 | ⬇

英中 | 學測

chap [tʃæp]
n. 小夥子、男人
名詞複數 chaps
同 fellow 男孩、小夥子
家族字彙
- chap
- chapped **adj.** 裂開的、有裂痕的

英初 | 國20 | 會考

chapter [`tʃæptə]
n. 章、時期
名詞複數 chapters
同 section 節、部分

英初 | 國12 | 會考

character [`kærıktə]
n. 性格、性質
名詞複數 characters
同 nature 性質、本質
家族字彙
- character
- characterless **adj.** 無特色的

characterise

[ˈkærɪktəˌraɪz]

v. 以……為特徵、描繪（人或物）的特性、描述

動詞變化 characterised; characterised; characterising

同 depict 描述、描寫

家族字彙
- characterise
- character **n.** 性格、特質
- characteristic **adj.** 特有的
- characterisation **n.** 特性化

characteristic

[ˌkærɪktəˈrɪstɪk]

adj. 特有的、典型的 **n.** 特性、特徵

名詞複數 characteristics

同 feature 特徵、特色

家族字彙
- characteristic
- characterise **v.** 描述
- characteristically **adv.** 典型地、有代表性地

🎧 | **MP3** | Track 073 | ⬇

characterize

[ˈkærɪktəˌraɪz]

v. 以……為特徵、描繪（人或物）的特性、描述

動詞變化 characterized; characterized; characterizing

同 depict 描述、描寫

家族字彙
- characterize
- character **n.** 性格、本質
- characterization **n.** 特性描述、性格描述

charge [tʃɑrdʒ]

n. 控告 **v.** 控告、指控

名詞複數 charges

動詞變化 charged; charged; charging

同 accuse 指控、控告

反 discharge 釋放

家族字彙
- charge
- chargeable **adj.** 可控告的
- charger **n.** 控訴者、委託者、充電器

charity [ˈtʃærətɪ]

n. 慷慨、救濟金

名詞複數 charities

同 generosity 慷慨、寬大

反 cruelty 殘酷

家族字彙
- charity
- charitable **adj.** 慈悲為懷的、慈善的
- charitably **adv.** 慷慨地、慈善地

charm [tʃɑrm]

n. 迷人的特性、魅力 **v.** 吸引、迷住

名詞複數 charms

動詞變化 charmed; charmed; charming

同 attractiveness 吸引力、迷惑力

家族字彙
- charm
- charmer **n.** 魔術師、可愛的人
- charming **adj.** 迷人的、有吸引力的
- charmed **adj.** 被迷住的

chart [tʃɑrt]

n. 圖、圖表

v. 繪製（某事物）的圖表、在圖表上記錄或跟蹤某事物

名詞複數 charts

動詞變化 charted; charted; charting

同 graph 用圖表表示

英中 | 學測

charter [`tʃɑrtɚ]

n. 包租、包機
v. 包、租（飛機、汽車等）
adj. 包租的、租用的
名詞複數 charters
動詞變化 chartered; chartered;
chartering
同 rent 租用
家族字彙
┌charter
├chartered **adj.** 受特許的
└charterer **n.** 租船者、租船主

英初 | 國1 | 會考

chase [tʃes]

v. / n. 追逐、追捕
名詞複數 chases
動詞變化 chased; chased; chasing
同 pursue 追趕、追捕
家族字彙
┌chase
└chaser **n.** 追趕者、獵人

英初 | 國20 | 會考

chat [tʃæt]

v. / n. 閒談、聊天
名詞複數 chats
動詞變化 chatted; chatted; chatting
同 talk 說、講話
家族字彙
┌chat
├chatty **adj.** 饒舌的、愛講閒話的
└chattiness **n.** 愛講閒話

英初 | 國12 | 會考

cheat [tʃit]

v. 欺騙、騙取 **n.** 欺騙、欺詐行為
名詞複數 cheats
動詞變化 cheated; cheated; cheating
同 deceive 欺騙、矇蔽
家族字彙
┌cheat
└cheater **n.** 騙子、背叛者、欺詐者

英初 | 國20 | 會考

cheerful [`tʃɪrfəl]

adj. 歡樂的、高興的
形容詞變化 more cheerful;
the most cheerful
同 happy 愉快的
反 cheerless 不愉快的、陰鬱的
家族字彙
┌cheerful
├cheerfully **adv.** 歡樂地、愉快地
└cheerfulness **n.** 歡樂、爽朗、愉快

英初 | 國12 | 會考

chemical [`kɛmɪkl̩]

adj. 化學的 **n.** 化學製品
名詞複數 chemicals
同 chemic 化學的、煉金術的
家族字彙
┌chemical
└chemically **adv.** 用化學、以化學方法

英中 | 大5 | 學測

chemist [`kɛmɪst]

n. 化學家、藥劑師
名詞複數 chemists

英初 | 國12 | 會考

chess [tʃɛs]

n. 國際象棋、棋

英初 | 國20 | 會考

chew [tʃu]

v. 咀嚼、咬
動詞變化 chewed; chewed; chewing
同 munch 津津有味地嚼
家族字彙
┌chew
└chewy **adj.** 耐嚼的、不易嚼碎的

A B C D E F G H I J K L M N O P Q R S T U V W X Y Z

childhood [ˈtʃaɪldˌhʊd]

英初 國20 會考

n. 童年、幼年
名詞複數 childhoods
同 infancy 幼年、幼兒期
家族字彙
- childhood
- child **n.** 小孩
- childish **adj.** 幼稚的
- childishly **adv.** 天真地

🎧 | **MP3** | Track 076 | ⬇

chill [tʃɪl]

英中 大5 學測

v. 使變冷、使冷凍　**n.** 寒冷、受寒
名詞複數 chills
動詞變化 chilled; chilled; chilling
同 cold 寒冷
反 warmth 溫暖
家族字彙
- chill
- chilly **adj.** 寒冷的、不友好
- chilled **adj.** 冷凍的

chimney [ˈtʃɪmnɪ]

英初 國20 會考

n. 煙囪、（油燈的）玻璃燈罩
名詞複數 chimneys

chin [tʃɪn]

英初 國12 會考

n. 下巴
名詞複數 chins
家族字彙
- chin
- chinless **adj.** 沒下顎的、優柔寡斷

china [ˈtʃaɪnə]

英初 國20 會考

n. 瓷器
同 porcelain 瓷器

chip [tʃɪp]

英初 國20 會考

n. 屑片、碎片
v. （在邊緣或表面）打破或切削（某物）、切
名詞複數 chips
動詞變化 chipped; chipped; chipping
同 crumb 碎屑
家族字彙
- chip
- chipped **adj.** 碎裂的
- chippy **adj.** 碎片的
- chippings **n.** 碎屑

🎧 | **MP3** | Track 077 | ⬇

choke [tʃok]

英初 國20 會考

v. （使）窒息、嗆
動詞變化 choked; choked; choking
同 smother 使窒息、透不過氣來
反 breathe 使喘息
家族字彙
- choke
- choker **n.** 嗜住的人、使人窒息之物
- choked **n.** 生氣的、惱怒的

chop [tʃɑp]

英初 國20 會考

v. 砍、劈　**n.** 排骨
名詞複數 chops
動詞變化 chopped; chopped; chopping
同 cut 切
家族字彙
- chop
- chopper **n.** 切物之人、切肉大刀

Christ [kraɪst]

英中 學測

n. 基督、救世主
同 Jesus 耶穌（基督）

Christian [ˈkrɪstʃən]
英中　學測

n. 基督教徒
adj. 基督教（徒）的
名詞複數 christians
家族字彙
- Christian
- Christianity **n.** 基督教

Christmas [ˈkrɪsməs]
英初　國1　會考

n. 耶誕節
名詞複數 Christmases
家族字彙
- Christmas
- Christmassy **adj.** 有聖誕氣氛的

🎧 **MP3** | Track 078 | ⬇

cigar [sɪˈgɑr]
英中　大4　學測

n. 雪茄菸
名詞複數 cigars

cigaret(te) [ˌsɪgəˈrɛt]
英初　國20　會考

n. 捲菸、香菸
名詞複數 cigarets
同 smoke 菸

circuit [ˈsɝkɪt]
英中　大5　學測

n. 電路、圈
名詞複數 circuits
同 circle 圈子、迴圈
家族字彙
- circuit
- circuitous **adj.** 迂迴的、迂曲的
- circuiter **n.** 巡迴者
- circuitously **adv.** 迂迴地
- circuitry **n.** 電路學
- circuity **n.** 迂迴

circular [ˈsɝkjələ]
英中　大4　學測

adj. 圓的、環行的　**n.** 通知、通告
名詞複數 circulars
同 round adj. 圓形的
家族字彙
- circular
- circularity **n.** 圓、環狀
- circularly **adv.** 圓地、迴圈地

circulate [ˈsɝkjəˌlet]
英中　大4　學測

v. 散佈、傳播
動詞變化 circulated; circulated;
circulating
同 distribute 分發、散佈
家族字彙
- circulate
- circulating **adj.** 循環的
- circulative **adj.** 循環性的
- circulator **n.** 循環器
- circulation **n.** 流通、發行量、迴圈

🎧 **MP3** | Track 079 | ⬇

circumstance [ˈsɝkəmˌstæns]
英中　大4　學測

n. 環境、條件
名詞複數 circumstances
同 situation 情形、境遇
家族字彙
- circumstance
- circumstantial **adj.** 與情況有關的

cite [saɪt]
英中　大5　學測

v. 引用、引證
動詞變化 cited; cited; citing
同 quote 引用
家族字彙
- cite
- citation **n.** 引用、引證
- citable **adj.** 可引用的

A B **C** D E F G H I J K L M N O P Q R S T U V W X Y Z

| 英初 | 國20 | 會考 |

civil [ˈsɪvl̩]

adj. 文明的、禮貌的
形容詞變化 civiler; more civil; the civilest; the most civil
同 courteous 彬彬有禮的
反 impolite 無禮的、粗魯的
家族字彙
- civil
- civility **n.** 禮貌、端莊
- civilly **adv.** 謙恭地、有禮貌地
- civil-law **adj.** 民法的
- civilness **n.** 文明

| 英中 | 大4 | 學測 |

civilian [səˈvɪljən]

n. 平民、百姓
名詞複數 civilians
家族字彙
- civilian
- civil **adj.** 文明的

| 英中 | 大4 | 學測 |

civilisation [ˌsɪvl̩əˈzeʃən]

n. 文明、文化
名詞複數 civilisations
同 culture 文化、修養
反 barbarism 未開化狀態
家族字彙
- civilisation
- civilise **v.** 使文明、使開化

🎧 | **MP3** | Track 080 | ⬇

| 英中 | 大6 | 學測 |

civilise [ˈsɪvl̩aɪz]

v. 使文明、使開化
動詞變化 civilised; civilised; civilising
同 cultivate 培養
家族字彙
- civilise
- civilisation **n.** 文明、文化、教化
- civilised **adj.** 文明的

| 英中 | 大4 | 學測 |

civilization [ˌsɪvl̩əˈzeʃən]

n. 文明、文化
名詞複數 civilizations
同 cultivation 教化、培養
家族字彙
- civilization
- civilize **v.** 使開化、教化、使文明

| 英中 | 大6 | 學測 |

civilize [ˈsɪvl̩aɪz]

v. 使文明、使開化
動詞變化 civilized; civilized; civilizing
同 educate 教育、培養
家族字彙
- civilize
- civilization **n.** 文明、教化

| 英初 | 國12 | 會考 |

claim [klem]

v. 索取、需要 **n.** 要求、認領
名詞複數 claims
動詞變化 claimed; claimed; claiming
同 demand 要求、請求
反 disclaim 放棄、否認
家族字彙
- claim
- claimant **n.** 要求者、索賠者
- claimable **adj.** 可要求的
- claimer **n.** 索賠者

| 英初 | 國12 | 會考 |

clap [klæp]

v. 拍手、鼓掌 **n.** 拍手、鼓掌
名詞複數 claps
動詞變化 clapped; clapped; clapping
同 applaud 鼓掌
家族字彙
- clap
- clapper **n.** 拍手者
- clapperboard **n.** 場記板
- claptrap **n.** 噱頭
- claqne **n.** （劇院請來）捧場的人

🎧 | **MP3** | Track 081 | ⬇

英中 | 大4 | 學測

clarify [`klærə,faɪ]

v. 澄清、闡明
動詞變化 clarified; clarified; clarifying
同 explain 解釋、闡明
家族字彙
 ┌clarify
 ├clarification **n.** 澄清
 └clarifier **n.** 澄清劑、淨化劑

英中 | 大4 | 學測

clash [klæʃ]

v. 發生衝突、不協調 **n.** 衝突、不協調
名詞複數 clashes
動詞變化 clashed; clashed; clashing
同 collide 碰撞、抵觸
家族字彙
 ┌clash
 └clasher **n.** 撞擊裝置

英初 | 國12 | 會考

classic [`klæsɪk]

adj. 典型的、標準的
n. 文學名著、經典作品
名詞複數 classics
同 standard 標準的
家族字彙
 ┌classic
 ├classy **adj.** 優等的
 └classical **adj.** 古典的

英初 | 國20 | 會考

classical [`klæsɪkl]

adj. 古典的、經典的
形容詞變化 more classical; the most classical
同 classic 古典的
家族字彙
 ┌classical
 ├classic **adj.** 典型的
 └classically **adv.** 古典主義地、正統地

英中 | 大4 | 學測

classification [`klæsəfə,keʃən]

n. 分類、分級
名詞複數 classifications
同 categorization 分類
家族字彙
 ┌classification
 ├classify **v.** 分類
 └classificatory **adj.** 類別的

🎧 | **MP3** | Track 082 | ⬇

英中 | 大4 | 學測

classify [`klæsə,faɪ]

v. 把……分類、把……分級
動詞變化 classified; classified; classifying
同 categorize 將……分類
家族字彙
 ┌classify
 ├classifiable **adj.** 可分類的
 └classified **n.** 分類廣告

英中 | 大5 | 學測

clause [klɔz]

n. （法律檔等的）條款、從句
名詞複數 clauses
同 article 專案、條款
家族字彙
 ┌clause
 └clausal **adj.** 分句的、條款的

英初 | 國12 | 會考

claw [klɔ]

n. 爪、腳爪 **v.** （用爪）抓、撕
名詞複數 claws
動詞變化 clawed; clawed; clawing
同 catch 抓住
家族字彙
 ┌claw
 ├clawed **adj.** 有爪的
 └claw-hammer **n.** 羊角鎯頭

英初　國12　會考

clay [kle]
n. 黏土、泥土
同 earth 泥土
家族字彙
- clay
- clayey **adj.** 黏土的

英初　國12　會考

clerk [klɝk]
n. 職員、辦事員
名詞複數 clerks
同 employee 職員
家族字彙
- clerk
- clerical **adj.** 辦事員的、書記的

🎧 | **MP3** | Track 083 | ⬇

英初　國20　會考

click [klɪk]
v. （使）發出咔噠聲　**n.** 咔噠聲
名詞複數 clicks
動詞變化 clicked; clicked; clicking
同 tick 發滴答聲
家族字彙
- click
- clickable **adj.** 可用滑鼠點擊的

英初　國20　會考

client ['klaɪənt]
n. 委託人、顧客
名詞複數 clients
同 customer 客戶

英中　大4　學測

cliff [klɪf]
n. 懸崖、峭壁
名詞複數 cliffs
同 crag 峭壁、危岩
家族字彙
- cliff
- cliffy **adj.** 多懸崖的

英初　國12　會考

climate ['klaɪmɪt]
n. 氣候、地帶
名詞複數 climates
同 weather 氣候
家族字彙
- climate
- climatic **adj.** 氣候上的
- climatically **adv.** 由氣候引起地

英中　大5　學測

cling [klɪŋ]
v. 緊緊抓住（或抱住）
動詞變化 clung; clung; clinging
同 hold 握著、抓住
家族字彙
- cling
- clingy **adj.** 黏住的、緊貼的
- clinging **adj.** 有黏性的
- clingstone **n.** 黏核桃

🎧 | **MP3** | Track 084 | ⬇

英初　國20　會考

clinic ['klɪnɪk]
n. （私人的）診所、專科醫院
名詞複數 clinics
同 dispensary 診所
家族字彙
- clinic
- clinical **adj.** 臨床的
- clinician **n.** 臨床醫生
- clinically **adv.** 通過臨床診斷

英初　國20　會考

clip [klɪp]
n. 剪、修剪　**v.** 剪、修剪
名詞複數 clips
動詞變化 clipped; clipped; clipping
同 shear 剪、修剪
家族字彙
- clip
- clipper **n.** 大剪刀
- clipped **adj.** 省略一部分的

英中　大6　學測

clone [klon]

n. 無性繁殖系（的個體）、複製品
v. （使）無性繁殖
名詞複數 clones
動詞變化 cloned; cloned; cloning
同 reproduce 複寫、繁殖
家族字彙
- clone
- clonal **adj.** 無性（繁殖）系的
- clonally **adv.** 無性繁殖系的

英初　國12　會考

closet [ˈklɑzɪt]

n. 櫥、壁櫥
adj. 秘密的、隱蔽的
v. 把……引進密室會談
名詞複數 closets
動詞變化 closeted; closeted; closeting
同 cabinet 櫥櫃

英初　國20　會考

clue [klu]

n. 線索、提示　**v.** 向……提供情況
名詞複數 clues
動詞變化 clued; clued; cluing
同 evidence 證據、跡象
家族字彙
- clue
- clueless **adj.** 無線索的、無能的

🎧 | **MP3** | Track 085 | ⬇

英中　大4　學測

clumsy [ˈklʌmzɪ]

adj. 笨拙的、難用的
形容詞變化 clumsier; the clumsiest
同 awkward 笨拙的
反 dexterous 敏捷的
家族字彙
- clumsy
- clumsily **adv.** 笨拙地、粗陋地
- clumsiness **n.** 笨拙、粗陋

英初　國12　會考

coach [kotʃ]

n. 教練、指導　**v.** 訓練、指導
名詞複數 coaches
動詞變化 coached; coached; coaching
同 train 訓練
家族字彙
- coach
- coacher **n.** 訓練員
- coachable **adj.** 可訓練的
- coaching **n.** 當教練

英中　大4　學測

coarse [kors]

adj. 粗糙的、粗俗的
形容詞變化 coarser; the coarsest
同 rough 粗糙的
反 fine 美好的、纖細的
家族字彙
- coarse
- coarsely **adv.** 粗糙地、鄙俗地
- coarseness **n.** 粗糙、粗糙

英中　大4　學測

code [kod]

n. 密碼、準則　**v.** 把……編碼
名詞複數 codes
動詞變化 coded; coded; coding
同 rule 規則
家族字彙
- code
- coder **n.** 編碼器、編碼裝置
- coded **adj.** 編碼的

英中　大5　學測

coil [kɔil]

n. （一）捲、（一）圈　**v.** 捲、盤繞
名詞複數 coils
動詞變化 coiled; coiled; coiling
同 curl 使捲起來、纏繞
家族字彙
- coil
- coiler **n.** 纏捲裝置
- coiled **adj.** 盤繞的、捲成圈的

| 英中 | 大4 | 學測 |

collapse [kəˈlæps]

v. / **n.** 倒塌、衰退
名詞複數 collapses
動詞變化 collapsed; collapsed; collapsing
同 topple 倒塌
家族字彙
- collapse
- collapsible **adj.** 可折疊的

| 英中 | 大5 | 學測 |

colleague [ˈkɑlig]

n. 同事、同僚
名詞複數 colleagues
同 associate 朋友、同事

| 英初 | 國20 | 會考 |

collection [kəˈlɛkʃən]

n. 收集、募捐
名詞複數 collections
同 gathering 採集、收穫的東西
家族字彙
- collection
- collect **v.** 收集、採集

| 英中 | 大6 | 學測 |

collective [kəˈlɛktɪv]

adj. 集體的、共同的 **n.** 團體、集體
名詞複數 collectives
同 common 共同的、公用的
家族字彙
- collective
- collectively **adv.** 全體地、共同地

| 英中 | 大6 | 學測 |

collision [kəˈlɪʒən]

n. 碰撞、衝突
名詞複數 collisions
同 hit 碰撞
家族字彙
- collision
- collisional **adj.** 碰撞的
- collide **v.** 碰撞

| 英中 | 大5 | 學測 |

colonial [kəˈlonɪəl]

adj. 殖民地的
同 territorial 殖民地的
家族字彙
- colonial
- colonialist **n.** 殖民主義者
- colony **n.** 殖民地
- colonialism **n.** 殖民主義

| 英初 | 國20 | 會考 |

colony [ˈkɑlənɪ]

n. 殖民地、（僑民等）聚居區
名詞複數 colonies
家族字彙
- colony
- colonial **adj.** 殖民的、殖民地的
- colonist **n.** 殖民地居民、殖民者

| 英初 | 國20 | 會考 |

column [ˈkɑləm]

n. 柱、圓柱
名詞複數 columns
同 pillar 柱子
家族字彙
- column
- columnist **n.** 專欄作家
- columnar **adj.** 圓柱的
- columned **adj.** 圓柱狀的

| 英中 | 大5 | 學測 |

combat [ˈkɑmbæt]

n. 戰鬥、鬥爭
v. 與……鬥爭、與……戰鬥
名詞複數 combats
動詞變化 combated, combatted; combated, combatted; combating, combatting
同 fight 作戰
家族字彙
- combat
- combative **adj.** 好戰的
- combatant **n.** 戰鬥員
- combatively **adv.** 好鬥地

英中　大4　學測

combination

[͵kɑmbə`neʃən]

n. 結合（體）、聯合（體）
名詞複數 combinations
同 association 聯合、聯盟
反 separation 分離、分開
家族字彙
┌combination
└combine **v.** 使結合

🎧 │ **MP3** │ Track 088 │ ⬇

英初　國20　會考

combine [kəm`baɪn]

v. 結合、聯合　**n.** 聯合企業（或團體）
名詞複數 combines
動詞變化　combined; combined;
　　　　　combining
同 combine 使結合
反 separate 分隔、使分離
家族字彙
┌combine
├combiner **n.** 組合器
└combinable **adj.** 可以組合的

英中　大4　學測

comedy [`kɑmədɪ]

n. 喜劇、喜劇性（事件）
名詞複數 comedies
反 tragedy 悲劇
家族字彙
┌comedy
└comedian **n.** 喜劇演員

英初　國20　會考

comfort [`kʌmfət]

n. 安慰、舒適　**v.** 安慰（某人）
名詞複數 comforts
動詞變化　comforted; comforted;
　　　　　comforting
同 console 安慰、撫慰
家族字彙
┌comfort
└comfortless **adj.** 不自由的

英初　國12　會考

comfortable

[`kʌmfətəbl]

adj. 舒適的、舒服的
形容詞變化 more comfortable;
　　　　　the most comfortable
同 cozy 舒適的、愜意的
反 uncomfortable 不適的、不安的
家族字彙
┌comfortable
└comfortably **adv.** 安樂地、舒服地

英中　大4　學測

comic [`kɑmɪk]

adj. 喜劇的、滑稽的
n. 連環漫畫（冊）、喜劇演員
名詞複數 comics
同 funny 好笑的、滑稽的
反 tragic 悲劇的
家族字彙
┌comic
└comical **adj.** 好笑的、滑稽的

🎧 │ **MP3** │ Track 089 │ ⬇

英初　國20　會考

command [kə`mænd]

n. 命令、指揮　**v.** 命令、指揮
名詞複數 commands
動詞變化　commanded; commanded;
　　　　　commanding
同 order 命令、指揮
家族字彙
┌command
└commanding **adj.** 指揮的、發號施令
　　　　　　　　　　的

英中　大4　學測

commander [kə`mændə]

n. 指揮官、司令
名詞複數 commanders
同 commandant 司令官

commence [kə`mɛns]

v. 開始、著手進行

動詞變化 commenced; commenced; commencing

同 start 開始

反 end 結束

家族字彙
- commence
- commencement **n.** 畢業典禮

英中 | 大4 | 學測

comment [`kamɛnt]

n. 評論、意見 **v.** 評論

名詞複數 comments

動詞變化 commented; commented; commenting

同 remark 評論

英中 | 大4 | 學測

commerce [`kamɝs]

n. 商業、貿易

同 trade 貿易、商業

家族字彙
- commerce
- commercial **adj.** 商業的、商用的
- commercialize **v.** 使商業化
- commercialism **n.** 營利主義
- commercialist **n.** 重商主義者

 | **MP3** | Track 090 | ⬇

英初 | 國20 | 會考

commercial [kə`mɝʃəl]

adj. 商業的、商務的 **n.** 商業廣告

名詞複數 commercials

同 mercantile 貿易的、商業的

家族字彙
- commercial
- commercially **adv.** 商業上、通商上
- commerce **n.** 商業、貿易

英中 | 大5 | 學測

commission [kə`mɪʃən]

n. 授權、委託 **v.** 委任、委託

名詞複數 commissions

動詞變化 commissioned; commissioned; commissioning

同 entrust 委託

家族字彙
- commission
- commissioned **adj.** 受委任的
- commissioner **n.** 委員、行政長官

英中 | 大4 | 學測

commit [kə`mɪt]

v. 使承擔義務、使承諾

動詞變化 committed; committed; committing

同 pledge 保證、使發誓

家族字彙
- commit
- commitment **n.** 託付、交托
- committed **adj.** 忠誠的、堅定的

英中 | 大6 | 學測

commitment [kə`mɪtmənt]

n. 承諾、獻身

名詞複數 commitments

同 dedication 奉獻、致力

家族字彙
- commitment
- committal **n.** 承諾
- committed **adj.** 忠誠的
- commit **v.** 委託、押往、犯罪

英初 | 國20 | 會考

committee [kə`mɪtɪ]

n. 委員會

名詞複數 committees

同 council 委員會

家族字彙
- committee
- committeeman **n.** 委員
- committeelwoman **n.** 女委員

英初　國1　會考

common [ˈkɑmən]

adj. 普通的、常見的
形容詞變化 commoner;
more common;
commonest;
most common
同 ordinary 普通的
反 rare 罕見的
家族字彙
- common
- commonly **adv.** 通常地、一般地
- commonness **n.** 普遍、共通性

英初　國20　會考

communicate
[kəˈmjunəˌket]

v. 交流、交際
動詞變化 communicated;
communicated;
communicating
同 inform 告知
家族字彙
- communicate
- communicatee **n.** 交流物件
- communicator **n.** 傳播者

英中　大4　學測

communication
[kəˌmjunəˈkeʃən]

n. 交際、通訊
名詞複數 communications
同 message 訊息、通訊
家族字彙
- communication
- communicate **v.** 溝通、傳達

英中　大5　學測

communism
[ˈkɑmjuˌnɪzəm]

n. 共產主義
家族字彙
- communism
- communist **n.** 共產主義者

英中　大5　學測

communist [ˈkɑmjuˌnɪst]

n. 共產主義者、共產黨員
adj. 共產主義的、共產黨的
名詞複數 communists
家族字彙
- communist
- communism **n.** 共產主義
- communization **n.** 共產化
- communistic **adj.** 共產主義的

英中　大4　學測

community [kəˈmjunətɪ]

n. 社區、社會
名詞複數 communities
同 society 社會
家族字彙
- community
- communization **n.** 共產化
- communizer **v.** 使共產化

英中　大6　學測

comparable
[ˈkɑmpərəbl̩]

adj. 可比較的、類似的
反 incomparable 無比的、不能比的
家族字彙
- comparable
- compare **v.** 比較、匹敵
- comparably **adv.** 可比較地

英中　大6　學測

comparative
[kəmˈpærətɪv]

adj. 比較的、相對的
同 relative 比較的、相對的
反 absolute 絕對的
家族字彙
- comparative
- comparatively **adv.** 比較地、相當地

A
B
C
D
E
F
G
H
I
J
K
L
M
N
O
P
Q
R
S
T
U
V
W
X
Y
Z

comparison

[kəm`pærəsn̩]

n. 比較、對照

名詞複數 comparisons

同 contrast 對比

家族字彙

├comparison
├compare **v.** 比較、匹敵
└compared **adj.** 對照的

compass [`kʌmpəs]

n. 界限、範圍

名詞複數 compasses

同 range 範圍

家族字彙

├compass
└compassable **adj.** 能圍繞的

🎧 | **MP3** | Track 093 | ⬇

compatible [kəm`pætəbl̩]

adj. 相容的、能和睦相處的

同 harmonious 和諧的

反 incompatible 不相容的

家族字彙

├compatible
├compatibility **n.** 相容性、適應性
└compatibly **adv.** 和氣地、適合地

compel [kəm`pɛl]

v. 強迫、迫使

動詞變化 compelled; compelled; compelling

同 force 強迫

家族字彙

├compel
├compellent **adj.** 引人注目的
└compelling **adj.** 強制的、令人注目

compensate

[`kɑmpənˌset]

v. 補償、賠償

動詞變化 compensated;compensated; compensating

同 pay 補償、付款

家族字彙

├compensate
├compensatory **adj.** 補償性的
└compensator **n.** 補償者

compensation

[ˌkɑmpən`seʃən]

n. 補償、賠償

名詞複數 compensations

同 payment 償還、支付

家族字彙

├compensation
└compensational **adj.** 賠償報酬的

compete [kəm`pit]

v. 競爭、比賽

動詞變化 competed; competed; competing

同 rival 與……競爭

家族字彙

├compete
├competition **n.** 競爭、競賽
└competitive **adj.** 競爭的

🎧 | **MP3** | Track 094 | ⬇

competent [`kɑmpətənt]

adj. 有能力的、能勝任的

形容詞變化 more competent; the most competent

同 adequate 勝任的

反 incapable 無能力的

家族字彙

├competent
└competently **adv.** 勝任地、適合地

英大4　大4　學測

competition

[ˌkɑmpəˈtɪʃən]

n. 競爭、比賽

名詞複數 competitions

同 contest 競賽

家族字彙

┌competition
├compete **v.** 比賽、競爭
└competitive **adj.** 競爭的

英中　大4　學測

competitive

[kəmˈpɛtətɪv]

adj. 競爭的、比賽的

形容詞變化 more competitive;
　　　　the most competitive

同 emulous 競爭性的、富於競爭性
心的

家族字彙

┌competitive
├compete **v.** 競爭
├competition **n.** 競爭
└competitively **adv.** 競爭地、有競爭
　　　　力地

英初　國12　會考

complain [kəmˈplen]

v. 抱怨、訴苦

動詞變化 complained; complained;
　　　　complaining

同 grumble 發牢騷、抱怨

家族字彙

┌complain
├complaint **n.** 抱怨
└complainer **n.** 愛發牢騷的人、老是
　　　　抱怨的人

英初　國20　會考

complaint [kəmˈplent]

n. 抱怨、訴苦

名詞複數 complaints

同 grumble 怨言、滿腹牢騷

家族字彙

┌complaint
└complain **v.** 抱怨、發牢騷

英初　國20　會考

complex [kəmˈplɛks]

adj. 複雜的、難懂的

n. 綜合體、集合體

名詞複數 complexes

形容詞變化 more complex;
　　　　the most complex

同 complicated 複雜的

反 simple 簡單的

家族字彙

┌complex
└complexity **n.** 複雜、複雜性

英中　學測

complicated

[ˈkɑmpləˌketɪd]

adj. 複雜的、難懂的

形容詞變化 more complicated;
　　　　the most complicated

同 intricate 複雜的

反 simple 簡單的

家族字彙

┌complicated
├complicate **v.** 弄複雜、使起糾紛
└complication **n.** 複雜化、使複雜的
　　　　因素

英中　大6　學測

component [kəmˈponənt]

n. 零件　**adj.** 組成的、構成的

名詞複數 components

同 ingredient 成分

英中　大4　學測

compose [kəmˈpoz]

v. 組成、構成

動詞變化 composed; composed;
　　　　composing

同 constitute 組成、構成

家族字彙

┌compose
├composer **n.** 作曲家、創作者
└composed **adj.** 鎮靜的、沉著的

A B C D E F G H I J K L M N O P Q R S T U V W X Y Z

英中 | 大5 | 學測

compound [ˈkɑmpaʊnd]

n. 化合物、複合物
adj. 複合的、化合
v. 使惡化、加重
名詞複數 compounds
動詞變化 compounded; compounded; compounding
同 mingle 使混合、使結合
家族字彙
┌compound
├compounded **adj.** 化合的
└compounder **n.** 部份還款者

🎧 | **MP3** | Track 096 | ⬇

英中 | 大5 | 學測

comprehension
[ˌkɑmprɪˈhɛnʃən]

n. 理解（力）、理解力測驗
名詞複數 comprehensions
同 understanding 理解、瞭解
家族字彙
┌comprehension
├comprehend **v.** 理解、領會
└comprehensive **adj.** 廣泛的

英中 | 大6 | 學測

comprehensive
[ˌkɑmprɪˈhɛnsɪv]

adj. 廣泛的、綜合的
形容詞變化 more comprehensive; the most comprehensive
同 extensive 廣泛的
反 narrow 狹窄的
家族字彙
┌comprehensive
├comprehension **n.** 理解（力）
├comprehend **v.** 理解、領會
├comprehensively **adv.** 廣泛地
└comprehensibly **adv.** 可理解地

英中 | 學測

compress [kəmˈprɛs]

v. 壓緊、壓縮
動詞變化 compressed; compressed; compressing
同 constrict 壓縮、束緊
反 loosen 鬆開、解除、放寬
家族字彙
┌compress
├compressed **adj.** 壓縮的
└compressor **n.** 壓縮機

英中 | 大6 | 學測

comprise [kəmˈpraɪz]

v. 包含、包括
動詞變化 comprised; comprised; comprising
同 include 包括
反 exclude 除外、不包括

英中 | 大5 | 學測

compromise
[ˈkɑmprəˌmaɪz]

n. 妥協、折衷辦法 **v.** 危及、放棄
名詞複數 compromises
動詞變化 compromised; compromised; compromising
同 concede 讓步、認輸

🎧 | **MP3** | Track 097 | ⬇

英中 | 大5 | 學測

compute [kəmˈpjut]

v. 計算、估算
動詞變化 computed; computed; computing
同 estimate 估計、估價
家族字彙
┌compute
├computer **n.** 電腦、電腦
├computation **n.** 計算的結果
└computable **adj.** 可計算的

英中　大5　學測

conceal [kən`sil]

v. 掩蓋、隱瞞
動詞變化 concealed; concealed; concealing
同 hide 躲藏、隱瞞
反 reveal 顯示、透露
家族字彙
- conceal
- concealed **adj.** 隱藏的、隱蔽的
- concealment **n.** 隱藏、隱瞞

英中　大6　學測

concede [kən`sid]

v. 承認……為真（或正確）
動詞變化 conceded; conceded; conceding
同 admit 承認
家族字彙
- concede
- concession **n.** 讓步、特許、承認

英中　大4　學測

concentrate [`kɑnsn̩‚tret]

v. 聚集、集中　**n.** 濃縮物、濃縮液
動詞變化 concentrated; concentrated; concentrating
同 focus 聚集、集中
反 disperse 傳播、散開
家族字彙
- concentrate
- concentration **n.** 專注、專心、集中、濃縮、濃度

英中　大4　學測

concentration
[‚kɑnsn̩`treʃən]

n. 專注、專心
名詞複數 concentrations
同 absorption 全神貫注
家族字彙
- concentration
- concentrate **v.** 全神貫注、集中

英中　大4　學測

concept [`kɑnsɛpt]

n. 概念、觀念、思想
名詞複數 concepts
同 notion 觀念、概念、想法
家族字彙
- concept
- conceptive **adj.** 構想的
- conceptual **adj.** 概念上的
- conceptually **adv.** 概念上
- conception **n.** 思想、觀念、懷孕

英初　國20　會考

concern [kən`sɝn]

n. 關切的事、有關的事
v. 使關心、使擔心
名詞複數 concerns
動詞變化 concerned; concerned; concerning
同 involve 使捲入、牽涉
家族字彙
- concern
- concerned **adj.** 有關的、擔心的
- concerning **prep.** 關於

英中　大4　學測

concerning [kən`sɝnɪŋ]

prep. 關於
同 regarding 關於
家族字彙
- concerning
- concern **n.** 關切的事、擔心
- concerned **adj.** 有關的、擔心的

英中　大6　學測

concession [kən`sɛʃən]

n. 讓步、妥協
名詞複數 concessions
同 compromise 妥協、折衷
家族字彙
- concession
- concede **v.** 讓步、認輸
- concessive **adj.** 讓步的
- concessionary **adj.** 讓步的

A
B
C
D
E
F
G
H
I
J
K
L
M
N
O
P
Q
R
S
T
U
V
W
X
Y
Z

conclude [kən'klud]

v. 結束、終了

動詞變化 concluded; concluded; concluding

同 terminate 結束、終止

家族字彙
- conclude
- conclusion **n.** 結論、推論、議定
- conclusive **adj.** 決定性的

🎧 | **MP3** | Track 099 | ⬇

英中 | 學測

conclusion [kən'kluʒən]

n. 結論、結尾

名詞複數 conclusions

同 ending 結尾、結局

家族字彙
- conclusion
- conclude **v.** 推斷出、締結、結束
- conclusive **adj.** 決定性的

英中 | 大4 | 學測

concrete ['kɑnkrit]

adj. 實在的、具體的 **n.** 混凝土

名詞複數 concretes

形容詞變化 more concrete; the most concrete

同 specific 具體的

反 abstract 抽象的

英中 | 大5 | 學測

condemn [kən'dɛm]

v. 譴責、判……刑

動詞變化 condemned; condemned; condemning

同 denounce 譴責、指責

反 praise 讚美、稱讚

家族字彙
- condemn
- condemnation **n.** 譴責、定罪

英中 | 大6 | 學測

condense [kən'dɛns]

v. （使）冷凝、（使）凝結

動詞變化 condensed; condensed; condensing

同 coagulate 凝結、凝固

反 melt 融化、熔化

家族字彙
- condense
- condenser **n.** 冷凝器、聚光器
- condensation **n.** 濃縮、凝結

英中 | 大5 | 學測

conduct
[kən'dʌkt] / ['kɑndʌkt]

v. 行為、表現 **n.** 舉止、行為

名詞複數 conducts

動詞變化 conducted; conducted; conducting

同 behavior 行為、舉止、風度

家族字彙
- conduct
- conductivity **n.** 傳導性、傳導率
- conductor **n.** 指揮、列車長

🎧 | **MP3** | Track 100 | ⬇

英中 | 大4 | 學測

conductor [kən'dʌktɚ]

n. （樂隊）指揮

名詞複數 conductors

同 director 主管、指導者

家族字彙
- conductor
- conduct **v.** 管理、指揮、輸送
- condensation **n.** 濃縮、凝結

英中 | 大4 | 學測

conference ['kɑnfərəns]

n. （正式）會議、討論

名詞複數 conferences

同 meeting 會議、集會

家族字彙
- conference
- confer **v.** 商討、贈予、授予

英中　大4　學測

confess [kənˈfɛs]

v. 坦白、供認
動詞變化 confessed; confessed;
　　　　　confessing
同 admit 承認、供認
家族字彙
　confess
　confession **n.** 招供、認錯

英中　大4　學測

confidence [ˈkɑnfədəns]

n. 信任、信心
名詞複數 confidences
同 trust 信任
家族字彙
　confidence
　confident **adj.** 有信心的、自信的

英初　國20　會考

confident [ˈkɑnfədənt]

adj. 確信的、有信心的
形容詞變化 more confident;
　　　　　the most confident
同 convinced 信服的
反 diffident 無自信的、羞怯的
家族字彙
　confident
　confidence **n.** 信任、信心、自信
　confidently **adv.** 有信心地、自信地
　confidential **adj.** 秘密的、機密的

🎧 | **MP3** | Track 101 | ⬇

英中　大4　學測

confine [kənˈfaɪn]

v. 限制、使侷限 **n.** 界限、範圍
名詞複數 confines
動詞變化 confined; confined;
　　　　　confining
同 limit 限制
家族字彙
　confine
　confinement **n.** 限制、監禁、分娩

英初　國12　會考

confirm [kənˈfɝm]

v. 證實、肯定
動詞變化 confirmed; confirmed;
　　　　　confirming
同 verify 證明、證實
家族字彙
　confirm
　confirmation **n.** 證實
　confirmed **adj.** 習慣的

英初　國12　會考

conflict
[ˈkɑnflɪkt] / [kənˈflɪkt]

n. 衝突、爭論 **v.** 衝突、抵觸
名詞複數 conflicts
動詞變化 conflicted; conflicted;
　　　　　conflicting
同 dispute 爭論、爭端
家族字彙
　conflict
　conflcting **adj.** 衝突的

英中　大5　學測

confront [kənˈfrʌnt]

v. 迎面遇到、遭遇
動詞變化 confronted; confronted;
　　　　　confronting
同 encounter 遭遇
家族字彙
　confront
　confrontation **n.** 對抗

英初　國20　會考

confuse [kənˈfjuz]

v. 使困惑、把……弄糊塗
動詞變化 confused; confused;
　　　　　confusing
同 bewilder 使迷惑
家族字彙
　confuse
　confusion **n.** 困惑、混淆、混亂
　confused **adj.** 困惑的
　confusedly **adv.** 困惑地
　confusing **adj.** 令人困惑的
　confusingly **adv.** 令人迷惑地

英中　大**4**　學測

confusion [kənˋfjuʒən]

n. 困惑、糊塗
名詞複數 confusions
同 bewilderment 困惑、迷亂
家族字彙
confusion
confuse **v.** 使困惑、混淆、搞亂
confused **adj.** 困惑的
confusedly **adv.** 困惑地

英中　大**4**　學測

congratulate [kənˋgrætʃəˌlet]

v. 祝賀、向……道喜
動詞變化 congratulated;
congratulated;
congratulating
同 felicitate 祝賀、慶賀
家族字彙
congratulate
congratulation **n.** 祝賀、恭喜

英初　國**12**　會考

congratulation [kənˌgrætʃəˋleʃən]

n. 祝賀、恭喜
名詞複數 congratulations
同 greeting 賀詞、問候語
家族字彙
congratulation
congratulate **v.** 祝賀、向……道喜

英中　大**4**　學測

congress [ˋkɑŋgrəs]

n. 代表大會、國會
名詞複數 congresses
同 parliament 議會、國會
家族字彙
congress
congressional **adj.** 議會的
congressman **n.** 國會議員
congressperson **n.** 國會議員

英中　大**4**　學測

conjunction [kənˋdʒʌŋkʃən]

n. 結合、連（接）詞
名詞複數 conjunctions
同 linkup 結合、連結

英初　國**20**　會考

connection [kəˋnɛkʃən]

n. 聯繫、（因果）關係
名詞複數 connections
同 contact 接觸、聯繫
家族字彙
connection
connect **v.** 連接、聯繫、接通電話

英中　大**4**　學測

conquer [ˋkɑŋkə]

v. 攻克、克服
動詞變化 conquered; conquered;
conquering
同 overcome 戰勝、克服
家族字彙
conquer
conquerable **adj.** 可征服的

英中　大**6**　學測

conquest [ˋkɑŋkwɛst]

n. 征服、戰利品
名詞複數 conquests
同 booty 贓物、戰利品

英中　大**4**　學測

conscience [ˋkɑnʃəns]

n. 良心
名詞複數 consciences
同 goodness 善良、美德、好意
反 malice 惡意、怨恨
家族字彙
conscience
conscientious **adj.** 認真的、勤懇的

A B C D E F G H I J K L M N O P Q R S T U V W X Y Z

英初 | 國20 | 會考

conscious [ˈkɑnʃəs]

adj. 意識到的、感覺到的
同 aware 知道的、意識到的
家族字彙
- conscious
- consciousness **n.** 意識、知覺

🎧 | **MP3** | Track 104 | ⬇

英中 | 大6 | 學測

consensus [kənˈsɛnsəs]

n. （意見等）一致、一致同意
名詞複數 consensuses
同 uniformity 一致
反 discrepancy 差異

英中 | 大5 | 學測

consent [kənˈsɛnt]

n. 准許、同意　**v.** 同意、贊成
名詞複數 consents
動詞變化 consented; consented; consenting
同 agreement 同意
反 disagree 不同意

英中 | 大4 | 學測

consequence [ˈkɑnsəˌkwɛns]

n. 結果、後果
名詞複數 consequences
同 outcome 結果、後果

英中 | 學測

consequently [ˈkɑnsəˌkwɛntlı]

adv. 所以、因此
同 therefore 因此、所以
家族字彙
- consequently
- consequential **adj.** 必然的
- consequent **adj.** 作為結果的、隨之發生的

英中 | 大6 | 學測

conservation [ˌkɑnsɚˈveʃən]

n. 保存、保護
名詞複數 conservations
同 preservation 保存、維護
家族字彙
- conservation
- conserve **v.** 保護、保藏、保存
- conservative **adj.** 保守的
- conservatism **n.** 保守主義

🎧 | **MP3** | Track 105 | ⬇

英中 | 大4 | 學測

conservative [kənˈsɚvətɪv]

adj. 保守的、守舊的　**n.** 保守的人
名詞複數 conservatives
形容詞變化 more conservative; the most conservative
反 open-minded 開放的
家族字彙
- conservative
- conserve **v.** 保護
- conservatism **n.** 保守主義
- conservation **n.** 保存、防止流失、守恆、保護自然資源

英初 | 國20 | 會考

considerable [kənˈsɪdərəbl̩]

adj. 可觀的、相當大（或多）的
形容詞變化 more considerable; the most considerable
同 plenty 充足的、相當多的
反 few 很少的、少數的
家族字彙
- considerable
- consider **v.** 考慮、細想、認為
- considerably **adv.** 顯著地、十分
- considerate **adj.** 考慮周到的

considerate [kən`sɪdərɪt]

adj. 體貼的、體諒的
形容詞變化 more considerate;
　　　　　　the most considerate
同 thoughtful 深思的、體貼的
反 inconsiderate 不顧別人的
家族字彙

```
┌considerate
├consideration n. 考慮、體貼、關心
└considerately adv. 體諒地
```

consideration
[kənˌsɪdə`reʃən]

n. 體貼、關心
名詞複數 considerations
同 ponderation 考慮
家族字彙

```
┌consideration
└considerate adj. 體貼的、體諒的
```

consist [kən`sɪst]

v. 構成、存在於
動詞變化 consisted; consisted;
　　　　　　consisting
同 compose 組成

🎧 | **MP3** | Track 106 | ⬇

consistent [kən`sɪstənt]

adj. 一貫的、一致的
形容詞變化 more consistent;
　　　　　　the most consistent
同 accordant 一致的、符合的
反 inconsistent 不一致的
家族字彙

```
┌consistent
├consistently adv. 一致地
└consistency n. 堅韌、一致性
```

constant [`kɑnstənt]

adj. 持久不變的、不斷的
n. 常數、恆量
同 continuous 連續不斷的
反 inconstant 易變的
家族字彙

```
┌constant
├constancy n. 堅定、堅貞、堅久不變
└constantly adv. 經常地、不斷地
```

constitute [`kɑnstəˌtjut]

v. 組成、設立
動詞變化 constituted; constituted;
　　　　　　constituting
同 establish 設立、建立
家族字彙

```
┌constitute
├constitutional adj. 本質的
├constitutive adj. 制定的
└constitution n. 憲法、章程、體質、
　　　　　　　　素質、組成、設立
```

constitution
[ˌkɑnstə`tjuʃən]

n. 體格、素質
名詞複數 constitutions
同 physique 體格
家族字彙

```
┌constitution
└constitutional adj. 法治的、體質的
```

construct [kən`strʌkt]

v. 建造、構築　**n.** 建築物、構造物
動詞變化 constructed; constructed;
　　　　　　constructing
同 build 建造、創建
家族字彙

```
┌construct
├constructer n. 建設者
└construction n. 建造、建設、建造
　　　　　　　　物、建築物、結構
```

| 英中 | 大4 | 學測 |

construction
[kən'strʌkʃən]
n. 建造、建築物
名詞複數 constructions
同 building 建築物
家族字彙
- construction
- construct **v.** 構築、建造
- constructer **n.** 建設者

| 英中 | 大4 | 學測 |

consult [kən'sʌlt]
v. 請教、商議
動詞變化 consulted; consulted; consulting
同 negotiate 協商、交涉
家族字彙
- consult
- consultant **n.** 顧問、會診醫師、專科醫生

| 英中 | 大4 | 學測 |

consultant [kən'sʌltənt]
n. 顧問、會診醫師
名詞複數 consultants
同 adviser 顧問
家族字彙
- consultant
- consultation **n.** 商量、會診、查閱
- consultative **adj.** 協商的

| 英中 | 大4 | 學測 |

consume [kən'sum]
v. 消耗、花費
動詞變化 consumed; consumed; consuming
同 spend 花費
家族字彙
- consume
- consumer **n.** 消費者、用戶
- consumerism **n.** 消費主義
- consumerist **adj.** 消費主義的

| 英中 | 大4 | 學測 |

consumer [kən'sumɚ]
n. 消費者、用戶
名詞複數 consumers
同 customer 客戶、買主
家族字彙
- consumer
- consume **v.** 消耗、吃完、喝光
- consumerism **n.** 消費主義
- consumerist **adj.** 消費主義的

| 英中 | 大6 | 學測 |

consumption
[kən'sʌmpʃən]
n. 消費量、消耗
名詞複數 consumptions
同 dissipation 揮霍、浪費
家族字彙
- consumption
- consumptive **adj.** 消費的
- consume **v.** 消耗、吃完、喝光

| 英初 | 國12 | 會考 |

contact ['kɑntækt]
n. 交往、接頭
v. 與……取得聯繫、與……接觸
名詞複數 contacts
動詞變化 contacted; contacted; contacting
同 association 聯合、交往

| 英中 | 大4 | 學測 |

container [kən'tenɚ]
n. 容器、集裝箱
名詞複數 containers
同 vessel 容器
家族字彙
- container
- contain **v.** 包含、容納、控制、抑制
- contained **adj.** 被控制的
- containment **n.** 包含
- containerize **v.** 裝入貨櫃

A B C D E F G H I J K L M N O P Q R S T U V W X Y Z

contaminate
[kənˈtæmənet]

v. 弄髒、污染

動詞變化 contaminated; contaminated; contaminating

反 clean 把……弄乾淨

家族字彙
- contaminate
- contamination **n.** 污染、污染物

---

contemporary
[kənˈtɛmpəˌrɛrɪ]

adj. 當代的　**n.** 同輩、當代人

名詞複數 contemporaries

同 modernday 現代的、當代的

反 ancient 古代的

🎧 | **MP3** | Track 109 | ⬇

contest
[ˈkɑntɛst] / [kənˈtɛst]

n. 競賽、比賽　**v.** 與…競爭

名詞複數 contests

動詞變化 contested; contested; contesting

同 match 比賽

家族字彙
- contest
- contestant **n.** 競爭者、參賽者

---

context [ˈkɑntɛkst]

n. 背景、環境

名詞複數 contexts

同 background 背景

---

continent [ˈkɑntənənt]

n. 大陸、陸地

名詞複數 continents

同 mainland 大陸

---

continual [kənˈtɪnjuəl]

adj. 不間斷的、不停的

同 continuous 連續不斷的

家族字彙
- continual
- continually **adv.** 不斷地、頻繁地

---

continuous [kənˈtɪnjuəs]

adj. 連續不斷的、不間斷的

同 continual 不斷的、頻繁的

家族字彙
- continuous
- continuously **adv.** 不斷地、連續地

🎧 | **MP3** | Track 110 | ⬇

contract [ˈkɑntrækt]

n. 合同、契約

v. 感染（疾病）、染上（惡習）

名詞複數 contracts

動詞變化 contracted; contracted; contracting

同 infect 感染

家族字彙
- contract
- contracted **adj.** 收縮了的、縮略的
- contraction **n.** 收縮
- contractor **n.** 訂約人、收縮物

---

contradiction
[ˌkɑntrəˈdɪkʃən]

n. 矛盾、不一致

名詞複數 contradictions

同 disagreement 爭論、不一致

反 uniformity 同樣、一致

家族字彙
- contradiction
- contradict **v.** 反駁、與……發生矛盾
- contradictory **adj.** 相矛盾的

英中	大4	學測

contrary [`kɑntrɛrı]

adj. 相反的、對抗的　**n.** 相反、對立面
名詞複數 contraries
同 opposite 相對的、相反的
家族字彙
- contrary
- contrast **n.** 對比

英中	大4	學測

contrast

[`kɑntræst] / [kən`træst]
n. 對比、對照　**v.** 對比、對照
名詞複數 contrasts
動詞變化 contrasted; contrasted;
contrasting
同 comparison 比較、對照

英中	大4	學測

contribute [kən`trıbjʊt]

v. 捐款、捐獻
動詞變化 contributed; contributed;
contributing
同 donate 捐贈、贈送
家族字彙
- contribute
- contribution **n.** 貢獻、捐款
- contributor **n.** 貢獻者、投稿人
- contributive **adj.** 貢獻的
- contributory **adj.** 捐助的

🎧 | **MP3** | Track 111 | ⬇

英中	大4	學測

contribution

[ˌkɑntrə`bjuʃən]
n. 捐款、捐獻物
名詞複數 contributions
同 donation 捐贈物、捐款
家族字彙
- contribution
- contribute **v.** 捐款、貢獻
- contributor **n.** 貢獻者、投稿人

英中	大6	學測

controversial

[ˌkɑntrə`vɝʃəl]
adj. 引起爭論的、有爭議的
形容詞變化 more controversial;
the most controversial
同 debatable 有疑問的、有爭議的
反 undoubted 無疑的、確實的
家族字彙
- controversial
- controversy **n.** 爭論、辯論
- controvert **v.** 議論、辯駁、駁擊

英中	大6	會考

controversy

[`kɑntrəˌvɝsı]
n. 爭論、辯論
名詞複數 controversies
同 argument 辯論、爭論
家族字彙
- controversy
- controversial **adj.** 有爭議的
- controvert **v.** 議論、辯駁、駁擊

英中	大4	學測

convenience

[kən`vinjəns]
n. 方便、適宜
名詞複數 conveniences
同 expedience 便利、權宜之計
家族字彙
- convenience
- convenient **adj.** 省力的、方便的
- conveniently **adv.** 方便地、合宜地

英中	大4	學測

convention [kən`vɛnʃən]

n. （正式）會議、（定期）大會
名詞複數 conventions
同 congress 國會、代表大會
家族字彙
- convention
- conventional **adj.** 普通的、常規的、
符合習俗的、因循
守舊的

英中 | 大4 | 學測

conventional
[kən'vɛnʃənḷ]

adj. 普通的、習慣的
形容詞變化 more conventional; the most conventional
同 accustomed 習慣了的、通常的
家族字彙
┌conventional
├convention **n.** 慣例、公約、協議
└conventionality **n.** 陳規陋習、因襲傳統

英中 | 學測

conversely [kən'vɜslɪ]

adv. 相反（地）
同 opposite 在對面地、處於相反位置地
反 same 同樣地
家族字彙
┌conversely
└converse **n.** 交談、反面說法

英中 | 大5 | 學測

convert [kən'vɜt]

v. （使）轉變、（使）轉化
動詞變化 converted; converted; converting
同 transform 轉換、改變
家族字彙
┌convert
└convertible **adj.** 可轉換的

英中 | 大4 | 學測

convey [kən've]

v. 表達、傳達
動詞變化 conveyed; conveyed; conveying
同 express 表達、表示
家族字彙
┌convey
└conveyance **n.** 運送、傳達、傳播

英中 | 大5 | 學測

convict [kən'vɪkt] / ['kɑnvɪkt]

v. （經審訊）證明…有罪 **n.** 囚犯
名詞複數 convicts
動詞變化 convicted; convicted; convicting
同 prisoner 囚犯
家族字彙
┌convict
└conviction **n.** 確信、堅定的信仰、說服、信服、定罪

⬛ | **MP3** | Track 113 | ⬇

英中 | 大6 | 學測

conviction [kən'vɪkʃən]

n. 確信、定罪
名詞複數 convictions
同 persuasion 說服、勸說、信念
家族字彙
┌conviction
└convict **v.** 證明……有罪、宣判……有罪

英中 | 大4 | 學測

convince [kən'vɪns]

v. 使信服、說服
動詞變化 convinced; convinced; convincing
同 persuade 說服、勸說
家族字彙
┌convince
└convincing **adj.** 有說服力的

英中 | 大4 | 學測

cooperate [ko'ɑpəˌret]

v. 合作、協作
動詞變化 cooperated; cooperated; cooperating
同 collaborate 合作
家族字彙
┌cooperate
├cooperation **n.** 合作、協作
└cooperative **adj.** 有合作意向的、合作的

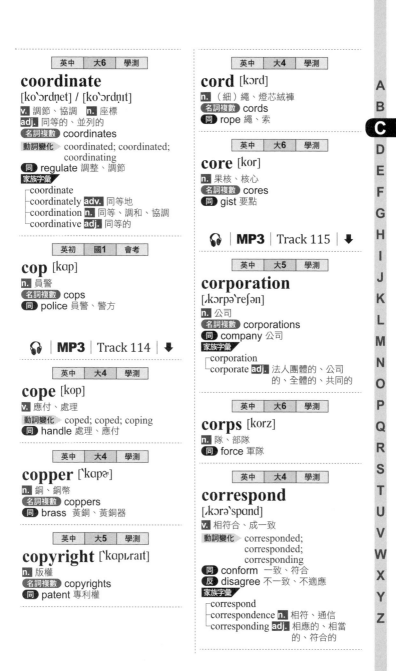

英中　大6　學測

coordinate
[ko`ɔrdṇet] / [ko`ɔrdṇɪt]
v. 調節、協調　**n.** 座標
adj. 同等的、並列的
名詞複數 coordinates
動詞變化 coordinated; coordinated;
　　　　　　coordinating
同 regulate 調整、調節
家族字彙
- coordinate
- coordinately **adv.** 同等地
- coordination **n.** 同等、調和、協調
- coordinative **adj.** 同等的

英初　國1　會考

cop [kɑp]
n. 員警
名詞複數 cops
同 police 員警、警方

🎧 | **MP3** | Track 114 | ⬇

英中　大4　學測

cope [kop]
v. 應付、處理
動詞變化 coped; coped; coping
同 handle 處理、應付

英中　大4　學測

copper [`kɑpɚ]
n. 銅、銅幣
名詞複數 coppers
同 brass 黃銅、黃銅器

英中　大5　學測

copyright [`kɑpɪˌraɪt]
n. 版權
名詞複數 copyrights
同 patent 專利權

英中　大4　學測

cord [kɔrd]
n.（細）繩、燈芯絨褲
名詞複數 cords
同 rope 繩、索

英中　大6　學測

core [kor]
n. 果核、核心
名詞複數 cores
同 gist 要點

🎧 | **MP3** | Track 115 | ⬇

英中　大5　學測

corporation
[ˌkɔrpə`reʃən]
n. 公司
名詞複數 corporations
同 company 公司
家族字彙
- corporation
- corporate **adj.** 法人團體的、公司
　　　　　　的、全體的、共同的

英中　大6　學測

corps [korz]
n. 隊、部隊
同 force 軍隊

英中　大4　學測

correspond
[ˌkɔrə`spɑnd]
v. 相符合、成一致
動詞變化 corresponded;
　　　　　　corresponded;
　　　　　　corresponding
同 conform 一致、符合
反 disagree 不一致、不適應
家族字彙
- correspond
- correspondence **n.** 相符、通信
- corresponding **adj.** 相應的、相當
　　　　　　的、符合的

correspondence

[ˌkɔrəˋspɑndəns]

n. 信件、函件

名詞複數 correspondences

同 letter 信、函件

家族字彙

─correspondence
─correspondent **n.** 通訊員、記者
─corresponding **adj.** 符合的
─correspondingly **adv.** 相應地
─correspond **v.** 符合

correspondent

[ˌkɔrəˋspɑndənt]

n. 通訊員、記者

名詞複數 correspondents

同 reporter 記者

家族字彙

─correspondent
─correspondence **n.** 相符、通信
─corresponding **adj.** 符合的
─correspondingly **adv.** 相應地
─correspond **v.** 符合

🎧 **| MP3 | Track 116 | ⬇**

corresponding

[ˌkɔrɪˋspɑndɪŋ]

adj. 符合的、一致的

同 consistent 一致的、符合的

反 inconsistent 不一致的

家族字彙

─corresponding
─correspond **v.** 符合、通信

corridor

[ˋkɔrədɚ]

n. 走廊、通道

名詞複數 corridors

同 porch 陽臺、走廊

corruption

[kəˋrʌpʃən]

n. 腐敗、貪汙、墮落

名詞複數 corruptions

同 embezzlement 貪汙、侵吞

家族字彙

─corruption
─corrupt **adj.** 墮落的、腐敗的

costly

[ˋkɔstlɪ]

adj. 昂貴的、代價高的

形容詞變化 more costly;
　　　　　the most costly

同 expensive 昂貴的、高價的

反 cheap 便宜的、廉價的

家族字彙

─costly
─cost **n.** 價格、成本
─costing **n.** 成本會計、成本核算

costume

[ˋkɑstjum]

n. 服裝

名詞複數 costumes

同 clothing 服裝、衣著

🎧 **| MP3 | Track 117 | ⬇**

cottage

[ˋkɑtɪdʒ]

n. 村舍、小屋

名詞複數 cottages

同 lodge 小屋、門房

家族字彙

─cottage
─cottager **n.** 住在鄉下房子的人
─cottar **n.** 佃農

cotton

[ˋkɑtn̩]

n. 棉花

名詞複數 cottons

英初 | 國20 | 會考

couch [kautʃ]

n. 長沙發 **v.** 表達
名詞複數 couchs
動詞變化 couched; couched; couching
同 lounge 休息室、長沙發

英初 | 國12 | 會考

cough [kɔf]

v. / n. 咳嗽
名詞複數 coughs
動詞變化 coughed; coughed; coughing
同 tussis 咳嗽

英中 | 學測

could [kud]

v. aux. (can 的過去式) 可以、可能

🎧 | **MP3** | Track 118 | ⬇

英中 | 大4 | 學測

council [ˈkauns!]

n. 委員會、理事會
名詞複數 councils
同 committee 委員會
家族字彙
┌ council
└ councilor **n.** 地方議會議員、理事

英中 | 大5 | 學測

counsel [ˈkauns!]

n. 忠告、勸告 **v.** 勸告、提議
名詞複數 counsels
動詞變化 counseled; counseled; counseling
同 advice 忠告、勸告
家族字彙
┌ counsel
└ counseling **n.** 顧問服務

英中 | 大4 | 學測

counter [ˈkauntɚ]

n. 櫃檯 **v.** 對抗、反駁
adv. 反方向地、對立地
名詞複數 counters
動詞變化 countered; countered; countering
同 refute 駁斥、反駁

英初 | 國12 | 會考

county [ˈkauntɪ]

n. 郡、縣
名詞複數 counties

英初 | 國12 | 會考

court [kort]

n. 庭院、院子
名詞複數 courts
同 yard 院子、庭院
家族字彙
┌ court
└ courtyard **n.** 庭院、院子

🎧 | **MP3** | Track 119 | ⬇

英中 | 大4 | 學測

crack [kræk]

v. 破裂、裂開 **n.** 裂縫、縫隙
名詞複數 cracks
動詞變化 cracked; cracked; cracking
同 burst 爆裂
家族字彙
┌ crack
├ cracked **adj.** 有裂縫的、碎的
└ cracker **n.** 薄脆餅乾、爆竹、鞭炮

英中 | 大4 | 學測

craft [kræft]

n. 飛機
名詞複數 crafts
同 spacecraft 太空船
家族字彙
┌ craft
└ craftsman **n.** 技工、精於工藝的匠人

crane [kren]

n. 鶴、起重機　**v.** 伸長（脖子等）
- **名詞複數** cranes
- **動詞變化** craned; craned; craning
- **同** stretch 伸展、延伸
- **反** shorten 弄短、變短
- **家族字彙**
  - crane
  - cranefly **n.** 大蚊子
  - cranage **n.** 起重機之使用

crash [kræʃ]

v. 碰撞、倒下　**n.** 碰撞、墜落
- **名詞複數** crashes
- **動詞變化** crashed; crashed; crashing
- **同** collide 碰撞、互撞

crawl [krɔl]

v. / **n.** 爬行、緩慢（或費力）地行進
- **動詞變化** crawled; crawled; crawling
- **同** creep 爬、蔓延

🎧 | **MP3** | Track 120 | ⬇

create [krɪˋet]

v. 創造、創作
- **動詞變化** created; created; creating
- **同** invent 發明、創造
- **反** destroy 破壞、摧毀
- **家族字彙**
  - create
  - creation **n.** 創造、創造的作品、產物
  - creative **adj.** 創造性的、有創造力的
  - creator **n.** 創造者、設立者
  - creatively **adv.** 創造性地

creative [krɪˋetɪv]

adj. 創造（性）的、有創造力的
- **形容詞變化** more creative;
  the most creative
- **同** created 創造的
- **家族字彙**
  - creative
  - create **v.** 創造、創建、引起、產生
  - creation **n.** 創造、創造的作品、產物
  - creator **n.** 創造者、設立者

creature [ˋkritʃɚ]

n. 生物、人
- **名詞複數** creatures
- **同** human 人
- **家族字彙**
  - creature
  - create **v.** 創造、創建、引起、產生
  - creation **n.** 創造、創造的作品、產物

creep [krip]

v. 爬行
- **動詞變化** crept; crept; creeping
- **同** crawl 爬行

crew [kru]

n. 全體船員、全體機組人員
- **名詞複數** crews
- **同** staff 全體人員、同事

🎧 | **MP3** | Track 121 | ⬇

crime [kraɪm]

n. 罪行、犯罪
- **名詞複數** crimes
- **同** guilt 罪行、內疚
- **家族字彙**
  - crime
  - criminal **n.** 罪犯、犯人

英初 國20 會考

criminal [ˈkrɪmən!]

n. 罪犯、犯人　**adj.** 犯罪的、刑事上的
名詞複數 criminals
同 offender 罪犯、冒犯者
家族字彙
┌criminal
└crime **n.** 罪行、犯罪

英中 大4 學測

cripple [ˈkrɪp!]

n. 跛子、傷殘人　**v.** 使跛、使受傷致殘
名詞複數 cripples
動詞變化 crippled; crippled; crippling
同 limp 跛行、蹣跚
家族字彙
┌cripple
└crippled **adj.** 跛的、拐的、傷殘的

英初 國12 會考

crisis [ˈkraɪsɪs]

n. 危機、危急關頭
名詞複數 crises
同 conjuncture 危機、緊要關頭

英中 大4 學測

critic [ˈkrɪtɪk]

n. 批評家、評論家
名詞複數 critics
同 commenter 批評家
家族字彙
┌critic
└critical **adj.** 關鍵性的、批判的

🎧 | **MP3** | Track 122 | ⬇

英中 大4 學測

critical [ˈkrɪtɪk!]

adj. 決定性的、關鍵性的
形容詞變化 more critical;
　　　　　the most critical
同 key 主要的、關鍵的
家族字彙
┌critical
└critic **n.** 批評家、評論家

英中 大4 學測

criticise [ˈkrɪtə.saɪz]

v. 批評、批判
動詞變化 criticised; criticised;
　　　　 criticising
同 repudiate 批判、拒絕
反 commend 表揚、稱讚
家族字彙
┌criticise
└criticism **n.** 批評、指責、評論

英中 大4 學測

criticism [ˈkrɪtə.sɪzəm]

n. 批評、批判
名詞複數 criticisms
反 praise 表揚
家族字彙
┌criticism
└criticize **v.** 批評、批判、評論、評價

英初 國20 會考

crown [kraʊn]

n. 王冠、冕
名詞複數 crowns
同 regality 王位、王國

英中 大6 學測

crucial [ˈkruʃəl]

adj. 至關重要的、決定性的
形容詞變化 more crucial;
　　　　　the most crucial
同 decisive 決定性的

🎧 | **MP3** | Track 123 | ⬇

英中 大6 學測

crude [krud]

adj. 粗魯的、粗俗的
形容詞變化 cruder; the crudest
同 impolite 不禮貌的、粗魯的
反 courteous 彬彬有禮的、客氣的
家族字彙
┌crude
└crudity **n.** 粗糙、粗野

cruel [ˈkruəl]

adj. 殘忍的、殘酷的
形容詞變化 crueler; the cruelest
同 brutal 殘忍的、冷酷的
反 merciful 仁慈的、寬大的
家族字彙
- cruel
- cruelly **adv.** 殘酷地、非常
- cruelty **n.** 殘忍、殘酷行為

---

cruise [kruz]

v. 航遊、巡航　**n.** 航遊、遊覽
名詞複數 cruises
動詞變化 cruised; cruised; cruising
家族字彙
- cruise
- cruiser **n.** 巡洋艦、遊艇

---

crush [krʌʃ]

v. 壓碎、碾碎
動詞變化 crushed; crushed; crushing
同 squish 壓碎、壓進去

---

crust [krʌst]

n. （一片）麵包皮
名詞複數 crusts
反 crumb 麵包屑

🎧 | **MP3** | Track 124 | ⬇

crystal [ˈkrɪstl]

n. 水晶、石英晶體
adj. 清澈透明的、水晶（製）的
名詞複數 crystals
同 transparent 透明的
家族字彙
- crystal
- crystalline **adj.** 水晶的、透明的
- crystallize **v.** （使）結晶、具體化

cube [kjub]

n. 立方形、立方體
名詞複數 cubes
家族字彙
- cube
- cubic **adj.** 立方體的、立方的
- cubical **adj.** 立方體的

---

cue [kju]

n. 暗示、信號　**v.** 提示、暗示
名詞複數 cues
動詞變化 cued; cued; cuing
同 signal 信號

---

cultivate [ˈkʌltəˌvet]

v. 耕作、栽培
動詞變化 cultivated; cultivated; cultivating
同 farm 耕作
家族字彙
- cultivate
- cultivated **adj.** 在耕作的、有教養的
- cultivation **n.** 耕作、培養
- cultivator **n.** 耕種者、中耕機

---

culture [ˈkʌltʃɚ]

n. 文化、文明
名詞複數 cultures
同 civilization 文明、開化
家族字彙
- culture
- cultural **adj.** 文化（上）的、教養的

🎧 | **MP3** | Track 125 | ⬇

cupboard [ˈkʌbəd]

n. 碗櫥、櫥櫃
名詞複數 cupboards
同 cabinet 櫥櫃

英中　大4　學測

curiosity [ˌkjʊrɪˈɑsətɪ]

n. 好奇（心）
名詞複數 curiosities
同 marvel 奇異的事物、奇蹟
家族字彙
　┌curiosity
　├curious adj. 好奇的、好求知的
　└curiously adv. 好奇地、稀奇古怪地

英中　大4　學測

curl [kɝl]

n. 鬈髮、捲曲　**v.** 捲、使捲曲
名詞複數 curls
動詞變化 curled; curled; curling
同 twist 扭曲、盤旋
家族字彙
　┌curl
　└curly adj. 捲曲的

英中　大5　學測

currency [ˈkɝənsɪ]

n. 通貨、貨幣
名詞複數 currencies
同 money 錢、貨幣
家族字彙
　┌currency
　└current adj. 當前的、流行的

英初　國20　會考

current [ˈkɝənt]

adj. 當前的、流行的　**n.** 流、潮流
名詞複數 currents
反 outdated 過時的、落伍的
家族字彙
　┌current
　└currently adv. 目前、普遍地

🎧 | **MP3** | Track 126 | ⬇

英中　大5　學測

curriculum [kəˈrɪkjələm]

n. 課程、（學校等的）全部課程
名詞複數 curriculums
同 course 課程

英中　大4　學測

curse [kɝs]

v. / **n.** 詛咒
名詞複數 curses
動詞變化 cursed; cursed; cursing
同 swear 詛咒

英中　大4　學測

curve [kɝv]

n. 曲線　**v.** 彎曲、成曲線
名詞複數 curves
動詞變化 curved; curved; curving
同 bend 彎曲

英中　大4　學測

cushion [ˈkʊʃən]

n. 墊子、坐墊
名詞複數 cushions
同 mat 墊子

英初　國20　會考

cycle [ˈsaɪkl̩]

n. 自行車、摩托車
v. 騎摩托車、迴圈
名詞複數 cycles
動詞變化 cycled; cycled; cycling
同 bicycle 自行車
家族字彙
　┌cycle
　├cycler n. 騎自行車者
　└cyclic adj. 循環的

🎧 | **MP3** | Track 127 | ⬇

英中　學測

cynical [ˈsɪnɪkl̩]

adj. 憤世嫉俗的、懷疑的
形容詞變化 more cynical;
　　　　　 the most cynical
家族字彙
　┌cynical
　├cynicism n. 憤世嫉俗
　└cynic n. 憤世嫉俗者、好挖苦的人

◎請根據題意，選出最適合的選項

01. The minister _____ the latest crime figures as proof of the need for more police.
    A. cited　　　B. excited　　　C. recited　　　D. rejected

02. They _____ their hands in time to the music.
    A. clamped　　B. clapped　　C. clustered　　D. clutched

03. The only _____ to the identity of the murderer was a half-smoked cigarette.
    A. clue　　　B. hint　　　C. implication　D. truth

04. The increase in violent crimes is _____ to the rise in unemployment.
    A. adjoining　B. adjacent　C. allied　　　D. ambient

05. _____ all the rush and confusion she forgot to say goodbye.
    A. Amid　　　B. Between　C. Alongside　D. Along

06. The old couple decided to _____ a boy and a girl though they had three children of their own.
    A. adapt　　　B. bring　　　C. receive　　　D. adopt

07. He has a very _____ manner although he's only 12.
    A. mature　　B. grown up　C. adult　　　D. adulterous

08. The Motorola Company has a number of _____ all over the world.
    A. conductors　　　　　　B. drivers
    C. introducers　　　　　D. agents

09. The unexpected win _____ the team's morale.
    A. boosted　　B. rose　　　C. arose　　　D. carried

10. The music _____ suddenly when she turned off the radio.
    A. ceased　　B. crawled　　C. echoed　　　D. cracked

Ö【解析】

01. 答案為【A】。
含意「部長引用最近的犯罪資料來說明社會需要更多的警力。」cite 引用；excite 刺激、使興奮、使激動；recite 背誦、朗讀；reject 拒絕、抵制、駁回。

02. 答案為【B】。
含意「他們隨著音樂的節奏拍起手來。」clap 拍擊；clamp 夾住、夾緊；cluster 叢生、成群；clutch 抓住、攫住。

03. 答案為【A】。
含意「找出謀殺者的唯一線索是一根抽了一半的香菸。」clue 線索，指有助於解決問題或發現真相的事實或證據；hint 暗示、提示、線索，指間接的提示或細微的跡象；implication 含意、暗示，指沒有明確表明的意義；truth 事實、真相。

04. 答案為【C】。
含意「暴力犯罪的增加與失業的增加有關。」be allied to 與……（在起源或性質上）有關聯、與……類似；adjoin 臨近、接近；adjacent 鄰近的、接近的；ambient 周圍的。

05. 答案為【A】。
含意「慌亂中她忘了說再見。」amid 在……中；between 在……之間；alongside 在……旁邊；along 順著、沿著。

06. 答案為【D】。
含意 「那對老夫妻雖然已有自己親生的三個孩子了，還是決定收養一個男孩和一個女孩。」adapt 使適應、改編、適應；adopt 採用、收養。

07. 答案為【C】。
含意「雖然他只有 12 歲，但舉止卻很像大人。」adult 強調達到法律規定的成人年齡，即被社會公認的成熟，在本題中的意思為「成年人的」；mature 指人在生理、心理上都發育成熟或泛指生物體發育到完備階段，也可指條件、時機的成熟；grown up 指一般所說的長大；adulterous 通姦的、不貞的。

08. 答案為【D】。
含意「摩托羅拉公司在全球擁有很多代理商。」agent 代理人、代理商；conductor 領導者、售票員；driver 驅動器、司機；introducer 介紹人。

09. 答案為【A】。
含意「意外的勝利鼓舞了全隊的士氣。」boost 激勵、促進、鼓勵；rise 升起、起身、上升；arise （困難、問題等）出現、發生；carry 攜帶、運送、支持。

10. 答案為【A】。
含意「她關掉了收音機，音樂聲突然就停了。」ceased 停止；crawl 爬行、蠕動、緩慢地行進；echo 回聲、隨聲附和；crack 破裂、爆裂。

Dd

dairy [ˋdɛrɪ]

n. 牛奶場、乳品店　**adj.** 乳製品的
名詞複數 dairies
家族字彙
┌ dairy
└ dairying **n.** 牛奶業

英初　國20　會考

dam [dæm]

n. 壩、堤　**v.** 築堤（壩）擋住
名詞複數 dams
動詞變化 dammed; dammed; damming
同 dike 堤、壩

英初　國12　會考

damage [ˋdæmɪdʒ]

n. 損失、損害　**v.** 損害、損壞
名詞複數 damages
動詞變化 damaged; damaged; damaging
同 loss 喪失、遺失、損失、損耗
家族字彙
┌ damage
└ damaged **adj.** 已損傷的、毀壞的

英中　大4　學測

damn [dæm]

adj. 該死的、可惡的　**adv.** 極、非常
n. 絲毫、一點點　**v.** 詛咒、嚴厲批評
動詞變化 damned; damned; damning
同 hateful 可恨的、可憎的
反 lovely 可愛的

🎧 | **MP3** | Track 128 | ↓

英中　大4　學測

damp [dæmp]

adj. 潮濕的　**n.** 潮濕、濕氣
v. 減弱、抑制
動詞變化 damped; damped; damping
同 moist 潮濕的、濕潤的
反 dry 乾燥的
家族字彙
┌ damp
└ dampen **v.** （使）潮濕、使沮喪

英初　國20　會考

darling [ˋdɑrlɪŋ]

n. 親愛的、心愛的人
adj. 可愛的、心愛的
名詞複數 darlings
同 loving 親愛的

英初　國20　會考

dash [dæʃ]

v. 猛衝、飛奔　**n.** 猛衝、飛奔
動詞變化 dashed; dashed; dashing
同 crash 猛撞
家族字彙
┌ dash
├ dashed **adj.** 該死的
└ dashing **adj.** 勇猛的、生氣勃勃的

英初　國12　會考

data [ˋdetə]

n. 資料
名詞複數 datas
同 material 物質、素材、題材、資料
家族字彙
┌ data
└ database **n.** 資料庫

英中　學測

database [ˋdetəˏbes]

n. 資料庫
名詞複數 databases
家族字彙
┌ database
└ data **n.** 資料

英初 | 國1 | 會考

date [det]

n. 日期、時代
v. 給……註明日期、記下……的日期
名詞複數 dates
動詞變化 dated; dated; dating
同 epoch 時期、時代
家族字彙
┌date
└dated adj. 過時的

英初 | 國12 | 會考

dawn [dɔn]

n. 黎明、拂曉 **v.** 破曉、初現
名詞複數 dawns
動詞變化 dawned; dawned; dawning
同 daybreak 黎明、拂曉
家族字彙
┌dawn
└dawning n. 黎明

英中 | 學測

daylight [ˈdeˌlaɪt]

n. 日光、白晝
名詞複數 daylights
同 sunlight 日光、陽光

英初 | 國1 | 會考

dead [dɛd]

adj. 死的、枯萎的 **adv.** 全然、完全
同 withered 枯萎的、消瘦的
反 luxuriant 豐富的、富饒的
家族字彙
┌dead
├death n. 死亡、破滅、終止
└deadly adv. 非常、極度地

英中 | 大4 | 學測

deadline [ˈdɛdˌlaɪn]

n. 最後期限
名詞複數 deadlines
同 limit 限度

英中 | 大6 | 學測

deadly [ˈdɛdlɪ]

adj. 致死的、致命的
adv. 非常、極度地
形容詞變化 more deadly;
　　　　　the most deadly
同 lethal 致命的
家族字彙
┌deadly
└dead adj. 死的、枯萎的、無感覺的

英初 | 國12 | 會考

deaf [dɛf]

adj. 聾的、不願聽的
形容詞變化 deafer; the deafest
同 dunny 聾的、魯鈍的
家族字彙
┌deaf
├deafen v. 使聾、震聾
├deafening adj. 震耳欲聾的
├deafeningly adv. 很響地
└deafness n. 聾

英初 | 國1 | 會考

deal(1) [dil]

v. 對待、對付 **n.** 交易、協定
名詞複數 deals
動詞變化 dealt; dealt; dealing
同 treat 對待、款待
家族字彙
┌deal
├dealer n. 商人、發牌者
└dealing n. 交易、來往

英初 | 國1 | 會考

deal(2) [dil]

n. 松木、杉木
名詞複數 deals
同 pine 松樹、松木
家族字彙
┌deal
├dealer n. 商人、發牌者
└dealing n. 交易、來往

dean [din]

n. 教長
名詞複數 deans
同 rector 教區牧師、校長、院長

🎧 | MP3 | Track 131 | ⬇

英初 | 國1 | 會考

death [dɛθ]

n. 死亡、逝世
名詞複數 deaths
同 decease 死亡
反 birth 出生
家族字彙
—death
—die **v.** 死亡、枯竭
—dead **adj.** 死的、枯萎的、無感覺的

英初 | 國12 | 會考

debate [dɪˋbet]

n. / v. 辯論、爭論
名詞複數 debates
動詞變化 debated; debated; debating
同 argument 辯論、爭論

英初 | 國12 | 會考

debt [dɛt]

n. 欠款、債務
名詞複數 debts
同 liability 責任、債務
家族字彙
—debt
—debt-redden **n.** 負債累累
—debtee **n.** 債權人
—debtor **n.** 債務人

英初 | 國20 | 會考

decade [ˋdɛked]

n. 十年、十年期
名詞複數 decades
同 decennary 十年間

decay [dɪˋke]

v. 腐爛、腐朽 **n.** 腐爛、腐朽
名詞複數 decays
動詞變化 decayed; decayed; decaying
同 rot 腐爛、腐朽

🎧 | MP3 | Track 132 | ⬇

英中 | 大5 | 學測

deceive [dɪˋsiv]

v. 欺騙、蒙蔽
動詞變化 deceived; deceived; deceiving
同 cheat 欺騙、行騙
家族字彙
—deceive
—deception **n.** 欺騙
—deceit **n.** 欺騙
—deceiver **n.** 騙子
—deceptive **adj.** 騙人的

英中 | 大6 | 學測

decent [ˋdisn̩t]

adj. 體面的、得體的
形容詞變化 more decent; the most decent
同 graceful 優雅的、得體的
家族字彙
—decent
—decency **n.** 體面

英初 | 國1 | 會考

decide [dɪˋsaɪd]

v. 決定、下決心
動詞變化 decided; decided; deciding
同 determine 決定、使下決心
家族字彙
—decide
—decided **adj.** 明顯的、決定的
—decision **n.** 決定、選擇
—decisive **adj.** 決定性的、果斷的

英初　國12　會考

decision [dɪˋsɪʒən]

n. 抉擇、決心
名詞複數 decisions
同 resolution 決心、決定

家族字彙
- decision
- decide **v.** 決定
- decisive **adj.** 決定性的、果斷的
- decisively **adv.** 果斷地

英初　國20　會考

deck [dɛk]

n. 甲板、層面　**v.** 裝飾
名詞複數 decks
同 board 木板、甲板

🎧 | **MP3** | Track 133 | ⬇

英中　大5　學測

declaration [ˌdɛkləˋreʃən]

n. 宣佈、宣告
名詞複數 declarations
同 manifesto 宣言、聲明

家族字彙
- declaration
- declare **v.** 宣佈、聲明、申報
- declared **adj.** 公開宣佈的
- declarer **n.** 宣告者

英中　大6　學測

decline [dɪˋklaɪn]

n. 下降、減少　**v.** 下降、減少
名詞複數 declines
動詞變化 declined; declined; declining
同 decrease 減少、減小、降低
反 increase 增加、提高

家族字彙
- decline
- declination **n.** 傾斜、衰微

英初　國12　會考

decorate [ˋdɛkəˌret]

v. 裝飾、佈置
動詞變化 decorated; decorated; decorating
同 adorn 裝飾、使生色

家族字彙
- decorate
- decoration **n.** 裝飾、裝璜

英中　大4　學測

decrease [dɪˋkris]

v. 減小、減少　**n.** 減小、減少（量）
名詞複數 decreases
動詞變化 decreased; decreased; decreasing
同 reduce 減少、縮小
反 increase 增加、提高

英中　學測

deduct [dɪˋdʌkt]

v. 扣除、減去
動詞變化 deducted; deducted; deducting
同 subtract 扣掉、減少
反 raise 增加、籌集

家族字彙
- deduct
- deductible **adj.** 可扣除的
- deduction **n.** 扣除
- deductive **adj.** 推論的
- deductively **adv.** 推論地

🎧 | **MP3** | Track 134 | ⬇

英初　國1　會考

deer [dɪr]

n. 鹿
名詞複數 deers
同 moose 麋、駝鹿

家族字彙
- deer
- deerskin **n.** 鹿皮

defeat [dɪˋfit]

v. 打敗、戰勝　**n.** 擊敗
名詞複數 defeats
動詞變化 defeated; defeated;
　　　　 defeating
同 beat 打敗、戰勝
反 fail 失敗

defect [dɪˋfɛkt] / [dɪˋfɛkt]

n. 缺點、缺陷　**v.** 逃走、叛變
名詞複數 defects
動詞變化 defected; defected;
　　　　 defecting
同 flaw 缺點、瑕疵、缺陷
家族字彙
─defect
─defection **n.** 脫黨、變節
─defective **adj.** 有缺陷的、有瑕疵的

defend [dɪˋfɛnd]

v. 保衛、防護
動詞變化 defended; defended;
　　　　 defending
同 safeguard 保衛、保護
反 harm 傷害、損害
家族字彙
─defend
─defense **n.** 防禦、防衛

defense [dɪˋfɛns]

n. 捍衛、保衛
名詞複數 defenses
同 protection 保護、防衛
家族字彙
─defense
─defenseless **adj.** 未設防的
─defensive **n.** 防衛的、辯護的

🎧　| **MP3** | Track 135 | ⬇

deficiency [dɪˋfɪʃənsɪ]

n. 缺乏、不足
名詞複數 deficiencies
同 defect 缺點、缺陷、毛病
家族字彙
─deficiency
─deficient **adj.** 不足的、有缺點的
─deficiently **adv.** 缺乏地

define [dɪˋfaɪn]

v. 給…下定義、解釋
動詞變化 defined; defined; defining
同 explain 解釋
家族字彙
─define
─defined **adj.** 清晰的
─definiens **n.** 定義
─definitely **adv.** 明確地
─definite **adj.** 明確的、確切的
─definition **n.** 定義、釋義

definite [ˋdɛfənɪt]

adj. 明確的、確切的
形容詞變化 more definite;
　　　　　 the most definite
同 explicit 明確的、詳述的
反 undefined 不明確的、不確定的
家族字彙
─definite
─definitely **adv.** 明確地、確切地
─define **v.** 解釋
─definitive **adj.** 最可靠的、權威性的

definitely [ˋdɛfənɪtlɪ]

adv. 明確地、確切地
同 specifically 明確地、具體地
家族字彙
─definitely
─definite **adj.** 明確的、確切的
─definition **n.** 定義、釋義

英初 | 國20 | 會考

definition [ˌdɛfəˈnɪʃən]

n. 定義、釋義
名詞複數 definitions
同 explanation 解釋、說明
家族字彙
- definition
- define **v.** 給……下定義、解釋、限定
- defined **adj.** 清晰的
- definiens **n.** 定義
- definitely **adv.** 明確地

🎧 | **MP3** | Track 136 | ⬇

英中 | 學測

defy [dɪˈfaɪ]

v. （公然）違抗、藐視
動詞變化 defied; defied; defying
同 disobedience 不服從、違抗
反 submission 服從、恭順

英初 | 國12 | 會考

delay [dɪˈle]

v. 推遲、延緩 **n.** 延緩、延遲
名詞複數 delays
動詞變化 delayed; delayed; delaying
同 postpone 延期、推遲
家族字彙
- delay
- delayed-action **n.** 延遲的

英中 | 大5 | 學測

delegate

[ˈdɛləgɪt] / [ˈdɛləˌget]

n. 代表、代表團成員
v. 委派（或選舉）……為代表、把……委託給
名詞複數 delegates
動詞變化 delegated; delegated; delegating
同 representative 代表
家族字彙
- delegate
- delegation **n.** 代表團

英中 | 學測

delete [dɪˈlit]

v. 刪除
動詞變化 deleted; deleted; deleting
同 obliterate 擦去、刪除

英中 | 大6 | 學測

deliberate [dɪˈlɪbərɪt]

adj. 故意的、蓄意的 **v.** 仔細考慮、思考
形容詞變化 more deliberate;
the most deliberate
同 purposive 有目的的、故意的
家族字彙
- deliberate
- deliberately **adv.** 故意地、慎重地
- deliberation **n.** 仔細考慮、商量

🎧 | **MP3** | Track 137 | ⬇

英中 | 大4 | 學測

delicate [ˈdɛləkət]

adj. 易碎的、脆弱的
形容詞變化 more delicate;
the most delicate
同 brittle 易碎的、脆弱的
反 strong 強壯的、牢固的、堅強的
家族字彙
- delicate
- delicately **adv.** 精美地、微妙地
- delicacy **n.** 精美、嬌弱、微妙

英初 | 國12 | 會考

deliver [dɪˈlɪvə]

v. 遞送（信件、貨物）、發表（演説等）
動詞變化 delivered; delivered;
delivering
同 send 送給、傳、寄
家族字彙
- deliver
- deliverer **n.** 投遞者、拯救者
- deliverable **adj.** 可以傳送的
- delivery **n.** 投遞、郵件、發送的貨物、分娩、講話方式

delivery [dɪˋlɪvərɪ]

n. 投遞、送交
名詞複數 deliveries
同 transmission 播送、發射、傳送
家族字彙
- delivery
- deliver **v.** 投遞、發表、接生、給予

---

demand [dɪˋmænd]

n. 要求、請求 **v.** 要求
名詞複數 demands
同 request 要求、請求
家族字彙
- demand
- demanding **adj.** 要求多的、吃力的

---

democracy [dəˋmɑkrəsɪ]

n. 民主、民主制
名詞複數 democracies
反 dictatorship 獨裁、專政
家族字彙
- democracy
- democrat **n.** 民主主義者
- democratize **v.** 使民主化
- democratic **adj.** 民主的、有民主精神（或作風）的

🎧 | **MP3** | Track 138 | ⬇

---

democratic
[ˌdɛməˋkrætɪk]

adj. 民主的、有民主精神（或作風）的
形容詞變化 more democratic;
the most democratic
反 autocratic 獨裁的、專制的
家族字彙
- democratic
- democrat **n.** 民主主義者
- democracy **n.** 民主制、民主國家
- democratize **v.** 使民主化

---

demonstrate
[ˋdɛmənˌstret]

v. 論證、證明會
動詞變化 demonstrated;
demonstrated;
demonstrating
同 prove 證明、證實
家族字彙
- demonstrate
- demonstration **n.** 證明、示威

---

denial [dɪˋnaɪəl]

n. 否認、拒絕
名詞複數 denials
同 refusal 拒絕
反 reception 接收、歡迎、接受
家族字彙
- denial
- deny **v.** 否認、拒絕要求
- denier **n.** 拒絕者
- deniable **adj.** 可否認的

---

dense [dɛns]

adj. 密集的、稠密的
形容詞變化 denser; the densest
同 thickset 稠密的
反 sparse 稀少的、稀疏的
家族字彙
- dense
- densely **adv.** 密集地、濃厚地
- density **n.** 密集、稠密、密度
- denseness **n.** 密集

---

density [ˋdɛnsətɪ]

n. 密集、稠密
名詞複數 densities
同 thickness 厚度、濃度
家族字彙
- density
- dense **adj.** 密集的、稠密的
- denseness **n.** 密集
- densely **adv.** 密集地

| 英中 | 大6 | 學測 |

dental [ˈdɛntl̩]

adj. 牙齒的、牙科的
家族字彙
- dental
- dentist **n.** 牙醫
- dentary **adj.** 有齒的
- dentate **adj.** 有齒的
- dentation **n.** 齒狀

| 英初 | 國12 | 會考 |

deny [dɪˈnaɪ]

v. 否認、不承認
動詞變化 denied; denied; denying
同 refuse 拒絕、不接受
反 admit 承認
家族字彙
- deny
- denial **n.** 否認、拒絕、拒絕給予

| 英中 | 大4 | 學測 |

depart [dɪˈpart]

v. 離開、出發
動詞變化 departed; departed; departing
同 leave 出發、離開
家族字彙
- depart
- departed **adj.** 已往的、已故的
- department **n.** 部、部門
- departee **n.** 離去者

| 英中 | 大4 | 學測 |

departure [dɪˈpartʃɚ]

n. 背離、違反
名詞複數 departures
同 infringement 違反、侵害
家族字彙
- departure
- depart **v.** 離開、出發、背離、違反
- departed **adj.** 已故的
- departee **n.** 離去者

| 英中 | 大4 | 學測 |

dependent [dɪˈpɛndənt]

adj. 依靠的、依賴的
形容詞變化 more dependent;
the most dependent
同 reliant 信賴的、依靠的
家族字彙
- dependent
- dependence **n.** 信賴、依賴
- dependency **n.** 依靠

| 英中 | 大6 | 學測 |

depict [dɪˈpɪkt]

v. 描繪、描述
動詞變化 depicted; depicted;
depicting
同 describe 描繪、形容
家族字彙
- depict
- depiction **n.** 描寫

| 英初 | 國20 | 會考 |

deposit [dɪˈpazɪt]

n. 押金、存款 **v.** 寄存、儲蓄
名詞複數 deposits
動詞變化 deposited; deposited;
depositing
同 savings 儲蓄
家族字彙
- deposit
- deposition **n.** 免職、沉積

| 英中 | 大4 | 學測 |

depress [dɪˈprɛs]

v. 使沮喪、使消沉
動詞變化 depressed; depressed;
depressing
同 dismay 使驚慌、使沮喪、使氣餒
家族字彙
- depress
- depressed **adj.** 消沉的、蕭條的
- depression **n.** 憂鬱、沮喪、不景氣

A
B
C
D
E
F
G
H
I
J
K
L
M
N
O
P
Q
R
S
T
U
V
W
X
Y
Z

depression [dɪ`prɛʃən]

n. 不景氣、蕭條（期）
名詞複數 depressions
同 recession 不景氣、蕭條
家族字彙
- depression
- depress **v.** 使沮喪、使不景氣
- depressed **adj.** 消沉的、蕭條的

---

deputy [`dɛpjətɪ]

n. 代表、代理人
名詞複數 deputies
同 representative 代表、代理人
家族字彙
- deputy
- depute **v.** 派……為代表或代理
- deputize **v.** 代理
- deputise **v.** 代理

🎧 | **MP3** | Track 141 | ⬇

derive [də`raɪv]

v. 取得、得到
動詞變化 derived; derived; deriving
同 obtain 獲得、得到
反 lose 失去
家族字彙
- derive
- derivative **n.** 衍生物、派生物
- derivatively **adv.** 衍生地

---

descend [dɪ`sɛnd]

v. 下來、下降
動詞變化 descended; descended; descending
同 decline 下降、衰退
反 ascend 漸漸上升、升高
家族字彙
- descend
- descendant **n.** 後裔、後代

---

desert(1) [`dɛzət]

n. 沙漠、荒原
名詞複數 deserts
同 wasteland 荒地、荒原
家族字彙
- desert
- desertification **n.** 沙漠化

---

desert(2) [dɪ`zɜt]

v. 放棄、遺棄
動詞變化 deserted; deserted; deserting
同 abandon 遺棄、拋棄、放棄
家族字彙
- desert
- deserted **adj.** 荒蕪的
- deserter **n.** 逃兵
- desertion **n.** 離棄

---

deserve [dɪ`zɜv]

v. 應得、值得
動詞變化 deserved; deserved; deserving
同 command 擁有、應得
家族字彙
- deserve
- deserving **adj.** 應得的、值得的

🎧 | **MP3** | Track 142 | ⬇

desirable [dɪ`zaɪrəbl]

adj. 稱心的、合意的
形容詞變化 more desirable; the most desirable
同 acceptable 合意的、受歡迎的
反 undesirable 不受歡迎的
家族字彙
- desirable
- desire **v.** 渴望、請求
- desirability **n.** 稱心如意的人（東西）

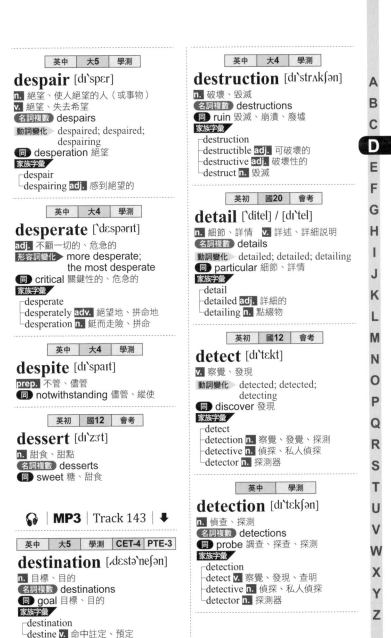

英中　大5　學測

despair [dɪ'spɛr]

n. 絕望、使人絕望的人（或事物）
v. 絕望、失去希望
名詞複數　despairs
動詞變化　despaired; despaired;
　　　　　despairing
同　desperation 絕望
家族字彙
┌despair
└despairing adj. 感到絕望的

英中　大4　學測

desperate ['dɛspərɪt]

adj. 不顧一切的、危急的
形容詞變化　more desperate;
　　　　　　the most desperate
同　critical 關鍵性的、危急的
家族字彙
┌desperate
├desperately adv. 絕望地、拼命地
└desperation n. 鋌而走險、拼命

英中　大4　學測

despite [dɪ'spaɪt]

prep. 不管、儘管
同　notwithstanding 儘管、縱使

英初　國12　會考

dessert [dɪ'zɝt]

n. 甜食、甜點
名詞複數　desserts
同　sweet 糖、甜食

🎧 **MP3** | Track 143 | ⬇

英中　大5　學測　CET-4　PTE-3

destination [ˌdɛstə'neʃən]

n. 目標、目的
名詞複數　destinations
同　goal 目標、目的
家族字彙
┌destination
└destine v. 命中註定、預定

英中　大4　學測

destruction [dɪ'strʌkʃən]

n. 破壞、毀滅
名詞複數　destructions
同　ruin 毀滅、崩潰、廢墟
家族字彙
┌destruction
├destructible adj. 可破壞的
├destructive adj. 破壞性的
└destruct n. 毀滅

英初　國20　會考

detail ['ditel] / [dɪ'tel]

n. 細節、詳情　**v.** 詳述、詳細說明
名詞複數　details
動詞變化　detailed; detailed; detailing
同　particular 細節、詳情
家族字彙
┌detail
├detailed adj. 詳細的
└detailing n. 點綴物

英初　國12　會考

detect [dɪ'tɛkt]

v. 察覺、發現
動詞變化　detected; detected;
　　　　　detecting
同　discover 發現
家族字彙
┌detect
├detection n. 察覺、發覺、探測
├detective n. 偵探、私人偵探
└detector n. 探測器

英中　學測

detection [dɪ'tɛkʃən]

n. 偵查、探測
名詞複數　detections
同　probe 調查、探查、探測
家族字彙
┌detection
├detect v. 察覺、發現、查明
├detective n. 偵探、私人偵探
└detector n. 探測器

A
B
C
D
E
F
G
H
I
J
K
L
M
N
O
P
Q
R
S
T
U
V
W
X
Y
Z

英中 大4 學測

detective [dɪˋtɛktɪv]

n. 偵探 **adj.** 偵探的、推理的
名詞複數 detectives
同 spy 間諜、偵探
家族字彙
- detective
- detect **v.** 察覺、發現、查明
- detection **n.** 察覺、發覺、探測
- detector **n.** 探測器

英中 大4 學測

determination

[dɪˌtɝməˋneʃən]
n. 決心、決定
名詞複數 determinations
同 decision 決定、決心
家族字彙
- determination
- determinable **adj.** 可決定的
- determinant **n.** 決定因素
- determinate **adj.** 確定的
- determinately **adv.** 確定地
- determine **v.** 確定、決定、使下決心
- determined **adj.** 堅決的、確定的

英中 大4 學測

device [dɪˋvaɪs]

n. 裝置、設備
名詞複數 devices
同 apparatus 裝置、器具

英初 國20 會考

devil [ˋdɛvl̩]

n. 魔鬼
名詞複數 devils
家族字彙
- devil
- devilish **adj.** 魔鬼般的、兇惡的
- deviled **adj.** 沾了很多芥末的
- devilfish **n.** 灰鯨
- devilishly **adv.** 厲害地

英中 大4 學測

devise [dɪˋvaɪz]

v. 策劃、設計
動詞變化 devised; devised; devising
同 scheme 計畫、設計
家族字彙
- devise
- devisee **n.** 受遺贈者

英中 大6 學測

diagnose [ˌdaɪəgˋnos]

v. 診斷、判斷
動詞變化 diagnosed; diagnosed; diagnosing
同 judge 判斷、斷定
家族字彙
- diagnose
- diagnosis **n.** 診斷
- diagnostic **adj.** 診斷的、特徵的

英中 大6 學測

diagram [ˋdaɪəˌgræm]

n. 簡圖、圖表
名詞複數 diagrams
同 graph 圖、圖表
家族字彙
- diagram
- diagrammatic **adj.** 圖表的、概略的
- diagrammatically **adv.** 圖表似地

英初 國12 會考

dial [ˋdaɪəl]

n. 標度盤、撥號盤
v. 撥（電話號碼）、打電話給
名詞複數 dials
動詞變化 dialed, dialled; dialed, dialled; dialing, dialling
同 call 呼叫、打電話
家族字彙
- dial
- dialer **n.** 撥號者

| 英中 | 大5 | 學測 |

dialect [ˈdaɪəlɛkt]

n. 方言、土語
名詞複數 dialects
同 idiom 方言
家族字彙
- dialect
- dialectal **adj.** 方言的
- dialectally **adv.** 方言地、鄉音地

| 英中 | 大6 | 學測 |

diameter [daɪˈæmətə]

n. 直徑
名詞複數 diameters
同 caliber 直徑
家族字彙
- diameter
- diametrical **adj.** 直徑的

🎧 | **MP3** | Track 146 | ⬇

| 英中 | 大6 | 學測 |

dictate [dɪkˈtet]

v. 口述、命令 **n.** 命令、規定、要求
名詞複數 dictates
動詞變化 dictated; dictated; dictating
同 order 命令
家族字彙
- dictate
- dictator **n.** 命令者
- dictation **n.** 聽寫、命令、口述

| 英初 | 國20 | 會考 |

diet [ˈdaɪət]

n. 特種飲食、規定飲食 **v.** 進特種飲食
名詞複數 diets
動詞變化 dieted; dieted; dieting
同 food 食物、食品
家族字彙
- diet
- dietetic **adj.** 飲食的、食物療法的
- dietician **n.** 營養學家、營養學者

| 英中 | 大4 | 學測 |

differ [ˈdɪfə]

v. 相異、（在意見方面）發生分歧
動詞變化 differed; differed; differing
同 dissent 持異議、不同意
家族字彙
- differ
- difference **n.** 差異、分歧、差別
- different **adj.** 不同的
- differential **adj.** 差別的

| 英中 | 大4 | 學測 |

digest [ˈdaɪdʒɛst]

v. 消化、吸收 **n.** 文摘
名詞複數 digests
動詞變化 digested; digested; digesting
同 absorb 吸收
家族字彙
- digest
- digestant **n.** 消化劑
- digestible **adj.** 可消化的

| 英中 | 大4 | 學測 |

digital [ˈdɪdʒɪtl]

adj. 數字的、數字顯示的
家族字彙
- digital
- digit **n.** 數字
- digitally **adv.** 數位地、數位顯示地

🎧 | **MP3** | Track 147 | ⬇

| 英中 | 大4 | 學測 |

dignity [ˈdɪgnətɪ]

n. 尊嚴、高貴
名詞複數 dignities
同 lordliness 貴族氣派、威嚴
家族字彙
- dignity
- dignify **v.** 使有尊嚴
- dignitary **n.** 顯貴
- dignified **adj.** 有尊嚴的

dilemma [dəˋlɛmə]

n. （進退兩難的）窘境、困境
名詞複數 dilemmas
同 quandary 困惑、窘況
家族字彙
- dilemma
- dilemmatic **adj.** 左右為難的

dim [dɪm]

adj. 昏暗的、模糊不清的
v. （使）變暗淡、（使）變模糊
動詞變化 dimmed; dimmed; dimming
形容詞變化 dimmer; the dimmest
同 faint 微弱的、模糊的
反 bright 明亮的
家族字彙
- dim
- dimly **adv.** 暗淡地
- dimness **n.** 微暗、不清楚

dimension [dəˋmɛnʃən]

n. 尺寸、長（或寬、厚、深）度
名詞複數 dimensions
同 measurement 尺寸、度量
家族字彙
- dimension
- dimensional **adj.** 空間的
- dimensionally **adv.** 在尺寸上、在幅員上

dip [dɪp]

v. 浸　**n.** 浸
名詞複數 dips
動詞變化 dipped; dipped; dipping
同 sink 沉入
家族字彙
- dip
- dipper **n.** 浸染工人

🎧 | **MP3** | Track 148 | ⬇

diplomatic [ˌdɪpləˋmætɪk]

adj. 外交的、從事外交的
同 tactful 老練的、機智的
家族字彙
- diplomatic
- diplomat **n.** 外交官
- diplomatically **adv.** 外交上、圓滑地

directly [dəˋrɛktlɪ]

adv. 直接地、正好地
形容詞變化 more directly;
　　　　　 the most directly
同 straight 直接地
反 indirectly 間接地
家族字彙
- directly
- direct **adj.** 直接的

dirt [dɝt]

n. 土、污垢
同 soil 土壤
家族字彙
- dirt
- dirty **adj.** 骯髒的

disabled [ˋdɪsˋebld]

adj. 喪失能力的、有殘疾的
同 handicapped 有生理缺陷的
家族字彙
- disabled
- disable **v.** 使失去能力

disagree [ˌdɪsəˋgri]

v. 爭論、（食物、氣候等）不適宜
動詞變化 disagreed; disagreed;
　　　　　 disagreeing
同 quarrel 吵架、爭論
反 agree 同意
家族字彙
- disagree
- disagreement **n.** 不合、爭論

英初　國12　會考

disappear [͵dɪsəˈpɪr]

v. 不見、消失
動詞變化 disappeared; disappeared; disappearing
同 vanish 消失
反 appear 出現
家族字彙
┌disappear
└disappearance **n.** 消失、滅絕

英初　國20　會考

disappoint [͵dɪsəˈpɔɪnt]

v. 使失望、使掃興
動詞變化 disappointed; disappointed; disappointing
同 displease 使不高興
反 encourage 激勵
家族字彙
┌disappoint
├disappointed **adj.** 失望的
└disappointment **n.** 失望

英中　大4　學測

disaster [dɪzˈæstə]

n. 災難、大禍
名詞複數 disasters
同 calamity 災難
家族字彙
┌disaster
├disastrous **adj.** 損失慘重的、悲傷的
└disastrously **adv.** 悲慘地

英中　大5　學測

discard [dɪsˈkɑrd]

v. / **n.** 丟棄、拋棄
名詞複數 discards
動詞變化 discarded; discarded; discarding
同 scrap 將……作為廢物、廢棄
家族字彙
┌discard
└discardable **adj.** 可拋棄的、不需要的

英中　大6　學測

discharge [dɪsˈtʃɑrdʒ]

v. / **n.** 允許……離開、釋放
名詞複數 discharges
動詞變化 discharged; discharged; discharging
同 dismiss 解散、開除
反 charge 使充滿
家族字彙
┌discharge
└dischargeable **adj.** 可卸下的

英中　大4　學測

discipline [ˈdɪsəplɪn]

v. / **n.** 訓導、懲罰
名詞複數 disciplines
動詞變化 disciplined; disciplined; disciplining
同 punish 懲罰
家族字彙
┌discipline
└disciplined **adj.** 遵守紀律的

英初　國20　會考

discount [ˈdɪskaʊnt]

n. 折扣　**v.** 不重視、低估
名詞複數 discounts
動詞變化 discounted; discounted; discounting
同 underestimate 低估、看輕
家族字彙
┌discount
├discountable **adj.** 不可全信的
└discounter **n.** 廉價商店

英中　大4　學測

discourage [dɪsˈkɝɪdʒ]

v. 使灰心、阻止
動詞變化 discouraged; discouraged; discouraging
反 encourage 鼓勵、激勵
家族字彙
┌discourage
└discouragement **n.** 氣餒、挫折

A
B
C
D
E
F
G
H
I
J
K
L
M
N
O
P
Q
R
S
T
U
V
W
X
Y
Z

discover [dɪˋskʌvɚ]

v. 發現、瞭解到

動詞變化 discovered; discovered; discovering

同 find 找到

反 miss 未達到、未看到

家族字彙
- discover
- discoverer **n.** 發現者
- discoverable **adj.** 發現的、顯露的

discovery [dɪsˋkʌvərɪ]

n. 發現、被發現的事物

名詞複數 discoveries

同 finding 發現、發現物

家族字彙
- discovery
- discover **v.** 發現、找到

🎧 ｜ **MP3** ｜ Track 151 ｜ ⬇

disease [dɪˋziz]

n. 疾病

名詞複數 diseases

同 illness 疾病

反 health 健康

家族字彙
- disease
- diseased **adj.** 患病的、遭受病害的

disguise [dɪsˋgaɪz]

v. 掩蓋、掩飾

n. 用來偽裝的東西（或行動）

名詞複數 disguises

動詞變化 disguised; disguised; disguising

同 conceal 隱藏、隱瞞

反 show 顯示、露出

家族字彙
- disguise
- disguiser **n.** 偽裝者

disgust [dɪsˋgʌst]

n. 厭惡、反感　**v.** 使厭惡、使反感

動詞變化 disgusted; disgusted; disgusting

同 nauseate 厭惡

反 delight 高興、喜愛

家族字彙
- disgust
- disgusted **adj.** 厭惡的
- disgustedly **adv.** 厭煩地

disk [dɪsk]

n. 圓盤、唱片

名詞複數 disks

同 record 唱片

家族字彙
- disk
- diskless **adj.** 無磁片的

dislike [dɪsˋlaɪk]

v. / **n.** 不喜愛、厭惡

名詞複數 dislikes

動詞變化 disliked; disliked; disliking

同 hate 不喜歡

反 like 喜歡

家族字彙
- dislike
- dislikable **adj.** 可厭的、可憎的
- disliker **n.** 不喜歡者、討厭者

🎧 ｜ **MP3** ｜ Track 152 ｜ ⬇

dismiss [dɪsˋmɪs]

v. 解雇、開除

動詞變化 dismissed; dismissed; dismissing

同 discharge 解雇

反 employ 雇傭

家族字彙
- dismiss
- dismissal **n.** 免職、解雇
- dismissive **adj.** 輕視的、輕蔑的

disorder [dɪsˋɔrdɚ]
英中　大4　學測

n. 混亂、凌亂
名詞複數 disorders
同 confusion 混亂、無秩序
家族字彙
- disorder
- disorderly **adj.** 凌亂的、無秩序的

display [dɪˋsple]
英初　國12　會考

n. / v. 顯示、表現
名詞複數 displays
動詞變化 displayed; displayed; displaying
同 demonstrate 展示
反 conceal 隱藏
家族字彙
- display
- displayable **adj.** 可顯示的

disposal [dɪˋspozḷ]
英中　大6　學測

n. 丟掉、清除
同 removal 除去
家族字彙
- disposal
- dispose **v.** 處理、佈置
- disposer **n.** 處理者

dispose [dɪˋspoz]
英中　大5　學測

v. 丟掉、除掉
動詞變化 disposed; disposed; disposing
同 discard 扔掉、丟棄
家族字彙
- dispose
- disposer **n.** 處理者、碎渣機
- disposed **adj.** 有……傾向的
- disposal **n.** 丟掉

🎧 | **MP3** | Track 153 | ⬇

dispute [dɪˋspjut]
英中　大4　學測

n. 爭論、爭吵
v. 對……表示異議、就……發生爭論
名詞複數 disputes
動詞變化 disputed; disputed; disputing
同 argue 爭論
反 agree 同意
家族字彙
- dispute
- disputer **n.** 爭論者
- disputable **adj.** 有討論餘地的
- disputation **n.** 爭論、議論

dissolve [dɪˋzalv]
英中　大6　學測

v. 溶解、溶化
動詞變化 dissolved; dissolved; dissolving
同 melt 溶化、溶解
家族字彙
- dissolve
- dissolvable **adj.** 可溶解的
- dissolver **n.** 溶解裝置、溶解器

distinct [dɪˋstɪŋkt]
英中　大4　學測

adj. 清晰的、清晰的
形容詞變化 distincter; the distinctest
同 clear 清楚的
反 indistinct 不清楚的
家族字彙
- distinct
- distinctly **adv.** 清楚地、清晰地
- distinctness **n.** 不同、明顯

distinction [dɪˋstɪŋkʃən]
英中　大5　學測

n. 區分、辨別
名詞複數 distinctions
同 differentiation 區別
家族字彙
- distinction
- distinctionless **adj.** 沒區別的

A
B
C
D
E
F
G
H
I
J
K
L
M
N
O
P
Q
R
S
T
U
V
W
X
Y
Z

distinguish [dɪˋstɪŋgwɪʃ]

v. 區分、辨別

動詞變化 distinguished;
distinguished;
distinguishing

同 discriminate 區別、辨別

家族字彙
- distinguish
- distinguishability **n.** 可區別性
- distinguished **adj.** 卓越的
- distinguishing **adj.** 有區別的
- distinguishable **adj.** 可區別的、可辨識的

🎧 | **MP3** | Track 154 | ⬇

英中 大6 學測

distract [dɪˋstrækt]

v. 轉移（注意力）、使分心

動詞變化 distracted; distracted;
distracting

同 divert 使分心

反 attract 吸引

家族字彙
- distract
- distracted **adj.** 精神不能集中的
- distraction **n.** 娛樂、分心的事物
- distractedly **adv.** 心煩意亂地
- distractible **adj.** 易於分心的
- distracting **adj.** 分心的
- distractingly **adv.** 令人分心地
- distractive **adj.** 分散注意力的

英中 大5 學測

distress [dɪˋstrɛs]

n. 痛苦、悲傷 **v.** 使痛苦、使憂慮

動詞變化 distressed; distressed;
distressing

同 trouble 使煩惱

反 comfort 舒適

家族字彙
- distress
- distressful **adj.** 令人苦惱的、不幸的

英中 大4 學測

distribute [dɪˋstrɪbjʊt]

v. 分送、分配

動詞變化 distributed; distributed;
distributing

同 allot 分配

反 gather 積聚、搜集

家族字彙
- distribute
- distribution **n.** 分配、分發
- distributor **n.** 經銷人、經銷商
- distributee **n.** 被分配到之人

英中 大4 學測

distribution
[ˌdɪstrəˋbjuʃən]

n. 散佈、分佈

名詞複數 distributions

同 dispersion 分散、散佈

家族字彙
- distribution
- distributor **n.** 經銷人、經銷商
- distributee **n.** 被分配到之人
- distribute **v.** 分發、散佈、分配

英中 大4 學測

district [ˋdɪstrɪkt]

n. 地區、區域

名詞複數 districts

同 region 區域、地區

🎧 | **MP3** | Track 155 | ⬇

英中 大4 學測

disturb [dɪˋstɝb]

v. 打擾、妨礙

動詞變化 disturbed; disturbed;
disturbing

同 bother 煩、打擾

家族字彙
- disturb
- disturbance **n.** 擾亂、憂慮、不安
- disturbing **adj.** 煩擾的
- disturber **n.** 打擾者

英初　國20　會考

ditch [dɪtʃ]

n. 溝、管道
名詞複數 ditches
同 trench 溝渠、管溝
家族字彙
- ditch
- ditcher **n.** 挖溝人、開溝機

英初　國20　會考

dive [daɪv]

n. / **v.** 跳水、潛水
名詞複數 dives
動詞變化 dived, dove; dived, dove; diving
同 plunge 跳進
家族字彙
- dive
- diver **n.** 潛水者
- diving **n.** 潛水、跳水

英中　大6　學測

diverse [dəˋvɝs]

adj. 不同的、相異的
形容詞變化 more diverse; the most diverse
同 different 不同的
反 similar 類似的
家族字彙
- diverse
- diversely **adv.** 相異地、多種多樣地
- diversify **v.** 使成形形色色的、使變化

英初　國12　會考

division [dəˋvɪʒən]

n. 除（法）
名詞複數 divisions
反 multiplication 乘法、增加
家族字彙
- division
- divisional **adj.** 劃分上的、分區的、區分的

🎧 **MP3** | Track 156 | ⬇

英中　大4　學測

divorce [dəˋvors]

n. 分離、脫離　**v.** 離婚、使脫離
名詞複數 divorces
動詞變化 divorced; divorced; divorcing
同 separate 分開、脫離
反 marry 結婚
家族字彙
- divorce
- divorced **adj.** 離婚的
- divorcee **n.** 離婚者
- divorcement **n.** 離婚、分離

英初　國12　會考

dizzy [ˋdɪzɪ]

adj. 暈眩的、（可能）使人頭暈的
形容詞變化 dizzier; the dizziest
同 giddy 眼花的、頭暈的
家族字彙
- dizzy
- dizzily **adv.** 頭昏眼花地、使人眼花地
- dizziness **n.** 頭昏眼花
- dizzyingly **adv.** 令人暈眩地

英中　大5　學測

document [ˋdɑkjəmənt]

n. 公文、文件
v. 用文件（或文獻）等證明、記載
名詞複數 documents
動詞變化 documented; documented; documenting
同 file 檔、檔案
家族字彙
- document
- documental **adj.** 檔的、記錄的
- documentary **adj.** 文件的

英初　國1　會考

doll [dɑl]

n. 玩偶、玩具娃娃　**v.** 打扮
名詞複數 dolls
動詞變化 dolled; dolled; dolling
同 dolly 洋娃娃

domestic [dəˋmɛstɪk]

adj. 本國的、家（庭）的
形容詞變化 more domestic;
the most domestic
同 family 家庭的、家族的
反 foreign 外國的、外來的
家族字彙
┌domestic
└domestically **adv.** 在家庭方面、在國內方面

🎧 | **MP3** | Track 157 | ⬇

英中　大4　學測

dominant [ˋdɑmənənt]

adj. 支配的、統治的
形容詞變化 more dominant;
the most dominant
同 ruling 統治的、支配的
家族字彙
┌dominant
└dominance **n.** 優勢、支配、統治

英中　大4　學測

dominate [ˋdɑməˏnet]

v. 支配、統治
動詞變化 dominated; dominated;
dominating
同 rule 支配、控制
家族字彙
┌dominate
├domination **n.** 支配、管轄、控制
└dominating **adj.** 主要的、專橫的

英中　大6　學測

donation [ˋdoneʃən]

n. 捐款、捐贈物
名詞複數 donations
同 contribution 捐助、貢獻
家族字彙
┌donation
├donate **v.** 捐獻、捐贈
└donor **n.** 捐贈者

英初　國12　會考

donkey [ˋdɑnkɪ]

n. 驢
名詞複數 donkeys
同 ass 驢子
家族字彙
┌donkey
└donkeywork **n.** 苦差事

英中　大4　學測

dormitory [ˋdɔrməˏtorɪ]

n. （集體）宿舍
名詞複數 dormitories
同 hall（大學的）學生宿舍

🎧 | **MP3** | Track 158 | ⬇

英初　國20　會考

dose [dos]

n. （一次）劑量、一劑
名詞複數 doses
同 dosage 劑量、用量

英初　國12　會考

dot [dɑt]

n. 點、小圓點　**v.** 打點於、散佈於
名詞複數 dots
動詞變化 dotted; dotted; dotting
同 point 點
家族字彙
┌dot
├dotted **adj.** 有點子的、星羅棋佈的
└dotter **n.** 畫點器、點標器

英初　國20　會考

doubtful [ˋdautfəl]

adj. 難以預測的、未定的
形容詞變化 more doubtful;
the most doubtful
同 dubious 可疑的、不確定的
家族字彙
┌doubtful
├doubtfully **adv.** 懷疑地、含糊地
└doubt **v.** 懷疑、不能肯定

英中 大5 學測

downward [ˈdaʊnwəd]

adj. 向下的、下降的
adv. 向下地、往下
反 upward(s) 向上的、向上地
家族字彙
┌downward
└downwardness **n.** 下方、向下

英中 大4 學測

draft [dræft]

n. 草稿、草圖 **v.** 起草、草擬
名詞複數 drafts
動詞變化 drafted; drafted; drafting
同 sketch 草圖
家族字彙
┌draft
├drafter **n.** 起草者
├draftee **n.** 被徵召入伍者
└draftable **adj.** 可徵召入伍的

🎧 | **MP3** | Track 159 | ⬇

英初 國12 會考

drag [dræg]

v. 拖、拉 **n.** 累贅、障礙
名詞複數 drags
動詞變化 dragged; dragged; dragging
同 pull 拉
家族字彙
┌drag
├dragger **n.** 拖曳等的人或物、小漁船
├draggy **adj.** 拖拉的
├draggle **v.** 拖
└dragrope **n.** 拉繩

英初 國12 會考

dragon [ˈdrægən]

n. 龍
名詞複數 dragons
家族字彙
┌dragon
├dragonish **adj.** 像龍一般的、兇猛的
├dragonet **n.** 小龍
└dragonfly **n.** 蜻蜓

英初 國20 會考

drain [dren]

v. 排走、漸漸耗盡 **n.** 消耗、排水溝
名詞複數 drains
動詞變化 drained; drained; draining
同 empty 使變空、流空
家族字彙
┌drain
├drainage **n.** 排水
└drainer **n.** 下水道裝置設備、下水道
　　　　　　修建工

英初 國12 會考

drama [ˈdræmə]

n. 戲、劇本
名詞複數 dramas
同 play 劇本
家族字彙
┌drama
├dramatic **adj.** 戲劇性的、生動的
└dramatist **n.** 劇作家

英初 國20 會考

dramatic [drəˈmætɪk]

adj. 引人注目的、戲劇性的
n. 戲劇表演、演劇活動
形容詞變化 more dramatic;
　　　　　the most dramatic
同 striking 惹人注目的
家族字彙
┌dramatic
└dramatically **adv.** 戲劇性地、引人注
　　　　　　　目地

🎧 | **MP3** | Track 160 | ⬇

英初 國12 會考

drawer [drɔr]

n. 抽屜
名詞複數 drawers
同 till 放錢的抽屜、錢櫃
家族字彙
┌drawer
└drawerful **n.** 一抽屜之量、大量

英中　大4　學測

drift [drɪft]

v. 漂流、漂　**n.** 漂流、漂流物
名詞複數 drifts
動詞變化 drifted; drifted; drifting
同 float 漂流物、漂浮
家族字彙
- drift
- driftage **n.** 漂流、流落
- drifter **n.** 漂流者、漂網漁船、漂流物
- driftless **adj.** 無目標的
- driftnet **n.** 漂網

英初　國20　會考

drip [drɪp]

v. 滴　**n.** 滴水聲、滴下的液體
名詞複數 drips
動詞變化 dripped; dripped; dripping
同 drop 滴下
家族字彙
- drip
- drippy **adj.** 多雨的、太善感的
- dripping **n.** 水滴

英初　國12　會考

drum [drʌm]

n. 鼓、鼓聲　**v.** 有節奏地敲擊
名詞複數 drums; drum
動詞變化 drummed; drummed; drumming
同 beat 打、敲
家族字彙
- drum
- drummer **n.** 鼓手、旅行推銷員

英初　國20　會考

drunk [drʌŋk]

adj. （酒）醉的、陶醉的
形容詞變化 drunker; the drunkest
同 tipsy 微醺的
家族字彙
- drunk
- drunkard **n.** 酒鬼
- drunken **adj.** 酒醉的
- drunkenly **adv.** 醉醺醺地

英初　國20　會考

due [dju]

adj. 預期的、應給的
同 owed 欠款的
反 undue 不適當的、未到期的

英初　國12　會考

dull [dʌl]

adj. 乏味的、無趣的
形容詞變化 duller; the dullest
同 boring 煩人的、無趣的
家族字彙
- dull
- dullness **n.** 遲鈍、沉悶、呆笨
- dully **adv.** 沉悶地、呆滯地
- dullard **n.** 笨蛋
- dullhead **n.** 愚人
- dullish **adj.** 稍鈍的

英初　國12　會考

dumb [dʌm]

adj. 啞的、（因驚恐等）說不出話的
形容詞變化 dumber; the dumbest
同 mute 啞的、無聲的
家族字彙
- dumb
- dumbly **adv.** 無言地、沉默地
- dumbness **n.** 無言、沉默
- dumbbell **n.** 啞鈴
- dumbfound **v.** 使驚呆
- dumbnuts **n.** 白痴
- dumbo **n.** 蠢蛋

英初　國20　會考

dump [dʌmp]

v. 傾卸、傾倒　**n.** 垃圾場
名詞複數 dumps
動詞變化 dumped; dumped; dumping
同 empty 倒空
家族字彙
- dump
- dumper **n.** 傾卸車、小型自卸載重車
- dumping **n.** 傾倒、傾銷
- dumpish **adj.** 遲鈍的
- dumpling **n.** 水餃

| 英中 | 大4 | 學測 |

durable [ˋdjʊrəbl̩]

adj. 耐用的、持久的
形容詞變化 more durable;
the most durable
同 enduring 持久的、耐久的
家族字彙
- durable
- durability **n.** 耐久性
- durably **adv.** 經久地、持久地

🎧 | **MP3** | Track 162 | ⬇

| 英中 | 大5 | 學測 |

duration [djʊˋreʃən]

n. 持續、持續期間
同 period 時期、期間
家族字彙
- duration
- durative **adj.** 持續的

| 英中 | 大5 | 學測 |

dusk [dʌsk]

n. 薄暮、黃昏
同 twilight 薄暮、黃昏、星光
反 dawn 黎明
家族字彙
- dusk
- dusky **adj.** 微暗的
- duskily **adv.** 昏暗地

| 英中 | 大5 | 學測 |

dwarf [dwɔrf]

n. 矮子、侏儒
adj. 矮小的、發育不全的
v. （由於對比）使顯得矮小、使相形見絀
名詞複數 dwarfs
同 midget 侏儒
反 giant 巨人
家族字彙
- dwarf
- dwarfish **adj.** 像侏儒的、矮小的
- dwarfness **n.** 侏儒症、矮小性

| 英中 | 大4 | 學測 |

dye [daɪ]

n. 染料 **v.** 給……染色
名詞複數 dyes
動詞變化 dyed; dyed; dyeing
同 color 著色
反 bleach 漂白
家族字彙
- dye
- dyer **n.** 染房
- dyeable **adj.** 可染色的

| 英中 | 大4 | 學測 |

dynamic [daɪˋnæmɪk]

adj. 有活力的、強有力的
n. （原）動力
同 energetic 精力充沛的
反 static 靜的、靜態的
家族字彙
- dynamic
- dynamically **adv.** 充滿活力地、不斷
變化地

Ee

英初　國12　會考

eager [ˈigɚ]

adj. 渴望的、熱切的
形容詞變化 eagerer; the eagerest
同 desirous 渴望的
反 indifferent 漠不關心的
家族字彙
┌eager
├eagerly **adv.** 渴望地、熱切地
└eagerness **n.** 渴望、熱切、熱心

英初　國1　會考

eagle [ˈigl]

n. 鷹
名詞複數 eagles
同 hawk 鷹
家族字彙
┌eagle
└eaglet **n.** 小鵰、小鷹

英初　國12　會考

earn [ɝn]

v. 賺得、獲得
動詞變化 earned; earned; earning
同 gain 獲利、賺錢
家族字彙
┌earn
├earner **n.** 賺錢的人、能盈利的東西
└earnings **n.** 收入、利潤

英中　大4　學測

earnest [ˈɝnɪst]

adj. 認真的、誠摯的
形容詞變化 more earnest;
　　　　　　 the most earnest
同 sincere 誠摯的、真誠的
反 lazy 懶惰的、怠惰的
家族字彙
┌earnest
├earnestly **adv.** 認真地、誠摯地
└earnestness **n.** 認真、一本正經

英初　國12　會考

earthquake [ˈɝθ,kwek]

n. 地震
名詞複數 earthquakes
同 quake 地震

英初　國1　會考

ease [iz]

n. 容易、不費力　**v.** 緩和、解除
動詞變化 eased; eased; easing
同 relax 使鬆弛、放鬆
反 anxiety 憂慮、焦慮
家族字彙
┌ease
├easy **adj.** 容易的
├easeful **adj.** 舒適的、安逸的
└easefully **adv.** 舒適地

英初　國20　會考

echo [ˈɛko]

n. 回音、回聲
v. 發出回響、產生迴響
名詞複數 echoes
動詞變化 echoed; echoed; echoing
同 repeat 重複
家族字彙
┌echo
└echoless **adj.** 無回聲的

英中　大4　學測

economic [ˌikəˈnɑmɪk]

adj. 經濟的、經濟上的
n. 經濟學、經濟狀況
形容詞變化 more economic;
　　　　　　 the most economic
同 economical 經濟的
家族字彙
┌economic
├economy **n.** 經濟、節約、理財
├economize **v.** 節約、節省
├economist **n.** 經濟學者、經濟家
└economically **adv.** 節約地、節儉
　　　　　　　 地、在經濟上

| 英中 | 大4 | 學測 |

economical [ˌikəˈnɑmɪk!]

adj. 節約的、節儉的
形容詞變化 more economical;
　　　　the most economical
同 thrifty 節儉的、節約的
反 extravagant 奢侈的、浪費的
家族字彙
┌economical
└economically **adv.** 節約地、節儉
　　　　　地、在經濟上

| 英中 | 大4 | 學測 |

economy [ɪˈkɑnəmɪ]

n. 經濟、經濟制度
名詞複數 economies
同 frugality 節約、節儉
反 luxury 奢侈、豪華
家族字彙
┌economy
├economize **v.** 節約、節省
└economist **n.** 經濟學者、經濟家

🎧 | **MP3** | Track 165 | ⬇

| 英初 | 國20 | 會考 |

edit [ˈɛdɪt]

v. 編輯、校訂
動詞變化 edited; edited; editing
同 revise 修正、校訂
家族字彙
┌edit
├editor **n.** 編輯、編者
├editing **n.** 編輯
└editable **adj.** 可編輯的

| 英初 | 國20 | 會考 |

edition [ɪˈdɪʃən]

n. 版、版本
名詞複數 editions
同 version 版本

| 英初 | 國20 | 會考 |

editor [ˈɛdɪtə]

n. 編者、校訂者
名詞複數 editors
同 reviser 校訂者、修訂者
家族字彙
┌editor
└edit **v.** 編輯、剪輯、校訂

| 英中 | 大6 | 會考 |

editorial [ˌɛdəˈtorɪəl]

adj. 編輯的、社論的
n. 社論、重要評論
名詞複數 editorials
同 commentary 評論
家族字彙
┌editorial
└editorially **adv.** 以編輯身份、以社論
　　　　　形式

| 英初 | 國20 | 會考 |

educate [ˈɛdʒəˌket]

v. 教育、培養
動詞變化 educated; educated;
　　　　educating
同 teach 教導、講授
家族字彙
┌educate
├educated **adj.** 受教育的、有教養的
├education **n.** 教育、訓練
└educator **n.** 教師、教育學家

🎧 | **MP3** | Track 166 | ⬇

| 英初 | 國12 | 會考 |

effective [əˈfɛktɪv]

adj. 有效的、生效的
形容詞變化 more effective;
　　　　the most effective
同 effectual 有效果的、奏效的
反 ineffective 無效的
家族字彙
┌effective
├effectively **adv.** 有效地、有力地
└effectiveness **n.** 效力

| 英中 | 大4 | 學測 |

efficiency [əˋfɪʃənsɪ]

n. 效率、效能
同 efficacy 功效、效力
家族字彙
├efficiency
└efficient **adj.** 生效的、有效率的

| 英初 | 國20 | 會考 |

efficient [əˋfɪʃənt]

adj. 效率高的、有能力的
形容詞變化 ▶ more efficient;
the most efficient
反 inefficient 無效率的、無能的
家族字彙
├efficient
├efficiently **adv.** 效率高地、有效地
└efficiency **n.** 效率、有效、效能

| 英中 | 大5 | 學測 |

elaborate
[ɪˋlæbərɪt] / [ɪˋlæbəret]

adj. 精心計畫的、詳盡的　**v.** 詳述
形容詞變化 ▶ more elaborate;
the most elaborate
動詞變化 ▶ elaborated; elaborated;
elaborating
同 detail 仔細的
反 plain 簡單的
家族字彙
├elaborate
├elaboration **n.** 精心製作、精心之作
└elaborately **adv.** 精心地、精巧地

| 英中 | 大4 | 學測 |

elastic [ɪˋlæstɪk]

n. 橡皮圈、鬆緊帶
adj. 有彈性的、有彈力的
名詞複數 elastics
形容詞變化 ▶ more elastic;
the most elastic
同 flexible 柔韌的、有彈性的
反 stiff 硬的、不靈活的
家族字彙
├elastic
├elasticity **n.** 彈力、彈性
└elastically **adv.** 有彈性地

| 英初 | 國20 | 會考 |

elbow [ˋɛlˌbo]

n. 肘、（衣服的）肘部
v. 用肘推、用肘擠
名詞複數 elbows
動詞變化 elbowed; elbowed;
elbowing
同 jostle 推擠、衝撞

| 英初 | 國20 | 會考 |

elderly [ˋɛldəlɪ]

adj. 較老的、年長的
n. 到了晚年的人、較老的人
同 old 老的

| 英初 | 國12 | 會考 |

elect [ɪˋlɛkt]

v. 選舉、推舉
動詞變化 elected; elected; electing
同 choose 選擇
家族字彙
├elect
├electable **adj.** 有候選資格的
├election **n.** 選舉、選擇權、當選
└electee **n.** 當選者、當選人

| 英初 | 國20 | 會考 |

election [ɪˋlɛkʃən]

n. 選舉、推舉
名詞複數 elections
同 selection 選擇、選拔
家族字彙
├election
├elect **v.** 選舉、選擇
└elector **n.** 有選舉權的人、選舉人

| 英初 | 國20 | 會考 |

electrical [ɪˋlɛktrɪkl̩]

adj. 電的、與電有關的
同 electric 導電的、電的
家族字彙
├electrical
└electrically **adv.** 電力地、有關電地

| 英中 | 大6 | 學測 |

electron [ɪˋlɛktrɑn]

n. 電子
名詞複數 electrons
家族字彙
- electron
- electronic **adj.** 電子的
- electronically **adv.** 電子地

| 英初 | 國20 | 會考 |

electronic [ɪˌlɛkˋtrɑnɪk]

adj. 電子的　**n.** 電子學、電子設備
家族字彙
- electronic
- electronically **adv.** 電子地
- electronics **n.** 電子學

| 英中 | 大4 | 學測 |

elegant [ˋɛləgənt]

adj. 優美的、文雅的
形容詞變化 ▶ more elegant;
　the most elegant
同 refined 優雅的
家族字彙
- elegant
- elegantly **adv.** 優美地、高雅地
- elegance **n.** 高雅、優雅

| 英初 | 國12 | 會考 |

element [ˋɛləmənt]

n. 元素、成分
名詞複數 elements
同 component 構成要素、成分
家族字彙
- element
- elemental **adj.** 元素的、基本的

| 英中 | 大4 | 學測 |

elementary [ˌɛləˋmɛntərɪ]

adj. 基本的、初級的
形容詞變化 ▶ more elementary;
　the most elementary
同 basic 基本的
反 advanced 高級的

| 英初 | 國12 | 會考 |

elevator [ˋɛləˌvetɚ]

n. 電梯、升降機
名詞複數 elevators
同 lift 電梯
家族字彙
- elevator
- elevate **v.** 舉起、使上升、抬起

| 英中 | 大4 | 學測 |

elsewhere [ˋɛlsˌhwɛr]

adv. 在別處、到別處
同 otherwise 在別處

| 英中 | 大4 | 學測 |

email [ˋimel]

n. 電子信函　**v.** 給……發電子信函
名詞複數 emails
動詞變化 emailed; emailed; emailing

| 英中 | 大4 | 學測 |

embarrass [ɪmˋbærəs]

v. 使窘迫、使尷尬
動詞變化 embarrassed; embarrassed;
　embarrassing
同 fluster 使慌亂、使緊張不安
家族字彙
- embarrass
- embarrassed **adj.** 窘的
- embarrassing **adj.** 令人尷尬的
- embarrassment **n.** 困難、困窘

| 英中 | 大4 | 學測 |

embassy [ˋɛmbəsɪ]

n. 大使館、大使館全體成員
名詞複數 embassies
同 consulate 領事、領事館
家族字彙
- embassy
- embassador **n.** 大使、使節

A
B
C
D
E
F
G
H
I
J
K
L
M
N
O
P
Q
R
S
T
U
V
W
X
Y
Z

英中　　大5　　學測

embrace [ɪmˋbres]

v. 擁抱、懷抱　**n.** 擁抱、懷抱
名詞複數 embraces
動詞變化 embraced; embraced; embracing
同 hug 緊抱、擁抱
家族字彙
┌embrace
├embracer **n.** 擁抱者、信奉者
└embraceable **adj.** 能被擁抱的、能被理解或接受的

英中　　大4　　學測

emerge [ɪˋmɝdʒ]

v. 浮現、出現
動詞變化 emerged; emerged; emerging
同 appear 出現
反 submerge 消失、淹
家族字彙
┌emerge
├emergent **adj.** 突現的、緊急的
└emergence **n.** 出現、露頭

英初　　國20　　會考

emergency [ɪˋmɝdʒənsɪ]

n. 緊急情況、非常時刻
名詞複數 emergencies
同 crisis 緊要關頭
家族字彙
┌emergency
└emergent **adj.** 緊急的

英中　　大6　　學測

emigrate [ˋɛməˏgret]

v. 移居
動詞變化 emigrated; emigrated; emigrating
同 migrate 遷移、移居
反 immigrate 移來、使移居入境
家族字彙
┌emigrate
├emigrant **n.** 移居外國者、移民
└emigration **n.** 移居、移民

英中　　學測

emit [ɪˋmɪt]

v. 發出（光、熱、聲音等）、發射
動詞變化 emitted; emitted; emitting
同 discharge 射出、放出
家族字彙
┌emit
├emission **n.** 發射、發行
└emitter **n.** 發出者、發射體

英初　　國12　　會考

emotion [ɪˋmoʃən]

n. 情感、感情
名詞複數 emotions
同 sentiment 心情、情緒
家族字彙
┌emotion
├emotional **adj.** 情緒的、情感的
└emotionless **adj.** 沒有情感的

英中　　大4　　學測

emotional [ɪˋmoʃən!]

adj. 令人動情的、易動感情的
形容詞變化 more emotional; the most emotional
同 emotive 感情的、動感情的
家族字彙
┌emotional
├emotion **n.** 情緒、強烈的情感
└emotionally **adv.** 在情緒上

英初　　國20　　會考

emperor [ˋɛmpərɚ]

n. 皇帝、君主
名詞複數 emperors
同 sovereign 皇帝、君主
家族字彙
┌emperor
├emperorship **n.** 皇帝的身份
├empery **n.** 絕對統治
└empire **n.** 帝國

英中　大4　學測

emphasis [ˈɛmfəsɪs]

n. 強調、重點
名詞複數 emphases
同 stress 強調、重要性
家族字彙
- emphasis
- emphasize **v.** 強調、著重
- emphatic **adj.** 語調強的、強調了的

英初　國20　會考

emphasise [ˈɛmfəˌsaɪz]

v. 強調、著重
動詞變化 emphasizing; emphasized;
emphasizing
同 underscore 強調
家族字彙
- emphasise
- emphasis **n.** 強調、重要、加強
- emphatic **adj.** 語調強的、強調了的
- emphatically **adv.** 強調地、明顯地

🎧 | **MP3** | Track 172 | ⬇

英初　國20　會考

employer [ɪmˈplɔɪɚ]

n. 雇用者、雇主
名詞複數 employers
同 boss 老闆
家族字彙
- employer
- employ **v.** 雇用、使從事於
- employee **n.** 職員、受雇人員
- employable **adj.** 有資格任職的

英初　國20　會考

employment
[ɪmˈplɔɪmənt]

n. 工作、職業
名詞複數 employments
同 job 工作
家族字彙
- employment
- employ **v.** 雇用、使從事於、使用

英初　國20　會考

enable [ɪnˈebl̩]

v. 使能夠、使可能
動詞變化 enabled; enabled; enabling
同 authorize 授權給、允許
反 disable 使失去能力
家族字彙
- enable
- enabled **adj.** 可啟動的、已啟用的

英中　大4　學測

enclose [ɪnˈkloz]

v. 圍住、包住
動詞變化 enclosed; enclosed;
enclosing
同 surround 包圍
反 disclose 使某物顯露、公開
家族字彙
- enclose
- enclosure **n.** 附件、圍繞、圍牆
- enclosed **adj.** 與世隔絕的

英中　大4　學測

encounter [ɪnˈkaʊntɚ]

v. / n. 遇到、遭遇
名詞複數 encounters
動詞變化 encountered; encountered;
encountering
同 meet 遇見
家族字彙
- encounter
- encountered **adj.** 遇到的、遭遇的

🎧 | **MP3** | Track 173 | ⬇

英初　國12　會考

encourage [ɪnˈkɝɪdʒ]

v. 鼓勵、慫恿
動詞變化 encouraged; encouraged;
encouraging
同 inspire 鼓舞、激勵
反 discourage 使氣餒、阻礙
家族字彙
- encourage
- encouragement **n.** 鼓勵、獎勵

encouragement
[ɪnˋkɝɪdʒmənt]

n. 鼓勵、獎勵
名詞複數 encouragements
同 incentive 刺激、鼓勵
家族字彙
- encouragement
- encourage **v.** 鼓勵、激勵、支持

---

ending [ˋɛndɪŋ]

n. 結局、結尾
名詞複數 endings
同 conclusion 結尾
反 beginning 開始、開端
家族字彙
- ending
- end **v.** 結束、了結

---

endless [ˋɛndlɪs]

adj. 無止境的、沒完沒了的
形容詞變化 more endless;
the most endless
同 ceaseless 不停的、不斷的
家族字彙
- endless
- endlessly **adv.** 不斷地、無窮盡地
- endlessness **n.** 無邊

---

endure [ɪnˋdjʊr]

v. 忍受、容忍
動詞變化 endured; endured; enduring
同 bear 忍受
家族字彙
- endure
- endurable **adj.** 能持久、可忍受的
- enduring **adj.** 持續的、持久的
- endurance **n.** 忍耐、耐性

🎧 | **MP3** | Track 174 | ⬇

---

energetic [ˌɛnɚˋdʒɛtɪk]

adj. 精力充沛的、充滿活力的
形容詞變化 more energetic;
the most energetic
同 vigorous 精力旺盛的
家族字彙
- energetic
- energy **n.** 精力、活力
- energetically **adv.** 精力充沛地、積極地

---

energy [ˋɛnədʒɪ]

n. 精力、活力
名詞複數 energy
同 vigor 活力
反 inertia 遲鈍、惰性
家族字彙
- energy
- energetic **adj.** 精力充沛的、積極的
- energize **v.** 使活躍、賦予能量

---

enforce [ɪnˋfors]

v. 強迫、迫使
動詞變化 enforced; enforced;
enforcing
同 compel 強迫、迫使
家族字彙
- enforce
- enforcement **n.** 執行、強制
- enforceable **adj.** 可強行的、可加強的、可實施的

---

engage [ɪnˋgedʒ]

v. 使從事、使忙於
動詞變化 engaged; engaged;
engaging
同 employ 使從事於、使用
反 disengage 使自由、解開、解放
家族字彙
- engage
- engagement **n.** 諾言、婚約、約會
- engaged **adj.** 忙碌的、使用中的

英初　國20　會考

engine [ˈɛndʒən]

n. 發動機、引擎
名詞複數 engines
同 motor 馬達、發動機
家族字彙
- engine
- engineer **n.** 工程師
- engineering **n.** 工程學

 | **MP3** | Track 175 | ⬇

英中　大4　學測

engineering
[ˌɛndʒəˈnɪrɪŋ]

n. 工程（學）、工程（技術）
名詞複數 engineerings
家族字彙
- engineering
- engineer **v.** 監督（設計）……工程

英中　大6　學測

enhance [ɪnˈhæns]

v. 提高、增加
動詞變化 enhanced; enhanced; enhancing
同 improve 增加、提高
家族字彙
- enhance
- enhancement **n.** 提高、增加
- enhancer **n.** 增進者、提高者

英中　大4　學測

enlarge [ɪnˈlɑrdʒ]

v. 擴大、擴展
動詞變化 enlarged; enlarged; enlarging
同 broaden 變寬、擴大
反 narrow 使變窄、縮小
家族字彙
- enlarge
- enlargement **n.** 放大、擴大物
- enlarger **n.** 放大機

英中　大4　學測

enormous [ɪˈnɔrməs]

adj. 巨大的、極大的
形容詞變化 more enormous; the most enormous
同 giant 龐大的、巨大的
反 tiny 微小的
家族字彙
- enormous
- enormously **adv.** 巨大地、龐大地
- enormousness **n.** 巨大、龐大

英中　學測

enquiry [ɪnˈkwaɪrɪ]

n. 詢問、調查
名詞複數 enquiries
同 inquiry 質詢、調查
家族字彙
- enquiry
- enquire **v.** 詢問、打聽、問
- enquirer **n.** 尋問者、追究者

 | **MP3** | Track 176 | ⬇

英中　大6　學測

enrich [ɪnˈrɪtʃ]

v. 使富裕、使富有
動詞變化 enriched; enriched; enriching
同 abound 富有
反 impoverish 使貧窮、使枯竭
家族字彙
- enrich
- enrichment **n.** 發財致富、豐富
- enricher **n.** 濃縮器

英中　大5　學測

enrol(l) [ɪnˈrol]

v. 招收、加入
動詞變化 enrolled; enrolled; enrolling
同 join 參加、加入
家族字彙
- enrol(l)
- enrollment **n.** 登記、入伍
- enrollee **n.** 入學者、名字被登入名單者、入伍者

ensure [ɪnˈʃʊr]

v. 擔保、確保

動詞變化 ensured; ensured; ensuring

同 assure 擔保、使確定

---

enterprise [ˈɛntɚˌpraɪz]

n. 事業、計畫

名詞複數 enterprises

同 undertaking 事業

家族字彙

┌enterprise
├enterpriser **n.** 企業家、創業者
├enterprisingly **adv.** 有企業心地
└enterprising **adj.** 有事業心的、有魄力的

---

entertain [ˌɛntɚˈten]

v. 給……娛樂、使快樂

動詞變化 entertained; entertained; entertaining

同 amuse 娛樂、消遣

家族字彙

┌entertain
├entertaining **adj.** 愉快的、有趣的
├entertainer **n.** 款待者、表演者
└entertainment **n.** 娛樂表演、娛樂

🎧 | **MP3** | Track 177 | ⬇

---

entertainment
[ˌɛntɚˈtenmənt]

n. 娛樂、娛樂節目

名詞複數 entertainments

同 amusement 娛樂、娛樂活動、消遣

家族字彙

┌entertainment
└entertain **v.** 娛樂、招待、款待

---

enthusiasm
[ɪnˈθjuzɪˌæzəm]

n. 熱情、熱心

名詞複數 enthusiasms

同 ebullience 熱情洋溢

家族字彙

┌enthusiasm
├enthusiastic **adj.** 狂熱的、熱心的
├enthusiastically **adv.** 滿腔熱情地
└enthusiast **n.** 熱心家、愛好者、狂熱者

---

entitle [ɪnˈtaɪt!]

v. 給……權利、給……資格

動詞變化 entitled; entitled; entitling

同 authorize 授權給

家族字彙

┌entitle
├entitled **adj.** 有資格的、已被命名的
└entitlement **n.** 應得的權利、津貼

---

entry [ˈɛntrɪ]

n. 進入、參加

名詞複數 entries

同 entrance 進入、登場

家族字彙

┌entry
├enttyway **n.** 入口通道
└enter **v.** 進入、開始、參加

---

environment
[ɪnˈvaɪrənmənt]

n. 環境、周圍狀況

名詞複數 environments

同 surroundings 環境、周圍的情況

家族字彙

┌environment
├environmental **adj.** 環境的
├environmentally **adv.** 有關環境方面
└environmentalist **n.** 環境保護論者、環境論者

英初　國20　會考

envy [ˈɛnvɪ]

v. 妒忌、羨慕　**n.** 妒忌、羨慕
名詞複數 envies
動詞變化 envied; envied; envying
同 covet 垂涎、貪圖
反 satisfy 滿足、令人滿意
家族字彙
┌ envy
├ enviable **adj.** 令人羨慕的、可羨慕的
└ enviably **adv.** 羨慕地、嫉妒地

英中　大6　學測

epidemic [ˌɛpəˈdɛmɪk]

n. 傳染病、流傳
adj. 流行性的、流傳極廣的
名詞複數 epidemics
同 contagious 傳染性的、會傳播的
家族字彙
┌ epidemic
├ epidemicity **n.** 流行性
└ epidemical **adj.** 流行性的、傳染性的

英中　大6　學測

episode [ˈɛpəˌsod]

n. 一個事件、
（劇本、小說等中的）插曲
名詞複數 episodes
同 occurrence 事件
家族字彙
┌ episode
└ episodic **adj.** 插話式的

英中　大4　學測

equality [ɪˈkwɑlətɪ]

n. 相等、相同
名詞複數 equalities
同 parity 同等、相同、類似
家族字彙
┌ equality
├ equal **adj.** 相等的、勝任的
└ equalize **v.** 使相等、補償、相等

英中　大6　學測

equation [ɪˈkweʒən]

n. 方程（式）、等式
名詞複數 equations
同 equality 等式
家族字彙
┌ equation
└ equate **v.** 使相等、視為平等、等同

英中　大4　學測

equip [ɪˈkwɪp]

v. 裝備、配備
動詞變化 equipped; equipped; equipping
同 arm 裝備、武裝
家族字彙
┌ equip
└ equipment **n.** 設備、器械、裝備

英中　大6　學測

equivalent [ɪˈkwɪvələnt]

adj. 相等的、等價的
n. 相等物、同義詞
名詞複數 equivalents
同 identical 相同的
反 different 不同的
家族字彙
┌ equivalent
└ equivalence **n.** 等價

英中　大4　學測

era [ˈɪrə]

n. 時代、紀元
名詞複數 eras
同 epoch 時期、時代、新紀元

英中　大5　學測

erect [ɪˈrɛkt]

adj. 豎直的、挺直的　**v.** 豎立、使直
同 vertical 垂直的、豎的、縱向的
反 horizontal 水準的、橫的
家族字彙
┌ erect
└ erection **n.** 直立、建立、建築物

A B C D E F G H I J K L M N O P Q R S T U V W X Y Z

erosion [ɪˈroʒən]

n. 侵蝕、磨損
名詞複數 erosions
同 abrasion 磨減、磨損
家族字彙
- erosion
- erode **v.** 侵蝕

🎧 | **MP3** | Track 180 | ⬇

error [ˈɛrɚ]

n. 錯誤、差錯
名詞複數 errors
同 mistake 錯誤、過失
反 correctness 正確、正確性

escape [əˈskep]

v. 逃走、避免　**n.** 逃走、洩漏
名詞複數 escapes
動詞變化 escaped; escaped; escaping
同 flee 逃跑、逃走

especially [əˈspɛʃəlɪ]

adv. 特別、尤其
同 particularly 特別、尤其
家族字彙
- especially
- especial **adj.** 特別的、特殊的

essay [ˈɛse]

n. 散文、隨筆
名詞複數 essays
同 prose 散文
家族字彙
- essay
- essayist **n.** 隨筆作家

essential [əˈsɛnʃəl]

adj. 絕對必要的、非常重要的
n. 要素、要點
名詞複數 essentials
形容詞變化 more essential;
　　　　　　the most essential
同 requisite 必要的、需要的
反 unnecessary 不必要的、多餘的
家族字彙
- essential
- essence **n.** 本質、要素、精髓
- essentially **adv.** 本質上、基本上

🎧 | **MP3** | Track 181 | ⬇

establish [əˈstæblɪʃ]

v. 建立、創辦
動詞變化 established; established;
　　　　　　establishing
同 build 建造、創建
反 ruin 毀滅
家族字彙
- establish
- establishment **n.** 確立、制定、設施、機構、權威

establishment
[əˈstæblɪʃmənt]

n. 建立、確立
名詞複數 establishments
同 foundation 建立、創辦
家族字彙
- establishment
- establish **v.** 建立、創辦、確定

estate [əˈstet]

n. 遺產
名詞複數 estates
同 heritage 遺產

英中　大4　學測

estimate [ˈɛstɪ͵met]

n. 估計、估量　**v.** 估計、估量
名詞複數 estimates
動詞變化 estimated; estimated;
　　　　　estimating
同 estimation 估計、評價、判斷
家族字彙
┌estimate
└estimation **n.** 估計、評價、判斷

英中　大5　學測

eternal [ɪˈtɜnl]

adj. 永久的、永恆的
同 perpetual 永恆的、永久的
反 temporary 暫時的、臨時的
家族字彙
┌eternal
├eternally **adv.** 永久地、不朽地
└eternity **n.** 永恆、來世、無窮

🎧 **MP3** | Track 182 | ⬇

英中　大5　學測

ethnic [ˈɛθnɪk]

adj. 種族的、民族的
同 national 民族的
家族字彙
┌ethnic
└ethnical **adj.** 人種的、種族的

英中　大4　學測

evaluate [ɪˈvæljʊ͵et]

v. 評估、評價
動詞變化 evaluated; evaluated;
　　　　　evaluating
同 estimate 估計、估價
家族字彙
┌evaluate
└evaluation **n.** 估價、評價、賦值

英中　大4　學測

eve [iv]

n. 前夜、前夕
名詞複數 eves
同 overnight 前晚

英初　國12　會考

event [ɪˈvɛnt]

n. 事件、大事
名詞複數 events
同 incident 事件

英中　學測

eventually [ɪˈvɛntʃʊəlɪ]

adv. 終於、最後
同 finally 最後、最終
反 initially 最初
家族字彙
┌eventually
└eventual **adj.** 最後的

🎧 **MP3** | Track 183 | ⬇

英中　大4　學測

evidence [ˈɛvədəns]

n. 根據、證據
名詞複數 evidences
同 proof 證據、證明
家族字彙
┌evidence
└evident **adj.** 明顯的、明白的

英中　大4　學測

evident [ˈɛvədənt]

adj. 明顯的、明白的
形容詞變化 more evident;
　　　　　the most evident
同 obvious 明顯的
反 ambiguous 含糊不清的
家族字彙
┌evident
└evidently **adv.** 明顯地、顯然

英中　學測

evidently [ˈɛvədəntlɪ]

adv. 明顯地、顯然
同 obviously 顯然地
家族字彙
┌evidently
└evident **adj.** 明顯的、明白的

evil [ˋivḷ]

adj. 邪惡的、壞的　**n.** 邪惡、罪惡
名詞複數 evils
形容詞變化 eviler; evilest
同 wicked 壞的、邪惡的
反 virtuous 有品德的、善良的
家族字彙
```
┌evil
├evildoing n. 惡行
└evildoer n. 做壞事的人
```

evolution [ˏɛvəˋluʃən]

n. 進化、發展
名詞複數 evolutions
同 development 發展
家族字彙
```
┌evolution
└evolve v. （使）演變、（使）進化、
　　　　　　（使）發展
```

🎧 | **MP3** | Track 184 | ⬇

evolve [ɪˋvɑlv]

v. （使）演變、（使）進化
動詞變化 evolved; evolving
同 develop 發展
家族字彙
```
┌evolve
└evolution n. 演變、進化、發展
```

exaggerate
[ɪgˋzædʒəˏret]

v. 誇大、誇張
動詞變化 exaggerated; exaggerated;
　　　　　　exaggerating
同 overstate 誇大的敘述、誇張
家族字彙
```
┌exaggerate
└exaggeration n. 誇張
```

examination
[ɪgˏzæməˋneʃən]

n. 檢查、考試
名詞複數 examinations
同 inspection 檢查、視察
家族字彙
```
┌examination
└examine v. 檢查、仔細觀察、對……
　　　　　　進行考查
```

examine [ɪgˋzæmɪn]

v. 檢查、調查
動詞變化 examined; examined;
　　　　　　examining
同 investigate 調查、研究
家族字彙
```
┌examine
├examiner n. 審查者、主考者
└examination n. 考試、考查、試題、
　　　　　　檢查、調查
```

exceed [ɪkˋsid]

v. 超過、超越
動詞變化 exceeded; exceeded;
　　　　　　exceeding
同 surpass 超過、優於
反 lag 落後
家族字彙
```
┌exceed
├exceeding adj. 超越的、非常的
└exceedingly adv. 非常、極其
```

🎧 | **MP3** | Track 185 | ⬇

exceedingly [ɪkˋsidɪŋlɪ]

adv. 非常、極其
同 very 非常、很
家族字彙
```
┌exceedingly
└exceeding adj. 超越的、非常的
```

英中 | 大4 | 學測

exception [ɪkˈsɛpʃən]
n. 例外、反對
名詞複數 exceptions
同 objection 反對、異議
反 approval 贊成、同意
家族字彙
- exception
- except **conj.** 除了、要不是、但是
- exceptional **adj.** 優越的、傑出的
- exceptionable **adj.** 引起反感的

英中 | 大5 | 學測

excess [ˈɛksɛs] / [ɪkˈsɛs]
n. 過度、無節制
adj. 過量的、額外的
名詞複數 excesses
同 immoderacy 過度、無節制
家族字彙
- excess
- excessive **adj.** 過多的、過度的
- excessively **adv.** 過度地

英中 | 大6* | 學測

excessive [ɪkˈsɛsɪv]
adj. 過多的、過分的
同 additional 額外的
反 scarce 缺乏的、不足的

英初 | 國20 | 會考

exchange [ɪksˈtʃendʒ]
n. 交換、互換 **v.** 交換、兌換
名詞複數 exchanges
動詞變化 exchanged; exchanged; exchanging
同 replace 更換、調換
家族字彙
- exchange
- exchangeability **n.** 可交換性
- exchangeable **adj.** 可替換的

🎧 | **MP3** | Track 186 | ⬇

英初 | 國12 | 會考

excitement [ɪkˈsaɪtmənt]
n. 激動、興奮
名詞複數 excitements
同 incitement 刺激、興奮
家族字彙
- excitement
- excite **v.** 使激動、使興奮、引起
- excited **adj.** 興奮的
- excitedly **adv.** 興奮地、激動地

英中 | 大6 | 學測

exclaim [ɪkˈsklem]
v. 驚叫、大聲說
動詞變化 exclaimed; exclaimed; exclaiming
同 shout 呼喊、高聲呼叫
家族字彙
- exclaim
- exclamation **n.** 喊（驚）叫、感歎詞

英中 | 大6 | 學測

exclude [ɪkˈsklud]
v. 不包括、拒絕
同 refuse 拒絕
反 include 包括
家族字彙
- exclude
- exclusion **n.** 除去

英中 | 大6 | 學測

exclusive [ɪkˈsklusɪv]
adj. 高級的、獨有的 **n.** 獨家新聞
形容詞變化 more durable; the most durable
同 particular 特別的、獨有的
反 ordinary 普通的
家族字彙
- exclusive
- exclusively **adv.** 專門地、排除其他

英中 | 學測

excursion [ɪkˈskɝʒən]
n. 遠足、短途旅行
名詞複數 excursions
同 hike 徒步旅行、遠足

| 英中 | 大5 | 學測 |

execute [ˈɛksɪˌkjut]

v. 實施、執行

動詞變化 executed; executed; executing

同 enforce 實施、執行

家族字彙
- execute
- executioner **n.** 劊子手
- executive **adj.** 執行的
- execution **n.** 死刑、實行、執行、履行、演奏、表演

| 英中 | 大5 | 學測 |

executive [ɪgˈzɛkjutɪv]

n. 主管、高級行政人員

adj. 執行的、行政的

名詞複數 executives

同 supervisor 主管

家族字彙
- executive
- execution **n.** 死刑、實行、執行、履行、演奏、表演

| 英中 | 學測 |

exemplify [ɪgˈzɛmpləˌfaɪ]

v. （作為）……的典型（或榜樣）、例示

動詞變化 exemplified; exemplified; exemplifying

同 illustrate 舉例說明

家族字彙
- exemplify
- exemplification **n.** 舉例、範例
- example **n.** 例子

| 英中 | 大6 | 學測 |

exert [ɪgˈzɝt]

v. 盡（力）、運用

動詞變化 exerted; exerted; exerting

同 exercise 運用

家族字彙
- exert
- exertion **n.** 努力、行使、活動

| 英中 | 大4 | 學測 |

exhaust [ɪgˈzɔst]

v. 使精疲力盡、耗盡（資源、體力等）

n. 排氣裝置、排氣

名詞複數 exhausts

動詞變化 exhausted; exhausted; exhausting

同 consume 消耗、吃完、喝光

家族字彙
- exhaust
- exhausted **adj.** 耗盡的、精疲力盡的
- exhaustion **n.** 疲憊、耗盡
- exhaustive **adj.** 詳盡的

| 英中 | 大4 | 學測 |

exhibit [ɪgˈzɪbɪt]

v. 展覽、陳列 **n.** 展覽品、陳列品

名詞複數 exhibits

動詞變化 exhibited; exhibited; exhibiting

同 display 顯示、陳列

家族字彙
- exhibit
- exhibition **n.** 展覽（會）
- exhibitor **n.** 展出人、展出單位

| 英中 | 大5 | 學測 |

exile [ˈɛgzaɪl]

n. 流放、放逐 **v.** 流放、放逐

名詞複數 exiles

動詞變化 exiled; exiled; exiling

同 banishment 放逐、驅除

| 英初 | 國20 | 會考 |

existence [ɪgˈzɪstəns]

n. 存在、生存

名詞複數 existences

同 survival 生存

反 death 死亡、毀滅

家族字彙
- existence
- existent **adj.** 存在的、現行的

英初 國20 會考

exit [ˈɛgzɪt]

n. 出口、通道 **v.** 離開、退出
名詞複數 exits
動詞變化 exited; exited; exiting
同 outlet 出口
反 entrance 入口

英中 大4 學測

expand [ɪkˈspænd]

v. 擴大、擴張
動詞變化 expanded; expanded; expanding
同 enlarge 擴大、擴展
反 decrease 減小、減少
家族字彙
- expand
- expanded **adj.** 擴充的
- expansion **n.** 擴大、擴張、膨脹

🎧 | **MP3** | Track 189 | ⬇

英中 大4 學測

expansion [ɪkˈspænʃən]

n. 擴大、擴張
名詞複數 expansions
同 extension 伸出、擴大
家族字彙
- expansion
- expanded **adj.** 擴充的
- expansive **adj.** 廣闊的、胸襟開闊的

英初 國20 會考

expectation [ˌɛkspɛkˈteʃən]

n. 期待、預期
名詞複數 expectations
同 anticipation 預期、預料
家族字彙
- expectation
- expect **v.** 預料、預計、期待、要求
- expectant **adj.** 期待的、預期的

英初 國20 會考

expense [ɪkˈspɛns]

n. 價錢、花費
名詞複數 expenses
同 cost 費用、成本、代價
反 income 收入
家族字彙
- expense
- expensive **adj.** 昂貴的、花錢多的
- expensively **adv.** 高價地

英中 大4 學測

experimental [ɪkˈspɛrəˈmɛntl]

adj. 實驗（性）的、試驗（性）的
同 tentative 試驗性質的
家族字彙
- experimental
- experiment **n.** 實驗、試驗

英初 國12 會考

expert [ˈɛkspɝt]

n. 專家、能手 **adj.** 專家的、內行的
名詞複數 experts
同 specialist 專家
反 layman 門外漢、外行
家族字彙
- expert
- expertise **n.** 專門知識（或技能等）、專長

🎧 | **MP3** | Track 190 | ⬇

英中 大6 學測

explicit [ɪkˈsplɪsɪt]

adj. 詳述的、明確的
形容詞變化 more explicit; the most explicit
同 definite 明確的
反 ambiguous 模棱兩可的、含糊的
家族字彙
- explicit
- explicitly **adv.** 明確地
- explicitness **n.** 明確性

A B C D E F G H I J K L M N O P Q R S T U V W X Y Z

explode [ɪkˋsplod]

v. 爆炸、爆發

動詞變化 exploded; exploded; exploding

同 blast 爆炸

家族字彙

explode
explosion **n.** 爆炸、爆發、擴大

---

exploit [ˋɛksplɔɪt]

v. 開發、開採　**n.** 功績、功勳

名詞複數 exploits

動詞變化 exploited; exploited; exploiting

同 achievement 成就、功績

---

explore [ɪkˋsplor]

v. 勘探、勘查

動詞變化 explored; exploded; exploding

同 grope 探索、搜尋

家族字彙

explore
explorer **n.** 勘探者、探險家

---

explosion [ɪkˋsploʒən]

n. 爆發、激增

名詞複數 explosions

同 proliferation 激增

家族字彙

explosion
explosive **adj.** 爆炸的、爆發的

🎧 **MP3** | Track 191 | ⬇

explosive [ɪkˋsplosɪv]

adj. 爆炸的、爆發的　**n.** 炸藥

名詞複數 explosives

家族字彙

explosive
explosion **n.** 爆炸、爆發、擴大

---

export [ˋɛksport]

n. 出口（物）、輸出（品）
v. 出口、輸出

名詞複數 exports

動詞變化 exported; exported; exporting

同 output 輸出

反 import 進口

---

expose [ɪkˋspoz]

v. 暴露、顯露

動詞變化 exposed; exposed; exposing

同 uncover 揭開、揭露

反 conceal 隱藏、掩蓋

家族字彙

expose
exposed **adj.** 暴露在外的
exposure **n.** 暴露、顯露、揭發、揭露、曝光

---

exposure [ɪkˋspoʒɚ]

n. 暴露、顯露

名詞複數 exposures

同 revelation 揭露、洩露

反 concealment 隱藏、隱瞞

家族字彙

exposure
exposed **adj.** 暴露在外的
expose **v.** 暴露、顯露、曝光、揭露、坦露

---

extend [ɪkˋstɛnd]

v. 延伸、延長

動詞變化 extended; extended; extending

同 spread 伸展、展開

反 shorten 縮短、變短

家族字彙

extend
extended **adj.** 伸長的、廣大的
extension **n.** 伸展

英中 | 大5 | 學測

extension [ɪkˈstɛnʃən]

n. 伸出、伸展
名詞複數 extensions
同 protension 伸展、延伸
家族字彙
┌extension
└extend **v.** 延伸、擴展、伸展、達到

英中 | 大5 | 學測

extensive [ɪkˈstɛnsɪv]

adj. 廣闊的、廣泛的
形容詞變化 more extensive;
the most extensive
同 wide 廣泛的、寬闊的
反 few 很少的、少數的
家族字彙
┌extensive
└extensively **adv.** 廣泛地、徹底地

英中 | 大4 | 學測

extent [ɪkˈstɛnt]

n. 程度、範圍
名詞複數 extents
同 scope 範圍
家族字彙
┌extent
└extension **n.** 伸出、擴大、延長部
分、電話分機(號碼)

英中 | 大5 | 學測

exterior [ɪkˈstɪrɪə]

n. 外部、外表　**adj.** 外部的、外面的
名詞複數 exteriors
同 outside 外面
反 interior 內部、內在

英中 | 大5 | 學測

external [ɪkˈstɜnḷ]

adj. 外部的、外面的
同 exterior 外部的
反 inner 內部的、裡面的

英中 | 學測

extinguish [ɪkˈstɪŋgwɪʃ]

v. 熄滅、撲滅
動詞變化 extinguished; extinguished;
extinguishing
同 disappear 消失、不見
反 arise 出現、發生
家族字彙
┌extinguish
└extinguishment **n.** 消滅、滅火、衰
滅、償清

英中 | 大5 | 學測

extraordinary
[ɪkˈstrɔrdṇˌɛrɪ]

adj. 不平常的、特別的
同 outstanding 突出的、顯著的
反 plain 平常的
家族字彙
┌extraordinary
└extraordinarily **adv.** 非常、特別地

英初 | 國20 | 會考

extreme [ɪkˈstrim]

adj. 極端的、極端的　**n.** 極端、過分
名詞複數 extremes
形容詞變化 more extreme;
the most extreme
同 excessive 過度的
家族字彙
┌extreme
├extremely **adv.** 極端地、非常地
├extremity **n.** 極度、絕境
└extremeness **n.** 極度

英中 | 大6 | 學測

eyesight [ˈaɪˌsaɪt]

n. 視力
同 vision 視力
家族字彙
┌eyesight
└eye **n.** 眼睛

A B C D E F G H I J K L M N O P Q R S T U V W X Y Z

Ff

fabric [ˈfæbrɪk]

n. 織物、織品

名詞複數 fabrics

同 textile 織物、紡織品

家族字彙

- fabric
- fabricate **v.** 製造
- fabrication **n.** 製造
- fabricative **adj.** 建造的
- fabricator **n.** 製作人

🎧 ｜ **MP3** ｜ Track 194 ｜ ⬇

英中 ｜ 大4 ｜ 學測

facility [fəˈsɪlətɪ]

n. 設備、設施

名詞複數 facilities

同 equipment 裝備、設備品

英初 ｜ 國20 ｜ 會考

factor [ˈfæktɚ]

n. 因素、要素

名詞複數 factors

同 ingredient 成分、因素

家族字彙

- factor
- factorable **adj.** 可分解因數的
- factorize **v.** 可分解為因數、通知……扣押債務人財產

英中 ｜ 大6 ｜ 學測

faculty [ˈfækḷtɪ]

n. 能力、技能

名詞複數 faculties

同 ability 能力、才能

英初 ｜ 國20 ｜ 會考

fade [fed]

v. 變微弱、變黯淡

動詞變化 faded; faded; fading

同 dim 變暗淡、變模糊

家族字彙

- fade
- fading **n.** 褪色
- faded **adj.** 已褪色的、已凋謝的
- fader **n.** 音量控制器、光亮調節器

英初 ｜ 國12 ｜ 會考

failure [ˈfeljɚ]

n. 失敗、失敗的人（或事）

名詞複數 failures

反 success 勝利、成功、成功的事

家族字彙

- failure
- fail **v.** 失敗、忘記、不及格
- failed **adj.** 失敗了的

🎧 ｜ **MP3** ｜ Track 195 ｜ ⬇

英初 ｜ 國20 ｜ 會考

fairy [ˈfɛrɪ]

n. 小精靈、小仙子

名詞複數 fairies

同 elf 小精靈

家族字彙

- fairy
- fairylike **adj.** 仙女般的、精靈般的

英中 ｜ 大4 ｜ 學測

faithful [ˈfeθfəl]

adj. 忠誠的、忠實的

形容詞變化 more faithful; the most faithful

同 reliable 可靠的

反 faithless 無信的、不忠實的

家族字彙

- faithful
- faithfulness **n.** 忠誠、誠實、正確
- faithfully **adv.** 忠誠地、切實遵守地、如實地

英中　大4　學測

fame [fem]

n. 名望、名聲
同 reputation 好名聲、聲望
家族字彙
┌fame
└famed **adj.** 著名的、聞名的

英中　大6　學測

famine [ˈfæmɪn]

n. 饑荒
名詞複數 famines
同 starvation 饑餓
家族字彙
┌famine
├famish **v.** 使挨餓
└famished **adj.** 非常饑餓的

英初　國20　會考

fancy [ˈfænsɪ]

v. 想像、猜想　**n.** 幻想力、設想
adj. 昂貴的、高檔的
名詞複數 fancies
動詞變化 fancied; fancied; fancying
形容詞變化 fancier; fanciest
同 imagine 想像、猜想
反 plain 無花樣（色彩）的
家族字彙
┌fancy
├fanciful **adj.** 想像的、稀奇的
└fancifully **adv.** 想像地、奇異地

🎧 | **MP3** | Track 196 | ⬇

英中　大4　學測

fantastic [fænˈtæstɪk]

adj. 難以相信的、異想天開的
形容詞變化 more fantastic;
　　　　　the most fantastic
同 incredible 難以置信的
家族字彙
┌fantastic
└fantastically **adv.** 空想地、非常地

英中　大4　學測

fantasy [ˈfæntəsɪ]

n. 想像、幻想
名詞複數 fantasies
同 imagination 想像出來的事物
家族字彙
┌fantasy
├fantasize **v.** 夢想、幻想
└fantasist **n.** 幻想曲作曲家

英初　國20　會考

fare [fɛr]

n. （車、船、飛機等）費、票價　**v.** 進展
名詞複數 fares
動詞變化 fared; fared; faring
同 charge 費用

英中　大4　學測

farewell [ˈfɛrˈwɛl]

n. 告別、歡送會
名詞複數 farewells
同 goodbye 再見、告別

英初　國20　會考

fashion [ˈfæʃən]

n. 樣子、流行款式
名詞複數 fashions
同 mode 樣式、流行樣式
家族字彙
┌fashion
├fashionable **adj.** 時髦的、上流社會的
└fashionably **adv.** 時髦地、流行地

🎧 | **MP3** | Track 197 | ⬇

英初　國20　會考

fashionable [ˈfæʃənəbḷ]

adj. 符合時尚的、時髦的
形容詞變化 more fashionable;
　　　　　the most fashionable
反 unfashionable 不流行的
家族字彙
┌fashionable
├fashionably **adv.** 時髦地、流行地
└fashion **n.** 流行樣式、時裝、時尚

英初　國20　會考

fasten [ˈfæsn̩]

v. 紮牢、繫牢

動詞變化 fastened; fastened; fastening

同 attach 繫上、裝上

反 loosen 放鬆、鬆開

家族字彙
- fasten
- fastening **n.** 扣緊、紮牢
- fastener **n.** 結紮者、緊固物、鈕扣

英中　大4　學測

fatal [ˈfetl̩]

adj. 致命的、災難性的

形容詞變化 more fatal; the most fatal

同 deadly 致命的

家族字彙
- fatal
- fatally **adv.** 致命地、不幸地、宿命地
- fatality **n.** 不幸、天命、災禍
- fatalness **n.** 致命性

英初　國20　會考

fate [fet]

n. 命運

名詞複數 fates

同 destiny 命運、定數

家族字彙
- fate
- fateful **adj.** 宿命的、決定性的
- fated **adj.** 命中註定的

英中　大5　學測

fatigue [fəˈtig]

n. 疲勞、勞累　**v.** （使）疲勞

名詞複數 fatigues

動詞變化 fatigued; fatigued; fatiguing

同 exhaust 使非常疲倦

家族字彙
- fatigue
- fatigued **adj.** 疲乏的
- fatiguing **adj.** 使人勞累的

英中　學測

faulty [ˈfɔltɪ]

adj. 有錯誤的、有缺點的

形容詞變化 faultier; the faultiest

同 defective 有缺點的、不完美的

反 faultless 完美的、無缺點的

家族字彙
- faulty
- fault **n.** 過錯、毛病
- faultful **adj.** 毛病很多的
- faultless **adj.** 完美的、無缺點的

英中　大4　學測

favorable [ˈfevərəbl̩]

adj. 有利的、順利的

形容詞變化 more favorable; the most favorable

同 advantageous 有利的

反 unfavorable 不宜的、相反的、不順利的

家族字彙
- favorable
- favourably **adv.** 善意地、贊成地
- favorableness **n.** 有利、如願以償

英初　國12　會考

favorite [ˈfevərɪt]

adj. 特別受喜愛的

n. 特別喜愛的人（或物）

名詞複數 favorites

形容詞變化 more favorite; the most favorite

同 beloved 受鍾愛的、被喜愛的

家族字彙
- favorite
- favoritism **n.** 偏愛

英初　國20　會考

fax [fæks]

n. 傳真（機）、傳真件　**v.** 傳真傳輸

名詞複數 faxes

動詞變化 faxed; faxed; faxing

同 facsimile 模本、傳真

英初 國12 會考

fearful [ˈfɪrfəl]

adj. 可怕的、嚇人的
形容詞變化 more fearful;
the most fearful
同 dreadful 可怕的
反 bold 大膽的
家族字彙
 ─fearful
 ─fear **v.** 害怕、擔心
 ─fearfully **adv.** 可怕地、非常、害怕地
 └fearfulness **n.** 可怕、擔心、害怕

🎧 | MP3 | Track 199 | ⬇

英初 大6 學測

feasible [ˈfizəbl̩]

adj. 可行的、可能的
同 practicable 可實行的、可做的
家族字彙
 ─feasible
 ─feasibly **adv.** 可行地
 └feasibility **n.** 可行性、合理性

英初 國20 會考

feature [ˈfitʃɚ]

n. 特徵、特色
v. 是……的特色、以……為特色
名詞複數 features
動詞變化 featured; featured; featuring
同 characteristic 特色、特徵
家族字彙
 ─feature
 └featureless **adj.** 無特色的、平凡的

英中 大5 學測

federal [ˈfɛdərəl]

adj. 聯邦（制）的、聯邦政府的
同 confederate 結為同盟的、聯合的
家族字彙
 ─federal
 ─federally **adv.** 聯盟地、聯邦地
 ─federation **n.** 聯邦、聯盟、聯合
 └federalist **n.** 聯邦主義者

英初 國12 會考

fee [fi]

n. 費、酬金
名詞複數 fares
同 fare 費用

英中 大6 學測

feedback [ˈfidˌbæk]

n. 回饋、回饋資訊
同 response 答覆、反應

🎧 | MP3 | Track 200 | ⬇

英初 國12 會考

female [ˈfimel]

adj. 雌的、女（性）的
n. 雌性動物、女子
名詞複數 females
同 feminine 女性的、陰性的
反 male 男性的、屬於雄性的
家族字彙
 ─female
 └femaleness **n.** 女性特徵

英中 大4 學測

fertile [ˈfɜtl̩]

adj. 富饒的、多產的
形容詞變化 more fertile;
the most fertile
同 productive 多產的、豐饒的
反 sterile 貧瘠的
家族字彙
 ─fertile
 ─fertility **n.** 肥沃、多產、豐產
 └fertilize **v.** 施肥、使豐饒

英中 大5 學測

fertilizer [ˈfɜtlˌaɪzɚ]

n. 肥料
名詞複數 fertilizers
同 manure 肥料
家族字彙
 ─fertilizer
 └fertilize **v.** 施肥、使豐饒

A B C D E F G H I J K L M N O P Q R S T U V W X Y Z

festival [ˈfɛstəv!]

n. 節日、喜慶日
名詞複數 festivals
同 holiday 節日、假期
反 weekday工作日
家族字彙
┌festival
└festive **adj.** 慶祝的、歡樂的、喜慶的

fiber [ˈfaɪbɚ]

n. 纖維（物質）
名詞複數 fibers
同 fibre 纖維、纖維製品
家族字彙
┌fiber
├fibered **adj.** 有纖維的、纖維質的
└fiberboard **n.** 纖維板

🎧 | **MP3** | Track 201 | ⬇

fiction [ˈfɪkʃən]

n. 小說、虛構
同 novel 小說
反 nonfiction 非小說的寫實文學
家族字彙
┌fiction
├fictional **adj.** 虛構的、小說的
├fictionally **adv.** 杜撰地、編造地
└fictionalize **v.** 使小說化、把……編
　　　　　　　　成小說

fierce [fɪrs]

adj. 兇猛的、激烈的
形容詞變化 fiercer; the fiercest
同 violent 猛烈的、激烈的
家族字彙
┌fierce
├fiercely **adv.** 兇猛地、強烈地
└fierceness **n.** 兇猛、猛烈

file [faɪl]

n. 檔案、卷宗　**v.** 把（檔案）歸檔
名詞複數 files
動詞變化 filed; filed; filing
同 categorize 將……分類
家族字彙
┌file
├filer **n.** 檔案管理員
└filing **n.** 整理成檔案、歸檔

filter [ˈfɪltɚ]

n. 濾器、過濾用紙　**v.** 過濾
名詞複數 filters
動詞變化 filtered; filtered; filtering
同 percolate 過濾、使浸透
家族字彙
┌filter
└filtration **n.** 過濾、篩選

finally [ˈfaɪn!ɪ]

adv. 最後、終於
同 eventually 最後、終於
反 first 首先、第一
家族字彙
┌finally
└final **adj.** 最後的、決定性的、終極的

🎧 | **MP3** | Track 202 | ⬇

finance
[ˈfaɪnæns] / [fəˈnæns]

n. 財政、金融
v. 為……提供資金、為……籌措資金
名詞複數 finances
動詞變化 financed; financed;
　　　　 financing
同 sponsor 擔保、贊助
家族字彙
┌finance
├financial **adj.** 財政的、金融的
├financially **adv.** 財政上、金融上
└financier **n.** 財政家、金融家

| 英中 | 大4 | 學測 |

financial [fəˋnænʃəl]

adj. 財政的、金融的
同 fiscal 財政的
家族字彙
- financial
- financially **adv.** 財政上、金融上
- finance **n.** 財政、財務

| 英中 | 學測 |

finding [ˋfaɪndɪŋ]

n. 調查（或研究）的結果、（陪審團的）裁決
名詞複數 findings
同 decision 得到的結論、判斷
家族字彙
- finding
- find **v.** 發現、找到
- findable **adj.** 可發現的、可找到的

| 英初 | 國12 | 會考 |

fireman [ˋfaɪrmən]

n. 消防隊員
名詞複數 firemen
同 firefighter 消防隊員

| 英初 | 國12 | 會考 |

fisherman [ˋfɪʃəmən]

n. 漁民、漁夫
名詞複數 fishermen
同 fisher 漁夫

🎧 | **MP3** | Track 203 | ⬇

| 英初 | 國20 | 會考 |

flame [flem]

n. 火焰、火舌
名詞複數 flames
同 blaze 火焰、熊熊燃燒、強烈的光
家族字彙
- flame
- flaming **adj.** 燃燒的、色彩鮮明的、熱烈的

| 英初 | 國12 | 會考 |

flash [flæʃ]

v. 閃光、閃耀　**n.** 閃光、閃爍
名詞複數 flashes
動詞變化 flashed; flashed; flashing
同 flare 閃光、閃耀
家族字彙
- flash
- flashy **adj.** 閃光的、一瞬間的
- flashily **adv.** 閃光地
- flashiness **n.** 閃爍
- flasher **n.** 自動閃爍裝置、發出閃光之物

| 英中 | 大4 | 學測 |

flee [fli]

v. 逃走、逃掉
動詞變化 fled; fled; fleeing
同 disappear 消失、不見
反 pursue 追捕

| 英中 | 大6 | 學測 |

fleet [flit]

n. 艦隊、船隊　**adj.** 快速的
v. 疾飛、掠過
名詞複數 fleets
同 armada 艦隊
家族字彙
- fleet
- fleeting **adj.** 轉瞬間的、短暫的
- fleetly **adv.** 快速地
- fleetness **n.** 快速

| 英中 | 大4 | 學測 |

flexible [ˋflɛksəbl]

adj. 易彎曲的、柔韌的
形容詞變化 more flexible;
　　　　　the most flexible
同 pliant 易彎的、柔韌的
反 inflexible 不屈曲的、頑固的
家族字彙
- flexible
- flexibly **adv.** 靈活地、柔順地
- flexibility **n.** 易曲性、彈性、靈活性

英初 ｜ 國20 ｜ 會考

flock [flɑk]

n. （鳥、獸等）一群、一夥人
v. 群集、聚集
名詞複數 flocks
動詞變化 flocked; flocked; flocking
同 crowd 人群、一堆、一幫
家族字彙
┌flock
└flocky **adj.** 毛茸茸的

英初 ｜ 國12 ｜ 會考

flour [flaʊr]

n. 麵粉 **v.** 把……磨成粉
動詞變化 floured; floured; flouring
同 mill 將……磨成粉
家族字彙
┌flour
├floury **adj.** 蓋滿麵粉的、粉狀的
└flourmill **n.** 麵粉廠

英中 ｜ 大5 ｜ 學測

flourish [ˈflɝɪʃ]

v. 繁榮、興旺
動詞變化 flourished; flourished; flourishing
同 thrive 繁榮、興旺
反 decline 衰退、衰落
家族字彙
┌flourish
└flourishing **adj.** 欣欣向榮的、繁榮的

英中 ｜ 學測

fluctuate [ˈflʌktʃʊˌet]

v. 波動、起伏
動詞變化 fluctuated; fluctuated; fluctuating
同 undulate 使起伏、使波動
家族字彙
┌fluctuate
├fluctuation **n.** 波動、動搖、變動
└fluctuant **adj.** 變動的、起伏的

英中 ｜ 大4 ｜ 學測

fluent [ˈfluənt]

adj. 流利的、流暢的
形容詞變化 more fluent; the most fluent
同 smooth 流暢的
反 faltering 猶豫的、支吾的
家族字彙
┌fluent
├fluently **adv.** 流利地、通暢地
└fluency **n.** 流利、雄辯、流暢

英中 ｜ 大6 ｜ 學測

fluid [ˈfluɪd]

n. 流體、液體 **adj.** 流體的、流動的
名詞複數 fluids
形容詞變化 more fluid; the most fluid
同 liquid 液體
反 solidity 固體
家族字彙
┌fluid
└fluidity **n.** 流動性、流質

英初 ｜ 國12 ｜ 會考

focus [ˈfokəs]

v. （使）集中、聚焦 **n.** 焦點、聚焦
名詞複數 focuses; foci
動詞變化 focused, focussed; focused, focussed; focusing, focussing
同 concentrate 集中、全神貫注
家族字彙
┌focus
└focused **adj.** 專心的、集中精力的

英初 ｜ 國1 ｜ 會考

fog [fɑg]

n. 霧
名詞複數 fogs
同 mist 薄霧、靄
家族字彙
┌fog
└foggy **adj.** 霧深的、模糊的

英初 國20 會考

folk [fok]

n. 人們、各位 **adj.** 普通平民的
名詞複數 folk, folks
同 people 人們、民族

英初 國12 會考

following [ˈfɑləwɪŋ]

adj. 接著的、下述的 **n.** 一批追隨者
名詞複數 followings
反 previous 早先的、前面的
家族字彙
┌following
├follow **v.** 跟隨、遵循、沿行
└follower **n.** 跟隨者、追補者、屬下

🎧 | **MP3** | Track 206 | ⬇

英中 會考

footstep [ˈfʊtˌstɛp]

n. 腳步、腳步聲
名詞複數 footsteps

英中 大4 學測

forbid [fɚˈbɪd]

v. 不許、禁止
動詞變化 forbade, forbad; forbidden; forbid; forbidding
同 ban 禁止、取締
反 allow 允許
家族字彙
┌forbid
└forbidden **adj.** 被禁止的、禁止的

英中 大4 學測

forecast [ˈforˌkæst]

n. / **v.** 預測、預報
名詞複數 forecasts
動詞變化 forecast, forecasted; forecast, forecasted; forecasting
同 predict 預言、預報
家族字彙
┌forecast
└forecaster **n.** 預測者、推測者

英初 國20 會考

forehead [ˈforˌhɛd]

n. 額、前額
名詞複數 foreheads
同 brow 額頭
家族字彙
┌forehead
└fore **n.** 前部

英初 國12 會考

foreigner [ˈfɔrɪnɚ]

n. 外國人
名詞複數 foreigners
同 alien 外國人
家族字彙
┌foreigner
└foreign **adj.** 外國的、外來的

🎧 | **MP3** | Track 207 | ⬇

英中 學測

forge [fordʒ]

v. 偽造（貨幣、檔案等）、假冒
n. 熔爐
名詞複數 forges
動詞變化 forged; forged; forging
同 counterfeit 偽造、仿造
家族字彙
┌forge
├forger **n.** 鐵匠、偽造者
├forgery **n.** 偽造、偽造物、偽造罪
└forgeable **adj.** 可鍛的

英中 學測

formal [ˈfɔrml]

adj. 正式的、合乎禮儀的
形容詞變化 more formal; the most formal
反 informal 非正式的、不拘禮的
家族字彙
┌formal
├formally **adv.** 正式地、正規地
├formalize **v.** 正式化、定形
└formalist **n.** 拘泥形式的人

format [ˈfɔrmæt]

n. 設計、格式　**v.** 使格式化
名詞複數 formats
動詞變化 formatted; formatted; formatting,
同 form 格式
家族字彙
- format
- formatted **adj.** 已格式化的
- formatter **n.** 格式製作

英中 | 大4 | 學測

formation [fɔrˈmeʃən]

n. 形成、結構
名詞複數 formations
同 fabrication 構成
家族字彙
- formation
- form **v.** 形成、塑造、構成
- formative **adj.** 形成的、構成的
- formless **adj.** 無定形的、沒有形狀的

英初 | 國12 | 會考

former [ˈfɔrmə]

adj. 在前的、以前的　**n.** 前者
同 past 過去的
反 later 以後的
家族字彙
- former
- formerly **adv.** 從前、原來、以前

🎧 | **MP3** | Track 208 | ⬇

英中 | 大4 | 學測

formula [ˈfɔrmjələ]

n. 準則、公式
名詞複數 formulas, formulae
同 rule 規則、慣例
家族字彙
- formula
- formulaic **adj.** 公式的、刻板的
- formulate **v.** 用公式表示、簡潔陳述

英初 | 國20 | 會考

forth [forθ]

adv. 向前、往外
同 ahead 向前
反 back 向後

英中 | 學測

fortnight [ˈfɔrtnaɪt]

n. 十四天、兩星期
家族字彙
- fortnight
- fortnightly **adj.** / **adv.** 兩週一次的、隔週地

英中 | 學測

fortunately [ˈfɔrtʃənɪtlɪ]

adv. 幸運地、幸虧
形容詞變化 more fortunately; the most fortunately
反 unfortunately 不幸地、偏巧地
家族字彙
- fortunately
- fortunate **adj.** 幸運的、幸福的

英中 | 學測

forum [ˈforəm]

n. 論壇、討論會
名詞複數 forums
同 tribune 講壇、論壇

🎧 | **MP3** | Track 209 | ⬇

英中 | 大4 | 學測

fossil [ˈfɑsl]

n. 化石、頑固不化的人
名詞複數 fossils
同 petrifaction 石化物、化石
家族字彙
- fossil
- fossilize **v.** 使陳腐、變成化石
- fossilization **n.** 化石作用

英中　大4　學測

foundation [faʊnˈdeʃən]

n. 地基、基礎
名詞複數 foundations
同 base 基部、基礎、基地
家族字彙
├foundation
├found **v.** 建立、創立、創辦
├founder **n.** 創立者、奠基者
└founded **adj.** 有基礎的

英中　大5　學測

fraction [ˈfrækʃən]

n. 小部分、片斷
名詞複數 fractions
同 part 部分
家族字彙
├fraction
├fractional **adj.** 部分的、少量的
└fractionally **adv.** 部分地、略微地

英中　大6　學測

fragment [ˈfrægmənt]

n. 碎片、碎塊　**v.** （使）成碎片
名詞複數 fragments
動詞變化 fragmented; fragmented;
　　　　　　fragmenting
同 fraction 碎片、小部分
家族字彙
├fragment
├fragmentary **adj.** 碎片的、不連續的
└fragmentation **n.** 破裂、破碎物

英中　大4　學測

frame [frem]

n. 框架、構架　**v.** 給……鑲框、捏造
名詞複數 frames
動詞變化 framed; framed; framing
同 framework 構架、結構、框架
家族字彙
├frame
├framed **adj.** 遭到陷害的
├framer **n.** 組成者、裝框者、籌畫者
├frame-up **n.** 陷害
└framework **n.** 架構

英中　大5　學測

framework [ˈfrem͵wɝk]

n. 框架、構架
名詞複數 frameworks
同 frame 框、體格、結構

英中　學測

frank [fræŋk]

adj. 坦白的、直率的
形容詞變化 franker; the frankest
同 candid 坦白的、率直的
家族字彙
├frank
├frankly **adv.** 坦白地、真誠地
└frankness **n.** 率直、坦白、坦率

英中　大5　學測

freight [fret]

n. （運輸中的）貨物、貨運
v. 運送（貨物）、裝貨於（船等）
動詞變化 freighted; freighted;
　　　　　　freighting
同 cargo 貨物
家族字彙
├freight
└freighter **n.** 貨船、運輸機

英中　大4　學測

frequency [ˈfrikwənsɪ]

n. 次數、頻率
名詞複數 frequencies
同 oftenness 頻率
家族字彙
├frequency
└frequent **v.** 常到、時常出入於

英初　國1　會考

frog [frɑg]

n. 蛙
名詞複數 frogs
家族字彙
├frog
└frogeye **n.** 蛙眼病

A B C D E F G H I J K L M N O P Q R S T U V W X Y Z

| 英中 | 大5 | 學測 |

frontier [frʌnˋtɪr]

n. 邊境、邊界
名詞複數 frontiers
同 border 邊界、邊境

| 英中 | 大4 | 學測 |

frost [frɔst]

n. 霜凍、嚴寒天氣　**v.** 結霜（於）
名詞複數 frosts
動詞變化 frosted; frosted; frosting
家族字彙
- frost
- frosty **adj.** 下霜的、冷淡的、嚴寒的
- frostiness **n.** 酷寒、無情
- frostily **adv.** 冷冷地

| 英中 | 大4 | 學測 |

frown [fraʊn]

v. / **n.** 皺眉、蹙額
名詞複數 frowns
動詞變化 frowned; frowned; frowning

| 英中 | 學測 |

fruitful [ˋfrutfəl]

adj. 多產的、富有成效的
形容詞變化 more fruitful; the most fruitful
家族字彙
- fruitful
- fruitfully **adv.** 產量多地、富有成效地
- fruitfulness **n.** 豐收、豐碩

| 英初 | 國20 | 會考 |

frustrate [ˋfrʌstret]

v. 使沮喪、挫敗
動詞變化 frustrated; frustrated; frustrating
同 defeat 擊敗、使失敗
反 encourage 鼓舞、激勵
家族字彙
- frustrate
- frustrated **adj.** 挫敗的、失意的
- frustration **n.** 挫敗、受挫、挫折

| 英初 | 國20 | 會考 |

fry [fraɪ]

v. 油炸、油炒
動詞變化 fried; fried; frying
同 saute 炒
家族字彙
- fry
- fried **adj.** 油炸的、喝醉了的
- frier **n.** 做油炸食品的人、煎鍋

| 英中 | 大4 | 學測 |

fulfill [fʊlˋfɪl]

v. 履行、實現
動詞變化 fulfilled; fulfilled; fulfilling
同 accomplish 實現、達到、完成
家族字彙
- fulfill
- fulfillment **n.** 完成、履行、滿足
- fulfilling **adj.** 可實現個人抱負的

| 英初 | 國12 | 會考 |

function [ˋfʌŋkʃən]

n. 功能、作用　**v.** 運行、起作用
名詞複數 functions
動詞變化 functioned; functioned; functioning
同 work 起作用、可行
家族字彙
- function
- functional **adj.** 功能的
- functionalist **n.** 機能主義者
- functionally **adv.** 功能地、職務上地

| 英初 | 國20 | 會考 |

fund [fʌnd]

n. 基金、存款
v. 為……提供資金、給……撥款
名詞複數 funds
動詞變化 funded; funded; funding
同 assets 資產、財產
家族字彙
- fund
- funding **n.** 資金
- funder **n.** 投資者

英中 | 學測

fundamental

[ˌfʌndə`mɛntḷ]

adj. 基本的、基礎的
n. 基本原則、基本法則
名詞複數 fundamentals
形容詞變化 ▶ more fundamental;
the most fundamental
同 elementary 基礎的、基本的
家族字彙
┌fundamental
└fundamentally **adv.** 基礎地、根本地

🎧 | **MP3** | Track 213 | ⬇

英中 | 大4 | 學測

funeral [`fjunərəl]

n. 葬禮、喪禮
名詞複數 funerals
同 burial 葬禮
家族字彙
┌funeral
├funerary **adj.** 葬禮用的
└funereal **adj.** 送葬的、悲哀的、適合
葬禮的

英初 | 國20 | 會考

fur [fɝ]

n. 毛皮、毛皮衣服
名詞複數 furs
同 pelt 毛皮
家族字彙
┌fur
├furry **adj.** 毛皮的、覆有毛皮的
├furrier **n.** 毛皮商
└furfur **n.** 頭皮屑

英中 | 學測

furnace [`fɝnɪs]

n. 熔爐、火爐
名詞複數 furnaces
同 stove 火爐、暖爐

英中 | 大4 | 學測

furnish [`fɝnɪʃ]

v. 為……配備家具、裝備
動詞變化 ▶ furnished; furnished;
furnishing
同 equip 裝備、配備
家族字彙
┌furnish
├furnished **adj.** 附有家具的
└furnisher **n.** 供給者、家具商

英中 | 大4 | 學測

furthermore [`fɝðɚˌmor]

adv. 而且、此外
同 besides 此外、而且

🎧 | **MP3** | Track 214 | ⬇

英中 | 大5 | 學測

fuss [fʌs]

n. 忙亂、大驚小怪
v. 大驚小怪、（為小事）煩惱
動詞變化 ▶ fussed; fussed; fussing
同 worry 煩惱、擔心、使焦慮
反 calm 平靜的、冷靜的
家族字彙
┌fuss
├fussy **adj.** 大驚小怪的、愛挑剔的
└fussily **adv.** 大驚小怪地、愛挑剔地

Gg

英中 | 大4 | 學測

gallery [ˈgælərɪ]
n. 畫廊、走廊
名詞複數 galleries
同 corridor 走廊、通道

英初 | 國20 | 會考

gallon [ˈgælən]
n. 加侖
名詞複數 gallons

英初 | 國20 | 會考

gamble [ˈgæmbḷ]
v. 賭博、打賭 **n.** 冒險
名詞複數 gambles
動詞變化 gambled; gambled; gambling
同 bet 打賭
家族字彙
┌ gamble
└ gambler **n.** 賭徒

英初 | 國20 | 會考

gang [gæŋ]
n. （一）夥、（一）群
v. 聚集、結成一夥
名詞複數 gangs
動詞變化 ganged; ganged; ganging
同 group 組、群、團體

🎧 | **MP3** | Track 215 | ⬇

英初 | 國20 | 會考

gap [gæp]
n. 缺口、差距分歧
名詞複數 gaps
同 disparity 不同、差異

英初 | 國12 | 會考

garbage [ˈgɑrbɪʒ]
n. 垃圾、廢物
名詞複數 garbages
同 trash 廢物、垃圾

英初 | 國12 | 會考

gardener [ˈgɑrdənə]
n. 園丁、園藝家
名詞複數 gardeners
同 yardman 園丁
家族字彙
┌ gardener
└ garden **n.** 花園、公園

英初 | 國20 | 會考

garlic [ˈgɑrlɪk]
n. 大蒜
名詞複數 garlics
家族字彙
┌ garlic
└ garlicky **adj.** 有大蒜味的

英初 | 國1 | 會考

gas [gæs]
n. 煤氣、汽油
v. 用毒氣毒（死）、給（汽車）加油
名詞複數 gases
動詞變化 gased; gased; gasing
同 petrol 汽油
家族字彙
┌ gas
└ gaseous **adj.** 氣體的、氣態的

🎧 | **MP3** | Track 216 | ⬇

英初 | 國20 | 會考

gasoline [ˈgæsḷ͵in]
n. 汽油
名詞複數 gasolines
動詞變化 gasolined; gasolined; gasolining
同 gas 煤氣、汽油

| 英中 | 大5 | 學測 |

gay [ge]
adj. 愉快的、快樂的
n. (尤指男)同性戀者
名詞複數 gays
同 happy 快樂的
反 mirthless 不快樂的、悲傷的
家族字彙
 gay
 gayly **adv.** 歡快地、鮮豔地

| 英中 | 大4 | 學測 |

gaze [gez]
v. / n. 凝視、注視
名詞複數 gazes
動詞變化 gazed; gazed; gazing
同 stare 凝視

| 英中 | 大4 | 學測 |

gear [gɪr]
n. 齒輪、傳動裝置 **v.** 使適應、使適合
名詞複數 gears
動詞變化 geared; geared; gearing
同 adapt 使適應

| 英中 | 大4 | 學測 |

gene [dʒin]
n. 基因
名詞複數 genes
家族字彙
 gene
 genetic **adj.** 基因的

🎧 | **MP3** | Track 217 | ⬇

| 英中 | 學測 |

generally [ˈdʒɛnərəlɪ]
adv. 一般地、通常
同 usually 通常
家族字彙
 generally
 general **adj.** 一般的、普遍的
 generalize **v.** 概括、歸納、推斷

| 英中 | 大6 | 學測 |

generate [ˈdʒɛnəˌret]
v. 發生、產生
動詞變化 generated; generated; generating
同 cause 引起、使發生
家族字彙
 generate
 generative **adj.** 有生產力的
 generation **n.** 一代
 generator **n.** 發電機、發生器

| 英中 | 大6 | 學測 |

generator [ˈdʒɛnəˌretə]
n. 發電機、發生器
名詞複數 generators
同 dynamo 發電機
家族字彙
 generator
 generation **n.** 一代
 generative **adj.** 有生產的
 generate **v.** 生成、產生、導致

| 英初 | 國12 | 會考 |

generous [ˈdʒɛnərəs]
adj. 慷慨的、大方的
形容詞變化 more generous; the most generous
同 handsome 慷慨大方的
反 mean 吝嗇的
家族字彙
 generous
 generously **adv.** 慷慨地

| 英中 | 大4 | 學測 |

genius [ˈdʒinjəs]
n. 天才、天賦
名詞複數 geniuses
同 talent 才能、人才
反 idiot 白癡

🎧 | **MP3** | Track 218 | ⬇

英中	大4	學測

genuine [ˋdʒɛnjʊɪn]

adj. 真誠的、真心的

形容詞變化 ➤ more genuine; the most genuine

同 sincere 真誠的、誠摯的

反 untruthful 不真實的、虛偽的、不誠實的

家族字彙
┌ genuine
└ genuinely **adv.** 由衷地

英中	大5	學測

geometry [dʒɪˋɑmətrɪ]

n. 幾何（學）

名詞複數 geometries

英中	大4	學測

germ [dʒɝm]

n. 微生物、細菌

名詞複數 germs

同 bacterium 細菌

英初	國20	會考

gesture [ˋdʒɛstʃɚ]

n. 姿勢（人際交往時做出的）、姿態

v. 作手勢（表示）

名詞複數 gestures

動詞變化 ➤ gestured; gestured; gesturing

同 posture 姿勢、態度

家族字彙
┌ gesture
└ gesturism **n.** 裝裝樣子

英初	國1	會考

ghost [gost]

n. 鬼魂、幽靈

名詞複數 ghosts

同 vestige 痕跡

家族字彙
┌ ghost
├ ghostlike **adj.** 可怕的、像鬼一樣的
└ ghostly **adj.** 鬼的、朦朧的

英初	國12	會考

giant [ˋdʒaɪənt]

n. 巨人、才智超群的人　**adj.** 巨大的

名詞複數 giants

形容詞變化 ➤ more giant; the most giant

同 tremendous 巨大的、驚人的

反 petty 細小的

英初	國20	會考

glance [glæns]

v. / n. 一瞥、掃視

名詞複數 glances

動詞變化 ➤ glanced; glanced; glancing

同 glimpse 一瞥

英中	大4	學測

glimpse [glɪmps]

v. / n. 一瞥、一看

名詞複數 glimpses

動詞變化 ➤ glimpsed; glimpsed; glimpsing

同 glance 一瞥、掃視

英初	國20	會考

global [ˋglobl]

adj. 全球的、全世界的

形容詞變化 ➤ more global; the most global

同 worldwide 全世界的

家族字彙
┌ global
└ globe **n.** 地球、世界、地球儀、球體

英中	大4	學測

globe [glob]

n. 地球、世界

名詞複數 globes

同 world 世界、地球

家族字彙
┌ globe
└ global **adj.** 全球的、全世界的

| 英中 | 大6 | 學測 |

gloomy [ˈglumɪ]
adj. 憂鬱的、令人沮喪的
形容詞變化 ▸ more gloomy;
the most gloomy
同 somber 微暗的、陰森的、憂鬱的
反 lightful 明亮的
家族字彙
- gloomy
- gloomily **adv.** 黑暗地、陰鬱地、沮喪地

| 英中 | 大4 | 學測 |

glorious [ˈglorɪəs]
adj. 光榮的、壯麗的
形容詞變化 ▸ more glorious;
the most glorious
同 honorable 光榮的、可敬的
反 disgraceful 可恥的、不光彩的
家族字彙
- glorious
- gloriously **adv.** 光榮地、輝煌地
- glory **n.** 光榮、榮譽、美麗、壯麗

| 英初 | 國20 | 會考 |

glory [ˈglorɪ]
n. 光榮、榮譽
名詞複數 glories
同 honor 榮譽
家族字彙
- glory
- glorious **adj.** 光榮的、壯麗的、令人愉快的、極好的

| 英初 | 國12 | 會考 |

glove [glʌv]
n. 手套
名詞複數 gloves
同 mitten 連指手套
家族字彙
- glove
- gloved **adj.** 帶有手套的
- glover **n.** 製造手套者

| 英初 | 國20 | 會考 |

glow [glo]
n. 光輝、臉紅
v. （臉）紅、（身體）發熱
名詞複數 glows
動詞變化 glowed; glowed; glowing
同 blush 泛紅、羞愧

| 英初 | 國12 | 會考 |

glue [glu]
n. 膠、膠水 **v.** 膠合、黏貼
名詞複數 glues
動詞變化 glued; glued; gluing
同 paste 黏、貼

| 英初 | 國12 | 會考 |

golf [gɔlf]
n. 高爾夫球運動
名詞複數 golfs

| 英中 | 學測 |

goodness [ˈgʊdnɪs]
int. 天哪 **n.** 善良、美德、好意
名詞複數 goodnesses
同 virtue 美德、德行
反 wickedness 邪惡
家族字彙
- goodness
- good **adj.** 好的、擅長的

| 英初 | 國12 | 會考 |

govern [ˈgʌvɚn]
v. 治理、管理
動詞變化 governed; governed; governing
同 manage 管理、經營
家族字彙
- govern
- governance **n.** 統治、支配
- government **n.** 政府

A
B
C
D
E
F
G
H
I
J
K
L
M
N
O
P
Q
R
S
T
U
V
W
X
Y
Z

governor [ˈgʌvənɚ]

n. 州長、地方長官

名詞複數 governors

家族字彙
- governor
- government **n.** 政府
- govern **v.** 統治、治理、管理、支配、影響

🎧 | **MP3** | Track 222 | ⬇

grab [græb]

v. 抓取、抓住（機會）　**n.** 抓、奪

名詞複數 grabs

動詞變化 grabbed; grabbed; grabbing

同 seize 抓住、奪取

grace [gres]

n. 優美、魅力　**v.** 使優美、給……增光

名詞複數 graces

動詞變化 graced; graced; gracing

同 charm 魅力

反 disgrace 丟臉

家族字彙
- grace
- graceful **adj.** 優美的、得體的
- gracefully **adv.** 優美地

graceful [ˈgresfəl]

adj. 優美的、優雅的

形容詞變化 more graceful; the most graceful

同 elegant 優雅的

反 tactless 不得體的

家族字彙
- graceful
- grace **n.** 優美
- gracefully **adv.** 優美地、斯文地

gradual [ˈgrædʒuəl]

adj. 逐漸的、逐步的

反 steep 陡峭的、險峻的

家族字彙
- gradual
- gradually **adv.** 逐漸地

graduate
[ˈgrædʒuɪt] / [ˈgrædʒuˌet]

n. （尤指大學）畢業生、研究生

adj. 研究生的

v. （使）畢業

名詞複數 graduates

動詞變化 graduated; graduated; graduating

家族字彙
- graduate
- graduation **n.** 畢業、刻度

🎧 | **MP3** | Track 223 | ⬇

grain [gren]

n. 穀物、穀粒

名詞複數 grains

同 cereal 穀類植物、穀物

gram [græm]

n. 克

名詞複數 grams

grammar [ˈgræmɚ]

n. 文法

名詞複數 grammars

家族字彙
- grammar
- grammatical **adj.** 語法上的
- grammatically **adv.** 從語法上講

英初 | 國1 | 會考

grand [grænd]
adj. 宏偉的、壯麗的
形容詞變化 grander; the grandest
同 magnificent 壯麗的、宏偉的

英中 | 大5 | 學測

grant [grænt]
n. 撥款、授予物　v. 授予、同意
名詞複數 grants
動詞變化 granted; granted; granting
同 confer 授予

🎧 | **MP3** | Track 224 | ⬇

英初 | 國12 | 會考

grape [grep]
n. 葡萄
名詞複數 grapes

英中 | 大6 | 學測

graph [græf]
n. 圖表、圖解
名詞複數 graphs
同 chart 圖表
家族字彙
┌ graph
└ graphic adj. 生動的、形象的、繪畫的、文字的、圖表的

英初 | 國20 | 會考

grasp [græsp]
v. / n. 抓緊、抓牢、理解、領會
名詞複數 grasps
動詞變化 grasped; grasped; grasping
同 understand 理解、懂
家族字彙
┌ grasp
└ grasping adj. 貪心的、貪婪的

英中 | 大4 | 學測

grateful [ˋgretfəl]
adj. 感激的、感謝的
形容詞變化 more grateful; the most grateful
同 thankful 感謝的、感激的
家族字彙
┌ grateful
└ gratefully adv. 感激地

英中 | 大4 | 學測

gratitude [ˋgrætəˏtjud]
n. 感激、感謝
同 thanks 謝謝

🎧 | **MP3** | Track 225 | ⬇

英中 | 大4 | 學測

grave [grev]
n. 墳墓　adj. 嚴重的、嚴肅的
名詞複數 graves
形容詞變化 graver; the gravest
同 serious 嚴肅的、莊重的
家族字彙
┌ grave
├ gravely adv. 莊重地、嚴肅地
└ graveyard n. 墳場

英中 | 大5 | 學測

gravity [ˋgrævətɪ]
n. 萬有引力
名詞複數 gravities
家族字彙
┌ gravity
└ gravitation adj. 萬有引力的

英初 | 國12 | 會考

greedy [ˋgridɪ]
adj. 嘴饞的、貪婪的
形容詞變化 greedier; the greediest
同 rapacious 貪婪的、強奪的
家族字彙
┌ greedy
├ greed n. 貪食、貪心、貪婪
└ greedily adv. 貪婪地

greenhouse [ˈgrinˌhaʊs]

n. 溫室、暖房
名詞複數 greenhouses
同 hothouse 溫室、溫床

grind [graɪnd]

v. 磨碎、碾碎　**n.** 苦差事
名詞複數 grinds
動詞變化 grinded; grinded; grinding
同 triturate 弄成粉、磨碎
家族字彙
┌ grind
└ grindstone **n.** 磨刀石

🎧 | **MP3** | Track 226 | ⬇

grip [grɪp]

n. 緊握、抓牢　**v.** 握緊、抓牢
名詞複數 grips
動詞變化 gripped; gripped; gripping
同 catch 抓住、領會

grocer [ˈgrosɚ]

n. 食品雜貨商、雜貨店店主
名詞複數 grocers
同 sundriesman 雜貨商
家族字彙
┌ grocer
└ grocery **n.** 食品雜貨店

grocery [ˈgrosərɪ]

n. 雜貨店
名詞複數 groceries
同 drugstore 藥房、雜貨店
家族字彙
┌ grocery
└ grocer **n.** 食品雜貨商

gross [gros]

adj. 總的、嚴重的
v. 獲得……總收入（或毛利）
動詞變化 grossed; grossed; grossing
同 total 總共的
反 fractional 部分的
家族字彙
┌ gross
├ grossly **adv.** 大略
├ grossness **n.** 嚴重
└ gross-out **adj.** 令人作嘔的

growth [groθ]

n. 增長、增加
名詞複數 growths
同 increase 增加、提高
反 decrease 減少、減小、降低
家族字彙
┌ growth
└ grow **v.** 生長、成為、種植、栽種

🎧 | **MP3** | Track 227 | ⬇

guarantee [ˌgærənˈti]

v. 保證、擔保　**n.** 保證、保證書
名詞複數 guarantees
動詞變化 guaranteed; guaranteed; guaranteeing
同 warranty 擔保、保證
家族字彙
┌ guarantee
└ guaranty **n.** 保證、保證書

guidance [ˈgaɪdn̩s]

n. 指導、領導
名詞複數 guidances
同 direction 方向、指導
家族字彙
┌ guidance
└ guide **n.** 導遊、指南、領路

| 英中 | 大5 | 學測 |

guideline [ˈgaɪdˌlaɪn]

n. 指導方針、準則
名詞複數 guidelines
同 criterion 標準、準則
家族字彙
guideline
guide **n.** 導遊、導導者、指南

| 英中 | 大4 | 學測 |

guilty [ˈgɪltɪ]

adj. 內疚的、有罪的
形容詞變化 more guilty;
the most guilty
同 sinful 有罪的、罪惡的
反 innocent 清白的、無辜的
家族字彙
guilty
guilt **n.** 內疚感、罪
guiltless **adj.** 無罪的、不熟悉……的

| 英初 | 國12 | 會考 |

guitar [gɪˈtɑr]

n. 吉他、六弦琴
名詞複數 guitars

MP3 | Track 228 |

| 英中 | 大4 | 學測 |

gulf [gʌlf]

n. 海灣、巨大的分歧
名詞複數 gulfs
同 bay 海灣

| 英初 | 國20 | 會考 |

gum [gʌm]

n. 口香糖 **v.** （用膠）黏
名詞複數 gums
動詞變化 gummed; gummed;
gumming
同 chutty 口香糖

| 英初 | 國12 | 會考 |

guy [gaɪ]

n. 傢伙、伙計
名詞複數 guys
同 fellow 男子、傢伙

| 英中 | 學測 |

gym [dʒɪm]

n. 體育館、健身房
名詞複數 gyms
同 gymnastic 健身房

A
B
C
D
E
F
G
H
I
J
K
L
M
N
O
P
Q
R
S
T
U
V
W
X
Y
Z

◎請根據題意，選出最適合的選項

01. Like many other things, language is constantly _____; Some words come in and others go out with time passing by.
    A. revolving
                B. evolving
    C. reforming
                D. constructing

02. When you take medicine, be careful not to _____ that amount printed on the bottle.
    A. exceed
                B. substitute
    C. surpass
                D. overcome

03. They were having a _____ argument, and I thought they might end up hitting each other.
    A. savage   B. wild   C. strong   D. fierce

04. Some say Tom is a _____ but others think he is an idiot.
    A. gene
                B. genius
    C. genus
                D. gentleman

05. The author of the book _____ intelligence as the combined operations of attending, thinking, remembering, forecasting and evaluating.
    A. describes
                B. defines
    C. devises
                D. determines

06. The teacher asked the students to _____ all the unnecessary words, sentences and even paragraphs in their compositions.
    A. delete   B. delegate   C. elaborate   D. define

07. The missile has a heat seeking _____ which enables it to find its target.
    A. detection
                B. device
    C. diagram
                D. devotion

08. Group purchasing has become _____ in recent years.
    A. epidemic
                B. evaluate
    C. equation
                D. employer

Ö 【解析】

01. 答案為【B】。
含意「就像其它事物一樣，語言也是不斷在進化的。隨著時間流逝，有些字會出現，有些則會消失。」evolve 進化、發展，強調逐漸的過程；revolve 旋轉、反復思考；reform 改革；變革；construct 建設；修建。

02. 答案為【A】。
含意「你吃藥的時候，小心用量不要超過瓶子上標示的。」exceed 超過、超出；substitute 替代、替換；surpass 超越、勝過；overcome 克服。

03. 答案為【D】。
含意「他們爭吵的很激烈，我想最後他們可能打架了吧。」fierce 激烈的、強烈的；savage（缺乏教養而）野蠻的、兇惡的；wild（舉止、行為等）粗野、放蕩；strong 強壯的、強大的。

04. 答案為【B】。
含意「有人說湯姆是天才，也有人說他是白痴。」genius 天才、天才人物；gene 基因；genus 目（動植物學上的一種分類）；gentleman 紳士、男士。

05. 答案為【B】。
含意「這本書的作者定義智慧就是參與、思考、牢記、預測、估計的結合運作。」define 下定義或詳細地解釋說明; describe 描述、形容；devise 設計、想出；determine 決定、下定決心。

06. 答案為【A】。
含意「老師要求學生刪去在他們作文中不必要的單字、句子甚至段落。」delete 刪除；delegate 選……為代表；elaborate 詳細說明；define 下定義。

07. 答案為【B】。
含意「飛彈的紅外線自導裝置可以幫助飛彈尋找目標。」device 設備、裝置；detection 發現、察覺；diagram 圖解、圖表；devotion 忠誠、獻身。

08. 答案為【A】。
含意「團購近年來變的很流行。」epidemic 極為流行的；evaluate 估計；equation 等式；employer 雇主。

Hh

英中　大4　學測

halt [hɔlt]

n. 停住、停止
v. （使）停住、（使）停止
名詞複數 halted; halted; halting
同 pause 暫停、中止
反 start 開始
家族字彙
- halt
- halter **n.** 韁繩、絞索
- halting **adj.** 躊躇的、吞吞吐吐的
- haltingly **adv.** 吞吞吐吐地

🎧 | **MP3** | Track 229 | ⬇

英初　國1　會考

ham [hæm]

n. 火腿
名詞複數 hams

英初　國12　會考

hammer [ˈhæmɚ]

n. 錘、榔頭　**v.** 錘擊、敲打
名詞複數 hammers
動詞變化 hammered; hammered; hammering
同 beat 打、敲

英中　學測

handbag [ˈhænd͵bæg]

n. （女用）手提包
名詞複數 handbags
同 purse 女用小提包
家族字彙
- handbag
- hand **n.** 手

英初　國20　會考

handful [ˈhænd͵ful]

n. 少數、少量
名詞複數 handfuls
同 trifle 少量
反 hatful 許多

英初　國12　會考

handle [ˈhændl̩]

v. 處理、應付　**n.** 柄、把手
動詞變化 handled; handled; handling
同 cope 應付、處理

🎧 | **MP3** | Track 230 | ⬇

英中　大4　學測

handwriting
[ˈhænd͵raɪtɪŋ]

n. 筆跡、書法
名詞複數 handwritings
同 calligraphy 書法

英初　國20　會考

handy [ˈhændɪ]

adj. 方便的、手邊的
形容詞變化 handier; the handiest
同 convenient 方便的
反 inconvenient 不方便的
家族字彙
- handy
- hand **n.** 手

英初　國20　會考

harbor [ˈhɑrbɚ]

n. 海港、港口　**v.** 庇護、藏匿
名詞複數 harbors
動詞變化 harbored; harbored; harboring
同 seaport 海港

| 英中 | 大4 | 學測 |

harden [`hɑrdn̩]

v. （使）變硬、（使）硬化
動詞變化 hardened; hardened; hardening
同 stiffen 弄硬、加強
反 soften 變柔和、軟化
家族字彙
┌harden
└hard **adj.** 堅硬的、努力的、困難的

| 英中 | 大4 | 學測 |

hardship [`hɑrdʃɪp]

n. 艱難、困苦
名詞複數 hardships
同 arduousness 艱苦
家族字彙
┌hardship
├hardness **n.** 堅硬、嚴厲、難度
└hardy **adj.** 能吃苦耐勞的、堅強的

🎧 | **MP3** | Track 231 | ⬇

| 英中 | 大4 | 學測 |

hardware [`hɑrdˌwɛr]

n. 五金器具、硬體
名詞複數 hardwares
同 ironware 金屬器具
反 software 軟體
家族字彙
┌hardware
└hard **adj.** 硬的、堅硬的

| 英初 | 國20 | 會考 |

harm [hɑrm]

n. / v. 傷害、損害
名詞複數 harms
動詞變化 harmed; harmed; harming
同 injure 傷害、損害
家族字彙
┌harm
├harmful **adj.** 有害的
└harmless **adj.** 無害的、無惡意的

| 英中 | 大4 | 學測 |

harmony [`hɑrmənɪ]

n. 一致、協調
名詞複數 harmonies
同 coordination 協調
反 unconformity 不一致
家族字彙
┌harmony
└harmonize **v.** 使調和、使一致

| 英中 | 大5 | 學測 |

harness [`hɑrnɪs]

n. 馬具、輓具
v. 利用、給（馬等）上輓具
名詞複數 harnesses
動詞變化 harnessed; harnessed; harnessing
同 utilize 利用

| 英中 | 大4 | 學測 |

harsh [hɑrʃ]

adj. 刺耳的、粗糙的
形容詞變化 harsher; the harshest
同 rough 粗糙的
反 exquisite 精緻的、細膩的
家族字彙
┌harsh
├harshen **v.** 使粗糙
└harshly **adv.** 粗糙地、刺耳地

🎧 | **MP3** | Track 232 | ⬇

| 英中 | 大4 | 學測 |

haste [hest]

n. 急速、急忙
名詞複數 hastes
同 hurry 匆忙、急忙
家族字彙
┌haste
├hasten **v.** 加快
├hastily **adv.** 急速地、草率地
└hasty **adj.** 草率的、急速的、倉促完成的

hatred [ˈhetrɪd]

英中　大4　學測

n. 憎惡、憎恨
名詞複數 hatreds
同 abhorrence 憎惡、痛恨
反 devotion 熱愛
家族字彙
- hatred
- hate **v.** 憎恨、不喜歡、不願

---

haul [hɔl]

英中　大5　學測

v. （用力）拖、拉　**n.** 拖、拉
名詞複數 hauls
動詞變化 hauled; hauled; hauling
同 drag 拖拉
反 push 推

---

hay [he]

英初　國20　會考

n. 乾草
同 stover 乾草

---

hazard [ˈhæzəd]

英中　大6　學測

n. 危險、公害
v. 嘗試著做（或提出）、冒…風險
名詞複數 hazards
動詞變化 hazarded; hazarded; hazarding
同 danger 危險
反 safety 安全
家族字彙
- hazard
- hazardous **adj.** 危險的

🎧 | **MP3** | Track 233 | ⬇

---

heading [ˈhɛdɪŋ]

英中　學測

n. 標題
名詞複數 headings
同 headline 大字標題
家族字彙
- heading
- head **n.** 頭（腦）、頂部、領導

---

headline [ˈhɛdˌlaɪn]

英初　國20　會考

n. 大字標題、新聞提要
名詞複數 headlines
同 caption 說明文字

---

headquarters [ˈhɛdˌkwɔrtəz]

英初　國20　會考

n. （機構、企業等的）總部、總店

---

heal [hil]

英初　國20　會考

v. 使癒合、治癒
動詞變化 healed; healed; healing
同 recover 恢復、痊癒
家族字彙
- heal
- healable **adj.** 可治癒的
- healer **n.** 醫治者
- healing **n.** 痊癒

---

heap [hip]

英初　國20　會考

n. 大量、許多　**v.** （使）成堆、堆起
名詞複數 heaps
動詞變化 heaped; heaped; heaping
同 pile 堆、疊、大量
反 bit 一點兒、少量

🎧 | **MP3** | Track 234 | ⬇

---

hearing [ˈhɪrɪŋ]

英中　學測

n. 聽力、聽覺
名詞複數 hearings
同 audition 聽、聽力
家族字彙
- hearing
- hear **v.** 聽見、得知、審訊、聽證

heave [hiv]

v. （用力）舉起、提起　**n.** 舉起、升降
名詞複數 heaves
動詞變化 heaved; heaved; heaving
同 lift 舉起
反 drop 落下、扔下

英中 大5 學測

hedge [hɛdʒ]

n. （矮樹）樹籬、防備
v. 用籬笆圍、避免直接回答
名詞複數 hedges
動詞變化 hedged; hedged; hedging
同 barrier 柵欄、障礙物

英初 國20 會考

heel [hil]

n. 腳後跟、（鞋、襪等的）後跟
名詞複數 heels

英初 國12 會考

height [haɪt]

n. 高、高度
名詞複數 heights
同 altitude 高度、海拔
家族字彙
┌height
└heighten **v.** 提高、加強

🎧 | **MP3** | Track 235 | ⬇

英中 大5 學測

heir [ɛr]

n. 繼承人
名詞複數 heirs
同 successor 接班人、繼任人
家族字彙
┌heir
├heiress **n.** 女繼承人
└heirdom **n.** 繼承權

英中 大4 學測

helicopter [ˈhɛlɪˌkɑptə]

n. 直升機
名詞複數 helicopters
同 hoverplane 直升飛機

英初 國20 會考

hell [hɛl]

n. 地獄、極不愉快的經歷（或事）
名詞複數 hells
同 underworld 陰間、地域
反 paradise 天堂

英中 國12 會考

helpful [ˈhɛlpfəl]

adj. 有益的、給予幫助的
形容詞變化 more helpful;
　　　　　the most helpful
同 useful 有益的、有益的
反 useless 無用的、無效的
家族字彙
┌helpful
└help **v.** 幫助、有助於、救命

英中 學測

helpless [ˈhɛlplɪs]

adj. 無助的、無保護的
形容詞變化 more helpless;
　　　　　the most helpless
同 futile 無效的、無用的
反 helpful 有用的、有幫助的
家族字彙
┌helpless
├helplessly **adv.** 無能為力地
└helplessness **n.** 無能為力

🎧 | **MP3** | Track 236 | ⬇

英初 國12 會考

hen [hɛn]

n. 母雞、雌禽
名詞複數 hens
反 cock 公雞、雄禽

英中　大5　學測

hence [hɛns]

adv. 因此、所以
同 therefore 因此、所以
家族字彙
- hence
- henceforth **adv.** 今後
- henceforward **adv.** 此後

英中　大4　學測

herd [hɜd]

n. 獸群、牧群
v. 使集中在一起、把……趕在一起
名詞複數 herds
動詞變化 herded; herded; herding
同 flock 群、一群
家族字彙
- herd
- herdsman **n.** 牧人

英中　大5　學測

heroic [hɪ'roɪk]

adj. 英雄的、英勇的
形容詞變化 more heroic;
the most heroic
同 gallant 英勇的
反 timid 膽怯的、害羞的
家族字彙
- heroic
- hero **n.** 英雄、男主角
- heroine **n.** 女英雄、女主角

英初　國20　會考

hesitate ['hɛzə,tet]

v. 猶豫、躊躇
動詞變化 hesitated; hesitated;
hesitating
同 stagger 蹣跚、猶豫、動搖
家族字彙
- hesitate
- hesitation **n.** 猶豫、躊躇
- hesitatingly **adv.** 猶豫地
- hesitative **adj.** 支吾其詞的

英中　大6　學測

highlight ['haɪ,laɪt]

v. 強調、突出
n. 最精彩的部分、最重要的事件
名詞複數 highlights
動詞變化 highlighted; highlighted;
highlighting
同 emphasize 強調、著重

英中　大4　學測

highly [haɪlɪ]

adv. 高度地
同 greatly 非常、大大地
家族字彙
- highly
- high **adj.** 高的、高度的、高級的

英初　國12　會考

highway ['haɪ,we]

n. 公路、交通要道
名詞複數 highways
同 highroad 公路、大道
家族字彙
- highway
- high **adj.** 高的

英中　學測

hinder ['hɪndə]

v. 阻礙、妨礙
動詞變化 hindered; hindered;
hindering
同 obstruct 阻礙、阻止
家族字彙
- hinder
- hindrance **n.** 妨礙、阻礙
- hindermost **adj.** 最後面的

英初　國20　會考

hint [hɪnt]

n. 暗示、示意　**v.** 暗示
名詞複數 hints
動詞變化 hinted; hinted; hintting
同 implication 暗示、含意

| 英初 | 國12 | 會考 |

hip [hɪp]

n. 臀部、髖部
名詞複數 hips
同 buttocks 臀部

| 英初 | 國20 | 會考 |

historical [hɪsˈtɔrɪkl]

adj. 歷史（上）的、史學的
同 historic 有歷史意義的
家族字彙
┌historical
├history **n.** 歷史
├historied **adj.** 有歷史的
└historicity **n.** 史實性

| 英初 | 國20 | 會考 |

hollow [ˈhɑlo]

adj. 空的、空虛的　**n.** 窪地、洞
名詞複數 hollows
同 vacant 空的、空虛的

| 英初 | 國20 | 會考 |

holy [ˈholɪ]

adj. 神聖的、神的
形容詞變化 more holy;
　　the most holy
同 sacred 神聖的

| 英初 | 國12 | 會考 |

honey [ˈhʌnɪ]

n. 蜂蜜、親愛的
名詞複數 honeys
同 darling 親愛的、可愛的人
家族字彙
┌honey
└honeyed **adj.** 多蜜的、甜如蜜的

| 英中 | 大4 | 學測 |

honorable [ˈɑnərəbl]

adj. 光榮的、榮譽的
形容詞變化 more honorable;
　　the most honorable
同 glorious 光榮的
反 disgraceful 可恥的、不光彩的
家族字彙
┌honorable
├honor **n.** 光榮、敬意、榮幸
└honorably **adv.** 光榮地、光明正大地

| 英中 | 大4 | 學測 |

hook [huk]

n. 鉤、鉤狀物　**v.** 鉤住、引（人）上鉤
名詞複數 hooks
動詞變化 hooked; hooked; hooking
同 hanger 掛鉤
家族字彙
┌hook
└hooked **adj.** 鉤形的、著迷的

| 英中 | 大4 | 學測 |

hopeful [ˈhopfəl]

adj. 有希望的、懷有希望的
形容詞變化 more hopeful;
　　the most hopeful
同 promising 有希望的、有前途的
家族字彙
┌hopeful
├hope **n.** / **v.** 希望、期望
└hopeless **adj.** 絕望的、沒有希望的

| 英中 | 學測 |

hopeless [ˈhoplɪs]

adj. 絕望的、沒有希望的
形容詞變化 more hopeless;
　　the most hopeless
同 desperate 絕望的
反 hopeful 有希望的
家族字彙
┌hopeless
├hope **n.** / **v.** 希望、期望
└hopeful **adj.** 有希望的、懷有希望的

A
B
C
D
E
F
G
H
I
J
K
L
M
N
O
P
Q
R
S
T
U
V
W
X
Y
Z

| 英中 | 大4 | 學測 |

horizon [həˈraɪzn̩]

n. 地平線、見識
名詞複數 horizons
同 landline 地平線
家族字彙
- horizon
- horizontal **adj.** 地平的、水準的

🎧 | **MP3** | Track 240 | ⬇

| 英中 | 大5 | 學測 |

horizontal [ˌhɑrəˈzɑntl̩]

adj. 地平的、水準的
同 level 平的
家族字彙
- horizontal
- horizon **n.** 地平線、眼界、見識

| 英初 | 國20 | 會考 |

horn [hɔrn]

n. 喇叭、警報器
名詞複數 horns
同 loudspeaker 擴音器、喇叭

| 英初 | 國20 | 會考 |

horrible [ˈhɑrəbl̩]

adj. 可怕的、糟透的
形容詞變化 more grateful;
the most grateful
同 terrible 可怕的、糟糕的
反 excellent 極好的、傑出的
家族字彙
- horrible
- horror **n.** 恐怖
- horribly **adv.** 恐怖地

| 英初 | 國20 | 會考 |

horror [ˈhɑrə]

n. 恐怖、憎惡
名詞複數 horrors
同 terror 恐怖
家族字彙
- horror
- horribly **adv.** 恐怖地
- horrible **adj.** 可怕的、糟透的

| 英中 | 學測 |

horsepower [ˈhɔrsˌpaʊə]

n. 馬力
名詞複數 horsepowers
家族字彙
- horsepower
- horse **n.** 馬

🎧 | **MP3** | Track 241 | ⬇

| 英中 | 大4 | 學測 |

host [host]

n. 主人、節目主持人
名詞複數 hosts
同 master 主人、大師
家族字彙
- host
- hostess **n.** 女主人、旅館女老闆

| 英中 | 大5 | 學測 |

hostile [ˈhɑstɪl]

adj. 敵對的、敵意的
形容詞變化 more hostile;
the most hostile
同 opponent 敵對的、反對的
反 friendly 友好的

| 英中 | 大4 | 學測 |

household [ˈhaʊsˌhold]

n. 家庭、戶　　**adj.** 家庭的、家用的
名詞複數 households
同 familial 家族的、家庭的
家族字彙
- household
- house **n.** 房子、房屋

| 英中 | 大4 | 學測 |

housewife [ˈhaʊsˌwaɪf]

n. 家庭主婦
名詞複數 housewives

英初 大5 學測

housing [ˈhauzɪŋ]

n. 房屋、住宅
名詞複數 housings
同 building 房屋、建築
家族字彙
┌housing
└house **n.** 房屋

🎧 | **MP3** | Track 242 | ⬇

英中 大4 學測

humanity [hjuˈmænətɪ]

n. 人類、人
名詞複數 humanities
同 mankind 人類
家族字彙
┌humanity
├humane **adj.** 仁慈的
└human **adj.** 人類的、有人情的、好心
　　　　腸的

英初 國12 會考

humble [ˈhʌmbḷ]

adj. 謙遜的、謙虛的
v. 使謙恭、使卑下
動詞變化 humbled; humbled;
　　　　humbling
形容詞變化 humbler; the humblest
同 modest 謙遜的、適度的
反 cocky 驕傲的、太過自信的
家族字彙
┌humble
├humbleness **n.** 謙遜
└humbly **adv.** 謙遜地

英初 國12 會考

humo(u)r [ˈhjumɚ]

n. 幽默、詼諧
名詞複數 humo(u)rs
同 waggery 滑稽、詼諧
家族字彙
┌humo(u)r
└humorous **adj.** 幽默的、詼諧的

英初 國20 會考

humorous [ˈhjumərəs]

adj. 幽默的、詼諧的
形容詞變化 more humorous;
　　　　the most humorous
同 facetious 玩笑的
家族字彙
┌humorous
└humor **n.** 幽默、詼諧、情緒、心境

英初 國20 會考

hut [hʌt]

n. 小屋、棚屋
名詞複數 huts
同 lodge 小屋

🎧 | **MP3** | Track 243 | ⬇

英中 大4 會考

hydrogen [ˈhaɪdrədʒən]

n. 氫氣
名詞複數 hydrogens

A
B
C
D
E
F
G
H
I
J
K
L
M
N
O
P
Q
R
S
T
U
V
W
X
Y
Z

Ii

🎧 | **MP3** | Track 244 | ⬇

英初　國20　會考

ideal [aɪˋdiəl]

adj. 理想的、完滿的
n. 理想、理想的東西（或人）
名詞複數 ideals
同 perfect 完美的
反 real 現實的、實際的
家族字彙
┌ideal
├ideally **adv.** 理想地、完美地
└idealist **n.** 理想主義者

英中　大4　會考

identical [aɪˋdɛntɪkl̩]

adj. 相等的、同一的
同 same 同一的、同樣的
反 different 不同的
家族字彙
┌identical
└identically **adv.** 同一地、相等地

英中　大4　會考

identify [aɪˋdɛntəˏfaɪ]

v. 認出、鑒定
動詞變化 identified; identified;
　　　　　identifying
同 recognize 認出、識別、認定
家族字彙
┌identify
├identifiable **adj.** 可識別的
└identification **n.** 認出、鑒定

英初　國20　會考

identity [aɪˋdɛntətɪ]

n. 身份、個性
名詞複數 identities
同 personality 個性、人格

英中　大4　會考

idle [ˋaɪdl̩]

adj. 懶散的、無所事事的
v. 懶散、無所事事
動詞變化 idled; idled; idling
形容詞變化 idler; the idlest
同 lazy 懶惰的、怠惰的
反 diligent 勤勉的、勤奮的
家族字彙
┌idle
├idly **adv.** 懶惰地、無益地
├idleness **n.** 懶惰、安逸
└idler **n.** 懶惰者、遊手好閒的人

英初　國20　會考

ignorance [ˋɪgnərəns]

n. 無知、愚昧
同 innocent 無知的、不懂事的
家族字彙
┌ignorance
├ignore **v.** 不顧、不理會
└ignorant **adj.** 無知識的、幼稚的

英中　大4　會考

ignorant [ˋɪgnərənt]

adj. 不知道的、無知的
形容詞變化 more ignorant;
　　　　　the most ignorant
同 uneducated 沒受教育的、無知的
反 learned 有學問的
家族字彙
┌ignorant
├ignorantly **adv.** 無知地、不學無術地
├ignorance **n.** 無知、不知
└ignore **v.** 不顧、不理會

英初　國12　會考

ignore [ɪgˋnor]

v. 不理睬、忽視
動詞變化 ignored; ignored; ignoring
同 overlook 忽視、忽略
家族字彙
┌ignore
├ignorance **n.** 無知、不知
├ignorant **adj.** 無知識的、幼稚的

英中	學測

illegal [ɪˋligl̩]

adj. 不合法的、非法的
同 unlawful 非法的
反 legal 法律的、合法的

家族字彙

- illegal
- illegally **adv.** 不法地
- illegality **n.** 違法、不法行為

🎧 | **MP3** | Track 245 | ⬇

英中	大6	學測

illusion [ɪˋljuʒən]

n. 幻想、錯覺
名詞複數 illusions
同 delusion 錯覺
反 disillusion 醒悟、理想破滅

家族字彙

- illusion
- illusory **adj.** 產生幻覺的、錯覺的
- illusionist **n.** 幻覺論者、幻覺派的藝術家

英中	大4	學測

illustrate [ˋɪləstret]

v. 說明、闡明
動詞變化 illustrated; illustrated; illustrating
同 clarify （使某事物）清楚易懂

家族字彙

- illustrate
- illustrative **adj.** 說明的、做例證的
- illustration **n.** 例證、插圖
- illustrator **n.** 插圖畫家、圖解者

英中	大4	學測

illustration [ɪ͵lʌsˋtreʃən]

n. 說明、例證
名詞複數 illustrations
同 example 例子

家族字彙

- illustration
- illustrate **v.** 舉例說明、闡明
- illustrative **adj.** 說明的、做例證的

英初	國20	會考

image [ˋɪmɪdʒ]

n. 形象、聲譽
名詞複數 images
同 appearance 外表、外貌、外觀

家族字彙

- image
- imagery **n.** 肖像、雕刻、比喻

英中	大4	學測

imaginary [ɪˋmædʒə͵nɛrɪ]

adj. 想像中的、假想的
形容詞變化 more imaginary; the most imaginary
同 fanciful 想像的
反 actual 實際的、真實的

家族字彙

- imaginary
- imagine **v.** 想像、猜想

🎧 | **MP3** | Track 246 | ⬇

英初	國20	會考

imagination
[ɪ͵mædʒəˋneʃən]

n. 想像、想像力、空想
名詞複數 imaginations
同 fantasy 想像、幻想

家族字彙

- imagination
- imagine **v.** 想像、猜想
- imaginative **adj.** 想像的、虛構的

英中	大4	會考

imitate [ˋɪmə͵tet]

v. 模仿、仿效
動詞變化 imitated; imitated; imitating
同 emulate 模仿

家族字彙

- imitate
- imitative **adj.** 模仿的、偽造的
- imitator **n.** 模仿者、仿效者
- imitation **n.** 模仿、冒充、效法

A
B
C
D
E
F
G
H
I
J
K
L
M
N
O
P
Q
R
S
T
U
V
W
X
Y
Z

immense [ɪˋmɛns]

adj. 廣大的、巨大的

形容詞變化 more immense; the most immense

同 enormous 巨大的、龐大的

反 finite 有限的、有限制的、有限度的

家族字彙

─immense
─immensely **adv.** 極大地、無限地
─immensity **n.** 巨大、廣大

---

immigrant [ˋɪməgrənt]

n. 移民、僑民

名詞複數 immigrants

反 emigrant （由本國移居他國的）移民、移居者

家族字彙

─immigrant
─immigrate **v.** 移來、使移居入境

---

immune [ɪˋmjun]

adj. 免疫的、有免疫力的

同 resistant 抵抗的、防……的、抗……的

家族字彙

─immune
─immunity **n.** 免疫、免疫性
─immunize **v.** 使免疫、賦予免疫性

🎧 | **MP3** | Track 247 | ⬇

---

impact [ˋɪmpækt]

n. / **v.** 衝擊、碰撞

名詞複數 impacts

動詞變化 impacted; impacted; impacting

同 crash 碰撞、撞擊聲

家族字彙

─impact
─impacted **adj.** 壓緊的、結實的
─impactful **adj.** 有效的、有衝擊力的
─impactor **n.** 衝擊器

---

impatient [ɪmˋpeʃənt]

adj. 不耐煩的、急躁的

形容詞變化 more impatient; the most impatient

同 anxious 擔心的、掛念的

反 patient 有耐心的

家族字彙

─impatient
─impatiently **adv.** 不耐煩地、焦急地
─impatience **n.** 性急、焦急

---

imperial [ɪmˋpɪrɪəl]

adj. 帝國的、帝王的

同 regal 帝王的、王室的

家族字彙

─imperial
─imperialism **n.** 帝國主義、帝制
─imperialist **n.** 帝國主義者、皇帝派的人、帝制主義者

---

implement [ˋɪmpləmənt]

v. 使生效、履行 **n.** 工具、器具

名詞複數 implements

動詞變化 implemented; implemented; implementing

同 tool 工具、用具

家族字彙

─implement
─implementation **n.** 履行、完成
─implementor **n.** 實現者、執行者

---

implication [͵ɪmplɪˋkeʃən]

n. 含意、暗示

名詞複數 implications

同 intention 意圖、意思、含義

家族字彙

─implication
─imply **v.** 暗示、意味
─implied **adj.** 含著的

🎧 | **MP3** | Track 248 | ⬇

英中　大6　學測

implicit [ɪmˋplɪsɪt]

adj. 含蓄的、不講明的
反 explicit 明確的

家族字彙
- implicit
- implicitly **adv.** 含蓄地、暗示地
- implicity **n.** 不懷疑

英中　大4　學測

imply [ɪmˋplaɪ]

v. 暗示、含有……的意思
動詞變化 implied; implied; implying
同 hint 暗示、示意

家族字彙
- imply
- implication **n.** 含意、暗示
- implied **adj.** 含蓄的
- impliedly **adv.** 隱含地

英初　國20　會考

import

[ˋɪmport] / [ɪmˋport]

n. 進口、輸入　**v.** 進口、輸入
名詞複數 imports
動詞變化 imported; imported; importing
同 introduce 引進
反 export 出口

家族字彙
- import
- importer **n.** 輸入者、進口商
- importation **n.** 進口、進口品

英中　大5　學測

impose [ɪmˋpoz]

v. 征（稅等）、處以（罰款、監禁等）
動詞變化 imposed; imposed; imposing
同 levy 徵稅

家族字彙
- impose
- imposing **adj.** 壯觀的、莊嚴的
- imposition **n.** 徵收、稅款、課稅

英初　國20　會考

impress [ɪmˋprɛs]

v. 給……深刻的印象、使銘記
動詞變化 impressed; impressed; impressing
同 imprint 印、壓印、牢記

家族字彙
- impress
- impressive **adj.** 印深刻象的
- impressively **adv.** 令人難忘地

🎧 | **MP3** | Track 249 | ⬇

英中　大4　學測

impression [ɪmˋprɛʃən]

n. 印象、壓痕
名詞複數 impressions
同 imprint 深刻的印象、痕跡、印記

家族字彙
- impression
- impressionable **adj.** 易受影響的
- impressionism **n.** 印象主義
- impressionist **n.** 印象主義者

英初　國20　會考

impressive [ɪmˋprɛsɪv]

adj. 印象深刻的
形容詞變化 more impressive; the most impressive
同 touching 動人的、感人的

家族字彙
- impressive
- impressively **adv.** 令人難忘地
- impress **v.** 使有印象、銘刻

英初　國12　會考

improvement
[ɪmˋpruvmənt]

n. 改進、增進
名詞複數 improvements
反 deterioration 惡化、退化

家族字彙
- improvement
- improve **v.** 改良、利用、改善

impulse [ˋɪmpʌls]

n. 衝動、一時的念頭
名詞複數 impulses
同 urge 衝動、迫切的要求、推動力
家族字彙
- impulse
- impulsive **adj.** 衝動的、任性的
- impulsively **adv.** 衝動地

---

incidence [ˋɪnsədəns]

n. 發生率
家族字彙
- incidence
- incidental **adj.** 伴隨的
- incident **adj.** 附帶的、外來的、易於發生的

🎧 | **MP3** | Track 250 | ⬇

incident [ˋɪnsədənt]

n. 發生的事、事件
名詞複數 incidents
同 occurrence 發生、事件
家族字彙
- incident
- incidence **n.** 落下、發生率
- incidental **adj.** 伴隨的

---

incline [ɪnˋklaɪn] / [ˋɪnklaɪn]

v. （使）傾斜、（使）傾向於
n. 斜坡、斜面
名詞複數 inclines
動詞變化 inclined; inclined; inclining
同 tend 傾向、趨向
反 disincline 不感興趣、不願意
家族字彙
- incline
- inclination **n.** 傾向、傾斜度、意願
- inclined **adj.** 傾向的、傾斜的

increasingly [ɪnˋkrisɪŋlɪ]

adv. 日益、越來越多地
同 progressively 日益增加地
家族字彙
- increasingly
- increasing **adj.** 增長的、增加的
- increase **v.** 增加、加大

---

incredible [ɪnˋkrɛdəbḷ]

adj. 難以置信的、不可思議的
形容詞變化 more incredible;
the most incredible
同 unbelievable 難以置信的
反 credible 可信的、可靠的
家族字彙
- incredible
- incredibly **adv.** 難以置信地
- incredibility **n.** 不可信的事物

---

independence
[ˏɪndɪˋpɛndəns]

n. 獨立、自主
反 dependence 依賴、依存
家族字彙
- independence
- independent **adj.** 獨立自主的、不受約束的

🎧 | **MP3** | Track 251 | ⬇

independent
[ˏɪndɪˋpɛndənt]

adj. 獨立的、自主的
形容詞變化 more independent;
the most independent
同 self-reliant 依靠自己的、獨立的
反 dependent 依賴的、從屬的
家族字彙
- independent
- independence **n.** 獨立、自主

index ['ɪndɛks]
英中　大5　學測

n. 索引、標誌
v. 為……編索引、把……編入索引
名詞複數 indexes, indices
動詞變化 indexed; indexed; indexing
同 sign 記號、標誌
家族字彙
- index
- indexation **n.** 物價指數制
- indexical **adj.** 索引的
- indexer **n.** 分度器、編索引的人

indicate ['ɪndəˌket]
英初　國12　會考

v. 標示、指示
動詞變化 indicated; indicated; indicating
同 show 顯示
家族字彙
- indicate
- indicative **adj.** 指示的
- indicator **n.** 指示器、指示劑
- indication **n.** 指出、跡象、指示

indication [ˌɪndəˈkeʃən]
英中　大4　學測

n. 指示、表示
名詞複數 indications
同 token 標記、標誌、象徵
家族字彙
- indication
- indicate **v.** 指出、象徵、顯示
- indicative **adj.** 指示的
- indicator **n.** 指示器

indifferent [ɪn'dɪfərənt]
英中　大5　學測

adj. 冷漠的、不關心的
同 unconcerned 不關心的
反 concerned 關心的
家族字彙
- indifferent
- indifferently **adv.** 漠不關心地
- indifference **n.** 不重視、漠不關心

indirect [ˌɪndəˈrɛkt]
英中　學測

adj. 間接的、婉轉的
形容詞變化 more indirect;
　　　　　　the most indirect
同 devious 迂迴的、彎曲的
反 direct 直接的、坦白的
家族字彙
- indirect
- indirection **n.** 不坦率
- indirectly **adv.** 間接地、婉轉地
- indirectness **n.** 間接、迂迴

indispensable
[ˌɪndɪ'spɛnsəbl]
英中　大5　學測

adj. 必不可少的、必需的
同 necessary 必要的
反 dispensable 不是必要的、可有可無的
家族字彙
- indispensable
- indispensably **adv.** 不可缺少地
- indispensability **n.** 不可缺少

individual [ˌɪndəˈvɪdʒuəl]
英初　國20　會考

adj. 個人的、獨特的
n. 個人、個體
名詞複數 individuals
同 personal 個人的
反 general 普遍的
家族字彙
- individual
- individually **adv.** 個別地
- individualism **n.** 個人主義
- individualist **n.** 個人主義者

indoor ['ɪnˌdor]
英初　國20　會考

adj. （在）室內的、（在）戶內的
同 outdoor 戶外的、野外的
家族字彙
- indoor
- indoors **adv.** 在戶內

A B C D E F G H I J K L M N O P Q R S T U V W X Y Z

induce [ɪnˋdjʊs]

v. 引誘、勸
動詞變化 induced; induced; inducing
同 entice 引誘
家族字彙
- induce
- inducible **adj.** 可誘導的、可誘發的
- inducement **n.** 誘因、刺激物、動機

🎧 | **MP3** | Track 253 | ⬇

英初　國20　會考

industrial [ɪnˋdʌstrɪəl]

adj. 工業的、產業的
家族字彙
- industrial
- industrially **adv.** 企業地
- industry **n.** 工業、產業、企業
- industrialist **n.** 企業家

英中　大4　學測

industrialise
[ɪnˋdʌstrɪəˏlaɪz]

v. （使）工業化
動詞變化 industrialised;
industrialised;
industrialising
家族字彙
- industrialise
- industrialised **adj.** 工業化了的
- industrialisation **n.** 工業化、產業化

英學　大6　學測

inevitable [ɪnˋɛvətəbl̩]

adj. 不可避免的、必然（發生）的
同 unavoidable 不可避免的、不得
已的

家族字彙
- inevitable
- inevitably **adv.** 不可避免地、必然地
- inevitability **n.** 不可逃避、必然性

英中　大4　學測

infant [ˋɪnfənt]

n. 嬰兒、幼兒　**adj.** 嬰兒的、幼稚的
名詞複數 infants
同 baby 嬰孩
家族字彙
- infant
- infantile **adj.** 嬰兒的、初期的

英中　大4　學測

infect [ɪnˋfɛkt]

v. 感染、影響
動詞變化 infected; infected; infecting
同 communicate 傳染
家族字彙
- infect
- infected **adj.** 受感染的、受污染的
- infection **n.** 傳染、傳染病、影響
- infectious **adj.** 有傳染性的、有感染
力的、易傳染的

🎧 | **MP3** | Track 254 | ⬇

英中　大6　學測

infer [ɪnˋfɝ]

v. 推論、推斷
動詞變化 inferred; inferred; inferring
同 conclude 推斷、作結論
家族字彙
- infer
- inference **n.** 推論

英中　大6　學測

inference [ˋɪnfərəns]

n. 結論、推論
名詞複數 inferences
同 illation 推理、演繹、推論
家族字彙
- inference
- infer **v.** 推論出、推斷、作推論

英初 | 國20 | 會考

inferior [ɪnˈfɪrɪə]

adj. 劣等的、下級的　**n.** 下級、下屬
名詞複數 inferiors
同 subordinate 下級的
反 superior 上級的、上等的
家族字彙
```
┌inferior
└inferiority n. 劣勢、劣等、次級
```

英中 | 大5 | 學測

infinite [ˈɪnfənɪt]

adj. 無限的、無窮的
同 endless 無盡的、無窮盡的
反 finite 有限的、限定的
家族字彙
```
┌infinite
└infinitely adv. 無限地、無窮地
```

英中 | 大4 | 學測

inflation [ɪnˈfleʃən]

n. 通貨膨脹、（充氣而引起的）膨脹
反 deflation 通貨緊縮
家族字彙
```
┌inflation
├inflate v. 充氣、膨脹
└inflationary adj. 通貨膨脹的、通貨
　　　　　　　　　膨脹傾向的
```

🎧 | **MP3** | Track 255 | ⬇

英初 | 國12 | 會考

influence

[ˈɪnfluəns] / [ɪnˈfluəns]
n. 影響、影響力　**v.** 影響、支配
名詞複數 influences
動詞變化 influenced; influenced;
　　　　　　influencing
同 affect 影響
家族字彙
```
┌influence
└influential adj. 有影響的、有勢力的
```

英中 | 大4 | 學測

influential [͵ɪnfluˈɛnʃəl]

adj. 有影響的、有權勢的
形容詞變化 more influential;
　　　　　　　the most influential
同 powerful 權力大的、有勢力的
家族字彙
```
┌influential
├influence n. / v. 影響
├influent adj. 流入的
└influenza n. 流行性感冒
```

英初 | 國20 | 會考

inform [ɪnˈfɔrm]

v. 通知、報告
動詞變化 informed; informed;
　　　　　　informing
同 report 報告
家族字彙
```
┌inform
├informant n. 告密者
├informate v. 告知
├informatics n. 資訊學
├informed adj. 見多識廣的
├information n. 通知、報告
├informative adj. 情報的、見聞廣博的
└informer n. 密告者、通知的人、控
　　　　　　　告的人
```

英中 | 大4 | 學測

ingredient [ɪnˈgridɪənt]

n. （混合物的）組成部分、成分
名詞複數 ingredients
同 component 構成要素、成分

英中 | 大6 | 學測

inhabitant [ɪnˈhæbətənt]

n. 居民、住戶
名詞複數 inhabitants
同 habitant 居民、居住者
家族字彙
```
┌inhabitant
├inhabit v. 居住於、棲息、佔據
└inhabitable adj. 適於居住的
```

英中 | 大6 | 學測

inherent [ɪnˈhɪrənt]

adj. 固有的、生來就有的
同 natural 天生的
反 acquired 養成、學到
家族字彙
- inherent
- inherently **adv.** 天性地、固有地
- inhesion **n.** 天生

英中 | 大5 | 學測

inherit [ɪnˈhɛrɪt]

v. 繼承
動詞變化 inherited; inherited; inheriting
同 succeed 繼承
家族字彙
- inherit
- inheritable **adj.** 可繼承的
- inheritance **n.** 遺傳、遺產
- inheritor **n.** 繼承人、後繼者
- inheritress **n.** 女繼承人

英中 | 大4 | 學測

initial [ɪˈnɪʃəl]

adj. 開始的、最初的
n. （姓名等的）首字母
名詞複數 initials
同 beginning 初期的、最初的
家族字彙
- initial
- initially **adv.** 最初、開頭
- initiative **n.** 主動性
- initiate **v.** 開始

英中 | 大6 | 學測

initiative [ɪˈnɪʃətɪv]

n. 主動性、首創精神
名詞複數 initiatives
家族字彙
- initiative
- initial **n.** 首字母
- initially **adv.** 最初
- initiate **v.** 開始

英中 | 大6 | 學測

injection [ɪnˈdʒɛkʃən]

n. 注射、注入
名詞複數 injections
同 shot 注射
家族字彙
- injection
- inject **v.** 注射、注入

英初 | 國20 | 會考

injure [ˈɪndʒɚ]

v. 傷害、損傷
動詞變化 injured; injured; injuring
同 hurt 傷害、損害
家族字彙
- injure
- injured **adj.** 受損害的、受傷的
- injury **n.** 傷害、侮辱

英初 | 國20 | 會考

injury [ˈɪndʒərɪ]

n. 損害、傷害
名詞複數 injuries
同 hurt 傷害、損害、創傷
家族字彙
- injury
- injure **v.** 傷害、毀壞、損害
- injured **adj.** 受損害的、受傷的

英初 | 國20 | 會考

inn [ɪn]

n. 小旅館、小酒館
名詞複數 inns
同 tavern 客棧、酒店、酒館

英初 | 國20 | 會考

inner [ˈɪnɚ]

adj. 內部的、內心的
同 inside 內部的
反 outer 外部的、在外的

英初 | 國20 | 會考

innocent [ˈɪnəsn̩t]

adj. 清白的、無罪的
形容詞變化 more innocent;
the most innocent
同 sinless 無罪的、清白的
反 guilty 犯罪的、心虛的
家族字彙
- innocent
- innocently **adv.** 無罪地、純潔地
- innocence **n.** 無罪、天真無邪

🎧 | **MP3** | Track 258 | ⬇

英中 | 大4 | 學測

input [ˈɪnˌpʊt]

n. 輸入、投入 **v.** 把……輸入電腦
動詞變化 input, inputted;
input, inputted;
inputting

英中 | 大5 | 學測

inquire [ɪnˈkwaɪr]

v. 打聽、詢問
動詞變化 inquired; inquired;
inquiring
同 question 詢問、審問、訊問
反 answer 回答、答辯、答覆
家族字彙
- inquire
- inquiry **n.** 質詢、調查
- inquirer **n.** 探究者、調查者
- inquiring **adj.** 打聽的、懷疑的
- inquiringly **adv.** 好奇地、探詢地

英中 | 大6 | 學測

inquiry [ɪnˈkwaɪrɪ]

n. 打聽、詢問
名詞複數 inquiries
同 query 質問、詢問
家族字彙
- inquiry
- inquire **v.** 詢問、調查
- inquirer **n.** 探究者、調查者
- inquiring **adj.** 打聽的、懷疑的

英中 | 國12 | 會考

insect [ˈɪnsɛkt]

n. 昆蟲、蟲
名詞複數 insects
同 bug 昆蟲
家族字彙
- insect
- insectival **adj.** 昆蟲的、似昆蟲的

英中 | 大4 | 學測

insert [ɪnˈsɝt]

v. 插入、嵌入
動詞變化 inserted; inserted; inserting
同 inset 嵌入、插入
家族字彙
- insert
- insertion **n.** 插入、插入物、嵌入

🎧 | **MP3** | Track 259 | ⬇

英中 | 大6 | 學測

insight [ˈɪnˌsaɪt]

n. 洞察力、洞悉
名詞複數 insights
同 perception 悟性、洞察力
家族字彙
- insight
- insightful **adj.** 具洞察力的、有深刻
見解的

英初 | 國20 | 會考

inspect [ɪnˈspɛkt]

v. 檢查、視察
動詞變化 inspected; inspected;
inspecting
同 examine 檢查、調查、審查
家族字彙
- inspect
- inspection **n.** 檢查、視察
- inspector **n.** 檢查員、巡視員
- inspective **adj.** 檢查的、留神的、注
意的

inspire [ɪnˈspaɪr]

v. 鼓舞、激起

動詞變化 inspired; inspired; inspiring

同 encourage 鼓舞、激勵

家族字彙
- inspire
- inspiration **n.** 靈感、妙計
- inspirator **n.** 鼓舞者、激勵者
- inspired **adj.** 有靈感的、得到啟示的
- inspirer **n.** 鼓舞
- inspiring **adj.** 激勵人心的
- inspiringly **adv.** 鼓舞地

---

install [ɪnˈstɔl]

v. 安裝、設置

動詞變化 installed; installed; installing

同 set 安置、安裝、放置

家族字彙
- install
- installment **n.** 分期付款
- installation **n.** 安裝、就職、裝置

---

installation [ɪnˈstɔlˈlæʃən]

n. 裝置、就職

名詞複數 installations

同 inauguration 就職、就職典禮

家族字彙
- installation
- install **v.** 安裝、使就職、安置
- installment **n.** 分期付款

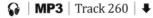

🎧 | **MP3** | Track 260 | ⬇

instance [ˈɪnstəns]

n. 例子、實例

名詞複數 instances

同 example 例子、實例

---

instant [ˈɪnstənt]

adj. 立即的、即刻的　**n.** 瞬間、頃刻

名詞複數 instants

同 immediate 立即的

家族字彙
- instant
- instancy **n.** 緊急
- instantaneity **n.** 立即
- instantaneous **adj.** 即時的
- instantly **adv.** 立即地、即刻地

---

instinct [ˈɪnstɪŋkt]

n. 本能、直覺

名詞複數 instincts

同 intuition 直覺

家族字彙
- instinct
- instinctively **adv.** 本能地、憑直覺地
- instinctive **adj.** 本能的、直覺的

---

institute [ˈɪnstətjut]

n. 學會、研究所　**v.** 建立、設立

名詞複數 institutes

動詞變化 instituted; instituted; instituting

同 establish 建立、制定、確立

家族字彙
- institute
- institutor **n.** 創立者、制定者

---

institution [ˌɪnstəˈtjuʃən]

n. 制度、習俗

名詞複數 institutions

同 convention 習俗

家族字彙
- institution
- institutional **adj.** 制度的、學會的
- institutionalized **adj.** 被確立的
- institutionalize **v.** 使制度化、使約定俗成

| 英中 | 大4 | 學測 |

instruct [ɪn`strʌkt]

v. 指示、命令

動詞變化 instructed; instructed; instructing

同 guide 指導、管理

家族字彙
- instruct
- instruction **n.** 指示、教育
- instructive **adj.** 有益的、教育性的
- instructively **adv.** 教育地、有益地
- instructional **adj.** 教學的
- instructor **n.** 教練、指導者、教師、講師、指導書

| 英初 | 國12 | 會考 |

instrument [`ɪnstrəmənt]

n. 儀器、器械

名詞複數 instruments

同 apparatus 儀器、器械、裝置

家族字彙
- instrument
- instrumental **adj.** 儀器的
- instrumentality **n.** 工具
- instrumentally **adv.** 有助益地
- instrumentalist **n.** 樂器演奏家、工具主義者

| 英中 | 大4 | 學測 |

insult [`ɪnsʌlt]

v. 侮辱 **n.** 侮辱、凌辱

名詞複數 insults

動詞變化 insulted; insulted; insulting

同 humiliate 羞辱、使丟臉

反 respect 尊敬、敬重

家族字彙
- insult
- insulting **adj.** 侮辱的、無禮的
- insultingly **adv.** 侮辱地、無禮地、羞辱地

| 英中 | 大4 | 學測 |

insurance [ɪn`ʃurəns]

n. 保險、保險金

名詞複數 insurances

同 assurance 保險

家族字彙
- insurance
- insure **v.** 保險、投保險
- insurer **n.** 保險公司
- insured **adj.** 已投保的

| 英中 | 大5 | 學測 |

insure [ɪn`ʃur]

v. 保證、確保

動詞變化 insured; insured; insuring

同 assure 向……保證、擔保、使確定

家族字彙
- insure
- insurance **n.** 保險、保險費、保險業
- insurer **n.** 保險公司
- insured **adj.** 已投保的

| 英中 | 大6 | 學測 |

intact [ɪn`tækt]

adj. 完整無缺的、未經觸動的

同 whole 完整的、完全的

家族字彙
- intact
- intactness **n.** 完整無缺、未受損傷

| 英中 | 大6 | 學測 |

integrate [`ɪntə,gret]

v. 成為一體、合併

動詞變化 integrated; integrated; integrating

同 merge 使合併、使同化、使融合

家族字彙
- integrate
- integrated **adj.** 綜合的、完整的
- integration **n.** 整合、集成、完成

A B C D E F G H I J K L M N O P Q R S T U V W X Y Z

英中 ｜ 大4 ｜ 學測

intellectual [ˌɪntḷˈɛktʃʊəl]

adj. 智力的、善於思維的
n. 知識份子
名詞複數 intellectuals
反 ignorant 無知識的、不知道的
家族字彙
- intellectual
- intellectually **adv.** 智力上
- intellect **n.** 智力、知識份子、理解力

英中 ｜ 大4 ｜ 學測

intelligence
[ɪnˈtɛlədʒəns]

n. 智力、智慧
同 intellect 智力、知識份子、理解力
家族字彙
- intelligence
- intelligently **adv.** 聰明地、明智地
- intelligent **adj.** 聰明的、有才智的、伶俐的

英中 ｜ 大4 ｜ 學測

intelligent [ɪnˈtɛlədʒənt]

adj. 聰明的、有才智的
形容詞變化 more intelligent;
the most intelligent
同 bright 聰明的
反 silly 愚蠢的
家族字彙
- intelligent
- intelligently **adv.** 聰明地、明智地
- intelligence **n.** 智力、智慧、聰明

🎧 ｜ **MP3** ｜ Track 263 ｜ ⬇

英中 ｜ 大4 ｜ 學測

intend [ɪnˈtɛnd]

v. 想要、計畫
動詞變化 intended; intended;
intending
同 plan 計畫、打算
家族字彙
- intend
- intended **adj.** 有意的、已訂婚的

英中 ｜ 大4 ｜ 學測

intense [ɪnˈtɛns]

adj. 強烈的、劇烈的
形容詞變化 more intense; intenser;
the most intense;
the intensest
同 fierce 熱烈的、猛烈的
反 faint 微弱的、無力的
家族字彙
- intense
- intensely **adv.** 激烈地、熱情地
- intensity **n.** 強烈、強度、緊張

英中 ｜ 大4 ｜ 學測

intensify [ɪnˈtɛnsəˌfaɪ]

v. 增強、加劇
動詞變化 intensified; intensified;
intensifying
同 reinforce 加強、增加
反 relieve 減輕、解除
家族字彙
- intensify
- intensification **n.** 增強、強化、加緊、加劇

英中 ｜ 大4 ｜ 學測

intensity [ɪnˈtɛnsətɪ]

n. 強烈、劇烈
同 vehemence 激烈、猛烈、熱烈
家族字彙
- intensity
- intensely **adv.** 激烈地、熱情地
- intense **adj.** 非常的、緊張的、強烈的

英中 ｜ 大4 ｜ 學測

intensive [ɪnˈtɛnsɪv]

adj. 加強的、集中的
反 extensive 多方面的、廣泛的
家族字彙
- intensive
- intensively **adv.** 強烈地、集中地

🎧 ｜ **MP3** ｜ Track 264 ｜ ⬇

英中 | 大4 | 學測

intention [ɪnˋtɛnʃən]

n. 意圖、意向
名詞複數 intentions
同 purpose 目的、意圖
家族字彙
- intention
- intentional **adj.** 企圖的、策劃的
- intentionally **adv.** 有意地、故意地
- intentioned **adj.** 有……企圖的

英中 | 大4 | 學測

interaction [ˌɪntəˋrækʃən]

n. 相互作用、相互影響
名詞複數 interactions
同 interplay 相互作用、相互影響
家族字彙
- interaction
- interact **v.** 互動、互相影響
- interactive **adj.** 相互作用的
- interactional **adj.** 相互影響的

英中 | 大4 | 學測

interfere [ˌɪntəˋfɪr]

v. 干涉、介入
動詞變化 interfered; interfered; interfering
同 intervene 插入、干涉
家族字彙
- interfere
- interference **n.** 衝突、干涉
- interfering **adj.** 妨礙的
- interferon **adj.** 干擾素

英中 | 大5 | 學測

interference
[ˌɪntəˋfɪrəns]

n. 干涉、干擾
名詞複數 interferences
反 noninterference 不干擾
家族字彙
- interference
- interfere **v.** 妨礙、抵觸、介入
- interferential **adj.** 干涉的、干擾的

英中 | 大5 | 學測

interior [ɪnˋtɪrɪə]

n. 內部、內地 **adj.** 內部的、內地的
名詞複數 interiors
同 inside 內部的
反 exterior 外部的、外在的
家族字彙
- interior
- interiorly **adv.** 在內部、在國內
- interiority **n.** 內部、內在性

🎧 | **MP3** | Track 265 | ⬇

英中 | 大4 | 學測

intermediate
[ˌɪntəˋmidɪət]

adj. 中間的、中級的
同 middle 中間的
家族字彙
- intermediate
- intermediately **adv.** 在中間
- intermediator **n.** 中間人

英初 | 國20 | 會考

internal [ɪnˋtɝnḷ]

adj. 內部的、內政的
同 inner 內部的、內心的
反 external 外部的、客觀的
家族字彙
- internal
- internally **adv.** 國內地、在內在地
- internalize **v.** 使內在化
- internality **n.** 內在、內在性

英中 | 大4 | 學測

interpret [ɪnˋtɝprɪt]

v. 口譯、解釋
動詞變化 interpreted; interpreted; interpreting
同 explain 解釋、闡明
家族字彙
- interpret
- interpretation **n.** 解釋、翻譯、演出
- interpreter **n.** 口譯員、解釋者
- interpretative **adj.** 作為解釋的

interpretation
[ɪn͵tɝprɪˋteʃən]

n. 解釋、口譯
名詞複數 interpretations
同 explanation 解釋、說明、解說
家族字彙
- interpretation
- interpret **v.** 解釋、詮釋
- interpreter **n.** 口譯員、解釋者
- interpretative **adj.** 作為解釋的

interrupt [͵ɪntəˋrʌpt]

v. 打斷、打擾
動詞變化 interrupted; interrupted; interrupting
同 interfere 妨礙、介入
家族字彙
- interrupt
- interruption **n.** 中止、阻礙、干擾
- interrupter **n.** 打斷者、斷流器

🎧 | **MP3** | Track 266 | ⬇

interval [ˋɪntəvl̩]

n. 間隔、中間休息
名詞複數 intervals
同 break 間隔、中間休息
家族字彙
- interval
- intervallic **adj.** 間隙的

interview [ˋɪntəˏvju]

n. 接見、面試 **v.** 面試、會見
名詞複數 interviews
動詞變化 interviewed; interviewed; interviewing
家族字彙
- interview
- interviewee **n.** 被接見者、被訪問者
- interviewer **n.** 接見者、採訪者

intimate [ˋɪntəmɪt]

adj. 親密的、私人的 **v.** 暗示、提示
n. 至交、密友
名詞複數 intimates
動詞變化 intimated; intimated; intimating
同 close 親密的、親近的
家族字彙
- intimate
- intimation **n.** 暗示、通知
- intimacy **n.** 親密、親膩行為
- intimately **adv.** 熟悉地、私下地、秘密地

intimidate [ɪnˋtɪməˏdet]

v. 恐嚇、威脅
動詞變化 intimidated; intimidated; intimidating
同 bully 威嚇、脅迫
家族字彙
- intimidate
- intimidated **adj.** 害怕的
- intimidator **n.** 脅迫者
- intimidation **n.** 恫嚇、恐嚇、脅迫
- intimidating **adj.** 令人生畏的
- intimidator **n.** 威嚇者、脅迫者

introduction
[͵ɪntrəˋdʌkʃən]

n. 介紹、引進
名詞複數 introductions
家族字彙
- introduction
- introduce **v.** 介紹、引進、傳入
- introductory **adj.** 介紹性的、前言的

🎧 | **MP3** | Track 267 | ⬇

英中　大4　學測

invade [ɪnˋved]

v. 侵入、侵略
動詞變化 invaded; invaded; invading
同 intrude 侵入
家族字彙
- invade
- invasion **n.** 侵犯、侵入
- invasive **adj.** 攻擊性的、侵略性的
- invader **n.** 入侵者、侵入物

英中　大4　學測

invasion [ɪnˋveʒən]

n. 入侵、侵略
名詞複數 invasions
同 intrusion 闖入、侵擾
家族字彙
- invasion
- invade **v.** 侵略、擁擠、侵襲
- invasive **adj.** 攻擊性的、侵略性的
- invader **n.** 攻擊者、侵入物

英初　國12　會考

invent [ɪnˋvɛnt]

v. 發明、創造
名詞複數 invented; invented; inventing
同 originate 發明、創作
反 imitate 模仿、效法
家族字彙
- invent
- invention **n.** 發明、創作能力
- inventive **adj.** 善於創造的、發明的
- inventor **n.** 發明家

英中　大4　學測

invention [ɪnˋvɛnʃən]

n. 發明、創造
名詞複數 inventions
同 creation 創造、創作
家族字彙
- invention
- invent **v.** 發明、虛構、創作
- inventive **adj.** 善於創造的、發明的
- inventor **n.** 發明家

英中　大4　學測

invest [ɪnˋvɛst]

v. 投資、投入（時間、精力等）
動詞變化 invested; invested; investing
同 fund 提供資金
家族字彙
- invest
- investment **n.** 投資、可獲利的東西
- investor **n.** 投資者、出資者

🎧 | **MP3** | Track 268 | ⬇

英初　國20　會考

investigate [ɪnˋvɛstəˌget]

v. 調查、詳細研究
動詞變化 investigated; investigated; investigating
同 survey 調查、審視
家族字彙
- investigate
- investigation **n.** 調查、研究
- investigative **adj.** 研究的、調查的
- investigator **n.** 調查者、研究者
- investigatory **adj.** 調查的、審查的

英中　大4　學測

investment [ɪnˋvɛstmənt]

n. 投資、投資額
名詞複數 investments
家族字彙
- investment
- invest **v.** 投資、花費
- investor **n.** 投資者、出資者

英中　學測

invisible [ɪnˋvɪzəbl̩]

adj. 看不見的、無形的
反 visible 看得見的、顯然的
家族字彙
- invisible
- invisibly **adv.** 看不見地、無形地
- invisibility **n.** 看不清、難看見

invitation [ˌɪnvəˋteʃən]

n. 邀請、吸引
名詞複數 invitations
同 attraction 吸引、吸引人的事物
家族字彙
- invitation
- invitee **n.** 被邀者
- inviting **adj.** 誘人的
- invite **v.** 邀請、請求、徵求

involve [ɪnˋvɑlv]

v. 包含、使捲入
動詞變化 involved; involved; involving
同 embroil 使捲入、使糾纏、牽連
家族字彙
- involve
- involved **adj.** 有關的、牽扯在內的
- involvement **n.** 連累、包含

🎧 | **MP3** | Track 269 | ⬇

inward [ˋɪnwəd]

adj. 內心的、裡面的　**adv.** 向內
同 outward 外面的、向外
家族字彙
- inward
- inwardly **adv.** 在內部、在內側
- inwardness **n.** 內在性質、親密

isolate [ˋaɪsḷͺet]

v. 使隔離、使孤立
動詞變化 isolated; isolated; isolating
同 separate 使分離、使分開
家族字彙
- isolate
- isolation **n.** 隔絕、隔離、孤立
- isolated **adj.** 孤立的、隔離的、分離的

issue [ˋɪʃʊ]

n. 問題、爭論點　**v.** 頒佈、發行
名詞複數 issues
動詞變化 issued; issued; issuing
同 publication 出版、發行
家族字彙
- issue
- issue **v.** 發行、造成……結果
- issuer **n.** 發行人、發行者

item [ˋaɪtəm]

n. 條款、專案
名詞複數 items
同 article 專案、條款
家族字彙
- item
- itemize **v.** 分條列述、詳細列舉

Jj

英初 國20 會考

jail [dʒel]
n. 監獄、看守所　**v.** 監禁、拘留
名詞複數 jails
同 prison 監獄

🎧 | **MP3** | Track 270 | ⬇

英初 國1 會考

jam [dʒæm]
n. 果醬、擁擠　**v.** 將……塞進、堵塞
名詞複數 jams
動詞變化 jammed; jammed; jamming
同 stoppage 堵塞、停工

英初 國20 會考

jar [dʒɑr]
n. 罐子、廣口瓶
v. （使）感到不快、震動
名詞複數 jars
動詞變化 jarred; jarred; jarring
同 jug 大罐、壺

英初 國20 會考

jaw [dʒɔ]
n. 顎
名詞複數 jaws
同 jowl 顎骨

英初 國12 會考

jazz [dʒæz]
n. 爵士樂　**v.** 把……奏成爵士樂
動詞變化 jazzed; jazzed; jazzing
家族字彙
┌jazz
└jazzy **adj.** 吸引人的、花俏的

英初 國20 會考

jealous [ˈdʒɛləs]
adj. 妒忌的、猜忌的
形容詞變化 more jealous;
　　　　　　the most jealous
同 envious 妒忌的
家族字彙
┌jealous
└jealousy **n.** 妒忌、猜忌

🎧 | **MP3** | Track 271 | ⬇

英初 國12 會考

jeans [dʒinz]
n. 工作褲、牛仔褲
同 pants 褲子、長褲

英初 國20 會考

jet [dʒɛt]
n. 噴氣式飛機、噴氣發動機　**v.** 噴出
名詞複數 jets
家族字彙
┌jet
├jetliner **n.** 噴射客機
└jetport **n.** 噴射機場

英初 國20 會考

jewel [ˈdʒuəl]
n. 寶石、受珍視的人或物
名詞複數 jewels
同 gem 寶石、珍品
家族字彙
┌jewel
├jewellery **n.** 珠寶、首飾
└jewelry **n.** 珠寶（飾物）

英初 國12 會考

joint [dʒɔɪnt]
adj. 連接的、共同的　**n.** 關節、接頭
名詞複數 joints
家族字彙
┌joint
├jointed **adj.** 有接縫的
├jointer **n.** 從事接合的人
└jointless **adj.** 無接縫的

joke [dʒok]

n. 笑話、惡作劇　　**v.** 開玩笑
名詞複數 jokes
動詞變化 joked; joked; joking
同 jest 說笑、玩笑
家族字彙
┌joke
├joker **n.** 愛開玩笑的人
└jokey **adj.** 愛開玩笑的、詼諧的

🎧 | MP3 | Track 272 | ⬇

journal [ˈdʒɝnl̩]

n. 期刊、日記
名詞複數 journals
同 diary 日記、日記簿
家族字彙
┌journal
├journalism **n.** 新聞業、新聞工作
└journalist **n.** 新聞工作者、新聞記者

journalist [ˈdʒɝnl̩ɪst]

n. 新聞工作者、新聞記者
名詞複數 journalists
同 reporter
家族字彙
┌journalist
└journal **n.** 雜誌、期刊、日誌

judg(e)ment [ˈdʒʌdʒmənt]

n. 判決、判斷
名詞複數 judg(e)ments
同 decision 得到的結論、判斷
家族字彙
┌judgement
├judge **v.** 斷定、裁決、評定、審判
└judicial **adj.** 司法的、法庭的、審判的、公正的

jungle [ˈdʒʌŋgl̩]

n. 熱帶叢林、混亂而複雜的大量事物
名詞複數 jungles
同 forest 森林
家族字彙
┌jungle
└jungly **adj.** 熱帶叢林的、叢林居民的

junior [ˈdʒunjɚ]

adj. 年少的、資歷較淺的
形容詞變化 more junior; the most junior
同 youthful 年輕的、青年的
反 aged 年老的

🎧 | MP3 | Track 273 | ⬇

jury [ˈdʒʊrɪ]

n. 陪審團、評判委員會
名詞複數 juries
同 committee 委員會

justice [ˈdʒʌstɪs]

n. 正義、公正
名詞複數 justices
同 justness 公正、正當
反 injustice 不公正、不公正的行為
家族字彙
┌justice
└injustice **n.** 不公正、不公平

justify [ˈdʒʌstəˌfaɪ]

v. 證明……正當（或有理）、為……辯護
動詞變化 justified; justified; justifying
同 plead 辯護、懇求、提出藉口
家族字彙
┌justify
├justification **n.** 理由
└justifiable **adj.** 有理的、無可非議的

Kk

英中 大4 學測

keen [kin]

adj. 熱心的、渴望的
形容詞變化 keener; the keenest
同 ardent 熱心的、激烈的、熱情的
反 distant 冷淡的
家族字彙
- keen
- keener **n.** 哭喪者
- keenly **adv.** 敏銳地、強烈地

🎧 | **MP3** | Track 274 | ⬇

英初 國20 會考

kettle [ˈkɛtl̩]

n. 水壺
名詞複數 kettles
同 jug 大罐、壺
家族字彙
- kettle
- kettledrum **n.** 午後茶會

英初 國1 會考

kid [kɪd]

n. 小孩、年輕人
v. 戲弄、（與……）開玩笑
名詞複數 kids
動詞變化 kidded; kidded; kidding
同 child 小孩

英初 國12 會考

kindergarten
[ˈkɪndɚˌɡɑrtn̩]

n. 幼稚園
名詞複數 kindergartens
同 preschool 育幼院、幼稚園

英中 學測

kindness [ˈkaɪndnɪs]

n. 親切、仁慈
名詞複數 kindnesses
同 mercy 仁慈、恩惠
反 malice 惡意、怨恨
家族字彙
- kindness
- kind **n.** 種類
- kindly **adv.** 親切地

英初 國12 會考

kingdom [ˈkɪŋdəm]

n. 王國、領域
名詞複數 kingdoms
同 territory 領土、領域
家族字彙
- kingdom
- king **n.** 君主、國王

🎧 | **MP3** | Track 275 | ⬇

英初 國20 會考

kit [kɪt]

n. 成套工具、配套元件 **v.** 裝備
名詞複數 kits
動詞變化 kitted; kitted; kitting
同 instrument 工具、儀器、器械

英初 國20 會考

kneel [nil]

v. 跪
動詞變化 knelt; knelt; kneeling

英初 國20 會考

knot [nɑt]

n. 結、節疤
v. 把……打成結、把……結牢
名詞複數 knots
動詞變化 knotted; knotted; knotting
同 tie 結、打結
家族字彙
- knot
- knotty **adj.** 有節疤的、困難的

ö 【考點練習】

◎請根據題意，選出最適合的選項

01. When boiled, the white of the egg _____.
    A. stiffens   B. hardens   C. fastens   D. freezes

02. Every morning on his way to the office he would buy a
    newspaper and browse through the _____.
    A. headlines   B. headings   C. hearings   D. tops

03. The _____ of the murdered woman had not been
    established.
    A. identify   B. identity
    C. name   D. identification

04. I was _____ what happened.
    A. ignorant of   B. unknown to
    C. invisible   D. ignorance

05. Fred _____ the bag as his by telling what it contained inside.
    A. showed   B. said
    C. identified   D. recognized

06. In that car accident, he was a completely _____ bystander;
    but he was imprisoned for two weeks.
    A. harmless   B. innocent   C. guilty   D. harmful

07. We won't pay top prices for goods of _____ quality.
    A. cheap   B. second–hand C. inferior   D. infinite

08. At the crossing there is an arrow _____ the direction to the
    downtown.
    A. indicating   B. to indicate   C. indicated   D. dictating

09. The doctor X-rayed her to see if there were any _____ injuries.
    A. internal   B. inside   C. inward   D. invisible

10. I think it would be a _____ to tell him the bad news straight
    away.
    A. kind   B. kindness   C. mercy   D. nice

01. 答案為【B】。

含意「蛋熟了以後，蛋白會變硬。」harden（物體）由軟變硬；stiffen（身體的關節、部位由於寒冷或其他的原因）變得僵硬；fasten 綁牢、加固；freeze 冷凍、凍住。

02. 答案為【A】。

含意「每天早上他去上班的途中，他都會買一份報紙然後瀏覽一下頭條新聞。」headlines 頭版頭條新聞；heading 書籍等篇頁、章節上的標題；hearing 聽力、聽證會；top 頂端、頂部。

03. 答案為【B】。

含意「被害女子的身份還沒確認。」identity 身份；identify 辨認、識別；name 姓名；identification 辨認、識別。

04. 答案為【A】。

含意「我不清楚發生了什麼事。」be ignorant of 不知道、不清楚；be unknown to 不出名的、毫無名氣的；invisible 無形的、看不見的；ignorance 無知、愚昧。

05. 答案為【C】。

含意「佛瑞德從包包的內容物認出那是他的包包。」identify 辨認出、鑑別出，強調通過指出某物的內在特徵而認出；show 展示、顯示；say 說；recognize 根據人或物的外表辨認出。

06. 答案為【B】。

含意「在那場車禍中，他完全是一個無辜的旁觀者，卻入獄兩個禮拜。」innocent 無辜的、無罪的；harmless 無害的、不會給別人造成傷害的；guilty 有罪的、內疚的；harmful 有害的、不利於別人的。

07. 答案為【C】。

含意「我們不會付高價買次等貨。」inferior 次的、劣等的；cheap 便宜的；second-hand 二手的、舊的；infinite 無限的、無窮的。

08. 答案為【A】。

含意「十字路口有一個箭頭指示往市區的方向。」indicating 指示，現在分詞作定語；dictate 口述、命令。

09. 答案為【A】。

含意「醫生幫她照 X 光看是否有受內傷。」internal 體內的、內部的；inside 裡面的、在……裡面；inward 內在的、內向的；invisible 看不見的、隱形的。

10. 答案為【B】。

含意「我想直接告訴他這個壞消息才是好的。」kindness 仁慈的行為；kind 和善的；nice 和善的、熱心的；mercy 憐憫、慈悲。

Ll

label [ˈlebl̩]
n. 標籤、標記
v. 貼標籤於、把……稱為
名詞複數 labels
動詞變化 labelled; labelled; labelling
同 tag 標籤、附屬物

英中 大4 學測

laboratory [ˈlæbrətorɪ]
n. 實驗室
名詞複數 laboratories
同 lab 實驗室

🎧 | MP3 | Track 276 | ⬇

英中 大5 學測

lad [læd]
n. 男孩、小夥子
名詞複數 lads
同 fellow 男子、傢伙

英中 大4 學測

lag [læg]
v. 走得慢、落後 **n.** 滯後、間隔
名詞複數 lags
動詞變化 lagged; lagged; lagging
反 precede 領先、在前面

英初 國1 會考

lamb [læm]
n. 羔羊、小羊
名詞複數 lambs
同 sheep 羊

英中 大5 學測

landlord [ˈlændˌlɔrd]
n. 地主、房東
名詞複數 landlords
同 host 主人

英中 大4 學測

landscape [ˈlænskep]
n. 風景、景色 **v.** 美化……的景觀
名詞複數 landscapes
動詞變化 landscaped; landscaped; landscaping
同 scenery 風景、背景

🎧 | MP3 | Track 277 | ⬇

英初 國12 會考

lane [len]
n. 小巷、車道
名詞複數 lanes
同 path 小路、小徑

英初 國12 會考

lap [læp]
n. （跑道的）一圈、（旅程的）一段
v. 舔、舔食
名詞複數 laps
動詞變化 lapped; lapped; lapping
同 lick 舔

英中 大4 學測

largely [ˈlɑrdʒlɪ]
adv. 大部分、主要地
同 mainly 主要地、大體上
家族字彙
　largely
　large **adj.** 大的、多的、眾多的

英中 大5 學測

laser [ˈlezɚ]
n. 雷射
名詞複數 lasers

英初 國20 會考

latter [ˈlætɚ]
n. 後者 **adj.** 後者的、後一半的
反 former 前者、以前的
家族字彙
┌latter
└later **adj.** 更遲的、後面的

🎧 | **MP3** | Track 278 | ⬇

英初 國20 會考

laughter [ˈlæftɚ]
n. 笑、笑聲
名詞複數 laughters
同 smile 微笑、笑容
反 cry 哭
家族字彙
┌laughter
└laugh **v.** 笑

英中 大4 學測

launch [lɔntʃ]
v. 發動、發起 **n.** 發射
名詞複數 launches
動詞變化 launched; launched;
launching
同 fire 射擊

英初 國20 會考

laundry [ˈlɔndrɪ]
n. 洗衣店、洗衣房
名詞複數 laundries
同 washhouse 洗衣房
家族字彙
┌laundry
├laundromat **n.** 自助洗衣店
└launder **v.** 洗滌

英中 學測

lavatory [ˈlævəˌtorɪ]
n. 廁所、盥洗室
名詞複數 lavatories
同 toilet 廁所、盥洗室

英初 國20 會考

lawn [lɔn]
n. 草地、草坪
名詞複數 lawns
同 meadow 草地

🎧 | **MP3** | Track 279 | ⬇

英中 大5 學測

layer [ˈleɚ]
n. 層次
名詞複數 layers
同 level 層
家族字彙
┌layer
└lay **v.** 置放、鋪、產（蛋、卵）、設置、
主張

英中 大6 學測

layout [ˈleˌaʊt]
n. 佈局、安排
名詞複數 layouts
同 arrangement 安排

英初 國1 會考

leader [ˈlidɚ]
n. 領袖、領導者
名詞複數 leaders
反 underling 部下、下屬
家族字彙
┌leader
├lead **v.** 帶路、領導、致使、通向
└leadership **n.** 領導、領導層

英初 國12 會考

leadership [ˈlidɚˌʃɪp]
n. 領導、領導層
名詞複數 leaderships
同 headship 領導者或主管人的地位
家族字彙
┌leadership
└lead **v.** 帶路、領導、致使、通向

leading [ˈlidɪŋ]

adj. 最重要的、主要的
同 premier 第一的、首位的
反 lesser 較少的、次要的
家族字彙
- leading
- lead **v.** 帶路、領導、致使、通向
- leader **n.** 領袖、領導者
- leadership **n.** 領導
- leaderless **adj.** 無領袖的

 | **MP3** | Track 280 ⬇

leak [lik]

v. 洩露、走漏 **n.** 漏洞、裂縫
名詞複數 leaks
動詞變化 leaked; leaked; leaking
同 hole 洞穴、漏洞
家族字彙
- leak
- leakage **n.** 滲漏、漏出
- leaker **n.** 透漏消息者

lean [lin]

n. 傾斜、傾斜度
adj. 瘦的、貧乏的
v. 傾斜、傾向
名詞複數 leans
動詞變化 leaned; leaned; leaning
形容詞變化 leaner; the leanest
同 incline 傾斜、斜坡

leap [lip]

v. 跳動、急速行動 **n.** 跳、跳躍
名詞複數 leaps
動詞變化 leaped; leaped; leaping
同 jump 跳躍、跳動、上漲
家族字彙
- leap
- leaper **n.** 跳躍的人
- leaping **n.** 跳躍

learning [ˈlɝnɪŋ]

n. 知識、學問
名詞複數 learnings
同 knowledge 知識、學問
家族字彙
- learning
- learn **v.** 學習、得知、瞭解
- learned **adj.** 有學問的、博學的
- learner **n.** 學習者

lease [lis]

n. 租約、租契 **v.** 出租、租得
名詞複數 leases
動詞變化 leased; leased; leasing
同 rent 出租、租用
家族字彙
- lease
- leasehold **n.** 租賃、租約、租賃權、租賃期

 | **MP3** | Track 281 ⬇

leather [ˈlɛðɚ]

n. 皮革、皮革製品
名詞複數 leathers
同 hide 獸皮
家族字彙
- leather
- leatherette **n.** 人造皮革
- leathern **adj.** 皮革製的
- leatheroid **n.** 人造皮革
- leathery **adj.** 似皮革的

legal [ˈligl]

adj. 合法的、法定的
同 legitimate 合法的、正當的
反 illegal 非法的
家族字彙
- legal
- legalize **v.** 合法化

英中 | 大5 | 學測

legislation [ˌlɛdʒɪsˈleʃən]

n. 法律、法規
名詞複數 legislations
同 lawmaking 立法
家族字彙
- legislation
- legislative **n.** 立法機構、立法權
- legislator **n.** 立法者
- legislature **n.** 立法機關

英初 | 國20 | 會考

leisure [ˈliʒɚ]

n. 閒暇、悠閒
名詞複數 leisures
同 idleness 閒散
家族字彙
- leisure
- leisured **adj.** 從容的
- leisurewear **n.** 便服
- leisurely **adv.** 從容地、慢慢地

英初 | 國12 | 會考

lemon [ˈlɛmən]

n. 檸檬黃、淡黃色
名詞複數 lemons
同 jasmine 茉莉、淡黃色
家族字彙
- lemon
- lemonade **n.** 檸檬水、汽水

🎧 | **MP3** | Track 282 | ⬇

英初 | 國20 | 會考

lens [lɛns]

n. 鏡頭、鏡片
名詞複數 lenses
同 eyeglass 鏡片

英中 | 大5 | 學測

lest [lɛst]

conj. 惟恐、免得

英中 | 大6 | 學測

liable [ˈlaɪəbl]

adj. 有法律責任的、有義務的
同 responsible 有責任的、可靠的
家族字彙
- liable
- liability **n.** 責任、債務、不利條件

英初 | 國20 | 會考

liberal [ˈlɪbərəl]

adj. 慷慨的、大方的
形容詞變化 more liberal;
the most liberal
同 generous 慷慨的、寬厚的
反 mean 吝嗇的
家族字彙
- liberal
- liberality **n.** 慷慨、心胸開闊

英中 | 大6 | 學測

liberate [ˈlɪbəˌret]

v. 解放、使獲自由
動詞變化 liberated; liberated;
liberating
同 release 釋放、解脫、放開
家族字彙
- liberate
- liberated **adj.** 無拘束的、放縱的
- liberation **n.** 解放

🎧 | **MP3** | Track 283 | ⬇

英初 | 國20 | 會考

liberty [ˈlɪbətɪ]

n. 自由、自由權
名詞複數 liberties
同 freedom 自由
家族字彙
- liberty
- liberal **adj.** 自由主義的
- liberalize **v.** 使自由化
- liberality **n.** 心胸寬闊
- liberally **adv.** 自由地

英初 國20 會考

librarian [laɪˋbrɛrɪən]

n. 圖書館館長或館員
名詞複數 librarians
家族字彙
- librarian
- library **n.** 圖書館、藏書室、藏書
- librarianship **n.** 圖書館事業

英中 大4 學測

licence [ˋlaɪsn̩s]

n. 許可證、執照
v. 給……發許可證、准許
名詞複數 licences
動詞變化 licenced; licenced; licencing
同 permit 許可證、執照
家族字彙
- licence
- license **n.** 許可
- licensable **adj.** 可獲許可的
- licensed **adj.** 得到許可的

英初 國12 會考

lick [lɪk]

v. 打敗、克服 **n.** 少量、少許
名詞複數 licks
動詞變化 licked; licked; licking
同 slightness 些微、少許
反 heap 大量、許多

英初 國12 會考

lid [lɪd]

n. 蓋、蓋子
名詞複數 lids
同 cover 封面、蓋子
家族字彙
- lid
- lidded **adj.** 加蓋的
- lidless **adj.** 無蓋的

英初 國12 會考

lightning [ˋlaɪtnɪŋ]

n. 閃電
名詞複數 lightnings
同 levin（古）閃電

英初 國1 會考

likely [ˋlaɪklɪ]

adj. 可能的、有希望的
adv. 可能
形容詞變化 more likely; the most likely
同 possible 可能的
反 impossible 不可能的
家族字彙
- likely
- like **v.** 喜歡

英中 大6 學測

likewise [ˋlaɪkˏwaɪz]

adv. 同樣地、照樣地
同 also 也、同樣地、而且

英初 國20 會考

limb [lɪm]

n. 肢、腿
名詞複數 limbs
同 leg 腿
家族字彙
- limb
- limber **adj.** 柔軟的、敏捷的

英中 大4 學測

limitation [ˏlɪməˋteʃən]

n. 限制、限度
名詞複數 limitations
同 restriction 限制、限定
家族字彙
- limitation
- limit **n.** 限度、限制
- limited **adj.** 有限的

英中	學測

limited [ˈlɪmɪtɪd]

adj. 有限的
形容詞變化 more limited;
the most limited
同 restricted 受限制的、有限的、保密的
家族字彙
- limited
- limit **n.** 限度、限制、範圍、極限
- limitless **adj.** 無限的

英中	大5	學測

limp [lɪmp]

adj. 軟弱的、無生氣的
v. 蹣跚、困難地航行
n. 跛行
名詞複數 limps
動詞變化 limped; limped; limping
形容詞變化 limper; the limpest
同 feeble 虛弱的、無力的
反 energetic 精力旺盛的、有力的

英初	國12	會考

link [lɪŋk]

v. 連接、聯繫 **n.** 聯繫、關係
名詞複數 links
動詞變化 linked; linked; linking
同 contact 接觸、聯繫

英初	國1	會考

lip [lɪp]

n. 邊、緣、嘴唇
名詞複數 lips
同 edge 邊、邊緣

英初	國12	會考

liquid [ˈlɪkwɪd]

n. 液體 **adj.** 清澈的、晶瑩的
名詞複數 liquids
同 clear 清澈的、透明的
反 solid 固體

英中	大4	學測

liquor [ˈlɪkə]

n. 酒、烈酒
名詞複數 liquors
同 wine 酒、葡萄酒
家族字彙
- liquor
- liquory **adj.** 烈酒所引起的

英中	大6	學測

liter [ˈlitə]

n. 一公升
名詞複數 liters

英中	大4	學測

literary [ˈlɪtəˌrɛrɪ]

adj. 文人的、書卷氣的
家族字彙
- literary
- literally **n.** 逐字地、照字面地、真正地、簡直

英中	大4	學測

literature [ˈlɪtərətʃə]

n. 文學、文獻
名詞複數 literatures
同 document 檔、文獻
家族字彙
- literature
- literary **adj.** 文人的
- literati **n.** 文人、學者（複數）
- literate **adj.** 有讀寫能力的、有文化修養的

英中	大6	學測

litre [ˈlitə]

n. 升
名詞複數 litres

A
B
C
D
E
F
G
H
I
J
K
L
M
N
O
P
Q
R
S
T
U
V
W
X
Y
Z

英初　國20　會考

liver ['lɪvɚ]

n. 肝
名詞複數 livers
同 hepar 肝
家族字彙
- liver
- liverish **adj.** 患肝病的、壞脾氣的

英初　國12　會考

loaf [lof]

n. 麵包　**v.** 遊蕩、閒逛
名詞複數 loaves
同 stroll 閒逛、漫步

英中　大4　學測

loan [lon]

n. 貸款、借　**v.** 借出、貸給
名詞複數 loans
動詞變化 loaned; loaned; loaning
同 lend 借出、借給、貸款
家族字彙
- loan
- loanee **n.** 債務人
- loaner **n.** 債權人

英初　國20　會考

lobby ['lɑbɪ]

n. 大廳、休息室
v. 向（議員等）遊說
名詞複數 lobbies
動詞變化 lobbied; lobbied; lobbying
同 hall 大廳、禮堂

英初　國12　會考

local ['lokl]

adj. 地方性的、當地的　**n.** 當地人
名詞複數 locals
同 regional 當地的、局部的
反 global 全球性的、全域的
家族字彙
- local
- localization **n.** 定位、局限、地方化
- locality **n.** 地區、地點

英初　國12　會考　CET-4　PTE-2

locate ['loket]

v. 把……設置在、使……坐落於
動詞變化 located; located; locating
同 site 使坐落在、設置
家族字彙
- locate
- location **n.** 位置、場所

英中　大4　學測

location [lo'keʃən]

n. 位置、場所
名詞複數 locations
同 place 地方、場所
家族字彙
- location
- locate **v.** 探明、找出、把……設置在、使坐落於

英中　大5　學測

lodge [lɑdʒ]

v. 暫住、借宿　**n.** 鄉間小屋、旅舍
名詞複數 lodges
動詞變化 lodged; lodged; lodging
同 cabin 小木屋
家族字彙
- lodge
- lodger **n.** 寄宿人、房客
- lodging **n.** 住宿

英初　國12　會考

log [lɔg]

n. 原木、木料　**v.** 正式記錄
名詞複數 logs
動詞變化 logged; logged; logging
同 timber 木材、木料

英中　大4　學測

logic ['lɑdʒɪk]

n. 邏輯、邏輯性
名詞複數 logics
家族字彙
- logic
- logical **adj.** 符合邏輯的

英中 | 大4 | 學測

logical [ˈlɑdʒɪkl̩]

adj. 符合邏輯的、合乎常理的
形容詞變化 more logical;
the most logical
同 rational 合理的、理性的
反 illogical 不合邏輯的、不合理的
家族字彙
┌logical
└logic **n.** 邏輯（學）、邏輯性

英中 | 學測

loop [lup]

n. 圈、環 **v.** 成環、成圈
名詞複數 loops
動詞變化 looped; looped; looping
同 ring 圈、環
家族字彙
┌loop
├looped **adj.** 成圈的
└looper **n.** 作線環的裝置

英初 | 國20 | 會考

loose [lus]

adj. 鬆的、寬鬆的
形容詞變化 looser; the loosest
同 baggy
反 tight 緊身的
家族字彙
┌loose
├loosely **adv.** 鬆散地
└loosen **v.** 解開、放鬆、鬆弛

英初 | 國20 | 會考

loosen [ˈlusn̩]

v. 解開、放鬆
動詞變化 loosened; loosened;
loosening
同 untie 解開、鬆開
反 fasten 紮牢、繫牢
家族字彙
┌loosen
└loose **adj.** 寬鬆的、不精確的、自由
的、散漫的

英初 | 國20 | 會考

lord [lɔrd]

n. 領主、君主
名詞複數 lords
同 emperor 皇帝、君主
家族字彙
┌lord
├lording **n.** 小貴族
├lordliness **n.** 貴族氣派
└lordly **adj.** 高貴的、高傲的

英中 | 學測

lorry [ˈlɔrɪ]

n. 運貨汽車、卡車
名詞複數 lorries
同 truck 卡車

英初 | 國12 | 會考

loss [lɔs]

n. 遺失、損失
名詞複數 losses
同 damage 損害、損失
反 profit 利益、收益
家族字彙
┌loss
├lose **v.** 遺失、損失、失敗
├lost **adj.** 遺失的
├losing **n.** 失敗
└loser **n.** 遺失者

英初 | 國12 | 會考

lower [ˈloɚ]

adj. 較低的、下級的
v. 放下、降下
動詞變化 lowered; lowered; lowering
同 decrease 減少、減小
反 increase 增加、提高
家族字彙
┌lower
└low **adj.** 低矮的、低等的

A
B
C
D
E
F
G
H
I
J
K
L
M
N
O
P
Q
R
S
T
U
V
W
X
Y
Z

loyal [ˈlɔɪəl]

adj. 忠誠的、忠心的
形容詞變化 more loyal;
the most loyal
同 faithful 忠誠的
反 disloyal 不忠的
家族字彙
┌loyal
└loyalty **n.** 忠誠、忠心

---

loyalty [ˈlɔɪəltɪ]

n. 忠誠、忠心
名詞複數 loyalties
同 fidelity 忠實、忠誠
反 treason 背叛、叛逆
家族字彙
┌loyalty
└loyal **adj.** 忠誠的、忠心的

🎧 | **MP3** | Track 291 | ⬇

lucky [ˈlʌkɪ]

adj. 幸運的、僥倖的
同 fortunate 幸運的
反 unfortunate 不幸的
家族字彙
┌lucky
├luck **n.** 運氣、好運、幸運
└luckily **adv.** 幸運地、幸虧

---

lump [lʌmp]

n. 塊、腫塊
v. 將……歸併在一起、結塊
名詞複數 lumps
動詞變化 lumped; lumped; lumping
同 tumour 腫瘤、腫塊
家族字彙
┌lump
└lumpish **adj.** 笨拙的

---

lung [lʌŋ]

n. 肺
名詞複數 lungs

---

luxury [ˈlʌkʃərɪ]

n. 奢侈、豪華、奢侈品
名詞複數 luxuries
同 extravagance 奢侈、浪費
家族字彙
┌luxury
└luxurious **adj.** 奢侈的

Mm

英中 | 大4 | 學測

machinery [mə`ʃinərɪ]

n. 機器、機械
同 instrument 器具
家族字彙
- machinery
- machine **n.** 機器、機械
- machinist **n.** 機械師、機械工

 | **MP3** | Track 292 | ⬇

英初 | 國12 | 會考

magic [`mædʒɪk]

n. 魔力、魅力
adj. 有魔力的、用魔術的
同 charm 吸引力、魅力、魔力
家族字彙
- magic
- magician **n.** 魔術師
- magical **adj.** 魔術的、不可思議的
- magically **adv.** 如魔法般地、不可思議地

英初 | 國20 | 會考

magnet [`mægnɪt]

n. 磁鐵、磁體
名詞複數 magnets
同 attraction 吸引、吸引人的事物
家族字彙
- magnet
- magnetar **n.** 磁星
- magnetically **adv.** 帶磁性地
- magnetics **n.** 磁學
- magnetize **v.** 使磁化
- magnetism **n.** 磁性、磁學、吸引力
- magnetic **adj.** 有磁性的、催眠術的、有吸引力的

英中 | 大4 | 學測

magnetic [mæg`nɛtɪk]

adj. 有吸引力的、有魅力的
形容詞變化 more magnetic;
the most magnetic
同 attractive 吸引人的、有魅力的
家族字彙
- magnetic
- magnetism **n.** 磁性、磁學、吸引力
- magnet **n.** 磁鐵
- magnetar **n.** 磁星
- magnetics **n.** 磁學
- magnetize **v.** 使磁化
- magnetically **adv.** 有磁力地、有魅力地

英中 | 大4 | 學測

magnificent
[mæg`nɪfəsənt]

adj. 豪華的、華麗的
形容詞變化 more magnificent;
the most magnificent
同 splendid 華麗的、堂皇的
家族字彙
- magnificent
- magnificence **n.** 華麗、富麗堂皇
- magnificently **adv.** 壯麗地、壯觀地、宏偉地

英初 | 國20 | 會考

maid [med]

n. 女僕、侍女
名詞複數 maids
同 servant 僕人、傭人

🎧 | **MP3** | Track 293 | ⬇

英中 | 大5 | 學測

mainland [`men,lænd]

n. 大陸
家族字彙
- mainland
- mainlander **n.** 本土人、大陸人

英初　國12　會考

maintain [men`ten]

v. 維持、保持

動詞變化 ▶ maintained; maintained; maintaining

同 keep 保持、繼續不斷

反 abandon 中止、放棄

家族字彙

- maintain
- maintenance **n.** 維護、維修、保持
- maintainable **adj.** 可維持的、可保持的

英中　大5　學測

maintenance [`mentənəns]

n. 維修、維持

反 abandonment 放棄、放任、遺棄

家族字彙

- maintenance
- maintain **v.** 維持、使繼續、保持
- maintainable **adj.** 可維持的、可保持的

英初　國20　會考

major [`medʒɚ]

adj. 較多的、主要的

n. 大學主修科目、少校

v. 主修

名詞複數 majors

動詞變化 ▶ majored; majored; majoring

反 minor 較小的、程度輕的、次要的

家族字彙

- major
- majorly **adv.** 在很大程度上、非常地
- majority **n.** 多數、大多數

英初　國20　會考

majority [mə`dʒɔrətɪ]

n. 多數、大多數　**adj.** 大多數人

同 mass 大多數

反 minority 少數、少數民族、未成年

家族字彙

- majority
- major **adj.** 主要的、大部份的

英初　國12　會考

male [mel]

adj. 男性的、雄的

n. 男子、雄性動物

名詞複數 males

同 masculine 男性的、男子氣概的

反 female 女的、雌性的

家族字彙

- male
- male-dominated **adj.** 男權的
- maleness **n.** 男性、雄性、男性特徵

英初　國20　會考

management [`mænɪdʒmənt]

n. 管理、經營

名詞複數 managements

同 direction 指揮、管理

家族字彙

- management
- manageability **n.** 易處理
- manageably **adv.** 可管理地
- manager **n.** 經理人
- manage **v.** 管理、維持、控制
- manageable **adj.** 易辦的、易控制的、易管理的

英中　大6　學測

manipulate [mə`nɪpjəˌlet]

v. 操作、控制

動詞變化 ▶ manipulated; manipulated; manipulating

同 operate 操作、運作

家族字彙

- manipulate
- manipulator **n.** 操作者、操縱器
- manipulation **n.** 處理、操縱、操作
- manipulative **adj.** 用手處理的、竄改的

manner [ˈmænɚ]

n. 方式、方法
名詞複數 manners
同 way 方法、方式
家族字彙
- manner
- mannered **adj.** 守規矩的、矯飾的
- mannerless **adj.** 無禮貌的
- mannerism **n.** 癖性
- mannerist **n.** 矯揉造作的
- mannerless **adj.** 沒禮貌的
- mannerliness **n.** 有禮貌
- mannerly **adv.** 有禮貌地
- manners **n.** 規矩

manual [ˈmænjʊəl]

adj. 用手的、手工的
n. 手冊、指南
名詞複數 manuals
反 automatic 自動裝置的、自動的
家族字彙
- manual
- manually **adv.** 用手地、手工地

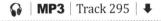

🎧 | **MP3** | Track 295 | ⬇

manufacture

[ˌmænjəˈfæktʃɚ]

v. 製造、加工
n. 製造、編造
名詞複數 manufactures
動詞變化 manufactured;
manufactured;
manufacturing
同 make 做、建造、製造
家族字彙
- manufacture
- manufacturer **n.** 製造業者、廠商
- manufacturing **n.** 製造業、工業
- manufacturable **adj.** 可製造的
- manufactory **n.** 製造廠

manufacturer

[ˌmænjəˈfæktʃərɚ]

n. 製造商、製造廠
名詞複數 manufacturers
同 maker 製作者、製造業者
家族字彙
- manufacturer
- manufacture **v.** 製造、加工
- manufacturing **n.** 製造業、工業
- manufacturable **adj.** 可製造的
- manufactory **n.** 製造廠

margin [ˈmɑrdʒɪn]

n. 邊、邊緣
名詞複數 margins
同 edge 邊緣
家族字彙
- margin
- marginal **adj.** 頁邊的、欄外的
- marginally **adv.** 在欄外、少量地

marine [məˈrin]

n. 海軍陸戰隊士兵
adj. 海洋的、海產的
名詞複數 marines
同 oceanic 海洋的、大海似的
家族字彙
- marine
- mariner **n.** 水手、船員

married [ˈmærɪd]

adj. 已婚的、婚姻的
名詞複數 marrieds
同 wedded 已結婚的、結婚的
反 single 單身的
家族字彙
- married
- marry **v.** 娶、和……結婚、嫁、結婚
- marriage **n.** 婚姻
- marriageable **adj.** 妙齡的

英中	會考

marsh [mɑrʃ]

n. 沼澤、濕地
名詞複數 marshes
同 fenland 沼澤地、濕地
家族字彙
- marsh
- marshland **n.** 沼澤地
- marshy **adj.** 沼澤般的、濕軟的、生於沼澤的

英中	大5	學測

marshal [ˈmɑrʃəl]

n. 元帥、最高指揮官　**v.** 整理、排列
名詞複數 marshals
動詞變化 marshaled, marshalled; marshaled, marshalled; marshaling, marshalling
同 arrange 整理、安排
家族字彙
- marshal
- marshalcy **n.** 元帥之職位或權力

英初	國20	會考

marvellous [ˈmɑrvləs]

adj. 奇蹟般的、驚人的
形容詞變化 more marvellous; the most marvellous
同 miraculous 奇蹟的、不可思議的
家族字彙
- marvellous
- marvelous **adj.** 驚人的
- marvelously **adv.** 很好地
- marvellously **adv.** 很好地
- marvel **v.** 感到驚訝、感到好奇

英中	會考

Marxist [ˈmɑrksɪst]

adj. 馬克思主義的
n. 馬克思主義者
家族字彙
- Marxist
- Marxism **n.** 馬克思主義
- Marxian **n.** 馬克思主義者

英初	國12	會考

mask [mæsk]

n. 面具、偽裝　**v.** 遮蓋、偽裝
名詞複數 masks
動詞變化 masked; masked; masking
同 disguise 假裝、隱瞞
反 unmask 揭露、脫去假面具
家族字彙
- mask
- masked **adj.** 戴假面具的、化裝的、蒙面的

英初	國12	會考

mass [mæs]

n. 堆、大量　**adj.** 大規模的、群眾的
名詞複數 masses
同 stack 堆疊、堆
家族字彙
- mass
- massed **adj.** 群集的、集體的

英中	大5	學測

massive [ˈmæsɪv]

adj. 大的、大量的
形容詞變化 more massive; the most massive
同 large 大的
家族字彙
- massive
- massively **adv.** 大而重地、結實地
- massiveness **n.** 巨大、大量

英初	國12	會考

mat [mæt]

n. 席子、墊子
名詞複數 mats
同 cushion 墊子、靠墊、坐墊
家族字彙
- mat
- matted **adj.** 鋪席子的、纏結的、褪色的

mate [met]

n. 夥伴、同事
v. 成為配偶、交配
名詞複數 mates
動詞變化 mated; mated; mating
同 couple 使成雙、結合、交配
家族字彙
- mate
- matey **adj.** 友善的、親密的
- mateless **adj.** 無偶的

---

mathematical
[ˌmæθəˋmætɪkl̩]

adj. 數學的
家族字彙
- mathematical
- mathematics **n.** 數學
- mathematically **adv.** 數學上地
- mathematician **n.** 數學家
- math **n.** 數學
- mathematics **n.** 數學
- maths **n.** 數學

🎧 **MP3** Track 298 ⬇

mature [məˋtjʊr]

adj. 成熟的、成年人的
v. 成熟、長成
動詞變化 matured; matured; maturing
形容詞變化 maturer; the maturest
同 adult 成年的、成熟的
反 immature 不成熟的、未完全發展的
家族字彙
- mature
- maturity **n.** 成熟、到期、完備
- maturate **v.** 成熟
- maturation **n.** 成熟
- maturative **adj.** 有助於成熟的
- maturely **adv.** 成熟地、謹慎地、充分地

---

maximum [ˋmæksəməm]

adj. 最高的、頂點的
n. 最大量、頂點
名詞複數 maximums, maxima
反 minimum 最小的、最低的
家族字彙
- maximum
- maximal **adj.** 最大的、最高的
- maximally **adv.** 最大地
- maximize **v.** 取……最大值、最佳化
- maximization **n.** 儘量增大、儘量利用

---

mayor [ˋmeɚ]

n. 市長
名詞複數 mayors
家族字彙
- mayor
- mayoress **n.** 市長夫人
- mayoral **adj.** 市長的
- mayoralty **n.** 市長職位

---

means [minz]

n. 方法、手段
名詞複數 means
同 manner 方法、方式

---

meantime [ˋminˌtaɪm]

adv. / **n.** 同時、其間
同 meanwhile 同時、於此時

🎧 **MP3** Track 299 ⬇

meanwhile [ˋminˌhwaɪl]

adv. 其間、同時
同 meantime 在這期間、這時

英初　國12　會考

measurement
[ˈmɛʒəmənt]
n. 尺寸、大小
名詞複數 measurements
同 size 大小、尺碼、尺寸
家族字彙
- measurement
- measure **v.** 測量、估量、測度、量
- measurable **adj.** 可測量的、恰當的
- measurably **adv.** 可測地、可預見地

英中　大4　學測

mechanic [məˈkænɪk]
n. 技工、機修工
名詞複數 mechanics
同 repairman 修理工、技工
家族字彙
- mechanic
- mechanical **adj.** 機械的
- mechanicalness **n.** 機械性
- mechanism **n.** 機械裝置

英中　大4　學測

mechanical [məˈkænɪkl̩]
adj. 機械的、機械製造的
家族字彙
- mechanical
- mechanicalness **n.** 機械性
- mechanic **n.** 技工
- mechanically **adv.** 機械方面地、機械地

英中　大6　學測

mechanism
[ˈmɛkəˌnɪzəm]
n. 機械裝置、機構
名詞複數 mechanisms
同 machinery 結構、機關
家族字彙
- mechanism
- mechanic **n.** 技工
- mechanicalness **n.** 機械性
- mechanical **adj.** 機械的

英初　國20　會考

medal [ˈmɛdl̩]
n. 獎章、勳章
名詞複數 medals
同 decoration 勳章、獎章
家族字彙
- medal
- medalet **n.** 小獎章
- medallic **adj.** 獎章的
- medallion **n.** 大獎章
- medallist **n.** 贏得獎牌的人

英初　國20　會考

media [ˈmidɪə]
n. 新聞媒介、傳播媒介

英初　國20　會考

medium [ˈmidɪəm]
adj. 中等的、適中的　**n.** 手段、工具
名詞複數 media, mediums
同 tool 方法、手段
反 extreme 極端的、偏激的

英中　會考

melt [mɛlt]
v. 融化、溶解
動詞變化 melted; melted; melting
同 dissolve 使融化、使溶解
反 solidify 變堅固、凝固
家族字彙
- melt
- melting **adj.** 融化的
- melted **adj.** 融化了的

英初　國20　會考

membership
[ˈmɛmbɚˌʃɪp]
n. 會籍、會員數
家族字彙
- membership
- member **n.** 成員、份子
- memberless **adj.** 無會員的

英中　大4　學測

memorial [mə`morɪəl]

adj. 紀念的、悼念的
n. 紀念碑、紀念堂
名詞複數 memorials
同 monument 紀念碑、石碑
反 immemorial 太古的、無法追憶的
家族字彙
┌memorial
└memory **n.** 紀念

英初　國20　會考

mend [mɛnd]

n. 改進、修理　**v.** 修理、修補
名詞複數 mends
動詞變化 mended; mended; mending
同 repair 修理、補救
反 break 毀壞、弄壞
家族字彙
┌mend
├mending **n.** 修補工作
└mender **n.** 修理者、修改者、修補者

英初　國20　會考

mental [`mɛntḷ]

adj. 心理的、智力的
同 psychical 靈魂的、精神的
反 physical 身體的、物質的
家族字彙
┌mental
├mentality **n.** 精神力、智力
└mentally **adv.** 心理上、智力上

英初　國20　會考

merchant [`mɝtʃənt]

n. 商人
名詞複數 merchants
同 trader 商人
家族字彙
┌merchant
├merchandise **n.** 商品
├merchandiser **n.** 商人
└merchandising **n.** 推銷規劃

英中　大4　學測

mercy [`mɝsɪ]

n. 慈悲、仁慈
名詞複數 mercies
同 kindness 仁慈、好意
反 cruelty 殘暴、殘忍
家族字彙
┌mercy
├merciful **adj.** 仁慈的、慈悲的
├mercifully **adv.** 寬厚地、仁慈地
└merciless **adj.** 無慈悲心的、殘忍的

英中　大4　學測

mere [mɪr]

adj. 僅僅的、純粹的
同 sheer 純粹的
家族字彙
┌mere
└merely **adv.** 只是、不過、僅僅

英中　大4　學測

merit [`mɛrɪt]

n. 優點、價值　**v.** 應得、值得
名詞複數 merits
動詞變化 merited; merited; meriting
同 value 價值
反 demerit 缺點、短處
家族字彙
┌merit
└meritorious **adj.** 有功績的、可稱讚的、有價值的

英初　國20　會考

merry [`mɛrɪ]

adj. 歡樂的、愉快的
形容詞變化 merrier; the merriest
同 joyful 歡喜的、令人高興的
反 gloomy 令人沮喪的、陰沉的
家族字彙
┌merry
├merrily **adv.** 快樂地、愉快地
└merriment **n.** 歡喜、嬉戲

A
B
C
D
E
F
G
H
I
J
K
L
M
N
O
P
Q
R
S
T
U
V
W
X
Y
Z

mess [mɛs]

n. 髒亂狀態、混亂的局面
v. 弄糟、弄髒
名詞複數 messes
動詞變化 messed; messed; messing
同 dirty 弄髒、變髒
家族字彙
- mess
- messy **adj.** 混亂的、骯髒的、麻煩的
- messily **adv.** 亂糟糟地、棘手地

method [`mɛθəd]

n. 方法、辦法
名詞複數 methods
同 way 方法、方式
家族字彙
- method
- methodology **n.** 方法學、方法論
- methodic **adj.** 有秩序的
- methodically **adv.** 有條理地
- methodical **adj.** 有方法的、有系統的

🎧 | **MP3** | Track 303 | ⬇

metric [`mɛtrɪk]

adj. 公制的
家族字彙
- metric
- metrication **n.** 採用公制、十進位

microphone [`maɪkrəˌfon]

n. 擴音器、麥克風
名詞複數 microphones
同 mic 麥克風
家族字彙
- microphone
- microphonic **adj.** 擴音器的

microscope [`maɪkrəˌskop]

n. 顯微鏡
名詞複數 microscopes
家族字彙
- microscope
- microscopic **adj.** 用顯微鏡可見的
- microscopy **n.** 顯微鏡學、用顯微鏡檢查

microwave [`maɪkrəˌwev]

n. 微波
名詞複數 microwaves

migrate [`maɪgret]

v. 遷徙、移居
動詞變化 migrated; migrated; migrating
同 emigrate 移居外國
反 stay 留下
家族字彙
- migrate
- migrant **n.** 候鳥、移居者
- migration **n.** 遷移
- migratory **adj.** 遷移的、流浪的、有遷居習慣的

🎧 | **MP3** | Track 304 | ⬇

mild [maɪld]

adj. 溫和的、溫柔的
形容詞變化 milder; the mildest
同 gentle 溫和的
反 stern 嚴厲的、嚴格的
家族字彙
- mild
- mildly **adv.** 柔和地、謹慎地、和善地
- mildness **n.** 溫和、溫暖、和善

military [ˈmɪləˌtɛrɪ]

英初　國12　會考

adj. 軍事的、軍用的
n. 軍隊、武裝力量
名詞複數 military, militaries
同 army 軍隊、陸軍
家族字彙
- military
- militarily **adv.** 在軍事上
- militarism **n.** 軍國主義
- militarist **n.** 軍國主義者、軍事家

mill [mɪl]

英初　國20　會考

n. 磨坊、碾碎機　**v.** 磨、碾
名詞複數 mills
動詞變化 milled; milled; milling
同 grind 磨碎、碾
家族字彙
- mill
- miller **n.** 磨坊主、碾磨工

millimeter [ˈmɪləˌmitɚ]

英中　會考

n. 毫米
名詞複數 millimeters
同 millimetre 毫米
家族字彙
- millimeter
- millimetric **adj.** 極其細微的
- millimicron **n.** 毫微米

mineral [ˈmɪnərəl]

英中　大4　學測

n. 礦物、礦石
名詞複數 minerals
同 ore 礦石、含有金屬的岩石
家族字彙
- mineral
- mineralogy **n.** 礦物學
- mineralogist **n.** 礦物學家

🎧 | **MP3** | Track 305 | ⬇

minimum [ˈmɪnəməm]

英中　大4　學測

adj. 最低的、最小的
n. 最低限度、最少量
名詞複數 minimums, minima
同 least 最少的、最小的
反 maximum 最大極限的、最多的
家族字彙
- minimum
- minimal **adj.** 最小的、最小限度的
- minimize **v.** 將……減到最少
- minimally **adv.** 最低限度地、最低程度地

ministry [ˈmɪnɪstrɪ]

英中　大4　學測

n. 部
名詞複數 ministries
同 department 部門、機關
家族字彙
- ministry
- minister **n.** 部長、牧師
- ministerial **adj.** 部長的、執政的、內閣的

minor [ˈmaɪnɚ]

英初　國20　會考

adj. 較小的、較少的
n. 未成年人、副修科目　**v.** 副修
名詞複數 minors
動詞變化 minored; minored; minoring
同 lesser 較小的、次要的
反 major 大部份的、較多的
家族字彙
- minor
- minority **n.** 少數、少數民族、未成年

minority [maɪˈnɔrətɪ]

英初　國20　會考

n. 少數、少數派
名詞複數 minorities
反 majority 多數、大多數
家族字彙
- minority
- minor **adj.** 較小的、未成年的

英初　國12　會考

minus [`maɪnəs]

prep. 減去　**n.** 負數、減號
adj. 負的、減去的
名詞複數 minuses
反 plus 加、加上、加號

 | **MP3** | Track 306 | ⬇

英初　國20　會考

miracle [`mɪrək!]

n. 奇蹟、令人驚奇的人
名詞複數 miracles
同 wonder 奇蹟
家族字彙
- miracle
- miraculousness **n.** 超自然
- miraculously **adv.** 奇蹟般地
- miraculous **adj.** 奇蹟的、不可思議的

英初　國12　會考

mirror [`mɪrɚ]

n. 鏡　**v.** 反映、反射
名詞複數 mirrors
動詞變化 mirrored; mirrored; mirroring
同 reflect 反射、反映
家族字彙
- mirror
- mirrorlike **adj.** 如鏡的

英中　大4　學測

miserable [`mɪzərəb!]

adj. 痛苦的、貧乏的
形容詞變化 more miserable; the most miserable
同 poor 貧乏的、可憐的
反 happy 愉快的、幸福的
家族字彙
- miserable
- miserably **adv.** 痛苦地、令人難受地
- misery **n.** 悲慘、窮困、不幸

英中　大4　學測

mislead [mɪs`lid]

v. 使誤解、使誤入歧途
動詞變化 misled; misled; misleading
同 misdirect 誤導、指錯方向
反 lead 引導、領
家族字彙
- mislead
- misleader **n.** 錯誤引導者
- misleadingly **adv.** 誤導地
- misleading **adj.** 使人誤解的、迷惑人的

英初　國20　會考

missile [`mɪs!]

n. 導彈、飛彈
名詞複數 missiles
同 rocket 飛彈、火箭
家族字彙
- missile
- missileman **n.** 飛彈人員
- missilery **n.** 飛彈
- missilry **n.** 飛彈

 | **MP3** | Track 307 | ⬇

英初　國20　會考

missing [`mɪsɪŋ]

adj. 缺掉的、失蹤的
同 lost 失去的、迷惑的、遺失的
家族字彙
- missing
- miss **v.** 未擊中、未達到

英初　國20　會考

mission [`mɪʃən]

n. 使命、任務
名詞複數 missions
同 assignment 任務、工作
家族字彙
- mission
- missionary **n.** 傳教士、工作人員

mist [mɪst]

英初　國20　會考

n. 薄霧　**v.** 蒙上薄霧、使模糊
名詞複數 mists
動詞變化 misted; misted; misting
同 fog 霧、霧氣
家族字彙
- mist
- misty **adj.** 有霧的、含糊的、模糊的
- mistiness **n.** 霧深、朦朧

英中　大4　學測

misunderstand
[ˈmɪsʌndɚˈstænd]

v. 誤解、誤會
動詞變化 misunderstood; misunderstood; misunderstanding
同 misapprehend 誤會、誤解
反 understand 瞭解、領會
家族字彙
- misunderstand
- misunderstanding **n.** 誤會、誤解

英初　國20　會考

mixture [ˈmɪkstʃɚ]

n. 混合、混合物
名詞複數 mixtures
同 commixture 混合、混合物
家族字彙
- mixture
- mix **v.** 使混合、使結合
- mixed **adj.** 混合的、弄糊塗的
- mixer **n.** 混合者、調酒師、攪拌器

🎧 **MP3** Track 308 ⬇

英中　大5　學測

moan [mon]

v. 呻吟、嗚咽　**n.** 呻吟聲、嗚咽聲
名詞複數 moans
動詞變化 moaned; moaned; moaning
同 groan 呻吟、受壓迫
家族字彙
- moan
- moaner **n.** 抱怨者

英初　國20　會考

mobile [ˈmobaɪl]

adj. 活動的、流動的　**n.** 行動電話
名詞複數 mobiles
形容詞變化 more mobile; the most mobile
同 movable 可動的、不定的
反 immobile 不動的、固定的
家族字彙
- mobile
- mobilization **n.** 動員
- mobilize **v.** 動員
- mobility **n.** 活動性、遷移率、靈活性

英中　大5　學測

mode [mod]

n. 方式、樣式
名詞複數 modes
同 fashion 流行式樣、時尚、方式
家族字彙
- mode
- model **n.** 模型
- modeling **n.** 造型
- modeler **n.** 塑造者
- modish **adj.** 流行的、時髦的

英中　大4　學測

moderate
[ˈmɑdərɪt] / [ˈmɑdəret]

adj. 溫和的、穩健的
v. 和緩、使減輕
n. 持溫和觀點者
名詞複數 moderates
動詞變化 moderated; moderated; moderating
同 mild 溫和的
反 immoderate 無節制的、過度的、不合理的
家族字彙
- moderate
- moderately **adv.** 適度地、有節制地
- moderation **n.** 緩和、適度
- moderatism **n.** 溫和主義
- moderator **n.** 仲裁者、公斷人、節目主持人

M

A
B
C
D
E
F
G
H
I
J
K
L
M
N
O
P
Q
R
S
T
U
V
W
X
Y
Z

| 英中 | 大4 | 學測 |

modest [`mɑdɪst]

adj. 謙虛的、謙遜的
形容詞變化 more modest;
the most modest
同 humble 謙遜的
反 arrogant 傲慢的、自負的
家族字彙
- modest
- modestly **adv.** 謙虛地、適度地
- modesty **n.** 謙遜、虛心、羞怯

🎧 | **MP3** | Track 309 | ⬇

| 英中 | 大5 | 學測 |

modify [`mɑdəˌfaɪ]

v. 修改、更改
動詞變化 modified; modified;
modifying
同 alter 修改、改變
家族字彙
- modify
- modification **n.** 修改、緩和、改變
- modifier **n.** 修改者、修飾基因、修飾
　　　　　　詞語

| 英初 | 國20 | 會考 |

moist [mɔɪst]

adj. 潮濕的、濕潤的
形容詞變化 moister; the moistest
同 damp 潮濕的
反 arid 乾燥的
家族字彙
- moist
- moisten **v.** 弄濕、使濕潤
- moistness **n.** 潮濕

| 英初 | 國20 | 會考 |

moisture [`mɔɪstʃɚ]

n. 潮濕、濕氣
同 wet 濕氣、潮濕
家族字彙
- moisture
- moisturize **v.** 使增加水分
- moisturizer **n.** 潤膚膏

| 英中 | 大5 | 學測 |

mold [mold]

n. 模型、鑄模　**v.** 用模子製作
名詞複數 molds
動詞變化 molded; molded; molding
同 model 模型
家族字彙
- mold
- molding **n.** 製模、凹凸形、鑄造
- molder **n.** 製模者、鑄工
- moldable **adj.** 可塑造的

| 英中 | 大5 | 學測 |

molecule [`mɑləˌkjul]

n. 分子
名詞複數 molecules
家族字彙
- molecule
- mole **n.** 分子量
- molecular **adj.** 分子的、分子組成的

🎧 | **MP3** | Track 310 | ⬇

| 英中 | 大4 | 學測 |

monthly [`mʌnθlɪ]

adj. 每月的、每月一次的
n. 月刊
名詞複數 monthlies
同 mensual 每月的
家族字彙
- monthly
- month **n.** 月

| 英中 | 大4 | 學測 |

monument [`mɑnjəmənt]

n. 紀念碑、紀念館
名詞複數 monuments
同 memorial 紀念碑、紀念章
家族字彙
- monument
- monumental **adj.** 紀念碑的、不朽的
- monumentally **adv.** 作為紀念碑地、
　　　　　　　　不朽地

mood [mud]

n. 心情、情緒
名詞複數 moods
同 feeling 感受、心情
家族字彙
- mood
- moody **adj.** 心情不穩的、喜怒無常的
- moodiness **n.** 喜怒無常
- moodily **adv.** 喜怒無常地、悶悶不樂地

---

moral ['mɔrəl]

adj. 道德的、有道德的　**n.** 道德、品行
名詞複數 morals
同 ethical 倫理的、道德的
反 immoral 不道德的、邪惡的
家族字彙
- moral
- morally **adv.** 道德上、確實地
- moralist **n.** 道德家、倫理學者
- morality **n.** 道德、品行、教訓

---

morality [mɔ'rælətɪ]

n. 道德、道德性
名詞複數 moralities
同 morals 道德
家族字彙
- morality
- moral **adj.** 道德的、良心的
- moralistic **adj.** 說教的、道德家的
- morally **adv.** 道德上、確實地

🎧 | **MP3** | Track 311 | ⬇

moreover [mor'ovɚ]

adv. 而且、再者
同 besides 此外、而且
家族字彙
- moreover
- more **adj.** 另外的

---

mosquito [mə'skito]

n. 蚊子
名詞複數 mosquitoes, mosquitos
同 skeeter 蚊子
家族字彙
- mosquito
- mosquitoey **adj.** 蚊子多的

---

mostly ['mostlɪ]

adv. 幾乎全部地、主要地
同 mainly 主要地、大概
家族字彙
- mostly
- most **adj.** 大多數的、最多的

---

motion ['moʃən]

n. 運動、動作　**v.** 打手勢、示意
名詞複數 motions
動詞變化 motioned; motioned; motioning
同 movement 運動、動作
反 rest 休息、靜止
家族字彙
- motion
- motive **adj.** 起動的
- motiveless **adj.** 無動機的
- motionless **adj.** 不動的、靜止的
- motionlessly **adv.** 不動地

---

motivate ['motə,vet]

v. 激勵、激發
動詞變化 motivated; motivated; motivating
同 actuate 激勵、促使
家族字彙
- motivate
- motive **n.** 動機、目的
- motivator **n.** 激發因素、動力、動因
- motivated **adj.** 有動機的、有目的的
- motivation **n.** 動機、推動、刺激
- motivational **adj.** 動機的

A B C D E F G H I J K L **M** N O P Q R S T U V W X Y Z

英中　大5　學測

motive [ˈmotɪv]

n. 動機、動因
名詞複數 motives
同 cause 起因、動機
家族字彙
┌motive
├motivate **v.** 給……動機、激發、刺激
├motivator **n.** 激發因素、動力、動因
├motivated **adj.** 有動機的、有目的的
└motivation **n.** 動機、推動、刺激

英中　大5　學測

mount [maʊnt]

v. 登上、發起　**n.** 山、峰
名詞複數 mounts
動詞變化 mounted; mounted; mounting
同 ascend 攀登、登上
反 descend 傳下、下降
家族字彙
┌mount
├mounted **adj.** 安在馬上的、裱好的
└mounting **n.** 上馬、可騎的、裝備

英初　國1　會考

movie [ˈmuvɪ]

n. 電影、影片
名詞複數 movies
同 film 影片
家族字彙
┌movie
├moviedom **n.** 影壇
├moviegoer **n.** 常看電影的人
├moviegoing **n.** 上電影院
└moviemaker **n.** 電影製作人

英初　國1　會考

mud [mʌd]

n. 泥、泥漿
同 dirt 污垢、泥土
家族字彙
┌mud
└muddy **adj.** 泥濘的、骯髒的

英初　國1　會考

mug [mʌg]

n. 馬克杯　**v.** 對……行兇搶劫
名詞複數 mugs
動詞變化 mugged; mugged; mugging
同 rob 搶劫
家族字彙
┌mug
├mugful **n.** 一大杯的容量
├mugger **n.** 偷襲搶劫者、強盜
└mugging **n.** 行兇搶劫

 | **MP3** | Track 313 | ⬇

英中　大4　學測

multiple [ˈmʌltəpl̩]

adj. 複合的、多重的　**n.** 倍數
名詞複數 multiples
同 compound 混合的、複合的
家族字彙
┌multiple
├multiply **v.** 增加
└multiplication **n.** 乘法

英初　國12　會考

multiply [ˈmʌltəplaɪ]

v. 增加、繁殖
動詞變化 multiplied; multiplied; multiplying
同 increase 增加、繁殖
反 divide 除
家族字彙
┌multiply
└multiplication **n.** 乘法、繁殖、增加

英初　國20　會考

muscle [ˈmʌsl̩]

n. 肌肉、體力
名詞複數 muscles
同 strength 力氣、力量
家族字彙
┌muscle
├muscular **adj.** 強壯的、肌肉發達的
└musculature **n.** 肌肉組織

英初　國20　會考

mushroom [`mʌʃrum]

n. 蘑菇　**v.** 迅速成長
名詞複數 mushrooms
動詞變化 mushroomed;mushroomed;
mushrooming
同 burgeon 萌芽、急速成長

英初　國12　會考

musician [mju`zɪʃən]

n. 音樂家、樂師
名詞複數 musicians
同 musicologist 音樂家、音樂理論家
家族字彙
┌musician
├music **n.** 音樂
└musicianship **n.** 音樂技巧、音樂鑒
　　　　　　　　賞力、音樂才能

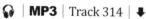

🎧 | **MP3** | Track 314 | ⬇

英中　大4　學測

mutual [`mjutʃʊəl]

adj. 相互的、彼此的
同 reciprocal 相互的、交互的
家族字彙
┌mutual
├mutually **adv.** 互相地
└mutuality **n.** 相互關係、共同性

英中　大4　學測

mysterious [mɪs`tɪrɪəs]

adj. 神祕的、詭祕的
同 mystical 神祕的、奧祕的
家族字彙
┌mysterious
├mystery **n.** 謎、難以理解的事物
├mystic **adj.** 神祕的
├mystical **adj.** 神祕的
└mysteriously **adv.** 神祕地、難以理
　　　　　　　　解地、不可思議地

英初　國20　會考

mystery [`mɪstrɪ]

n. 神祕、神祕的
名詞複數 mysteries
同 riddle 謎、難題
家族字彙
┌mystery
├mysterious **adj.** 神祕的
└mysteriously **adv.** 神祕地、難以理
　　　　　　　　解地、不可思議地

英中　大5　學測

myth [mɪθ]

n. 杜撰出來的人、神話
名詞複數 myths
同 mythology 神話
家族字彙
┌myth
└mythical **adj.** 神話的、虛構的

Nn

英初 | 國12 | 會考

nail [nel]

n. 指甲、釘子 **v.** 釘、釘住
名詞複數 nails
同 fingernail 指甲
家族字彙
- nail
- nailbrush **n.** 指甲刷
- nailer **n.** 敲釘者

🎧 | **MP3** | Track 315 | ⬇

英初 | 國12 | 會考

naked [`nekɪd]

adj. 赤身的、裸露的
同 bare 赤裸的、暴露的

英中 | 大4 | 學測

namely [`nemlɪ]

adv. 即、也就是

英初 | 國12 | 會考

napkin [`næpkɪn]

n. 餐巾
名詞複數 napkins
同 mocket 餐巾

英中 | 大6 | 學測

narrative [`nærətɪv]

n. 敘述、講述
名詞複數 narratives
同 story 故事、敘述
家族字彙
- narrative
- narrate **v.** 講、敘述
- narration **n.** 敘述

英中 | 大5 | 學測

nasty [`næstɪ]

adj. 令人討厭的、令人厭惡的
形容詞變化 ➤ more nasty;
the most nasty
同 loathy 令人討厭的
反 delightful 討人喜歡的

🎧 | **MP3** | Track 316 | ⬇

英中 | 大4 | 學測

nationality [ˌnæʃənˋælətɪ]

n. 國籍、民族
名詞複數 nationalities
同 nation 國家、民族
家族字彙
- nationality
- nationalize **v.** 國有化
- national **adj.** 國家的、全國的

英中 | 學測

naturally [`nætʃərəlɪ]

adv. 天然地、天生地
同 natively 生來地、天然地
家族字彙
- naturally
- natural **adj.** 自然的、天然的
- naturalism **n.** 自然（狀態）
- naturalist **n.** 自然主義者

英中 | 大6 | 學測

naval [`nevl̩]

adj. 海軍的
同 marine 海軍的、海事的

英中 | 大6 | 學測

navigation [ˌnævəˋgeʃən]

n. 導航、領航
名詞複數 navigations
同 sailing 航行、航海術、啟航
家族字彙
- navigation
- navigate **v.** 航行
- navigator **n.** 航行者、航海員

英初　國20　會考

navy [ˈnevɪ]

n. 海軍
名詞複數 navies
同 marine 海軍陸戰隊士兵

🎧 | **MP3** | Track 317 | ⬇

英初　國12　會考

nearby [ˈnɪrˈbaɪ]

adj. 附近的　**adv.** 在附近
同 neighbouring 接壤的、鄰近的

英中　學測

necessarily [ˈnɛsəˌsɛrəlɪ]

adv. 必要地、必需地
同 inevitably 不可避免地、必然地
反 accidentally 偶然地、意外地
家族字彙
├necessarily
└necessary **adj.** 必要的、必然的

英初　國20　會考

necessity [nəˈsɛsətɪ]

n. 必需品、必要
名詞複數 necessities
同 requirements 要求、必要條件、需要

英初　國12　會考

negative [ˈnɛgətɪv]

adj. 反面的、消極的　**n.** 負片、底片
名詞複數 negatives
形容詞變化 more negative; the most negative
同 passive 被動的、消極的
反 positive 積極的
家族字彙
├negative
├negation **n.** 否定
└negatively **adv.** 消極地

英中　大4　學測

neglect [nɪˈglɛkt]

v. 忽視、疏忽　**n.** 疏忽、玩忽
名詞複數 neglects
動詞變化 neglected; neglected; neglecting
同 negligence 疏忽、粗心大意
反 carefulness 細心、謹慎
家族字彙
├neglect
└neglectful **adj.** 疏忽的、不注意的

🎧 | **MP3** | Track 318 | ⬇

英中　大4　學測

negotiate [nɪˈgoʃɪˌet]

v. 洽談、協商
動詞變化 negotiated; negotiated; negotiating
同 transact 交易、談判
家族字彙
├negotiate
└negotiation **n.** 協商

英中　學測

Negro [ˈnigro]

n. 黑人
名詞複數 Negros
同 blacks 黑人
家族字彙
├Negro
└Negroid **n.** 黑人

英初　國20　會考

neighborhood [ˈnebɚˌhʊd]

n. 街坊、鄰近地區
名詞複數 neighborhoods
同 vicinity 鄰近、周邊地區
反 remoteness 遙遠、偏僻
家族字彙
├neighborhood
├neighbor **n.** 鄰居
└neighboring **adj.** 鄰近的、接壤的

nephew [ˈnɛfju]

n. 侄子、外甥
名詞複數 nephews
反 niece 侄女、外甥女

---

nerve [nɝv]

n. 勇氣、膽量
名詞複數 nerves
同 courage 勇氣、膽量
家族字彙
┌nerve
└nerveless **adj.** 無力的、無勇氣的

🎧 | **MP3** | Track 319 | ⬇

nervous [ˈnɝvəs]

adj. 焦慮的、緊張不安的
形容詞變化 more nervous;
　　　　 the most nervous
同 anxious 焦慮的
反 serene 安詳的、寧靜的
家族字彙
┌nervous
└nervously **adv.** 神經質地、膽怯地

---

nest [nɛst]

n. 巢、窩　**v.** 築巢
名詞複數 nests
動詞變化 nested; nested; nesting
同 nidus 巢

---

network [ˈnɛtˌwɝk]

n. 網狀物、廣播網
名詞複數 networks
同 net 網、網狀物
家族字彙
┌network
└net **n.** 網

neutral [ˈnjutrəl]

adj. 中立的、不偏不倚的
形容詞變化 more neutral;
　　　　 the most neutral
同 indifferent 中立的
反 partial 偏袒的、偏愛的
家族字彙
┌neutral
├neutrality **n.** 中立
└neutralize **v.** 使無效、中和

---

nevertheless

[ˌnɛvəðəˈlɛs]
adv. 仍然、然而
同 however 然而

🎧 | **MP3** | Track 320 | ⬇

niece [nis]

n. 侄女、甥女
名詞複數 nieces
反 nephew 侄子、外甥

---

nightmare [ˈnaɪtˌmɛr]

n. 惡夢、可怕的事物
名詞複數 nightmares
同 dread 可怕的事

---

nitrogen [ˈnaɪtrədʒən]

n. 氮氣

---

nonsense [ˈnɑnsɛns]

n. 胡說、廢話
名詞複數 nonsenses
同 rubbish 廢物、廢話

英初 國12 會考

noodle [ˈnudl̩]

n. 麵條
名詞複數 noodles
同 pasta 義大利麵
家族字彙
  noodle
  noodlehead n. 笨蛋

🎧 | MP3 | Track 321 | ⬇

英初 國20 會考

normal [ˈnɔrml̩]

adj. 常態的、一般的
形容詞變化 more normal;
the most normal
同 average 一般的、通常的
反 extraordinary 不平常的、特別的、非凡的
家族字彙
  normal
  normally adv. 通常、正常地
  normalization n. 正常化、標準化

英中 學測

normally [ˈnɔrml̩ɪ]

adv. 通常、正常地
同 usually 通常
家族字彙
  normally
  normal adj. 正常的、平常的、正規的、規範的

英中 大5 學測

noticeable [ˈnotɪsəbl̩]

adj. 顯而易見的
形容詞變化 more noticeable;
the most noticeable
同 obvious 明顯的、顯然的
家族字彙
  noticeable
  notice v. 注意
  noticeably adv. 顯著地、顯然

英中 大5 學測

notify [ˈnotəˌfaɪ]

v. 通知、告知、報告
動詞變化 notified; notified; notifying
同 inform 通知、告訴
家族字彙
  notify
  notification n. 通知單、通告、告示

英中 大5 學測

notion [ˈnoʃən]

n. 概念、觀念
名詞複數 notions
同 concept 概念、觀念
家族字彙
  notion
  notional adj. 抽象的

🎧 | MP3 | Track 322 | ⬇

英中 大6 學測

nourish [ˈnɜʃ]

v. 增強
動詞變化 nourished; nourished;
nourishing
同 strengthen 增加、加強
反 weaken 減弱
家族字彙
  nourish
  nourishment n. 食物

英初 國12 會考

novel [ˈnɑvl̩]

n. 小說 adj. 新穎的、新奇的
名詞複數 novels
形容詞變化 more novel;
the most novel
同 fresh 新鮮的、新穎的
反 old 舊的、過時的
家族字彙
  novel
  novelist n. 小說家
  novelty n. 新奇事物、新奇

nowadays [ˈnaʊəˌdez]

adv. 現在、現今
同 presently 現在、目前
反 previously 以前

---

nowhere [ˈnoˌhwɛr]

adv. 任何地方都不
同 noplace 任何地方都不

---

nuclear [ˈnjuklɪə]

adj. 核心的、中心的
同 central 核心的、中心的

🎧 | **MP3** | Track 323 | ⬇

---

nucleus [ˈnjuklɪəs]

n. 核、核心
名詞複數 nucleuses
同 core 核心

---

nuisance [ˈnjusn̩s]

n. 令人討厭的東西、討厭的人
名詞複數 nuisances
同 blighter 討厭的人、可惡的傢伙

---

numerous [ˈnjumərəs]

adj. 眾多的、許多的
形容詞變化 more numerous; the most numerous
同 many 許多的
反 few 很少的、少數的
家族字彙
┌numerous
├numerate **adj.** 數學基礎好的
├numerable **adj.** 可數的
└numeral **n.** 數字

---

nursery [ˈnɝsrɪ]

n. 托兒所、保育室
名詞複數 nurseries
同 creche 托兒所、孤兒院
家族字彙
┌nursery
└nurse **n.** 護士、保姆、保育員

---

nylon [ˈnaɪlɑn]

n. 尼龍
名詞複數 nylons

Oo

🎧 | **MP3** | Track 324 | ⬇

objection [əbˋdʒɛkʃən]

n. 反對、異議
名詞複數 objections
同 opposition 反對
反 approval 贊成、同意、批准
家族字彙

- objection
- object **n.** 物體、客體、目的
- objectionable **adj.** 令人厭惡的
- objectify **v.** 使具體化
- objectivate **v.** 使客觀化
- objective **adj.** 客觀的
- objectively **adv.** 客觀地
- objectivism **n.** 客觀性

英中　大4　學測

objective [əbˋdʒɛktɪv]

n. 目標、目的
adj. 客觀的、不帶偏見的
形容詞變化 more objective;
the most objective
同 impersonal 不受個人感情影響的、客觀的
反 subjective 主觀的
家族字彙

- objective
- objection **n.** 反對、異議

英中　大6　學測

obligation [ˌɑbləˋgeʃən]

n. 義務、責任
名詞複數 obligations
同 responsibility 責任、義務
家族字彙

- obligation
- obligatory **adj.** 有義務的

英中　大6　學測

oblige [əˋblaɪdʒ]

v. 迫使、施恩於
動詞變化 obliged; obliged; obliging
同 appreciate 感激、賞識
家族字彙

- oblige
- obliging **adj.** 樂於助人的

英中　大4　學測

observation
[ˌɑbzɝˋveʃən]

n. 注意、觀察
名詞複數 obligations
同 attention 注意、注意力
家族字彙

- observation
- observe **v.** 注意到、觀察

🎧 | **MP3** | Track 325 | ⬇

英初　國20　會考

observe [əbˋzɝv]

v. 注意到、察覺到
動詞變化 observed; observed;
observing
同 notice 注意到、察覺到
家族字彙

- observe
- observer **n.** 觀察者、觀察員
- observatory **n.** 天文臺、氣象臺、瞭望台

英中　大5　學測

observer [əbˋzɝvɚ]

n. 觀察者、觀察員
名詞複數 observers
同 scrutator 觀察者、檢查者
家族字彙

- observer
- observe **v.** 注意到、觀察
- observatory **n.** 天文臺
- observing **adj.** 觀察力敏銳的

A B C D E F G H I J K L M N O P Q R S T U V W X Y Z

obstacle [ˈɑbstəkl̩]

n. 障礙、妨礙
名詞複數 obstacles
同 hindrance 妨害、障礙、阻礙物
反 help 助長

---

obtain [əbˈten]

v. 獲得、得到
動詞變化 obtained; obtained; obtaining
同 gain 獲得
反 lose 失去
家族字彙
- obtain
- obtainable **adj.** 能得到的
- obtainment **n.** 獲得

---

obvious [ˈɑbvɪəs]

adj. 顯然的、明顯的
形容詞變化 more obvious; the most obvious
同 evident 明顯的
家族字彙
- obvious
- obviously **adv.** 明顯地、顯而易見地

🎧 | **MP3** | Track 326 | ⬇

occasion [əˈkeʒən]

n. 時機、機會 **v.** 引起、惹起
名詞複數 occasions
同 opportunity 時機
家族字彙
- occasion
- occasionally **adv.**
- occasionalism **n.** 偶因論
- occasionalist **n.** 機會論者
- occasional **adj.** 偶爾的、偶爾發生的

---

occasional [əˈkeʒən̩l]

adj. 偶爾的、間或發生的
同 incidental 偶然的
反 necessary 必然的
家族字彙
- occasional
- occasionalism **n.** 偶因論
- occasionalist **n.** 機會論者
- occasionally **adv.** 偶然地、非經常地
- occasion **n.** 時刻、場合、盛會、時機、起因

---

occupation [ˌɑkjəˈpeʃən]

n. 工作、職業
名詞複數 occupations
同 profession 職業
家族字彙
- occupation
- occupied **adj.** 已被占的
- occupy **v.** 占、占領、使忙碌、使從事

---

occupy [ˈɑkjəˌpaɪ]

v. 使忙碌、使從事
動詞變化 occupied; occupied; occupying
同 engage 從事於
家族字彙
- occupy
- occupied **adj.** 已被占的、已居住的
- occupation **n.** 工作、職業、從事的活動、消遣、占領

---

occur [əˈkɝ]

v. 發生、存在
動詞變化 occurred; occurred; occurring
同 happen 發生
家族字彙
- occur
- occurrence **n.** 發生的事情、事件、發生、出現

| 英中 | 大5 | 學測 |

occurrence [ə`kɜəns]
n. 發生、出現
名詞複數 occurrences
同 emersion 浮現、出現
家族字彙
- occurrence
- occur **v.** 發生、出現

| 英初 | 國20 | 會考 |

odd [ɑd]
adj. 奇特的、古怪的
n. 可能性、機會
名詞複數 odds
同 eccentric 古怪的
家族字彙
- odd
- oddly **adv.** 奇妙地、古怪地

| 英中 | 大5 | 學測 |

odds [ɑds]
n. 可能的機會、成敗的可能性
同 difference 差別、差異

| 英中 | 大4 | 學測 |

offend [ə`fɛnd]
v. 違犯、違反
動詞變化 offended; offended; offending
同 violate 違反、違背
反 abide 遵守
家族字彙
- offend
- offender **n.** 冒犯者、罪犯

| 英中 | 大4 | 學測 |

offense [ə`fɛns]
n. 違法行為、冒犯
名詞複數 offenses
同 violation 冒犯、侵害
家族字彙
- offense
- offensive **adj.** 冒犯的、使人不快的、進攻的

| 英中 | 大4 | 學測 |

offensive [ə`fɛnsɪv]
adj. 使人不快的、攻擊性的
n. 進攻、攻勢
名詞複數 offensives
形容詞變化 more offensive; the most offensive
同 attack 攻擊、抨擊
家族字彙
- offensive
- offensively **adv.** 冒犯地
- offense **n.** 犯規、違法行為、冒犯、得罪

| 英初 | 國12 | 會考 |

omit [o`mɪt]
v. 遺漏、疏忽
動詞變化 omitted; omitted; omitting
同 miss 漏掉
家族字彙
- omit
- omission **n.** 遺漏、省略

| 英初 | 國12 | 會考 |

onion [`ʌnjən]
n. 洋蔥、洋蔥類植物
名詞複數 onions

| 英中 | 會考 |

opening [`opənɪŋ]
n. 開始、開端
名詞複數 openings
同 beginning 開始、開端
反 ending 結尾、結局
家族字彙
- opening
- open **adj.** 開的、開放的、公開的

| 英中 | 大4 | 學測 |

opera [`ɑpərə]
n. 歌劇、歌劇院
名詞複數 operas

A
B
C
D
E
F
G
H
I
J
K
L
M
N
O
P
Q
R
S
T
U
V
W
X
Y
Z

| 英中 | 大6 | 學測 |

operational [ˌɑpəˈreʃən!]

adj. 運轉的、即可使用的

家族字彙
- operational
- operation **n.** 操作、經營、手術
- operate **v.** 運轉、動手術、起作用、操作、經營

| 英初 | 國20 | 會考 |

operator [ˈɑpəˌretɚ]

n. 話務員、報務員
名詞複數 operators
同 telephonist 話務員、接線生
家族字彙
- operator
- operate **v.** 運轉、動手術、起作用、操作、經營

| 英初 | 國12 | 會考 |

opinion [əˈpɪnjən]

n. 意見、看法
名詞複數 opinions
同 view 觀點、看法

| 英中 | 大5 | 學測 |

opponent [əˈponənt]

n. 敵手、對手、反對者
名詞複數 opponents
同 rival 對手

| 英初 | 國20 | 會考 |

opportunity
[ˌɑpɚˈtjunətɪ]

n. 機會、時機
名詞複數 opportunities
同 chance 機會
家族字彙
- opportunity
- opportune **adj.** 合時宜的

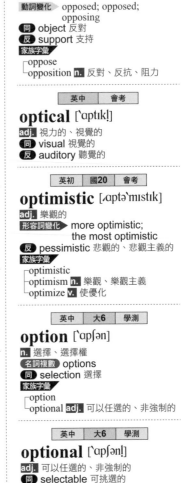

| 英中 | 大4 | 學測 |

oppose [əˈpoz]

v. 反對、反抗
動詞變化 opposed; opposed; opposing
同 object 反對
反 support 支持
家族字彙
- oppose
- opposition **n.** 反對、反抗、阻力

| 英中 | 會考 |

optical [ˈɑptɪk!]

adj. 視力的、視覺的
同 visual 視覺的
反 auditory 聽覺的

| 英初 | 國20 | 會考 |

optimistic [ˌɑptəˈmɪstɪk]

adj. 樂觀的
形容詞變化 more optimistic; the most optimistic
反 pessimistic 悲觀的、悲觀主義的
家族字彙
- optimistic
- optimism **n.** 樂觀、樂觀主義
- optimize **v.** 使優化

| 英中 | 大6 | 學測 |

option [ˈɑpʃən]

n. 選擇、選擇權
名詞複數 options
同 selection 選擇
家族字彙
- option
- optional **adj.** 可以任選的、非強制的

| 英中 | 大6 | 學測 |

optional [ˈɑpʃən!]

adj. 可以任選的、非強制的
同 selectable 可挑選的
家族字彙
- optional
- option **n.** 選擇權、可選物、優先購買權

英中　大4　學測

oral [`orəl]

adj. 口頭的、口的
同 verbal 口頭的
家族字彙
┌oral
└orally **adv.** 口頭地、口述地

英中　大4　學測

orbit [`ɔrbɪt]

n. 軌道、生活圈子　**v.** 作軌道運行
名詞複數 orbits
動詞變化 orbited; orbited; orbiting
同 path 小路、軌道
家族字彙
┌orbit
└orbital **adj.** 軌道的

英中　大4　學測

orchestra [`ɔrkɪstrə]

n. 管弦樂隊
名詞複數 orchestras

英中　大6　學測

orderly [`ɔrdəlɪ]

adj. 整齊的、有秩序的
形容詞變化 more orderly;
　　　　　the most orderly
同 tidy 整齊的、整潔的
反 dirty 髒的
家族字彙
┌orderly
└order **n.** 順序、訂購、秩序、命令

英中　會考

ore [or]

n. 礦、礦石
名詞複數 ores
同 mineral 礦物、礦石
家族字彙
┌ore
└orebody **n.** 礦石之蘊藏量

英初　國12　會考

organ [`ɔrgən]

n. 新聞媒介、宣傳工具
名詞複數 organs
同 media 新聞媒介
家族字彙
┌organ
├organic **adj.** 有機的、有機物的
├organically **adv.** 有機耕作地
└organicism **n.** 有機體說

英中　大4　學測

organic [ɔr`gænɪk]

adj. 有機的、有機物的
反 inorganic 無機的
家族字彙
┌organic
├organically **adv.** 有機耕作地
├organicism **n.** 有機體說
└organ **n.** 器官、風琴、機構、新聞媒
　　　　　介、宣傳工具

英初　國12　會考

organisation
[ˌɔrgənə`zeʃən]

n. (=organization) 機構、組織
名詞複數 organisations
同 group 團體、集團
家族字彙
┌organisation
└organise **v.** 組織、有機化、安排

英初　國12　會考

organise [`ɔrgənˌaɪz]

v. (=organize) 組織、使有條理
動詞變化 organised; organised;
　　　　　organising
同 arrange 安排、籌畫
家族字彙
┌organise
├organised **adj.** 有秩序的、有組織的
├organisation **n.** 團體、機構、組織
└organism **n.** 生物、有機體、有機組織

A B C D E F G H I J K L M N O P Q R S T U V W X Y Z

英中 | 大6 | 學測

organism [ˈɔrgənˌɪzəm]

n. 生物、有機體
名詞複數 organisms
家族字彙
┌organism
└organise **v.** 組織、有機化、安排

🎧 | **MP3** | Track 333 | ⬇

英初 | 國20 | 會考

origin [ˈɔrədʒɪn]

n. 來源、出身
名詞複數 origins
同 birth 出身、起源
家族字彙
┌origin
└original **adj.** 原來的、獨創的、原版的

英初 | 國20 | 會考

original [əˈrɪdʒənḷ]

adj. 起初的、原來的　**n.** 原件、原作
名詞複數 originals
同 initial 開始的、最初的
反 ultimate 終極的、最後的
家族字彙
┌original
├origin **n.** 來源
├originality **n.** 獨創性
└originally **adv.** 本來、獨創地

英中 | 大5 | 學測

ornament [ˈɔrnəmənt]

n. 點綴品、裝飾　**v.** 裝飾、點綴
名詞複數 ornaments
動詞變化 ornamented; ornamented; ornamenting
同 beautify 美化、修飾
反 uglify 醜化
家族字彙
┌ornament
└ornamental **adj.** 裝飾的

英中 | 大5 | 學測

ounce [aʊns]

n. 盎司
名詞複數 ounces

英中 | 大4 | 學測

outcome [ˈaʊtˌkʌm]

n. 結果、出路
名詞複數 outcomes
同 result 結果

🎧 | **MP3** | Track 334 | ⬇

英初 | 國20 | 會考

outer [ˈaʊtɚ]

adj. 外面的、外表的
同 external 外部的、外面的
反 interior 內部的
家族字彙
┌outer
└out **adv.** 在外

英中 | 大6 | 學測

outlet [ˈaʊtˌlɛt]

n. 出口、出路
名詞複數 outlets
同 egress 出口

英初 | 國20 | 會考

outline [ˈaʊtˌlaɪn]

n. 提綱、概要　**v.** 概述、概括
名詞複數 outlines
動詞變化 outlined; outlined; outlining
同 summarize 概述、摘要而言

英中 | 大6 | 學測

outlook [ˈaʊtˌlʊk]

n. 觀點、見解、展望、前景
名詞複數 objections
同 viewpoint 觀點、看法

英中　大5　學測

output [ˈaʊtˌpʊt]
n. 產量、輸出　**v.** 輸出
名詞複數 outputs
動詞變化 output; output; outputting
同 export 輸出
反 import 進口、輸入

🎧 | **MP3** | Track 335 | ⬇

英中　大6　學測

outset [ˈaʊtˌsɛt]
n. 開始、開端
名詞複數 outsets
同 beginning 開始、開端
反 termination 終止、結束

英中　大4　學測

outstanding [ˈaʊtˈstændɪŋ]
adj. 未解決的、未償付的
形容詞變化 more outstanding; the most outstanding
同 owing 欠著的、未付的
反 paid 已付錢的
家族字彙
┌outstanding
├outstand **v.** 突出、卓然獨立
└outstandingly **adv.** 醒目地

英中　大5　學測

outward [ˈaʊtwəd]
adj. 外表的、外面的　**adv.** 向外
同 outer 外面的、外表的
反 inside 裡面的

英中　大4　學測

oval [ˈovl̩]
n. 橢圓形　**adj.** 橢圓形的
名詞複數 ovals
同 ellipse 橢圓

英初　國12　會考

oven [ˈʌvən]
n. 烤箱、爐
名詞複數 ovens
同 toaster 烤麵包機
家族字彙
┌oven
└ovenproof **adj.** 耐烤箱高溫的

🎧 | **MP3** | Track 336 | ⬇

英中　大5　學測

overall [ˈovəˌɔl]
adj. 總體的、全面的　**adv.** 總的來說
n. 工作服（複數）
名詞複數 overalls
同 total 總的、全體的
反 segmental 部分的

英中　大4　學測

overcome [ˌovəˈkʌm]
v. 戰勝、克服
動詞變化 overcame; overcome; overcoming
同 defeat 戰勝

英中　大6　學測

overhead [ˈovəˌhɛd]
adv. 在頭頂上
adj. 在頭頂上的、上面的
n. 經營費用、管理費用
名詞複數 overheads
同 upper 上面的
反 below 在下面

英中　大4　學測

overlook [ˌovəˈlʊk]
v. 忽視、忽略
動詞變化 overlooked; overlooked; overlooking
同 neglect 忽視、疏忽
反 value 重視、評價

A
B
C
D
E
F
G
H
I
J
K
L
M
N
O
P
Q
R
S
T
U
V
W
X
Y
Z

overnight [`ovə`naɪt]

adv. 一夜之間、在短時間內
同 abrupt 突然的、意外的

🎧 | **MP3** | Track 337 | ⬇

overseas [ˌovə`siz]

adv. 海外、國外
adj. 海外的、國外的
同 foreign 外國的
反 domestic 國內的

overtake [ˌovə`tek]

v. 趕上、超過
動詞變化 overtook; overtaken; overtaking
同 surpass 超過
反 lag 落後、滯後

overwhelm [ˌovə`hwɛlm]

v. 征服、制服
動詞變化 overwhelmed; overwhelmed; overwhelming
同 conquer 征服
家族字彙
┌ overwhelm
├ overwhelming **adj.** 勢不可擋地
└ overwhelmingly **adv.** 無可抵抗地

owe [o]

v. 歸功於、欠錢
動詞變化 owed; owed; owing
同 attribute 把……歸於
家族字彙
┌ owe
└ owing **adj.** 應付的、未付的

owing [`oɪŋ]

adj. 應付的、未付的
名詞複數 objections
同 outstanding 未支付的
反 paid 已付錢的
家族字彙
┌ owing
└ owe **v.** 欠、應該把……歸功於、感激、感恩

🎧 | **MP3** | Track 338 | ⬇

owner [`onə]

n. 物主、所有人
名詞複數 owners
同 possessor 持有人、所有人
家族字彙
┌ owner
└ ownership **n.** 所有（權）、所有制

ownership [`onəʃɪp]

n. 所有
名詞複數 ownerships
同 possession 財產、所有
家族字彙
┌ ownership
└ owner **n.** 物主、所有人

oxygen [`ɑksədʒən]

n. 氧、氧氣
名詞複數 oxygens

◎請根據題意，選出最適合的選項

01. If you want to go to Tibet, the quickest _____ is to take a plane.
    A. mode   B. manner   C. means   D. mean

02. Though he has _____ his requirement and increased the salary, people still have little interest in that vacancy.
    A. low   B. lower   C. slower   D. lowered

03. He majors in mathematics and _____ in some other subjects.
    A. takes   B. minors   C. lies   D. consists

04. Despite his twenty-four years, he was not yet _____ enough to realize that what he was doing was wrong.
    A. developed   B. sophisticated   C. aged   D. mature

05. You shouldn't have written in the _____. This book belongs to the library.
    A. margin   B. borders
    C. mark   D. boundaries

06. Most Americans believe that their society is based on the _____ of personal equality and liberty.
    A. ideas   B. notions   C. ideals   D. notices

07. His survival after the severe car accident is a _____.
    A. surprise   B. marvel   C. mirror   D. miracle

08. All of us are unaware of what the _____ of the war will be.
    A. development   B. expectation
    C. outcome   D. possibility

09. A passenger was arrested immediately after the airplane landed because drugs were found in his _____.
    A. package   B. pact   C. compact   D. cloth

10. When animals have more food, they generally _____ faster.
    A. multiple   B. add   C. multiply   D. increase

01. 答案為【C】。
含意「如果你想去西藏，最快的方式是搭飛機。」means 方式、方法；mode 模式、狀態；manner 禮貌；mean 打算。

02. 答案為【D】。
含意「雖然他已經降低要求且提高薪資，人們還是對那個職缺沒有興趣。」lower 降低、放下；low 低的、矮的；slower 較慢的。

03. 答案為【B】。
含意「他主修數學，副修其他科目。」minor in 兼修、副修；take in 吸收、吸納；lie in 在於；consist in 在於、存在於。

04. 答案為【D】。
含意「儘管他已經 24 歲了，還是不夠成熟，無法了解他所做的事是錯的。」mature 成熟的、慎重的；developed 發達的；sophisticated 複雜的、世故的；aged 上年歲的。

05. 答案為【A】。
含意「你不應該在空白處寫東西，這本書是圖書館的。」margin 頁邊空白；border 邊境、邊界；mark 記號、標誌；boundary 界限、邊界。

06. 答案為【B】。
含意「大多數美國人相信他們的社會是建立在人人平等及自由的觀念上。」notion 觀念、信念；idea 想法、主意；ideal 理想的；notice 通知、佈告。

07. 答案為【D】。
含意「他在那場嚴重的車禍中存活下來真是奇蹟。」miracle 奇蹟、令人驚奇的人或物；surprise 驚奇、令人驚訝的事；marvel 奇異的事物；mirror 鏡子、反映。

08. 答案為【C】。
含意「我們大家都不知道戰爭的結局會是怎樣。」outcome 結果；development 發展、演變；expectation 期望；possibility 可能性。

09. 答案為【A】。
含意「飛機降落後一名乘客立刻被逮捕，因為在他的包裹裡發現了毒品。」package 包裹；pact 合約；compact 契約；cloth 布料。

10. 答案為【C】。
含意「當動物的食物越充足，他們就會繁殖的更快。」multiply 繁殖；multiple 複合的、多重的；add 增加；increase 增加。

Pp

英中 | 大4 | 學測

pace [pes]

n. 步速、速度 **v.** 踱步

名詞複數 paces

動詞變化 paced; paced; pacing

同 speed 速率、速度

家族字彙

- pace
- pacy **adj.** 進展迅速的
- paced **adj.** 以步測量的
- pacemaker **n.** 先導者
- pacer **n.** 步測者

英初 | 國12 | 會考

package [ˋpækɪdʒ]

n. 包裹、包裝

v. 把……打包、把……裝箱、包裝

名詞複數 packages

動詞變化 packaged; packaged; packaging

同 parcel 包裹

家族字彙

- package
- packaging **n.** 包裝
- packager **n.** 包裝者

🎧 | **MP3** | Track 339 | ⬇

英初 | 國20 | 會考

pad [pæd]

n. 墊、襯墊 **v.** 填塞、放輕腳步走

名詞複數 pads

動詞變化 padded; padded; padding

同 cushion 墊子、墊狀物

家族字彙

- pad
- padded **adj.** 填充的
- padding **n.** 墊充、墊塞、填料

英初 | 國12 | 會考

painful [ˋpenfəl]

adj. 疼痛的、引起疼痛的

形容詞變化 more painful; the most painful

同 afflictive 令人痛苦的、難受的、苦惱的

家族字彙

- painful
- pain **n.** 痛苦、辛苦
- painfully **adv.** 痛苦地、惱人地
- painless **adj.** 無痛的、不痛的

英初 | 國12 | 會考

painter [ˋpentɚ]

n. 畫家、油漆匠

名詞複數 painters

家族字彙

- painter
- paint **v.** 油漆、繪畫
- painting **n.** 油漆、繪畫

英初 | 國12 | 會考

palm [pɑm]

n. 手掌、掌狀物

v. 把……藏於手（掌）中

名詞複數 palms

動詞變化 palmed; palmed; palming

同 thenar 手掌

家族字彙

- palm
- palmer **adj.** 手掌的
- palmate **adj.** 掌狀的
- palmatifid **adj.** 成掌狀分裂的
- palmy **adj.** 棕櫚的、繁榮的、多棕櫚的

英中 | 大4 | 學測

panel [ˋpæn!]

n. 面板

名詞複數 panels

同 group 組、類

家族字彙

- panel
- paneling **n.** 嵌板、嵌板板材、鑲板
- panelist **n.** 小組辯論、猜謎參加者

A B C D E F G H I J K L M N O P Q R S T U V W X Y Z

英初　國12　會考

panic [ˋpænɪk]

n. 恐慌、驚慌　**v.** 恐慌、驚慌失措

名詞複數 panics

動詞變化 panicked; panicked; panicking

同 scare 驚恐、大恐慌

家族字彙
- panic
- panicky **adj.** 恐慌的、驚慌失措的

英初　國1　會考

pants [pænts]

n. 長褲

同 trousers 褲子、長褲

家族字彙
- pants
- pantalets **n.** 燈籠褲
- pantaloon **n.** 褲子

英初　國20　會考

parade [pəˋred]

n. 遊行、檢閱　**v.** 列隊行進、遊行

名詞複數 parades

動詞變化 paraded; paraded; parading

同 march 齊步走、行進

家族字彙
- parade
- parader **n.** 遊行者

英中　大5　學測

parallel [ˋpærəˌlɛl]

n. 可相比擬的事物、相似處
adj. 類似的、相對應的
v. 與……相似、與……相當

名詞複數 parallels

動詞變化 paralleled, parallelled; paralleled, parallelled; paralleling, parallelling

同 similar 相似的、類似的

家族字彙
- parallel
- parallelism **n.** 平行、類似、對應

英初　國20　會考

parcel [ˋpɑrsl̩]

n. 小包、包裹　**v.** 分、分配

名詞複數 parcels

動詞變化 parceled, parcelled; parceled, parcelled; parceling, parcelling

同 package 包裹

英中　大6　學測

parliament [ˋpɑrləmənt]

n. 議會、國會

名詞複數 parliaments

同 congress 代表大會、美國國會

家族字彙
- parliament
- parliamentarian **n.** 國會議員
- parliamentary **adj.** 議會的、合乎議會法規的

英中　大4　學測

partial [ˋpɑrʃəl]

adj. 部分的、不完全的

同 fractional 部分的、少量的

反 total 完全的、全部的

家族字彙
- partial
- part **n.** 部分
- partially **adv.** 偏愛地、偏袒地
- partiality **n.** 偏愛、偏袒

英初　國20　會考

participate [pɑrˋtɪsəˌpet]

v. 參與、參加

動詞變化 participated; participated; participating

同 partake 參加、參與

家族字彙
- participate
- participant **n.** 關係者、參與者
- participation **n.** 分享、參與

英中　大5　學測

particle [ˋpɑrtɪkl̩]

n. 微粒、顆粒
名詞複數 particles
同 atom 微小物

英中　會考

particularly [pəˋtɪkjələlɪ]

adv. 特別、尤其
同 especially 特別、格外、尤其
家族字彙
- particularly
- particular **adj.** 特別的、挑剔的
- particularity **n.** 特質、個性
- particularize **v.** 詳細說明、使特殊

🎧 | **MP3** | Track 342 | ⬇

英初　國12　會考

partner [ˋpɑrtnə]

n. 配偶、搭檔　**v.** 做……的搭檔
名詞複數 partners
動詞變化 partnered; partnered;
　　　　 partnering
同 mate 同伴、配偶
家族字彙
- partner
- partnership **n.** 合夥、合股

英初　國20　會考

passion [ˋpæʃən]

n. 激情、熱情
名詞複數 passions
同 enthusiasm 熱愛、熱情
反 coolness 冷淡
家族字彙
- passion
- passionately **adv.** 熱情地、激昂地
- passionless **adj.** 不熱情的、冷靜的
- passional **adj.** 熱情的
- passionate **adj.** 熱情的、易怒的、熱烈的

英中　大4　學測

passive [ˋpæsɪv]

adj. 被動的、消極的
形容詞變化 more passive;
　　　　　 the most passive
同 inactive 不活動的、不活躍的
反 active 活躍的、積極的
家族字彙
- passive
- passively **adv.** 被動地、順從地

英初　國20　會考

passport [ˋpæsˏport]

n. 護照
名詞複數 passports

英初　國12　會考

paste [pest]

n. 糊、漿糊　**v.** 黏、貼
動詞變化 pasted; pasted; pasting
同 glue 膠合、黏合、黏貼
家族字彙
- paste
- pasting **n.** 塗、黏合

🎧 | **MP3** | Track 343 | ⬇

英初　國12　會考

pat [pæt]

v. / n. 輕拍、輕打
adj. 非常恰當的、切合的
名詞複數 pats
動詞變化 patted; patted; patting
同 tap 輕拍、輕敲

英中　大5　學測

patch [pætʃ]

n. 補片、補丁　**v.** 補、修補
名詞複數 patches
動詞變化 patched; patched; patching
同 repair 修理、修補
家族字彙
- patch
- patchy **adj.** 縫補的、不調和的

patience [ˈpeʃəns]

n. 忍耐、耐心
同 tolerance 忍耐、忍耐力
反 impatience 性急、難耐
家族字彙
- patience
- patient **adj.** 忍耐的、有耐性的
- patiently **adv.** 有耐性地、有毅力地

pattern [ˈpætən]

n. 圖案、花樣
名詞複數 patterns
同 design 圖案、圖樣
家族字彙
- pattern
- patterning **n.** 圖形
- patternless **adj.** 無圖案的
- patterned **adj.** 有圖案的、組成圖案的

pave [pev]

v. 鋪路、鋪築
動詞變化 paved; paved; paving
同 floor 鋪設……的地面
家族字彙
- pave
- pavior **n.** 鋪面工
- paving **n.** 鋪砌、鋪面材料、路面
- paver **n.** 鋪路工、鋪路機、鋪路材料

🎧 | **MP3** | Track 344 | ⬇

paw [pɔ]

n. 爪、爪子 **v.** 用爪子抓
名詞複數 paws
動詞變化 pawed; pawed; pawing
家族字彙
- paw
- pawky **adj.** 狡猾的
- pawl **n.** 卡爪

payment [ˈpemənt]

n. 支付、付款
名詞複數 payments
家族字彙
- payment
- pay **v.** 付、支付
- payable **adj.** 可付的、有利益的
- payer **n.** 支付者、付款人
- payee **n.** 收款人、領款人

pea [pi]

n. 豌豆
名詞複數 peas
同 pease 豌豆

peach [pitʃ]

n. 桃（樹）
名詞複數 peaches
家族字彙
- peach
- peachy **adj.** 出色的、桃色的

peak [pik]

n. 山峰、頂點
v. 達到高峰、達到最大值
adj. 最大值的、高峰的
名詞複數 peaks
動詞變化 peaked; peaked; peaking
同 apex 頂、絕頂、峰
家族字彙
- peak
- peaked **adj.** 有尖峰的

🎧 | **MP3** | Track 345 | ⬇

pear [pɛr]

n. 梨、梨樹
名詞複數 pears

peculiar [pɪˋkjuljɚ]

英中　大4　學測

adj. 奇怪的、古怪的
形容詞變化 more peculiar;
　　　　　the most peculiar
同 strange 奇怪的、不可思議的
反 common 普通的、常見的
家族字彙
┌ peculiar
├ peculiarly **adv.** 古怪地、獨特地
└ peculiarity **n.** 特質、怪癖、特性

---

peer [pɪr]

英中　大4　學測

n. 同齡人、同等地位的人
v. 仔細看、費力地看
名詞複數 peers
動詞變化 peered; peered; peering
同 equal 同輩
反 peeress 貴族夫人、有爵位的婦女
家族字彙
┌ peer
├ peerage **n.** 貴族、貴族階級
└ peerless **adj.** 無比的、出類的

---

penalty [ˋpɛn!tɪ]

英中　大4　學測

n. 處罰、懲罰
名詞複數 penalties
同 punishment 處罰、懲罰
反 reward 獎賞、酬謝
家族字彙
┌ penalty
├ penalize **v.** 處刑、宣告有罪
└ penal **adj.** 刑法上的、刑罰的

---

penetrate [ˋpɛnəˏtret]

英中　大5　學測

v. 透入、滲入
動詞變化 penetrated; penetrated;
　　　　　penetrating
同 pierce 刺穿、穿入、洞悉
家族字彙
┌ penetrate
├ penetrating **adj.** 敏銳的、尖銳的
├ penetrative **adj.** 滲透的、深刻的
└ penetration **n.** 穿透、穿透能力

---

penny [ˋpɛnɪ]

英初　國20　會考

n. 便士
名詞複數 pennies, pence
家族字彙
┌ penny
├ penniless **adj.** 赤貧的、貧窮的
├ penny-wise **adj.** 省小錢的
└ pennyworth **n.** 一便士之值、合算的
　　　　　　　　　交易、少量

---

pension [ˋpɛnʃən]

英中　大6　學測

n. 養老金、撫恤金
v. 發給……養老金
名詞複數 pensions
動詞變化 pensioned; pensioned;
　　　　　pensioning
同 stipend 津貼、養老金
家族字彙
┌ pension
├ pensionable **adj.** 可領養老金的
├ pensionless **adj.** 無養老金的
└ pensioner **n.** 領養老金者、受奉養者

---

pepper [ˋpɛpɚ]

英初　國12　會考

n. 胡椒、胡椒粉
v. 在……上撒、使佈滿
名詞複數 peppers
動詞變化 peppered; peppered;
　　　　　peppering
家族字彙
┌ pepper
├ pepperbox **n.** 胡椒瓶
├ peppercorn **n.** 乾胡椒
├ peppergrass **n.** 胡椒草
└ peppery **adj.** 胡椒的、辛辣的

---

per [pɚ]

英初　國12　會考

prep. 每、每一
同 each 每個、每一

perceive [pəˋsiv]

v. 感覺、察覺

動詞變化 perceived; perceived; perceiving

同 detect 察覺、發覺

家族字彙
- perceive
- perceivable **adj.** 可感知的、可認識的
- perceivably **adv.** 可知覺地、可察覺地

🎧 | **MP3** | Track 347 | ⬇

percent [pəˋsɛnt]

adv. 每一百中有……地、百分之……地

adj. 百分之……的

n. 百分之……、百分點

名詞複數 percents

家族字彙
- percent
- percentage **n.** 百分率、百分比

percentage [pəˋsɛntɪdʒ]

n. 百分比、百分率

名詞複數 percentages

同 percent 百分比、百分數

家族字彙
- percentage
- percent **adj.** 百分之……的

perception [pəˋsɛpʃən]

n. 感知、洞察

名詞複數 perceptions

同 insight 洞察力、見識

家族字彙
- perception
- perceive **v.** 察覺、感知、理解
- perceptive **adj.** 知覺的、理解的
- perceptively **adv.** 知覺地、理解地、有洞察力地

perfection [pəˋfɛkʃən]

n. 完美、完善

反 imperfection 不完美、瑕疵、缺點

家族字彙
- perfection
- perfect **v.** 使完美, 使熟練, 修改
- perfectly **adv.** 完全地、完整地、無瑕疵地

perform [pəˋfɔrm]

v. 操作、實行

動詞變化 performed; performed; performing

同 execute 實行、履行

家族字彙
- perform
- performance **n.** 履行、執行
- performer **n.** 表演者

🎧 | **MP3** | Track 348 | ⬇

performance
[pəˋfɔrməns]

n. 履行、執行

名詞複數 performances

同 execution 執行、完成、實行

家族字彙
- performance
- perform **v.** 履行、執行、演出
- performer **n.** 表演者

periodical [ˌpɪrɪˋɑdɪkl̩]

n. 期刊 **adj.** 週期的、定期的

名詞複數 periodicals

家族字彙
- periodical
- period **n.** 時期、期間、週期
- periodically **adv.** 週期性地
- periodic **adj.** 週期性的

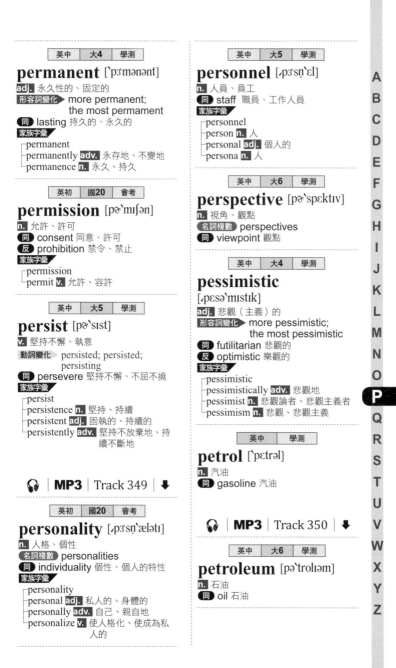

英中　大4　學測

permanent [ˈpɝmənənt]
adj. 永久性的、固定的
形容詞變化 ▶ more permanent;
the most permament
同 lasting 持久的、永久的
家族字彙
┌permanent
├permanently **adv.** 永存地、不變地
└permanence **n.** 永久、持久

英初　國20　會考

permission [pɚˈmɪʃən]
n. 允許、許可
同 consent 同意、許可
反 prohibition 禁令、禁止
家族字彙
┌permission
└permit **v.** 允許、容許

英中　大5　學測

persist [pɚˈsɪst]
v. 堅持不懈、執意
動詞變化 ▶ persisted; persisted;
persisting
同 persevere 堅持不懈、不屈不撓
家族字彙
┌persist
├persistence **n.** 堅持、持續
├persistent **adj.** 固執的、持續的
└persistently **adv.** 堅持不放棄地、持續不斷地

🎧 | **MP3** | Track 349 | ⬇

英初　國20　會考

personality [ˌpɝsṇˈælətɪ]
n. 人格、個性
名詞複數 personalities
同 individuality 個性、個人的特性
家族字彙
┌personality
├personal **adj.** 私人的、身體的
├personally **adv.** 自己、親自地
└personalize **v.** 使人格化、使成為私人的

英中　大5　學測

personnel [ˌpɝsṇˈɛl]
n. 人員、員工
同 staff 職員、工作人員
家族字彙
┌personnel
├person **n.** 人
├personal **adj.** 個人的
└persona **n.** 人

英中　大6　學測

perspective [pɚˈspɛktɪv]
n. 視角、觀點
名詞複數 perspectives
同 viewpoint 觀點

英中　大4　學測

pessimistic
[ˌpɛsəˈmɪstɪk]
adj. 悲觀（主義）的
形容詞變化 ▶ more pessimistic;
the most pessimistic
同 futilitarian 悲觀的
反 optimistic 樂觀的
家族字彙
┌pessimistic
├pessimistically **adv.** 悲觀地
├pessimist **n.** 悲觀論者、悲觀主義者
└pessimism **n.** 悲觀、悲觀主義

英中　學測

petrol [ˈpɛtrəl]
n. 汽油
同 gasoline 汽油

🎧 | **MP3** | Track 350 | ⬇

英中　大6　學測

petroleum [pəˈtrolɪəm]
n. 石油
同 oil 石油

| 英中 | 大6 | 學測 |

phase [fez]

n. 階段、時期 **v.** 分階段實行
名詞複數 phases
動詞變化 phased; phased; phasing
同 stage 階段、時期
家族字彙
- phase
- phasic **adj.** 形勢的、相位的
- phasedown **n.** 逐步減低
- phasis **n.** 發展中之某一階段或時期

| 英中 | 大4 | 學測 |

phenomenon
[fə`namə‚nan]

n. 現象、跡象
名詞複數 phenomena, phenomenons
同 prodigy 驚人的事物、不凡的人
家族字彙
- phenomenon
- phenomenal **adj.** 現象的、能知覺的
- phenomenally **adv.** 現象地、明白地
- phenomenalism **n.** 現象論
- phenomenology **n.** 現象論

| 英中 | 大4 | 學測 |

philosopher [fə`lasəfə]

n. 哲學家、哲人
名詞複數 philosophers
家族字彙
- philosopher
- philosophy **n.** 哲學、人生觀
- philosophical **adj.** 哲學的
- philosophically **adv.** 哲學上

| 英中 | 大4 | 學測 |

philosophy [fə`lasəfɪ]

n. 哲學、哲理
名詞複數 philosophies
家族字彙
- philosophy
- philosopher **n.** 哲學家、哲人
- philosophical **adj.** 哲學的
- philosophically **adv.** 哲學上

| 英初 | 國12 | 會考 |

phrase [frez]

n. 短語、片語 **v.** 用語言表達、敘述
名詞複數 phrases
動詞變化 phrased; phrased; phrasing
家族字彙
- phrase
- phrasal **adj.** 成語的、習慣用語的

| 英中 | 大4 | 學測 |

physical [`fɪzɪkl]

adj. 身體的、肉體的 **n.** 體檢
反 spiritual 精神上的
家族字彙
- physical
- physically **adv.** 實際上
- physicality **n.** 體形特徵

| 英中 | 大4 | 學測 |

physician [fə`zɪʃən]

n. 內科醫生
名詞複數 physicians
反 surgeon 外科醫生

| 英中 | 大4 | 學測 |

physicist [`fɪzɪsɪst]

n. 物理學家
名詞複數 physicists
家族字彙
- physicist
- physics **n.** 物理學
- physical **adj.** 身體的、物質的

| 英中 | 大6 | 學測 |

pierce [pɪrs]

v. 刺穿、刺破
動詞變化 pierced; pierced; piercing
同 penetrate 穿透、刺入
家族字彙
- pierce
- piercing **adj.** 諷刺的、刺穿的
- piercingly **adv.** 刺透地、尖銳地、感動地

英初　國20　會考

pill [pɪl]
n. 藥丸
名詞複數 pills

英中　大5　學測

pillar [ˋpɪlɚ]
n. 柱、支柱
名詞複數 pillars
同 post 柱子

英初　國12　會考

pillow [ˋpɪlo]
n. 枕頭
名詞複數 pillows
家族字彙
┌pillow
└pillowy **adj.** 枕頭般的、柔軟的

英中　大5　學測

pinch [pɪntʃ]
v. 掐、夾痛　**n.** 捏、掐
名詞複數 pinches
動詞變化 pinched; pinched; pinching
同 nip 捏住、掐住
家族字彙
┌pinch
└pinched **adj.** 壓緊的、收縮的

英初　國20　會考

pine [paɪn]
n. 松樹　**v.** 消瘦、衰弱
名詞複數 pines
家族字彙
┌pine
└piny **adj.** 松樹的、松樹般茂盛的

英初　國20　會考

pint [paɪnt]
n. 品脫
名詞複數 pints

英初　國20　會考

pit [pɪt]
n. 地洞、坑　**v.** 使有坑、使有凹陷
名詞複數 pits
動詞變化 pitted; pitted; pitting
同 cavity 洞、穴、凹處
家族字彙
┌pit
└pitted **adj.** 有麻點的、有凹痕的

英初　國12　會考

pitch [pɪtʃ]
n. 程度、強度　**v.** 投擲、扔
名詞複數 pitches
動詞變化 pitched; pitched; pitching
同 cast 扔、投、擲
家族字彙
┌pitch
└pitcher **n.** 投擲者、投手

英中　大5　學測

plague [pleg]
n. 瘟疫、鼠疫
v. 使痛苦、給……造成困難
名詞複數 plagues
動詞變化 plagued; plagued; plaguing

英初　國12　會考

planet [ˋplænɪt]
n. 行星
名詞複數 planets
家族字彙
┌planet
└planetary **adj.** 行星的、飄泊不定的

A
B
C
D
E
F
G
H
I
J
K
L
M
N
O
P
Q
R
S
T
U
V
W
X
Y
Z

英中　大5　學測

plantation [plæn`teʃən]

n. 種植園、人工林
名詞複數 plantations

英初　國20　會考

plastic [`plæstɪk]

n. 塑膠、塑膠製品
adj. 塑膠的、可塑的
名詞複數 plastics
同 changeable 可改變的
家族字彙
┌plastic
└plasticity **n.** 可塑性、塑性

英初　國12　會考

platform [`plætˌfɔrm]

n. 平臺、講臺
名詞複數 platforms
同 stage 講臺

英中　學測

plausible [`plɔzəb!]

adj. 似有道理的、似乎正確的
形容詞變化 ▶ more plausible;
　　　　　　the most plausible
同 sound 聽起來、聽上去
反 genuine 真正的、真實的
家族字彙
┌plausible
├plausibly **adv.** 貌似有理地
└plausibility **n.** 似乎有理、善辯

英中　大5　學測

pledge [plɛdʒ]

n. 保證、誓言　**v.** 保證、許諾
名詞複數 pledges
動詞變化 ▶ pledged; pledged; pledging
同 guarantee 保證、擔保
反 redeem 贖回、挽回
家族字彙
┌pledge
└pledger **n.** 立誓人、設定質權人

英中　大4　學測

plentiful [`plɛntɪfəl]

adj. 豐富的、充足的
形容詞變化 ▶ more plentiful;
　　　　　　the most plentiful
同 abundant 大量的、豐富的
反 scarce 缺乏的、不足的
家族字彙
┌plentiful
├plenty **n.** 充分、豐富、很多
└plentifully **adv.** 豐富地、充足地

英中　大4　學測

plot [plɑt]

n. 計畫、密謀　**v.** 密謀、計畫
名詞複數 plots
動詞變化 ▶ plotted; plotted; plotting
同 scheme 計畫、密謀
家族字彙
┌plot
├plotter **n.** 陰謀者、計畫者
└plotless **adj.** 沒有情節的

英中　大5　學測

plow [plaʊ]

n. 犁　**v.** 用犁耕地、奮力前進
名詞複數 plows
動詞變化 ▶ plowed; plowed; plowing
同 furrow 犁、耕、犁田

英初　國20　會考

plug [plʌg]

n. 插頭、插座
v. 把……塞住、用……塞住
名詞複數 plugs
動詞變化 ▶ plugged; plugged; plugging
同 clog 堵塞、塞滿
家族字彙
┌plug
├plugged **adj.** 塞緊的、堵住的
├plugger **n.** 填塞器
└plugola **n.** 插撥廣告

plunge [plʌndʒ]
英中　大5　學測

v. 猛力把……投入、使突然陷入
n. 投身入水、猛跌
名詞複數 plunges
動詞變化 plunged; plunged; plunging
同 dive 跳水、俯衝
家族字彙
- plunge
- plunging adj. 跳進的、突進的
- plunger n. 跳水者、活塞、潛水者

🎧 | **MP3** | Track 356 | ⬇

plural [ˈplʊrəl]
英中　大4　學測

adj. 複數的　**n.** 複數
名詞複數 plurals
反 singular 單數的
家族字彙
- plural
- plurality n. 複數、多數
- plurally adv. 複數地
- pluralize v. 使成複數、以複數表示

plus [plʌs]
英初　國12　會考

prep. 加、加上　**n.** 加號、正號
adj. 表示加的、正的
名詞複數 pluses
反 minus 減的、負的

poetry [ˈpoɪtrɪ]
英初　國1　會考

n. 詩篇、詩歌
同 verse 韻文、詩節、詩
家族字彙
- poetry
- poet n. 詩人
- poetic adj. 詩的、詩人的、詩意的
- poem n. 詩
- poesy n. 詩
- poetess n. 女詩人

poison [ˈpɔɪzn̩]
英初　國12　會考

n. 毒物、毒藥　**v.** 使中毒、放毒於
名詞複數 poisons
動詞變化 poisoned; poisoned; poisoning
同 toxicant 毒藥、毒物
家族字彙
- poison
- poisoning n. 中毒
- poisonous adj. 有毒的、惡毒的
- poisoner n. 毒害者

poisonous [ˈpɔɪznəs]
英中　大4　學測

adj. 有毒的、惡毒的
形容詞變化 more poisonous;
the most poisonous
同 toxic 有毒的、中毒的
家族字彙
- poisonous
- poison n. 毒藥、毒害

🎧 | **MP3** | Track 357 | ⬇

pole [pol]
英初　國20　會考

n. 竿、杆
名詞複數 poles
同 rod 杆、竿、棍
家族字彙
- pole
- polar adj. 兩極的、極地的
- polarity n. 有兩極、極性

policy [ˈpɑləsɪ]
英初　國12　會考

n. 政策、方針
名詞複數 policies
同 principle 基本方針、政策
家族字彙
- policy
- policymaking n. 決策
- policyholder n. 投保人

| 英中 | 大4 | 學測 |

polish [ˈpɑlɪʃ]

v. 磨光、擦亮　**n.** 擦光劑、上光蠟

名詞複數 polishes

動詞變化 polished; polished; polishing

同 buff 擦亮、擦淨

反 tarnish 使失去光澤、玷污

家族字彙
- polish
- polished **adj.** 擦亮的、精練的

| 英初 | 國20 | 會考 |

politician [ˌpɑləˈtɪʃən]

n. 政治家、政客

名詞複數 politicians

同 politico 政客、政治活動者

家族字彙
- politician
- politics **n.** 政治、政治信條

| 英初 | 國20 | 會考 |

politics [ˈpɑləˌtɪks]

n. 政治、政治學

家族字彙
- politics
- political **adj.** 政治上的、政黨的
- politicize **v.** 搞政治、使具有政治性
- politician **n.** 政治家、政治人物

🎧 | **MP3** | Track 358 | ⬇

| 英初 | 國20 | 會考 |

poll [pol]

n. 民意測驗、政治選舉

v. 對……進行民意測驗

名詞複數 polls

動詞變化 polled; polled; polling

同 survey 調查、民意調查

家族字彙
- poll
- polling **n.** 投票、民意測驗
- pollee **n.** 接受民意測驗的人

| 英初 | 國20 | 會考 |

pollute [pəˈlut]

v. 弄髒、污染

動詞變化 polluted; polluted; polluting

同 contaminate 弄髒、污染

家族字彙
- pollute
- pollutant **n.** 污染物質
- pollution **n.** 污染、玷污
- polluted **adj.** 受污染的
- polluter **n.** 污染者、污染源

| 英中 | 大4 | 學測 |

pollution [pəˈluʃən]

n. 污染、污染物

同 contamination 污染、弄髒

家族字彙
- pollution
- pollute **v.** 污染、敗壞
- polluted **adj.** 受污染的
- polluter **n.** 污染者

| 英初 | 國1 | 會考 |

pond [pɑnd]

n. 池塘

名詞複數 ponds

同 pool 水塘、水池

| 英初 | 國20 | 會考 |

pop [pɑp]

v. 突然出現、發生

n. 流行音樂、砰的一聲

名詞複數 pops

動詞變化 popped; popped; popping

同 bang 使砰地一聲、使砰然作響

家族字彙
- pop
- popped **adj.** 突然伸出的
- popcorn **n.** 爆米花

🎧 | **MP3** | Track 359 | ⬇

英中　大4　學測

portable [ˈpɔrtəbl̩]

adj. 便於攜帶的、手提式的
同 movable 可動的、可移動的
反 stationary 不動的、定居的
家族字彙
┌portable
└portability **n.** 可攜帶、輕便

英中　大4　學測

porter [ˈpɔrtɚ]

n. 搬運工人、看門人
名詞複數 porters
同 mover 搬運工人
家族字彙
┌porter
└porterage **n.** 搬運、運費、運輸業

英初　國20　會考

portion [ˈpɔrʃən]

n. 一部分、一份
v. 分配、把……分給
名詞複數 portions
動詞變化 portioned; portioned; portioning
同 divide 分發、分配
家族字彙
┌portion
├portioner **n.** 分配的人
└portionless **adj.** 沒有配給物的、沒有嫁妝的、沒有繼承財產的

英初　國20　會考

portrait [ˈpɔrtret]

n. 肖像、畫像
名詞複數 portraits
同 image 肖像
家族字彙
┌portrait
├portraitist **n.** 肖像畫家、人像攝影家
├portraiture **n.** 人物描寫、肖像畫
├portray **v.** 畫
├portrayal **n.** 描繪
└portrayer **n.** 肖像畫家

英初　國12　會考

pose [poz]

v. 擺姿勢、裝腔作勢　**n.** 樣子、姿勢
名詞複數 poses
動詞變化 posed; posed; posing
同 position 姿勢、姿態
家族字彙
┌pose
├poser **n.** 裝模作樣的人、模特兒
└poseur **n.** 裝模作樣的人

🎧 | **MP3** | Track 360 | ⬇

英初　國12　會考

positive [ˈpɑzətɪv]

adj. 確實的、明確的
形容詞變化 more positive; the most positive
反 negative 否定的、負的、消極的
家族字彙
┌positive
├positively **adv.** 明確地、斷然地
└positiveness **n.** 肯定、確信

英中　大4　學測

possess [pəˈzɛs]

v. 佔有、擁有
動詞變化 possessed; possessed; possessing
同 own 擁有、持有
家族字彙
┌possess
├possession **n.** 擁有、占有、財產
├possessor **n.** 持有人、所有人
└possessive **adj.** 擁有的、占有的

英初　國12　會考

possibility [ˌpɑsəˈbɪlətɪ]

n. 可能性、可能的事
名詞複數 possibilities
同 chance 機會、可能性
反 impossibility 不可能之事
家族字彙
┌possibility
├possibly **adv.** 可能地、或者
└possible **adj.** 可能的、合理的

postage [`postɪdʒ]

n. 郵費、郵資

家族字彙
- postage
- post **v.** 郵寄、投寄
- postal **adj.** 郵政的、郵局的
- postbag **n.** 郵袋
- postbox **n.** 郵筒
- postboy **n.** 郵差
- postcard **n.** 明信片

---

poster [`postɚ]

n. 海報、廣告

名詞複數 posters

同 placard 佈告、招貼、海報

家族字彙
- poster
- post **v.** 貼出、貼在……上

🎧 | **MP3** | Track 361 | ⬇

postpone [post`pon]

v. 推遲、延期

動詞變化 postponed; postponed; postponing

同 delay 使延期、拖延

反 advance 將……提前

家族字彙
- postpone
- postponement **n.** 延期、延緩

---

potential [pə`tɛnʃəl]

adj. 潛在的、可能的　**n.** 潛力、潛能

同 conceivable 想到的、可能的

家族字彙
- potential
- potentially **adv.** 潛在地、強有力地
- potentiality **n.** 潛在性、潛力
- potentiate **v.** 使成為可能

---

pour [por]

v. 倒掉、灌

動詞變化 poured; poured; pouring

同 spill 充滿、湧流

家族字彙
- pour
- pouring **adj.** 傾泄的

---

poverty [`pɑvɚtɪ]

n. 貧窮、貧困

同 indigence 貧乏、窮困

反 richness 富裕

家族字彙
- poverty
- poor **adj.** 貧窮的、粗劣的

---

powder [`paʊdɚ]

n. 粉、粉末

名詞複數 powders

同 dust 粉末

家族字彙
- powder
- powdery **adj.** 粉的、佈滿粉的
- powderless **adj.** 不用粉的、無粉的
- powdered **adj.** 弄成粉的、有許多小斑點的

🎧 | **MP3** | Track 362 | ⬇

powerful [`paʊɚfəl]

adj. 強大的、有力的

形容詞變化 more powerful; the most powerful

同 mighty 有勢力的、強大的

反 powerless 無力的、無權的

家族字彙
- powerful
- power **n.** 權、政權、勢力
- powerless **adj.** 無力的、無權的
- powerfully **adv.** 非常地、強力地

英中　學測
practically [`præktɪkḷɪ]
adv. 幾乎、簡直
反 theoretically 理論上
家族字彙
- practically
- practical **adj.** 實際的、實用性的
- practicality **n.** 實際、實例、實用性

英初　國12　會考
pray [pre]
v. 祈禱、祈求
動詞變化 prayed; prayed; praying
同 beg 請求、懇求
家族字彙
- pray
- prayer **n.** 祈禱、祈禱者

英初　國20　會考
prayer [prɛr]
n. 禱告、祈禱
名詞複數 prayers
同 rogation 祈禱、禱告
家族字彙
- prayer
- pray **v.** 祈禱、祈求、請求

英中　大5　學測
precaution [prɪ`kɔʃən]
n. 預防、防備
名詞複數 precautions
同 vigilance 警戒、警覺、警惕
家族字彙
- precaution
- precautionary **adj.** 預先警戒的

🎧 | **MP3** | Track 363 | ⬇

英中　學測
preceding [pri`sidɪŋ]
adj. 在先的、在前的
同 previous 先的、前的
家族字彙
- preceding
- precede **v.** 優於、處在前面、領先

英初　國20　會考
precious [`prɛʃəs]
adj. 寶貴的、珍貴的
形容詞變化 more precious;
the most precious
同 costly 貴重的、寶貴的
反 valueless 無價值的、沒有用處的
家族字彙
- precious
- preciously **adv.** 昂貴地、仔細地
- preciousness **n.** 珍貴、過分講究

英中　大4　學測
precise [prɪ`saɪs]
adj. 精確的、準確的
形容詞變化 more precise;
the most precise
同 exact 精確的、準確的
反 vague 含糊的、不清楚的
家族字彙
- precise
- precisely **adv.** 精確地、嚴格地
- preciseness **n.** 精確、古板、嚴謹

英中　大6　學測
precision [prɪ`sɪʒən]
n. 精確性、精密度
同 exactness 確切、精密、精確
家族字彙
- precision
- precise **adj.** 精確的、嚴謹的
- precisely **adv.** 精確地、嚴格地

英中　大4　學測
predict [prɪ`dɪkt]
v. 預言、預測
動詞變化 predicted; predicted;
predicting
同 forecast 預想、預報、預測
家族字彙
- predict
- predictable **adj.** 可預言的
- predictability **n.** 可預測性
- predictor **n.** 預言者

🎧 | **MP3** | Track 364 | ⬇

A B C D E F G H I J K L M N O P Q R S T U V W X Y Z

preface ['prɛfɪs]
英中　大6　學測

n. 序言、引言
名詞複數 prefaces
同 preamble 前言、序文
家族字彙
- preface
- prefatory adj. 序文的、位於前面的

preferable ['prɛfərəbl̩]
英中　大4　學測

adj. 更好的、更合意的
同 better 更好的、更理想的
家族字彙
- preferable
- prefer v. 寧願、提出、更喜歡
- preferably adv. 更可取地、更好地

preference ['prɛfərəns]
英中　大5　學測

n. 喜愛、偏愛
名詞複數 preferences
同 favor 偏袒、偏愛
家族字彙
- preference
- prefer v. 更喜歡
- preferential adj. 先取的、優先的

pregnant ['prɛgnənt]
英中　大4　學測

adj. 懷孕的、妊娠的
同 gravid 懷孕的、妊娠的
家族字彙
- pregnant
- pregnancy n. 懷孕、豐富、妊娠

prejudice ['prɛdʒədɪs]
英中　大6　學測

n. 偏見、成見　**v.** 使有偏見
名詞複數 prejudices
動詞變化 prejudiced; prejudiced; prejudicing
同 bias 偏見、成見
家族字彙
- prejudice
- prejudicial adj. 存有偏見的

MP3 | Track 365

preliminary [prɪ'lɪməˌnɛrɪ]
英中　大6　學測

adj. 預備的、初步的
n. 初步做法、起始行為
名詞複數 preliminaries
同 preparatory 預備的、初步的、準備的
家族字彙
- preliminary
- preliminarily adv. 預先地

preparation [ˌprɛpə'reʃən]
英初　國20　會考

n. 準備、預備
名詞複數 preparations
同 arrangement 準備工作
家族字彙
- preparation
- preparatory adj. 預備的、初步的
- prepare v. 準備、籌畫

preposition [ˌprɛpə'zɪʃən]
英中　大4　學測

n. 介系詞
名詞複數 prepositions
家族字彙
- preposition
- prepositional adj. 介系詞的、前置詞的

prescribe [prɪ'skraɪb]
英中　大6　學測

v. 規定、指定
動詞變化 prescribed; prescribed; prescribing
同 assign 分配、指定
家族字彙
- prescribe
- prescribed adj. 規定的
- prescription n. 處方、指示、命令

英初　國12　會考

presence [ˈprɛzn̩s]

n. 出席、到場
同 attendance 出席
反 absence 不在、缺席
家族字彙
- presence
- present **adj.** 出席的、在場的
- presentable **adj.** 可見人的
- presentably **adv.** 體面地

🎧 **MP3** | Track 366 | ⬇

英中　大4　學測

presentation
[ˌprɛzn̩ˈteʃən]

n. 介紹、表演
名詞複數 presentations
同 introduction 介紹
家族字彙
- presentation
- present **v.** 贈送、描述、提交、上演
- presentational **adj.** 上演的

英中　學測

presently [ˈprɛzn̩tlɪ]

adv. 不久、一會兒
同 soon 不久、一會兒
家族字彙
- presently
- present **adj.** 現在的、目前的

英中　大4　學測

preserve [prɪˈzɝv]

v. 保存、保藏
動詞變化 preserved; preserved; preserving
同 conserve 保存、保藏
家族字彙
- preserve
- preservation **n.** 保存、保護、貯藏
- preserver **n.** 保護者、保存者
- preservable **adj.** 可保存的

英初　國20　會考

pressure [ˈprɛʃə]

n. 壓力、壓迫　**v.** 對……施加壓力
名詞複數 pressures
動詞變化 pressured; pressured; pressuring
同 stress 壓迫感、壓力
家族字彙
- pressure
- press **v.** 按、擠、壓、榨出
- pressured **adj.** 感受壓力的、緊迫的

英中　學測

presumably
[prɪˈzuməblɪ]

adv. 大概、可假定
家族字彙
- presumably
- presume **v.** 擅自、假設
- presumption **n.** 冒昧、放肆

🎧 **MP3** | Track 367 | ⬇

英中　大5　學測

prevail [prɪˈvel]

v. 獲勝、占優勢
動詞變化 prevailed; prevailed; prevailing
同 dominate 處於優勢
家族字彙
- prevail
- prevailing **adj.** 占優勢的、流行的、主要的

英初　國20　會考

previous [ˈprivɪəs]

adj. 前、以前的
同 earlier 早的、初期的
反 following 後面的、下麵的
家族字彙
- previous
- previously **adv.** 事先、倉促地、以前

priest [prist]

n. 神父、牧師
名詞複數 priests
同 clergyman 牧師
家族字彙
- priest
- priestlike adj. 教士的、似教士的
- priestly adj. 神職者的、教士的、似教士的

英中　學測

primarily
[praɪˋmɛrəlɪ]

adv. 主要地、首先
同 mainly 主要地
家族字彙
- primarily
- primary adj. 主要的、根本的

英初　國20　會考

primary [ˋpraɪ.mɛrɪ]

adj. 首要的、主要的
同 chief 主要的、首位的
反 secondary 次要的
家族字彙
- primary
- primarily adv. 首先、主要地

🎧 | **MP3** | Track 368 ⬇

英中　大4　學測

prime [praɪm]

adj. 首要的、主要的
n. 青春、壯年
v. 使完成準備工作、使準備好
名詞複數 primes
動詞變化 primed; primed; priming
同 principal 主要的、首要的
家族字彙
- prime
- primer n. 初級課本、入門書、初階
- primely adv. 最初地、最好地

英中　大4　學測

primitive [ˋprɪmətɪv]

adj. 原始的、早期的
n. 原始人、原始事物
名詞複數 primitives
形容詞變化 ▶ more primitive;
　　the most primitive
同 original 最初的、原始的
家族字彙
- primitive
- primitively adv. 最初地、自學而成地
- primitiveness n. 原始、原始性

英初　國12　會考

prince [prɪns]

n. 王子、親王
名詞複數 princes
反 princess 公主、王妃
家族字彙
- prince
- princess n. 公主
- princely adj. 王侯的、高貴的、王子的

英初　國12　會考

princess [ˋprɪnsɪs]

n. 公主、王妃
名詞複數 princesses
反 prince 王子、貴族
家族字彙
- princess
- prince n. 王子

英初　國12　會考

principal [ˋprɪnsəp!]

adj. 最重要的、主要的
n. 主要演員、主角
名詞複數 principals
同 main 主要的、重要的
家族字彙
- principal
- principally adv. 主要地

🎧 | **MP3** | Track 369 ⬇

principle [ˈprɪnsəpl̩]

英初　國12　會考

n. 原則、原理
名詞複數 principles
同 doctrine 信條、原理
家族字彙
- principle
- principled **adj.** 有原則的、有操守的

---

prior [ˈpraɪɚ]

英中　大5　學測

adj. 優先的、在前的
同 previous 在前的、在先的
反 posterior 在後的、後面的
家族字彙
- prior
- priority **n.** 先、優先、前

---

priority [praɪˈɔrətɪ]

英中　大5　學測

n. 優先、重點
名詞複數 priorities
同 precedence 優先、居先
家族字彙
- priority
- prior **adj.** 在先的、在前的、優先的
- prioritize **v.** 把……區分優先次序

---

private [ˈpraɪvɪt]

英初　國12　會考

adj. 私人的、個人的　**n.** 士兵、列兵
名詞複數 privates
同 personal 私人的
反 public 公眾的、公共的
家族字彙
- private
- privately **adv.** 私下地、秘密地
- privacy **n.** 隱私、秘密、隱居

---

privilege [ˈprɪvlɪdʒ]

英中　大4　學測

n. 特權、優惠
名詞複數 privileges
同 liberty 特權、恩典
家族字彙
- privilege
- privileged **adj.** 有特權的

---

probable [ˈprɑbəbl̩]

英中　國20　會考

adj. 很可能的、大概的
同 likely 有可能的
反 improbable 不可能的
家族字彙
- probable
- probably **adv.** 大概、或許
- probability **n.** 可能性、機率

---

procedure [prəˈsidʒɚ]

英中　大4　學測

n. 程序、手續
名詞複數 procedures
同 process 過程、步驟
家族字彙
- procedure
- procedural **adj.** 程式上的

---

proceed [prəˈsid]

英中　大4　學測

v. 進行、繼續下去
動詞變化 proceeded; proceeded; proceeding
同 advance 前進、進展
反 recede 退、後退
家族字彙
- proceed
- proceeding **n.** 進行、行動

---

process [ˈprɑsɛs]

英初　國20　會考

n. 過程、進程　**v.** 加工、處理
名詞複數 processes
動詞變化 processed; processed; processing
同 procedure 程式、手續、過程
家族字彙
- process
- processed **adj.** 處理的
- processing **n.** 進程、資料處理
- procession **n.** 隊伍、遊行
- processor **n.** 加工者、資訊處理器

A
B
C
D
E
F
G
H
I
J
K
L
M
N
O
P
Q
R
S
T
U
V
W
X
Y
Z

procession [prəˋsɛʃən]

n. 隊伍、行列
(名詞複數) processions
(同) cavalcade 遊行行列、一系列
(家族字彙)
- procession
- process **v.** 加工、處理
- processional **adj.** 隊伍的、列隊行進的

🎧 | **MP3** | Track 371 | ⬇

proclaim [proˋklem]

v. 宣告、宣佈
(動詞變化) proclaimed; proclaimed; proclaiming
(同) announce 發佈、宣告
(家族字彙)
- proclaim
- proclamation **n.** 宣告、宣言書

product [ˋprɑdəkt]

n. 產品、產物
(名詞複數) products
(同) manufacture 製造、產品
(家族字彙)
- product
- produce **v.** 生產、出產、創作
- producer **n.** 生產者、製作者
- production **n.** 生產
- productive **adj.** 生產地
- productively **adv.** 有結果地

profession [prəˋfɛʃən]

n. 職業、自由職業
(名詞複數) professions
(同) occupation 職業
(家族字彙)
- profession
- professional **adj.** 專業的、職業的
- professionally **adv.** 專業地、內行地

professional [prəˋfɛʃən!]

adj. 職業的、專業的
n. 自由職業者、專業人員
(名詞複數) professionals
(形容詞變化) more professional; the most professional
(同) occupational 職業的
(家族字彙)
- professional
- professor **n.** 教授
- professed **adj.** 專門的
- professedly **adv.** 專業地
- professionalize **v.** 職業化
- profession **n.** 職業、聲明、同業
- professionally **adv.** 專業地、內行地
- professionalism **n.** 專家、職業精神

profile [ˋprofaɪl]

n. 輪廓、形象
v. 為……描繪、寫……的傳略
(名詞複數) profiles
(動詞變化) profiled; profiled; profiling
(同) outline 輪廓、素描

🎧 | **MP3** | Track 372 | ⬇

profit [ˋprɑfɪt]

n. 利潤、收益 **v.** 有益於、有利於
(名詞複數) profits
(動詞變化) profited; profited; profiting
(同) benefit 利益、好處
(反) loss 損失
(家族字彙)
- profit
- profitable **adj.** 有利潤的、賺錢的
- profitably **adv.** 有利地、有益地
- profitability **n.** 收益性、利益率
- profiteer **n.** 牟取暴利的人
- profitless **adj.** 無利的
- profit-making **adj.** 有利可圖的

英中　大6　學測

progressive [prə`grɛsɪv]

adj. 進步的、先進的
形容詞變化 more progressive;
the most progressive
反 conservative 保守的、守舊的
家族字彙
- progressive
- progressiveness **n.** 進步
- progressively **adv.** 前進地

英中　大6　學測

prohibit [pro`hɪbɪt]

v. 禁止、不准
動詞變化 prohibited; prohibited;
prohibiting
同 ban 禁止
反 allow 允許
家族字彙
- prohibit
- prohibition **n.** 禁令、禁止
- prohibitive **adj.** 禁止的、抑制的
- prohibitively **adv.** 禁止地、過分地

英初　國12　會考

project [prə`dʒɛkt]

n. 方案、計畫　**v.** 伸出、突出
名詞複數 projects
動詞變化 projected; projected;
projecting
家族字彙
- project
- projection **n.** 發射、突出部分、計畫
- projector **n.** 放映機
- projectionist **n.** 放映師、電視技師

英中　大4　學測

prominent [`prɑmənənt]

adj. 突出的、傑出的
形容詞變化 more prominent;
the most prominent
同 outstanding 傑出的、突出的
反 obscure 不著名的、無名的
家族字彙
- prominent
- prominence **n.** 突起、顯著、突出

英初　國20　會考

promote [prə`mot]

v. 促進、增進
動詞變化 promoted; promoted;
promoting
同 boost 推動、促進
反 degrade 使降級
家族字彙
- promote
- promoter **n.** 促進者、助長者
- promotion **n.** 晉級、籌辦
- promotional **adj.** 增進的、獎勵的

英中　大4　學測

prompt [prɑmpt]

v. 促使、推動　**adj.** 敏捷的、及時地
n. 給演員的提詞、提示
名詞複數 prompts
動詞變化 prompted; prompted;
prompting
形容詞變化 prompter;
the promptest
同 quick 敏捷的、迅速的
反 slow 慢的、遲緩的
家族字彙
- prompt
- promptly **adv.** 敏捷地、迅速地
- prompting **n.** 促進、激勵

英中　大4　學測

pronoun [`pronaun]

n. 代名詞
名詞複數 pronouns
家族字彙
- pronoun
- pronominal **adj.** 代名詞的

英初　國20　會考

proof [pruf]

n. 證據、證明　**adj.** 耐……的、能
防……的
名詞複數 proofs
同 evidence 證據
家族字彙
- proof
- proven **adj.** 被證明的
- prove **v.** 證明、查驗

A
B
C
D
E
F
G
H
I
J
K
L
M
N
O
P
Q
R
S
T
U
V
W
X
Y
Z

property [`prɑpətɪ]

n. 財產、資產
名詞複數 properties
同 possession 擁有、所有物、財產
家族字彙
- property
- propertied **adj.** 有財產的
- propertyless **adj.** 無產階級的、工人階級的、無財產的

🎧 | **MP3** | Track 374 | ⬇

proportion [prə`porʃən]

n. 比例、部分
名詞複數 proportions
同 ratio 比例
家族字彙
- proportion
- proportioned **adj.** 成比例的、相稱的
- proportional **adj.** 成比例的、相稱的
- proportionally **adv.** 成比例地、相稱地

proportional
[prə`porʃənl]

adj. 比例的、成比例的
家族字彙
- proportional
- proportion **n.** 比例、部份、均衡
- proportionally **adv.** 成比例地、相稱地

proposal [prə`pozl]

n. 提議、建議
名詞複數 proposals
同 suggestion 提議
家族字彙
- proposal
- propose **v.** 計畫、建議、打算

propose [prə`poz]

v. 提議、推薦
動詞變化 proposed; proposed; proposing
同 recommend 推薦
反 deny 否定、否認
家族字彙
- propose
- proposer **n.** 申請人、提案人
- proposition **n.** 提議
- propositional **adj.** 建議的
- proposed **adj.** 被提議的、所推薦的
- proposal **n.** 提議、求婚、計畫

prospect [`prɑspɛkt]

n. 可能性　**v.** 勘探、勘察
名詞複數 prospects
動詞變化 prospected; prospected; prospecting
同 possibility 可能性、可能的事
反 retrospect 回顧、追溯
家族字彙
- prospect
- prospecting **n.** 探勘
- prospection **n.** 勘察
- prospectus **n.** 內容說明書
- prospective **adj.** 將來的、預期的
- prospector **n.** 勘探者、探礦者

🎧 | **MP3** | Track 375 | ⬇

prosperity [prɑs`pɛrətɪ]

n. 順利、成功
同 success 成功
反 dversity 災禍、厄運
家族字彙
- prosperity
- prosper **v.** 繁榮、昌盛、成功
- prosperous **adj.** 成功的、繁盛的
- prosperously **adv.** 繁榮地、幸運地

英中　大4　學測

prosperous [ˈprɑspərəs]

adj. 繁榮的、興旺的
形容詞變化 more prosperous; the most prosperous
同 thriving 繁盛的、繁華的
反 unprosperous 不昌盛的、不順的
家族字彙
- prosperous
- prosper **v.** 繁盛、昌盛、成功
- prosperously **adv.** 繁榮地、幸運地
- prosperity **n.** 繁榮、幸運

英初　國20　會考

protection [prəˈtɛkʃən]

n. 保護、防護
名詞複數 protections
同 defence 防護、保衛
反 ssault 攻擊
家族字彙
- protection
- protect **v.** 保護、為……保險
- protectionist **n.** 貿易保護主義者
- protectionism **n.** 保護貿易主義、保護政策

英初　國20　會考

protective [prəˈtɛktɪv]

adj. 保護的、防護的
同 conservative 保守的
家族字彙
- protective
- protectively **adv.** 保護地、防護地
- protectiveness **n.** 保護、防護
- protectiveness **n.** 保護、防護
- protector **n.** 保護者
- protect **v.** 保護、為……保險

英中　大4　學測

protein [ˈprotiɪn]

n. 蛋白質
名詞複數 proteins
家族字彙
- protein
- proteinic **adj.** 蛋白質的

英中　大4　學測

protest
[ˈprotɛst] / [prəˈtɛst]

n. 抗議、反對　**v.** 抗議、反對
名詞複數 protests
動詞變化 protested; protested; protesting
同 object 反對、抗議
家族字彙
- protest
- protester **n.** 抗議者、拒絕者
- protestation **n.** 主張、明言、斷言

英中　學測

provide [prəˈvaɪd]

v. 提供
同 supply 提供
家族字彙
- provide
- providence **n.** 遠見
- provident **adj.** 有先見之明的
- provided **conj.** 以……為條件

英中　大5　學測

province [ˈprɑvɪns]

n. 領域、範圍
名詞複數 provinces
同 sphere 範圍、領域
家族字彙
- province
- provincial **adj.** 偏狹的、地方的

英中　學測

provision [prəˈvɪʒən]

n. 準備、預備
名詞複數 provisions
同 preparation 準備、預備
家族字彙
- provision
- provide **v.** 提供、供應、作準備
- provider **n.** 供給者、養家者、供應者

A B C D E F G H I J K L M N O P Q R S T U V W X Y Z

provoke [prə`vok]
v. 對……挑釁、激怒
動詞變化 provoked; provoked; provoking
同 enrage 激怒
反 appease 平息、撫慰
家族字彙
- provoke
- provocation **n.** 激怒、挑撥
- provocative **adj.** 氣人的、挑撥的
- provocatively **adv.** 挑撥地、煽動地

🎧 | **MP3** | Track 377 | ⬇

psychological
[ˌsaɪkə`lɑdʒɪkl]
adj. 心理學的
同 mental 精神的、心理的
家族字彙
- psychological
- psychologist **n.** 心理學者
- psychology **n.** 心理學、心理狀態
- psychologically **adv.** 心理上地、心理學地

pub [pʌb]
n. 酒吧、酒館
名詞複數 pubs
同 tavern 酒館、客棧

publication [ˌpʌblɪ`keʃən]
n. 出版、發行
名詞複數 publications
同 issue 發行
家族字彙
- publication
- publish **v.** 出版、公開、發行

publicity [pʌb`lɪsətɪ]
n. 名聲、宣傳
同 propaganda 宣傳、宣傳活動
家族字彙
- publicity
- publicist **n.** 政治評論家
- publicize **v.** 宣傳、廣告、公佈

publish [`pʌblɪʃ]
v. 出版、刊印
動詞變化 published; published; publishing
同 issue 發行
家族字彙
- publish
- publisher **n.** 出版者、發行人
- publishing **n.** 出版、出版業

🎧 | **MP3** | Track 378 | ⬇

pulse [`pʌls]
n. 脈搏、脈衝 **v.** 搏動、跳動
名詞複數 pulses
動詞變化 pulsed; pulsed; pulsing
家族字彙
- pulse
- pulser **n.** 脈衝發生器
- pulseless **adj.** 無脈動的、無生氣的

pump [pʌmp]
n. 幫浦 **v.** 打氣
名詞複數 pumps
動詞變化 pumped; pumped; pumping
同 drain 排水
家族字彙
- pump
- pumper **n.** 消防車、抽水機

英初　國20　會考

punch [pʌntʃ]

v. 猛擊、穿孔　**n.** 猛擊、衝床
名詞複數 punches
動詞變化 punched; punched; punching
同 pummel 連擊、打
家族字彙
- punch
- puncher **n.** 穿孔者、打孔器
- punchy **adj.** 強有力的、頭昏眼花、東倒西歪的

英中　大6　學測

punctual ['pʌŋktʃʊəl]

adj. 嚴守時刻的、準時的
反 unpunctual 不守時間的
家族字彙
- punctual
- punctuality **n.** 準時
- punctually **adv.** 按時地、如期地

英中　大5　學測

purchase ['pɝtʃəs]

v. 買、購買　**n.** 購買、購買的物品
名詞複數 purchases
動詞變化 purchased; purchased; purchasing
同 buy 買、獲得
家族字彙
- purchase
- purchaser **n.** 買方、購買者

🎧 | **MP3** | Track 379 | ⬇

英初　國20　會考

pure [pjʊr]

adj. 純的、純潔的
形容詞變化 purer; the purest
反 impure 不純的、摻雜的
家族字彙
- pure
- purely **adv.** 純粹地、僅僅
- pureness **n.** 清潔、潔白、純粹

英初　國1　會考

purple ['pɝpl]

adj. 紫的　**n.** 紫色
形容詞變化 purpler; the purplest
家族字彙
- purple
- purplish **adj.** 略帶紫色的
- purpleness **n.** 紫色、紫色顏料或色素

英初　國12　會考

purse [pɝs]

n. 錢包、女用小提包
名詞複數 purses
同 wallet 錢包
家族字彙
- purse
- purse-proud **adj.** 以富誇耀的

英初　國20　會考

pursue [pə'su]

v. 追趕、追蹤
動詞變化 pursued; pursued; pursuing
同 chase 追趕、追逐、追求
反 flee 逃走、逃跑
家族字彙
- pursue
- pursuance **n.** 追趕、追蹤
- pursuant **adj.** 追趕的、隨後的
- pursuit **n.** 追蹤、追擊、繼續進行
- pursuer **n.** 追趕者、追求者、追捕者

英初　國12　會考

puzzle ['pʌzl]

v. 使迷惑、為難　**n.** 謎、難題
名詞複數 puzzles
動詞變化 puzzled; puzzled; puzzling
同 riddle 謎、難題
家族字彙
- puzzle
- puzzlement **n.** 迷惑、謎、費解
- puzzler **n.** 使困惑的人、難題
- puzzled **adj.** 困惑的、茫然的

Qq

英中　大6　學測

qualification
[ˌkwɑləfəˈkeʃən]
n. 資格、資格證明
名詞複數 qualifications
同 competency 資格、能力
家族字彙
- qualification
- qualify **v.** 使合格、取得資格
- qualified **adj.** 有資格的

英中　大5　學測

qualify [ˈkwɑləˌfaɪ]
v. 勝任、具有資格
動詞變化 qualified; qualified;
　　　　 qualifying
反 disqualify 使……喪失資格
家族字彙
- qualify
- qualified **adj.** 有資格的
- qualification **n.** 資格（證明）、合格
　　　　　　　　 證書、限制條件

英中　大5　學測

quest [kwɛst]
n. 搜索、追求　**v.** 探求、尋找
名詞複數 quests
動詞變化 quested; quested; questing
同 search 搜索、尋找

英中　學測

queue [kju]
n. 行列、長隊　**v.** 排隊
名詞複數 queues
動詞變化 queued; queued; queuing
同 procession 隊伍、行列

---

quit [kwɪt]
v. 停止、放棄
動詞變化 quit; quit; quitting
同 abandon 放棄、遺棄

🎧 | **MP3** | Track 381 | ⬇

英中　大5　學測

quiver [ˈkwɪvɚ]
v. 顫抖、發抖　**n.** 顫抖、抖動
名詞複數 quivers
動詞變化 quivered; quivered;
　　　　 quivering
同 tremble 顫抖、哆嗦

英初　國12　會考

quiz [kwɪz]
n. 問答比賽、小測驗　**v.** 考查、盤問
名詞複數 quizs
動詞變化 quizzed; quizzed; quizzing
同 test 試驗、測試

英中　大4　學測

quotation [kwoˈteʃən]
n. 引文、引語
名詞複數 quotations
同 citation 引用、引文
家族字彙
- quotation
- quote **v.** 引用、援引

英初　國20　會考

quote [kwot]
v. 引用、援引　**n.** 引文、引語
名詞複數 quotes
動詞變化 quoted; quoted; quoting
同 cite 引用、引證
家族字彙
- quote
- quotation **n.** 引文、引語、語錄、報
　　　　　　 價、牌價、行情

Rr

英初 | 國20 | 會考

racial [ˈreʃəl]

adj. 人種的、種族的
同 ethnical 人種的、種族的
家族字彙
- racial
- race **n.** 人種
- racism **n.** 種族歧視、種族主義

🎧 | **MP3** | Track 382 | ⬇

英中 | 大5 | 學測

rack [ræk]

n. 掛架、擱架　**v.** 使痛苦、折磨
名詞複數 racks
動詞變化 racked; racked; racking
同 torture 使痛苦

英初 | 國20 | 會考

radar [ˈredɑr]

n. 雷達
名詞複數 radars

英中 | 大6 | 學測

radiation [ˌredɪˈeʃən]

n. 輻射的熱、輻射
名詞複數 radiations
家族字彙
- radiation
- radiate **v.** 發出、輻射、流露、顯示
- radiator **n.** 暖氣片、散熱器

英中 | 大6 | 學測

radical [ˈrædɪkḷ]

adj. 根本的、基本的　**n.** 激進
形容詞變化 more radical;
　　　　　　　the most radical
同 rudimentary 基本的

英初 | 國20 | 會考

rag [ræg]

n. 破布、碎布
名詞複數 rags
同 tatter 破布、碎紙
家族字彙
- rag
- ragged **adj.** 襤褸的、不規則的、粗糙的

🎧 | **MP3** | Track 383 | ⬇

英中 | 大4 | 學測

rage [redʒ]

n. 狂怒、盛怒　**v.** 發怒、發火
名詞複數 rages
動詞變化 raged; raged; raging
同 anger 激怒、使發怒
反 please 使高興、使滿意
家族字彙
- rage
- raging **adj.** 狂暴的、非凡的

英中 | 大6 | 學測

raid [red]

v. / n. 襲擊、突然搜捕
名詞複數 raids
動詞變化 raided; raided; raiding
同 assault 襲擊、突襲

英中 | 大5 | 學測

rail [rel]

n. 欄杆、鐵軌　**v.** 抱怨
名詞複數 rails
動詞變化 railed; railed; railing
同 banister 欄杆
家族字彙
- rail
- railing **n.** 欄杆

英初 | 國1 | 會考

rainbow [ˈrenˌbo]

n. 彩虹
名詞複數 rainbows

A
B
C
D
E
F
G
H
I
J
K
L
M
N
O
P
Q
R
S
T
U
V
W
X
Y
Z

rainy [ˋrenɪ]

adj. 下雨的、多雨的

家族字彙
- rainy
- rain **n.** 雨
- rainbow **n.** 彩虹
- raincoat **n.** 雨衣
- raindrop **n.** 雨滴
- rainfall **n.** 降雨量
- rainless **adj.** 缺雨的
- raininess **n.** 多雨

🎧 │ **MP3** │ Track 384 │ ⬇

英中　大5　學測

rally [ˋrælɪ]

n. 集會、大會　**v.** 集合、團結

名詞複數 rallies

動詞變化 rallied; rallied; rallying

同 assembly 集會、集合

英初　國12　會考

range [rendʒ]

n. 範圍、距離　**v.** 論及、涉及

名詞複數 ranges

動詞變化 ranged; ranged; ranging

同 scope 範圍

家族字彙
- range
- rangefinder **n.** 測距儀
- rangeland **n.** 牧場
- ranger **n.** 國家公園管理員

英初　國20　會考

rank [ræŋk]

n. 地位、社會階層

名詞複數 ranks

同 grade 等級、級別

家族字彙
- rank
- ranker **n.** 占有某種地位者
- ranking **n.** 等級

英初　國12　會考

rare [rɛr]

adj. 稀有的、罕見的

形容詞變化 ▶ rarer; the rarest

同 scarce 稀少的、罕見的

反 numerous 眾多的、許多的

家族字彙
- rare
- rarely **adv.** 不常、難得

英中　學測

rarely [ˋrɛrlɪ]

adv. 不常、難得

同 seldom 很少、不常

家族字彙
- rarely
- rare **adj.** 稀有的、稀薄的、煎得嫩的

🎧 │ **MP3** │ Track 385 │ ⬇

英初　國20　會考

rate [ret]

n. 價格、費

v. 對……估價、評估

名詞複數 rates

動詞變化 rated; rated; rating

同 estimate 估計、估量

家族字彙
- rate
- rating **n.** 等級、品級、評定結果
- ratable **adj.** 可估價的
- ratably **adv.** 可估價地

英中　大5　學測

ratio [ˋreʃo]

n. 比、比率

名詞複數 ratios

同 percentage 百分比、百分率

英初　國20　會考

raw [rɔ]

adj. 自然狀態的、未加工過的

同 crude 天然的、未加工的

反 processed 加工過的

| 英初 | 國20 | 會考 |

react [rɪˋækt]

v. 反應、作出反應
動詞變化 reacted; reacted; reacting
同 respond 反應、反響、回應
家族字彙
- react
- reaction **n.** 反應、反作用
- reactionary **adj.** 保守的、反動的
- reactor **n.** 反應堆

| 英初 | 國20 | 會考 |

reaction [rɪˋækʃən]

n. 反應、反作用
名詞複數 reactions
同 confrontation 對抗
家族字彙
- reaction
- react **v.** 作出反應、反對、起化學反應
- reactionary **adj.** 保守的、反動的

🎧 | **MP3** | Track 386 | ⬇

| 英中 | 學測 |

readily [ˋrɛdɪlɪ]

adv. 很快地、立即
形容詞變化 more readily; the most readily
同 immediately 立即
家族字彙
- readily
- readiness **n.** 準備就緒、願意

| 英中 | 學測 |

reading [ˋridɪŋ]

n. 朗讀、朗誦
名詞複數 readings
同 recite 背誦、朗誦
家族字彙
- reading
- read **v.** 讀、理解、讀數為、讀到
- reader **n.** 讀者、讀物、讀本

| 英中 | 大4 | 學測 |

realistic [rɪəˋlɪstɪk]

adj. 現實的、實際可行的
形容詞變化 more realistic; the most realistic
同 practical 實際的
反 visionary 幻影的、幻想的
家族字彙
- realistic
- real **adj.** 真正的、真實的、現實的
- realist **n.** 現實主義者
- realize **v.** 認識、明白、實現、使變為現實

| 英初 | 國12 | 會考 |

reality [rɪˋæləti]

n. 現實、實際
名詞複數 realities
同 fact 事實、真相
家族字彙
- reality
- realistic **adj.** 現實的
- realize **v.** 使變為現實
- realist **n.** 現實主義者
- real **adj.** 真的、真正的、真實的、現實的

| 英中 | 大5 | 學測 |

realm [rɛlm]

n. 範圍、王國
名詞複數 realms
同 kingdom 王國、領域

🎧 | **MP3** | Track 387 | ⬇

| 英中 | 大5 | 學測 |

reap [rip]

v. 收割、收穫
動詞變化 reaped; reaped; reaping
同 harvest 收穫、收割
家族字彙
- reap
- reaper **n.** 收割者

rear [rɪr]

n. 尾部、背面　**adj.** 後部的、後面的
v. 撫養、飼養
名詞複數 rears
動詞變化 reared; reared; rearing
同 back 後背、後面
反 front 前面、正面

reasonable [ˈriznəbl̩]

adj. 合理的、有道理的
形容詞變化 more reasonable;
　　　　　　the most reasonable
同 rational 理性的、合理的
反 unreasonable 不合理的、荒唐的
家族字彙
┌reasonable
├reason **n.** 原因、理性
└reasonably **adv.** 有理地、合理地

rebel [ˈrɛbl̩] / [rɪˈbɛl]

n. 反抗者、叛亂者
adj. 造反的、叛逆的　**v.** 造反、反叛
名詞複數 rebels
動詞變化 rebelled; rebelled; rebelling
同 revolt 反叛、起義
家族字彙
┌rebel
└rebellion **n.** 反叛、反抗

recall [rɪˈkɔl] / [ˈrɪkɔl]

v. 召回、收回　**n.** 召回、喚回
名詞複數 recalls
動詞變化 recalled; recalled; recalling
同 withdraw 收回、撤銷

🎧 | **MP3** | Track 388 | ⬇

receipt [rɪˈsit]

n. 發票、收據
名詞複數 receipts
同 invoice 發票

receiver [rɪˈsivɚ]

n. 聽筒、接收器
名詞複數 receivers
同 acceptor 接受器、受體
家族字彙
┌receiver
└receive **v.** 收到、受到、接待、接
　　　　　見、歡迎

recently [ˈrisn̩tlɪ]

adv. 最近、近來
同 lately 最近
家族字彙
┌recently
└recent **adj.** 新近的、近來的

reception [rɪˈsɛpʃən]

n. 接受、接納
名詞複數 receptions
同 receive 收到、接待
家族字彙
┌reception
└receptive **adj.** 接收能力強的、能迅
　　　　　速接受的

recession [rɪˈsɛʃən]

n. 衰退、衰退期
名詞複數 recessions
同 depression 不景氣、蕭條
反 prosperity 繁榮、興旺
家族字彙
┌recession
├recess **n.** / **v.** 暫停、休庭、休息
└recessive **adj.** 隱性遺傳的、後退的

英中 | 大5 | 學測

reckon [ˈrɛkən]

v. 指望、測量

動詞變化 reckoned; reckoned; reckoning

同 measure 測量

家族字彙
┌ reckon
└ reckoning **n.** 計算、算帳、估計

英中 | 大4 | 學測

recognition
[ˌrɛkəgˈnɪʃən]

n. 識別、確認

名詞複數 recognitions

同 identification 識別、鑒定

家族字彙
┌ recognition
└ recognize **v.** 認出、確認

英初 | 國20 | 會考

recognize [ˈrɛkəgˌnaɪz]

v. 識別、承認

動詞變化 recognized; recognized; recognizing

同 acknowledge 承認

家族字彙
┌ recognize
└ recognition **n.** 識別、確認

英中 | 大5 | 學測

recommend
[ˌrɛkəˈmɛnd]

v. 建議、使成為可取

動詞變化 recommended; recommended; recommending

同 suggest 建議

家族字彙
┌ recommend
├ recommendation **n.** 推薦、建議
├ recommendable **adj.** 值得推薦的
└ recommendatory **adj.** 推薦的

英中 | 大6 | 學測

recommendation
[ˌrɛkəmɛnˈdeʃən]

n. 建議、勸告

名詞複數 recommendations

同 advisement 考慮、勸告

家族字彙
┌ recommendation
└ recommend **v.** 推薦、勸告、使受歡迎

英中 | 大4 | 學測

recovery [rɪˈkʌvərɪ]

n. 恢復、痊癒

名詞複數 recoveries

同 restoration 恢復、歸還

家族字彙
┌ recovery
└ recover **v.** 恢復、痊癒、收復、使復原、挽回

英中 | 大4 | 學測

recreation [ˌrɛkrɪˈeʃən]

n. 娛樂活動、消遣

名詞複數 recreations

同 diversion 消遣、娛樂

家族字彙
┌ recreation
└ recreate **v.** 得到消遣、休息娛樂

英中 | 大6 | 學測

recruit [rɪˈkrut]

v. 招募 **n.** 新兵、新成員

名詞複數 recruits

動詞變化 recruited; recruited; recruiting

同 trainee 練習生、新兵

家族字彙
┌ recruit
├ recruitment **n.** 徵募新兵
└ recruiter **n.** 招聘人員

A B C D E F G H I J K L M N O P Q R S T U V W X Y Z

recycle [ri`saɪk!]

v. 回收利用 **n.** 回收利用
名詞複數 recycles
動詞變化 recycled; recycled; recycling
同 reuse 再使用
家族字彙
┌recycle
└recycling **n.** 回收

reduction [rɪ`dʌkʃən]

n. 減少、縮小
名詞複數 reductions
同 subtraction 減少
反 enhancement 增加、提高
家族字彙
┌reduction
└reduce **v.** 減少、縮小、使降級、使淪落、迫使

🎧 | **MP3** | Track 391 | ⬇

refer [rɪ`fɝ]

v. 提交、提到
動詞變化 referred; referred; referring
同 mention 提及、說起
家族字彙
┌refer
├referee **n.** 裁判員、推薦人、仲裁者
└reference **n.** 提到、查閱、參考書目、推薦

reference [`rɛfərəns]

n. 提到、論及
名詞複數 references
同 consultation 參考、參閱
家族字彙
┌reference
└refer **v.** 指的是、參考、求助於

refine [rɪ`faɪn]

v. 使優美、使完善
動詞變化 refined; refined; refining
同 perfect 使完美、使完全
家族字彙
┌refine
├refined **adj.** 文雅的
├refinement **n.** 提煉、文雅
└refinery **n.** 精煉廠、提煉廠

reflect [rɪ`flɛkt]

v. 反映、顯示
動詞變化 reflected; reflected; reflecting
同 response 回應、反應、答覆
家族字彙
┌reflect
├reflective **adj.** 深思熟慮的
└reflection **n.** 倒影、反射、反映、非議、深思

reflection [rɪ`flɛkʃən]

n. 映射、考慮
名詞複數 reflections
同 consideration 考慮
家族字彙
┌reflection
└reflect **v.** 反映、反射、映現

🎧 | **MP3** | Track 392 | ⬇

reform [rɪ`fɔrm]

v. 改革、改良 **n.** 改良、改造
名詞複數 reforms
動詞變化 reformed; reformed; reforming
同 improve 改善、改進
反 worsen 使更壞、使惡化
家族字彙
┌reform
└reformer **n.** 改革者、革新者

英中 | 大4 | 學測

refresh [rɪˋfrɛʃ]

v. 振作精神、恢復活力

動詞變化 refreshed; refreshed; refreshing

同 refocillate 使振作精神

家族字彙
- refresh
- refreshing **adj.** 使耳目一新的
- refresher **n.** 清涼飲料
- refreshingly **adv.** 清爽地
- refreshment **n.** 茶點、點心、恢復、精神爽

英中 | 大5 | 學測

refuge [ˋrɛfjuˋdʒi]

n. 難民

名詞複數 refugees

家族字彙
- refugee
- refuge **n.** 庇護所、避難處、庇護

英中 | 大4 | 學測

refusal [rɪˋfjuzl]

n. 拒絕

名詞複數 refusals

同 rejection 拒絕

反 acceptance 接受

家族字彙
- refusal
- refuse **v.** 拒絕、不接受、不同意

英中 | 大4 | 學測

regarding [rɪˋgardɪŋ]

prep. 關於

同 about 關於

家族字彙
- regarding
- regard **v.** 看作、打量、注意

🎧 | **MP3** | Track 393 | ⬇

英中 | 大6 | 學測

regardless [rɪˋgardlɪs]

adv. 不管怎樣、無論如何

同 anyway 不管怎樣、無論如何

家族字彙
- regardless
- regard **v.** 看作、打量、注意
- regarding **prep.** 關於

英初 | 國12 | 會考

region [ˋridʒən]

n. 地帶、區域

名詞複數 regions

同 area 地區、地域

英中 | 大4 | 學測

register [ˋrɛdʒɪstɚ]

n. 登記、註冊 **v.** 登記、註冊

名詞複數 registers

動詞變化 registered; registered; registering

同 enroll 登記

家族字彙
- register
- registered **adj.** 掛號的、已註冊的

英中 | 大4 | 學測

regulate [ˋrɛgjəˌlet]

v. 調整、調節

動詞變化 regulated; regulated; regulating

同 adjust 調整、調節

家族字彙
- regulate
- regulation **n.** 規章、控制、調節

英中 | 大4 | 學測

regulation [ˌrɛgjəˋleʃən]

n. 管理、控制

名詞複數 regulations

同 adjustment 調整

家族字彙
- regulation
- regulate **v.** 管理、控制、調節

英中	大6	學測

reinforce [ˌriɪnˈfors]

v. 增強、加強

動詞變化 reinforced; reinforced; reinforcing

同 strengthen 加強、鞏固

反 weaken 變弱、減弱

英初	國12	會考

reject [rɪˈdʒɛkt] / [ˈrɪdʒɛkt]

v. 拒絕、拒納

n. 被拒貨品、不合格產品

名詞複數 rejects

動詞變化 rejected; rejected; rejecting

同 refuse 拒絕

反 accept 接受

家族字彙
- reject
- rejection **n.** 拒絕、抵制、駁回
- rejective **adj.** 拒絕的
- rejecter **n.** 拒絕者

英初	國20	會考

relate [rɪˈlet]

v. 符合、適應

動詞變化 related; related; relating

同 narrate 講、敘述

家族字彙
- relate
- relation **n.** 關係、關聯、親屬、親戚
- relationship **n.** 關係

英初	國12	會考

relationship [rɪˈleʃənˌʃɪp]

n. 關係、關聯

名詞複數 relationships

同 connection 聯繫、關係

家族字彙
- relationship
- relation **n.** 關係、關聯、親屬、親戚
- relate **v.** 有關聯、適應、使互相關聯、講述

英中	學測

relativity [ˌrɛləˈtɪvətɪ]

n. 相對論、相關性

名詞複數 relativities

同 correlation 相關

家族字彙
- relativity
- relative **n.** 親屬
- relatively **adv.** 比較地、相對地

英初	國20	會考

relax [rɪˈlæks]

v. 放鬆、鬆弛

動詞變化 relaxed; relaxed; relaxing

同 ease 緩和、放鬆

反 aggravate 加劇、惡化

家族字彙
- relax
- relaxation **n.** 鬆弛、消遣

英初	國20	會考

release [rɪˈlis]

v. / **n.** 釋放、排放

名詞複數 releases

動詞變化 released; released; releasing

同 discharge 釋放、排出

反 grasp 抓住

家族字彙
- release
- releasee **n.** 被免除債務者
- releaser **n.** 釋放者
- releaser **n.** 棄權者

英中	大64	學測

relevant [ˈrɛləvənt]

adj. 有關的、切題的

形容詞變化 more relevant; the most relevant

同 involved 有關的

反 irrelevant 無關係的、不相干的

英初 國20 會考

reliable [rɪˈlaɪəbl̩]

adj. 可靠的、可信賴的
形容詞變化 more reliable;
the most reliable
同 dependable 可靠的、可信賴的
反 undependable 不可靠的、不可信賴的
家族字彙
┌reliable
└rely **v.** 依靠、依賴、信賴、指望

英初 國20 會考

relief [rɪˈlif]

n. 救濟、救援
名詞複數 reliefs
同 redress 救濟
家族字彙
┌relief
└relieve **v.** 使輕鬆（寬慰）、緩解、調劑、接替

🎧 | **MP3** | Track 396 | ⬇

英中 大4 學測

relieve [rɪˈliv]

v. 緩解、減輕
動詞變化 relieved; relieved; relieving
同 alleviate 減輕、緩解
反 aggravate 加重、惡化
家族字彙
┌relieve
└relief **n.** 輕鬆、寬慰、緩解、調劑

英初 國20 會考

religion [rɪˈlɪdʒən]

n. 宗教、宗教信仰
名詞複數 religions
同 faith 信念、宗教信仰
家族字彙
┌religion
└religious **adj.** 宗教的、篤信宗教的、虔誠的

英初 國20 會考

religious [rɪˈlɪdʒəs]

adj. 宗教的、虔誠的
形容詞變化 more religious;
the most religious
同 devotional 信仰的、虔誠的
家族字彙
┌religious
└religion **n.** 宗教、宗教信仰

英中 大4 學測

reluctant [rɪˈlʌktənt]

adj. 不情願的、勉強的
形容詞變化 more reluctant;
the most reluctant
同 unwilling 不願意的、不情願的
反 willing 願意的、心甘情願的
家族字彙
┌reluctant
└reluctantly **adj.** 不情願地、勉強地

英初 國20 會考

rely [rɪˈlaɪ]

v. 依靠、依賴
動詞變化 relied; relied; relying
同 trust 信任
反 mistrust 不信任、疑惑
家族字彙
┌rely
├reliable **adj.** 可靠的
└reliably **adv.** 可靠地

🎧 | **MP3** | Track 397 | ⬇

英初 國20 會考

remain [rɪˈmen]

v. 剩下、逗留
動詞變化 remained; remained;
remaining
同 maintain 維持、維修
家族字彙
┌remain
└remainder **n.** 餘下的部分、剩下的人數

A B C D E F G H I J K L M N O P Q R S T U V W X Y Z

remark [rɪˋmɑrk]

v. 說、評論 **n.** 話語、談論
名詞複數 remarks
動詞變化 remarked; remarked; remarking
同 comment 評論
家族字彙
- remark
- remarkable **adj.** 引人注目的、異常的、非凡的

---

remarkable [rɪˋmɑrkəbl]

adj. 引人注目的、非凡的
形容詞變化 more remarkable; the most remarkable
同 extraordinary 非凡的、特別的
反 ordinary 普通的、平庸的
家族字彙
- remarkable
- remarkably **adv.** 非凡地、顯著地

---

remedy [ˋrɛmədɪ]

n. 補救辦法、糾正辦法
v. 醫治、治療
名詞複數 remedies
動詞變化 remedied; remedied; remedying
同 cure 治癒、治療
家族字彙
- remedy
- remediable **adj.** 可治療

---

remind [rɪˋmaɪnd]

v. 使想起、提醒
動詞變化 reminded; reminded; reminding
家族字彙
- remind
- reminder **n.** 提醒物、紀念品、暗示

🎧 | **MP3** | Track 398 | ⬇

---

remote [rɪˋmot]

adj. 遙遠的、偏僻的
形容詞變化 more remote; the most remote
同 distant 久遠的、遠的
反 near 近的

---

removal [rɪˋmuvl̩]

n. 除去、消除
名詞複數 removals
同 elimination 消除
家族字彙
- removal
- remove **v.** 移開、脫下、去掉、把……免職、開除

---

render [ˋrɛndɚ]

v. 給予、提供
動詞變化 rendered; rendered; rendering
同 provide 供給、提供
家族字彙
- render
- rendering **n.** 演出、翻譯

---

renew [rɪˋnju]

v. 更新、恢復
動詞變化 renewed; renewed; renewing
同 update 更新
家族字彙
- renew
- renewal **n.** 更新、恢復、復興

---

rent [rɛnt]

v. 租借、租用 **n.** 租金、出租
名詞複數 rents
動詞變化 rented; rented; renting
同 lease 出租
家族字彙
- rent
- rental **n.** 租賃、出借、出租業

英中　學測

repeatedly [rɪ`pitɪdlɪ]

adv. 一再、多次地

家族字彙
- repeatedly
- repeat v. / n. 重複、重説、重做
- repeated adj. 反覆的、重複的
- repeatable adj. 可重複的
- repeater n. 累犯
- repeating adj. 反覆的
- repetition n. 重覆、反覆

英中　大4　學測

repetition [ˌrɛpɪ`tɪʃən]

n. 重複、反覆
名詞複數 repetitions
同 duplication 重複

家族字彙
- repetition
- repeat v. / n. 重複、重説、重做

英初　國20　會考

replace [rɪ`ples]

v. 代替、取代
動詞變化 replaced; replaced; replacing
同 substitute 代替

家族字彙
- replace
- replacer n. 代替者
- replacement n. 代替、取代、更換、替代的人（或物）

英初　國20　會考

replacement [rɪ`plesmənt]

n. 代替、取代
名詞複數 replacements
同 substitute 代替者、代用品

家族字彙
- replacement
- replacer n. 代替者
- replace v. 代替、取代、更換、調換、放回原處

英初　國12　會考

reporter [rɪ`portə]

n. 記者
名詞複數 reporters
同 journalist 新聞工作者

家族字彙
- reporter
- report v. / n. 報告、告發、報到

英初　國20　會考

represent [ˌrɛprɪ`zɛnt]

v. 象徵、描繪
動詞變化 represented; represented; representing
同 symbolize 象徵

家族字彙
- represent
- representation n. 描寫、表現
- representative n. 代表、代理人

英初　國20　會考

representative [ˌrɛprɪ`zɛntətɪv]

n. 代表、代理人
adj. 有代表性的、典型的
名詞複數 representatives
形容詞變化 more representative; the most representative
同 typical 典型的、有代表性的

家族字彙
- representative
- represent v. 代表、表示、象徵

英中　大5　學測

reproduce [ˌriprə`djus]

v. 複製、繁殖
動詞變化 reproduced; reproduced; reproducing
同 duplicate 複製

家族字彙
- reproduce
- reproduction n. 生殖、複製
- reproductive adj. 生殖的、複製的

A B C D E F G H I J K L M N O P Q **R** S T U V W X Y Z

republican [rɪˋpʌblɪkən]

adj. 共和政體的、共和黨的
n. 共和黨人
名詞複數 republicans
家族字彙
republican
republic **n.** 共和國、共和政體

英中　大4　學測

reputation [ˌrɛpjəˋteʃən]

n. 名聲、名譽
名詞複數 reputations
同 fame 聲譽、名望
家族字彙
reputation
repute **v.** 有……名聲

🎧 **| MP3 | Track 401 | ⬇**

英初　國12　會考

requirement
[rɪˋkwaɪrmənt]

n. 要求、必要條件
名詞複數 requirements
同 demand 要求、需要
家族字彙
requirement
require **v.** 需要、要求、規定

英中　大4　學測

rescue [ˋrɛskju]

v. / n. 營救、救援
名詞複數 rescues
動詞變化 rescued; rescued; rescuing
同 save 救

英中　大4　學測

resemble [rɪˋzɛmbl̩]

v. 像、類似於
動詞變化 resembled; resembled;
　　　　　 resembling
家族字彙
resemble
resemblance **n.** 相似、形似

英中　大5　學測

resent [rɪˋzɛnt]

v. 對……表示忿恨、怨恨
動詞變化 represented; represented;
　　　　　 representing
同 hate 憎恨
反 love 愛、戀愛
家族字彙
resent
resentful **adj.** 忿恨的
resentfully **adv.** 忿恨地
resentment **n.** 忿恨

英中　大4　學測

reservation [ˌrɛzɚˋveʃən]

n. 預訂、保留
名詞複數 reservations
同 conservation 保存
家族字彙
reservation
reserve **v.** 保留、預訂
reserved **adj.** 話說不多的

🎧 **| MP3 | Track 402 | ⬇**

英初　國20　會考

reserve [rɪˋzɝv]

v. 留存、預訂　**n.** 儲備、保留
名詞複數 reserves
動詞變化 reserved; reserved;
　　　　　 reserving
同 book 登記、預訂
家族字彙
reserve
reserved **adj.** 說話不多的
reservation **n.** 預訂、保留、居留地

英中　大6　學測

reservoir [ˋrɛzɚˌvɔr]

n. 水庫、蓄水池
名詞複數 reservoirs

英中 | 大5 | 學測

residence [ˈrɛzədəns]

n. 住處、住宅
名詞複數 residences
同 live 居住

家族字彙
─ residence
─ reside **v.** 居住、定居、存在、在於
─ resident **n.** 居民、住院醫生

英中 | 大5 | 學測

resident [ˈrɛzədent]

n. 居民、定居者　**adj.** 居住的、定居的
名詞複數 residents
同 inhabitant 居民

家族字彙
─ resident
─ residence **n.** 住處、住宅、居住、（合法）居住資格

英中 | 大4 | 學測

resign [rɪˈzaɪn]

v. 辭職、放棄
動詞變化 resigned; resigned; resigning
同 quit 辭職

家族字彙
─ resign
─ resigned **adj.** 已辭職的
─ resignation **n.** 聽從、辭職

🎧 | **MP3** | Track 403 | ⬇

英初 | 國20 | 會考

resist [rɪˈzɪst]

v. 反抗、抵制
動詞變化 resisted; resisted; resisting
同 boycott 抵制

家族字彙
─ resist
─ resistance **n.** 反抗、抵制、抵抗力
─ resistant **adj.** 抵抗的、抗……的

英中 | 大4 | 學測

resistance [rɪˈzɪstəns]

n. 反抗、抵制
名詞複數 resistances

家族字彙
─ resistance
─ resistant **adj.** 抵抗的、耐……的

英中 | 大6 | 學測

resistant [rɪˈzɪstənt]

adj. 抵抗的、抗……的
形容詞變化 more resistant;
the most resistant

家族字彙
─ resistant
─ resistance **n.** 反抗、抵制、阻力

英中 | 大4 | 學測

resolution [ˌrɛzəˈluʃən]

n. 解決、解答
名詞複數 residences
同 settltment 解決

家族字彙
─ resolution
─ resolute **adj.** 堅決的
─ resolutely **adv.** 堅決地、果斷地

英中 | 大4 | 學測

resolve [rɪˈzɑlv]

v. 決意、決定　**n.** 決心、決意
動詞變化 resolved; resolved;
resolving
同 determination 決定

家族字彙
─ resolve
─ resolved **adj.** 決心的、堅定的

🎧 | **MP3** | Track 404 | ⬇

英中 | 大5 | 學測

resort [rɪˈzɔrt]

v. 求助、憑藉　**n.** 求助、憑藉
名詞複數 resorts
動詞變化 resorted; resorted; resorting
同 appeal 求助、訴請

英初 國20 會考

resource [ˈrɪsors]

n. 資源、財力
名詞複數 resources
同 wealth 財產、資源
家族字彙
─resource
└resourceful **adj.** 足智多謀的

英初 國12 會考

respect [rɪˈspɛkt]

v. / **n.** 尊敬、敬重
名詞複數 respects
動詞變化 respected; respected;
respecting
同 reverence 尊敬
反 disdain 鄙視、輕蔑
家族字彙
─respect
─respectable **adj.** 可敬的、有身價的
─respectably **adv.** 相當好地
└respectful **adj.** 恭敬的、尊敬人的

英中 大6 學測

respective [rɪˈspɛktɪv]

adj. 各自的、各個的
同 separate 分開的、各自的
反 uniform 一致的、統一的
家族字彙
─respective
└respectively **adv.** 各自地、各個地、
分別地

英中 學測

respectively
[rɪˈspɛktɪvlɪ]

adv. 各自地、各個地
同 separately 分別地、個別地
家族字彙
─respectively
└respective **adj.** 分別的

英初 國20 會考

respond [rɪˈspɑnd]

v. 回答、答覆
動詞變化 responded; responded;
responding
同 answer 回答、答覆
家族字彙
─respond
└response **n.** 回答、反應、回應

英初 國20 會考

response [rɪˈspɑns]

n. 回答、答覆
名詞複數 responses
同 reply 答覆
家族字彙
─response
─responsible **adj.** 承擔責任的
└responsibility **n.** 責任、責任心、職
責、義務

英初 國20 會考

responsibility
[rɪˌspɑnsəˈbɪlətɪ]

n. 職責、義務
名詞複數 responsibilities
同 obligation 義務、責任
家族字彙
─responsibility
└responsible **adj.** 承擔責任的、有責
任感的、重要的

英初 國12 會考

responsible [rɪˈspɑnsəbḷ]

adj. 承擔責任的、有責任感的
形容詞變化 more responsible;
the most responsible
同 liable 有義務的
家族字彙
─responsible
└responsibility **n.** 責任、責任心、職
責、義務

restless [ˈrɛstlɪs]

英中 | 學測

adj. 靜不下來的、運動不止的
形容詞變化 more restless;
the most restless
同 motional 運動的、動態的
反 moveless 靜止的、不動的
家族字彙
┌restless
└rest **n.** 其餘的人（物）、休息

🎧 | **MP3** | Track 406 | ⬇

restore [rɪˈstor]

英中 | 大4 | 學測

v. 恢復、修復
動詞變化 restored; restored; restoring
同 recover 恢復
家族字彙
┌restore
├restoration **n.** 修復
└restorative **adj.** 恢復健康的、恢復的

restrain [rɪˈstren]

英中 | 大5 | 學測

v. 阻止、控制
動詞變化 restraind; restrained;
restraining
同 control 克制、控制
家族字彙
┌restrain
└restraint **n.** 抑制、限制、克制、約束
措施（條件）

restraint [rɪˈstrent]

英中 | 大6 | 學測

n. 抑制、限制
名詞複數 restraints
同 limitation 限制
家族字彙
┌restraint
└restrain **v.** 阻止、控制、抑制、遏制

restrict [rɪˈstrɪkt]

英初 | 國20 | 會考

v. 限制、約束
動詞變化 restricted; restricted;
restricting
同 limit 限制
家族字彙
┌restrict
└restriction **n.** 限制、限定、約束

resume [rɪˈzjum]

英中 | 大5 | 學測

v. 繼續、恢復 **n.** 摘要、概要
名詞複數 resumes
動詞變化 resumed; resumed;
resuming

🎧 | **MP3** | Track 407 | ⬇

retail [ˈritel]

英中 | 大6 | 學測

n. / **v.** 零售 **adv.** 以零售方式
名詞複數 retails
動詞變化 retailed; retailed; retailing
反 wholesale 批發
家族字彙
┌retail
└retailer **n.** 零售商

retain [rɪˈten]

英中 | 大4 | 學測

v. 保留、保持
動詞變化 retained; retained; retaining
同 keep 保持、保留

retire [rɪˈtaɪr]

英中 | 大4 | 學測

v. 退休、退役
動詞變化 retired; retired; retiring
同 withdraw 撤退、撤銷
家族字彙
┌retire
├retired **adj.** 退休的、通職的
└retirement **n.** 退休、撤退、幽靜處

A
B
C
D
E
F
G
H
I
J
K
L
M
N
O
P
Q
R
S
T
U
V
W
X
Y
Z

retreat [rɪˋtrit]

v. 退卻、撤退　　**n.** 退卻、撤退

英中　大4　學測

名詞複數 retreats

動詞變化 retreated; retreated; retreating

同 retiredness 退隱、退縮

---

reveal [rɪˋvil]

英初　國20　會考

v. 揭露、洩露

動詞變化 revealed; revealed; revealing

同 expose 揭露、使暴露

🎧 | **MP3** | Track 408 | ⬇

revenue [ˋrɛvəͺnju]

英中　大6　學測

n. 收入、收益

名詞複數 revenues

同 income 收入、所得

反 expense 花費、費用

---

reverse [rɪˋvɝs]

英中　大5　學測

v. 撤銷、推翻　　**n.** 挫折、逆境
adj. 反向的、相反的

名詞複數 reverses

動詞變化 reversed; reversed; reversing

同 adversity 災禍、逆境

反 front 前面、正面

家族字彙
┌reverse
└reversion **n.** 返回、逆轉

---

revise [rɪˋvaɪz]

英中　大4　學測

v. 修訂、修改

動詞變化 revised; revised; revising

同 alter 改變、改動

家族字彙
┌revise
└revision **n.** 修訂、修訂本

---

revolt [rɪˋvolt]

英中　大5　學測

v. 反叛、起義　　**n.** 反抗、違抗

名詞複數 revolts

動詞變化 revolted; revolted; revolting

同 resist 抵抗、反抗

家族字彙
┌revolt
└revolting **adj.** 令人厭惡的

---

revolutionary

[ͺrɛvəˋluʃənͺɛrɪ]

英中　大4　學測

adj. 革命的、革新的　　**n.** 革命者

名詞複數 revolutionaries

同 innovatory 革新的

家族字彙
┌revolutionary
└revolution **n.** 革命、大變革、旋轉

🎧 | **MP3** | Track 409 | ⬇

revolve [rɪˋvɑlv]

英中　大5　學測

v. 仔細考慮

動詞變化 revolved; revolved; revolving

同 ponder 沉思、考慮

家族字彙
┌revolve
└revolver **n.** 左輪手槍、旋轉者

---

reward [rɪˋwɔrd]

英中　大4　學測

n. 報酬、酬金　　**v.** 報答、酬謝

動詞變化 rewarded; rewarded; rewarding

同 repay 償還、報答

家族字彙
┌reward
├rewardful **adj.** 有酬勞的
├rewarding **adj.** 有報酬的
└rewardless **adj.** 徒勞的

| 英中 | 大4 | 學測 |

rhythm [ˈrɪðəm]

n. 節奏、韻律
名詞複數 rhythms
同 prelusion 前奏、序幕
家族字彙
┌ rhythm
└ rhythmic **adj.** 有節奏的

| 英中 | 大5 | 學測 |

rib [rɪb]

n. 肋骨
名詞複數 ribs
同 costa 肋骨
家族字彙
┌ rib
└ ribbed **adj.** 呈肋狀的、有羅紋的

| 英初 | 國20 | 會考 |

ribbon [ˈrɪbən]

n. 緞帶、絲帶
名詞複數 ribbons
同 lace 花邊、緞帶

🎧 | **MP3** | Track 410 | ⬇

| 英初 | 國20 | 會考 |

rid [rɪd]

v. 使擺脫、解除……的負擔
動詞變化 rid; rid; ridding
同 eliminate 排除、消除

| 英中 | 大5 | 學測 |

ridge [rɪdʒ]

n. 脊、山脊
名詞複數 ridges
同 chine 脊椎、山脊
家族字彙
┌ ridge
├ ridged **adj.** 有脊狀線的
└ ridgy **adj.** 有脊的

| 英中 | 大5 | 學測 |

ridiculous [rɪˈdɪkjələs]

adj. 可笑的、荒謬的
形容詞變化 more ridiculous; the most ridiculous
同 absurd 荒謬的、荒唐的
反 reasonable 合理的
家族字彙
┌ ridiculous
└ ridicule **v.** 嘲弄

| 英中 | 大5 | 學測 |

rifle [ˈraɪfl]

n. 步槍
名詞複數 rifles
同 gun 槍

| 英中 | 大5 | 學測 |

rigid [ˈrɪdʒɪd]

adj. 剛硬的、僵硬的
形容詞變化 more rigid; the most rigid
同 stiff 僵直的、生硬的
反 soft 柔軟的
家族字彙
┌ rigid
├ rigidity **n.** 固執、堅定、僵化
└ rigidly **adv.** 堅硬地、不易彎地

🎧 | **MP3** | Track 411 | ⬇

| 英中 | 大6 | 學測 |

riot [ˈraɪət]

n. 暴亂、騷亂 **v.** 聚眾鬧事
名詞複數 riots
動詞變化 rioted; rioted; rioting
同 turbulence 動亂、騷亂
家族字彙
┌ riot
└ riotous **adj.** 騷動的、放蕩的

| 英中 | 大5 | 學測 |

rip [rɪp]

v. 裂口、裂縫
動詞變化 ripped; ripped; ripping
同 rift 裂口、隙縫

risk [rɪsk]

n. 危險、風險
v. 冒……的危險、使遭受危險
名詞複數 risks
動詞變化 risked; risked; risking
同 danger 危險
家族字彙
┌risk
└risky **adj.** 危險的

---

ritual [ˋrɪtʃʊəl]

n. 例行公事、老規矩
adj. 作為儀式一部分的、例行的
名詞複數 rituals
同 routine 例行的、常規的
家族字彙
┌ritual
└rite **n.** 儀式

---

rival [ˋraɪvl̩]

n. 競爭對手、敵手
adj. 競爭的、對抗的
v. 與……競爭、與……匹敵
名詞複數 rivals
同 opponent 對手、敵手
家族字彙
┌rival
└rivalry **n.** 競爭、競賽、對抗

🎧 | **MP3** | Track 412 | ⬇

roar [ror]

v. 吼叫、咆哮　**n.** 咆哮聲、吼叫聲
名詞複數 roars
動詞變化 roared; roared; roaring
同 bellow 吼叫、怒吼
家族字彙
┌roar
├roarer **n.** 咆哮者
└roaring **n.** 吼聲

---

roast [rost]

v. 烤、炙　**n.** 烤肉
adj. 烤過的、烘過的
名詞複數 roasts
動詞變化 roasted; roasted; roasting
同 grill 烤架、烤肉

---

rob [rɑb]

v. 搶劫、盜竊
動詞變化 robbed; robbed; robbing
同 loot 搶劫、掠奪
家族字彙
┌rob
├robber **n.** 強盜、盜賊
└robbery **n.** 搶劫、盜取

---

robot [ˋrobɑt]

n. 機器人
名詞複數 robots
同 automaton 機器人

---

rocket [ˋrɑkɪt]

n. 火箭　**v.** 迅速上升、猛漲
名詞複數 rockets
動詞變化 rocketed; rocketed; rocketing
同 soar 猛增、高漲
反 plunge 猛跌、驟降

🎧 | **MP3** | Track 413 | ⬇

rod [rɑd]

n. 杆、棒
名詞複數 rods
同 pole 杆、柱

英初 | 國12 | 會考

role [rol]

n. 角色、作用
名詞複數 roles
同 action 作用

英初 | 國1 | 會考

roll [rol]

n. 捲、捲形物 **v.** 轉動、搖晃
名詞複數 rolls
同 trundle 轉動、滾動
家族字彙
┌roll
└roller **n.** 滾筒、滾軸

英中 | 學測

roller [ˋrolɚ]

n. 滾筒、滾軸
名詞複數 rollers
同 platen 滾筒
家族字彙
┌roller
└roll **v.** 滾動、搖擺

英初 | 國20 | 會考

romantic [roˋmæntɪk]

adj. 浪漫的、不切實際的
形容詞變化 more romantic;
the most romantic
同 impractical 不切實際的
反 practical 實際的
家族字彙
┌romantic
└romance **n.** 戀愛關係、浪漫氣氛、
愛情小說、傳奇

🎧 | **MP3** | Track 414 | ⬇

英初 | 國1 | 會考 | CET-4 | PTE-1

roof [ruf]

n. 屋頂、房屋
名詞複數 roofs
同 house 房屋

英初 | 國1 | 會考

rope [rop]

n. 繩、索 **v.** 用繩子捆
名詞複數 ropes
動詞變化 roped; roped; roping
同 string 弦、線

英中 | 大6 | 學測

rotate [ˋrotet]

v. 旋轉、轉動
動詞變化 rotated; rotated; rotating
同 spin 旋轉
家族字彙
┌rotate
└rotation **n.** 旋轉、迴圈、交替

英初 | 國20 | 會考

rotten [ˋrɑtn̩]

adj. 腐爛的、腐敗的
同 corrupted 腐敗的
家族字彙
┌rotten
└rot **v.** 腐朽

英初 | 國20 | 會考

rough [rʌf]

adj. 粗糙的、不光滑的
adv. 粗糙地、粗暴地
形容詞變化 rougher; the roughest
同 harsh 粗糙的
反 delicate 精美的
家族字彙
┌rough
└roughly **adv.** 粗糙地、毛糙地

🎧 | **MP3** | Track 415 | ⬇

英中 | 學測

rouse [ˋrauz]

v. 喚起、喚醒
動詞變化 roused; roused; rousing
同 arouse 喚醒、叫醒

route [rut]

英中 | 大4 | 學測

n. 路線、航線
名詞複數 routes
同 path 小路、路線

routine [ru`tin]

英初 | 國20 | 會考

n. 例行公事、慣例
adj. 例行的、常規的
名詞複數 routines
形容詞變化 more routine;
the most routine
同 conventional 慣例的、常規的

royal [`rɔɪəl]

英初 | 國12 | 會考

adj. 王室的、皇家的
同 crowned 王室的
反 civilian 平民的、百姓的
家族字彙
┌royal
├royalist **n.** 保皇主義者
└royalty **n.** 王族（成員）

rub [rʌb]

英初 | 國1 | 會考

v. 擦、摩擦
動詞變化 rubbed; rubbed; rubbing
同 frictionate 摩擦
家族字彙
┌rub
└rubber **n.** 橡膠、橡皮、膠鞋

🎧 | **MP3** | Track 416 | ⬇

rude [rud]

英初 | 國12 | 會考 | CET-4 | PTE-2

adj. 粗魯的、不禮貌的
形容詞變化 ruder; the rudest
同 impolite 不禮貌的、粗魯的
反 elegant 優雅的
家族字彙
┌rude
└rudely **adv.** 粗魯地、粗略地

rug [rʌg]

英初 | 國20 | 會考

n. 地毯
名詞複數 rugs
同 carpet 地毯

ruin [`rʊɪn]

英中 | 大4 | 學測

n. 毀滅、毀壞 **v.** 毀滅、毀壞
名詞複數 ruins
動詞變化 ruined; ruined; ruining
同 perish 毀滅、消亡
家族字彙
┌ruin
└ruinous **adj.** 毀壞的

rumor [`rumɚ]

英初 | 國20 | 會考

n. 傳聞、謠言
名詞複數 rumors
同 hearsay 傳聞

rural [`rʊrəl]

英中 | 大4 | 學測

adj. 農村的
同 rustic 鄉村的
反 urban 城市的、都市的

🎧 | **MP3** | Track 417 | ⬇

rust [rʌst]

英初 | 國20 | 會考

n. 鐵銹 **v.** 生銹
名詞複數 rusts
動詞變化 rusted; rusted; rusting
同 oxidize 氧化、生銹
家族字彙
┌rust
└rusty **adj.** 生銹的、荒疏的

◎請根據題意，選出最適合的選項

01. Your actions are the _____ that you are telling lies.
    A. proof   B. certification
    C. evidence   D. document

02. The teacher _____ the students before setting out for the museum.
    A. accumulated   B. added up
    C. rallied   D. united

03. War rumors have created a great _____.
    A. surprise   B. panic
    C. opportunity   D. organization

04. This is the shortest _____ from Beijing to Nanjing.
    A. route   B. road   C. avenue   D. street

05. My father is very _____ in his ideas.
    A. rigid   B. rival
    C. strict   D. troubleshooting

06. I _____ my mind by listening to Jazz.
    A. loosed   B. relaxed
    C. united   D. relieved

07. His story is based on _____, not on facts.
    A. witnesses   B. reports   C. evidence   D. rumors

08. The _____ for speeding is a fine of ten dollars.
    A. fee   B. penalty   C. tip   D. receipt

09. He went from _____ to affluence in only three years by investing in stocks.
    A. poor   B. starvation   C. poverty   D. rags

10. Elizabeth was instantly attracted by Mr. Darcy咤s handsome _____ at the evening party.
    A. smile   B. profile   C. portrait   D. image

01. 答案為【A】。
含意「你的行動證明了你在撒謊。」proof 證明；certification 證明書；evidence 證據，通常是指法律意義上的物證。

02. 答案為【C】。
含意「老師在出發去博物館之前把學生集合起來。」rally 召集、集合；accumulate 累積；add up 加起來；unite 聯合。

03. 答案為【B】。
含意「戰爭的傳言製造了恐慌。」panic 恐慌；surprise 驚喜；opportunity 機會；organization 組織。

04. 答案為【A】。
含意「這是從北京到南京最短的路線了。」route 路線；road 道路；avenue 大街；street 街道。

05. 答案為【A】。
含意「我爸的觀念總是非常死板。」rigid 死板的；rival 對手；strict 嚴格的；troubleshooting 解決紛爭。

06. 答案為【B】。
含意「我聽聽爵士樂讓自己的大腦得到休息。」relax 放鬆、休息；loose 解開（捆綁）；unite 聯合；relieve 減輕、緩解。

07. 答案為【D】。
含意「他的故事是基於謠傳，而不是建立在事實的基礎上。」rumor 傳聞、謠言；witness 證人；report 報導；evidence 證據。

08. 答案為【B】。
含意「超速的罰款是 10 美元。」penalty 處罰；fee 費、酬金；tip 小費；receipt 收據。

09. 答案為【C】。
含意「他透過投資股票，在短短的三年時間裡就脫貧致富了。」poverty 貧困；poor 貧窮的；starvation 饑餓；rags 碎布。

10. 答案為【B】。
含意「在晚會上，僅僅是看到達西先生英俊的側面，伊莉莎白就立刻被吸引住了。」profile 側面；smile 微笑；portrait 肖像；image 印象。

Ss

英初　國20　會考

sack [sæk]

n. 洗劫、劫掠　**v.** 洗劫
名詞複數 sacks
動詞變化 sacked; sacked; sacking
同 plunder 搶劫
家族字彙
- sack
- sackful **n.** 滿袋、多量
- sacker **n.** 裝袋者
- sacking **n.** 麻袋布
- sackless **adj.** 缺乏元氣的
- sackcloth **n.** 製袋用粗麻布

英中　大4　學測

sacrifice [ˋsækrə͵faɪs]

n. 犧牲、捨身
v. 犧牲、獻出
名詞複數 sacrifices
動詞變化 sacrificed; sacrificed; sacrificing
同 immolate 犧牲、獻祭、獻出
家族字彙
- sacrifice
- sacrificial **adj.** 獻祭的、有犧牲性的
- sacrificially **adv.** 犧牲地、獻祭地

英中　大5　學測

saddle [ˋsædl̩]

n. 鞍、鞍狀物
v. 給…裝鞍、使承擔任務
名詞複數 saddles
動詞變化 saddled; saddled; saddling
同 harness 上馬具
反 unsaddle 解下馬鞍、使墜馬
家族字彙
- saddle
- saddlery **n.** 鞍具製造業、馬具
- saddler **n.** 製造馬鞍的人、騎用馬、馬具商

英初　國12　會考

sailor [ˋselɚ]

n. 水手、海員
名詞複數 sailors
同 mariner 水手
家族字彙
- sailor
- sailing **n.** 航海、航行、航海術
- sail **v.** 航行、啟航

🎧 | **MP3** | Track 418 | ⬇

英中　大5　學測

saint [sent]

n. 聖人、道德高尚的人
名詞複數 saints
家族字彙
- saint
- sainthood **n.** 聖徒品位、聖徒
- saintly **adj.** 聖徒般的、道德崇高的
- saintliness **n.** 神聖、慈愛、至善
- sainted **adj.** 被追封為聖徒的、神聖的、上天堂的

英初　國20　會考

sake [sek]

n. 緣故、理由
名詞複數 sakes
同 cause 原因

英初　國12　會考

salad [ˋsæləd]

n. 沙拉
名詞複數 salads

英中　大4　學測

salary [ˋsælərɪ]

n. 薪水
名詞複數 salaries
同 pay 工資、薪金
家族字彙
- salary
- salaried **adj.** 支領薪俸的、有薪水的

A B C D E F G H I J K L M N O P Q R S T U V W X Y Z

salesman [ˈselzmən]

n. 售貨員、推銷員
名詞複數 salesmen
同 solicitor 推銷員
家族字彙
- salesman
- salesmanship **n.** 銷售、銷售能力

🎧 | **MP3** | Track 419 | ⬇

英初　國12　會考

sample [ˈsæmpl̩]

n. 樣品、試樣　**v.** 品嘗、體驗
名詞複數 samples
動詞變化 ▶ sampled; sampled;
　　　　　sampling
同 example 樣本
家族字彙
- sample
- sampler **n.** 樣品檢查員、取樣員

英中　大6　學測

sanction [ˈsæŋkʃən]

v. 批准、認可　**n.** 批准、認可
名詞複數 sanctions
動詞變化 ▶ sanctioned; sanctioned;
　　　　　sanctioning
同 approve 批准、認可
反 interdict 禁止、封鎖

英初　國20　會考

satisfactory
[ˌsætɪsˈfæktərɪ]

adj. 令人滿意的
形容詞變化 ▶ more satisfactory;
　　　　　the most satisfactory
同 acceptable 可以接受的、令人滿意的
反 unsatisfactory 令人不滿意的、不得人心的
家族字彙
- satisfactory
- satisfactorily **adv.** 令人滿意地

英初　國12　會考

sauce [sɔs]

n. 調味汁、佐料
名詞複數 sauces
同 condiment 調味品、佐料
家族字彙
- sauce
- saucy **adj.** 傲慢的、活潑的、莽撞的

英初　國20　會考

saucer [ˈsɔsɚ]

n. 碟子
名詞複數 saucers
同 plate 碟子

🎧 | **MP3** | Track 420 | ⬇

英初　國20　會考

sausage [ˈsɔsɪdʒ]

n. 香腸、臘腸
名詞複數 sausages

英初　國20　會考

savings [ˈsevɪŋz]

n. 存款
名詞複數 savings
同 deposit 存款
家族字彙
- saving
- save **v.** 挽救、節省
- saver **n.** 救助者、節儉的人

英初　國1　會考

saw [sɔ]

n. 鋸、鋸床　**v.** 鋸
名詞複數 saws
動詞變化 ▶ sawed; sawed, sawn;
　　　　　sawing
家族字彙
- saw
- sawyer **n.** 鋸木匠、食木蟲、漂流水中的樹木

英初　國20　會考

scale [skel]

n. 大小、規模　**v.** 攀登、爬越
名詞複數 scales
動詞變化 scaled; scaled; scaling
同 graduation （計量器等的）刻
度、分等級
家族字彙
┌scale
├scaly **adj.** 多鱗的、有鱗片的
└scaled **adj.** 有鱗的

英中　大5　學測

scan [skæn]

v. 細看、審視　**n.** 掃描
動詞變化 scanned; scanned; scanning
同 scrutinize 細看
家族字彙
┌scan
└scanner **n.** 掃描器、雷達掃描裝置

🎧 | **MP3** | Track 421 | ⬇

英中　大5　學測

scandal [ˈskændl̩]

n. 醜事、醜聞
名詞複數 scandals
同 disgrace 令人感到羞恥的事物
家族字彙
┌scandal
├scandalous **adj.** 造謠中傷的
├scandalously **adv.** 令人憤慨地
└scandalize **v.** 使震驚、使反感

英初　國20　會考

scarce [skɛrs]

adj. 缺乏的、不足的
形容詞變化 scarcer; the scarcest
同 scanty 不足的、貧乏的
反 plentiful 豐富的、許多的
家族字彙
┌scarce
└scarcity **n.** 缺乏、不足

英中　大4　學測

scarcely [ˈskɛrslɪ]

adv. 幾乎不、簡直不
同 barely 幾乎不
家族字彙
┌scarcely
├scarce **adj.** 稀有的
├scarceness **n.** 稀少
└scarcity **n.** 缺乏、不足

英初　國20　會考

scare [skɛr]

n. 驚恐、恐慌　**v.** 嚇、使害怕
名詞複數 scares
動詞變化 scared; scared; scaring
同 frighten 使驚嚇、驚恐
家族字彙
┌scare
├scared **adj.** 恐懼的
└scary **adj.** 容易受驚的、提心吊膽
的、膽小的

英初　國20　會考

scatter [ˈskætɚ]

v. 使散開、驅散
動詞變化 scattered; scattered;
scattering
同 disperse 分散、散開、消散
家族字彙
┌scatter
├scattering **n.** 分散、散落
└scattered **adj.** 散亂的、散佈的

🎧 | **MP3** | Track 422 | ⬇

英中　大4　學測

scenery [ˈsinərɪ]

n. 風景、景色
名詞複數 sceneries
同 scene 景色、景象、（舞臺）佈景
家族字彙
┌scenery
├scenic **adj.** 風景的、景色秀麗的
└scene **n.** 景色

schedule [`skɛdʒul]

n. 時刻表、明細表
v. 安排、排定
名詞複數 schedules
動詞變化 scheduled; scheduled; scheduling
同 list 目錄、明細表
家族字彙
┌schedule
└scheduled **adj.** 預定的

| 英中 | 大5 | 學測 |

scheme [skim]

n. 計畫、方案 **v.** 密謀、策劃
名詞複數 schemes
動詞變化 schemed; schemed; scheming
同 conspire 共謀、圖謀
家族字彙
┌scheme
├schemer **n.** 計畫者、謀士
└scheming **adj.** 詭計多端的、計畫的

| 英初 | 國20 | 會考 |

scholar [`skɑlɚ]

n. 學者、獎學金獲得者
名詞複數 scholars
同 savant 學者、專家、博學者
家族字彙
┌scholar
├scholarly **adj.** 學者的、博學的
└scholarship **n.** 學問、獎學金、學術
　　　　　　　成就

| 英初 | 國20 | 會考 |

scholarship [`skɑlɚ͵ʃɪp]

n. 學問、學識
名詞複數 scholarships
同 learning 學問、學識
家族字彙
┌scholarship
├scholarly **adj.** 學者的、博學的
└scholar **n.** 學者、古典學者、人文學
　　　　　　者

🎧 | **MP3** | Track 423 | ⬇

| 英初 | 國12 | 會考 | CET-4 | PTE-2 |

scissors [`sɪzɚz]

n. 剪刀

| 英中 | 大4 | 學測 |

scold [skold]

v. 責備、罵
動詞變化 scolded; scolded; scolding
同 blame 責備
反 praise 讚揚、稱讚
家族字彙
┌scold
└scolding **n.** 斥責

| 英中 | 大6 | 學測 |

scope [skop]

n. 範圍、機會
同 range 範圍

| 英初 | 國20 | 會考 |

scout [skaut]

n. 偵察員、童子軍 **v.** 偵察、尋找
名詞複數 scouts
動詞變化 scouted; scouted; scouting
同 reconnoiter 偵察
家族字彙
┌scout
└scouter **n.** 尋找者、男童軍、偵察者

| 英中 | 大5 | 學測 |

scrape [skrep]

v. 刮、擦 **n.** 刮、擦
名詞複數 scrapes
動詞變化 scraped; scraped; scraping
家族字彙
┌scrape
├scraper **n.** 刮刀、刮削器、刮泥板
└scraping **n.** 擦去、削去、抹去

英中 | 大4 | 學測

scratch [skrætʃ]

v. 抓、搔　**n.** 抓、搔
名詞複數 scratches
動詞變化 scratched; scratched; scratching
同 graze 擦傷、抓破、擦
家族字彙
- scratch
- scratchy **adj.** 潦草的、刺耳的
- scratcher **n.** 告密者

英初 | 國12 | 會考

screen [skrin]

n. 螢幕、銀幕　**v.** 掩蔽、遮蔽
名詞複數 screens
動詞變化 screened; screened; screening
同 shelter 掩蔽、遮蔽
家族字彙
- screen
- screening **n.** 掩護、篩過、審查

英初 | 國20 | 會考

screw [skru]

n. 螺絲　**v.** 用螺釘固定、擰緊
名詞複數 screws
動詞變化 screwed; screwed; screwing
同 tighten 將……扭緊
反 unscrew 從……旋出螺絲、旋開
家族字彙
- screw
- screwy **adj.** 螺旋形的、扭曲的
- screwed **adj.** 以螺絲擰緊的、螺絲狀
- screwer **n.** 螺紋刀、螺絲起子

英中 | 大6 | 學測

script [skrɪpt]

n. 筆跡、手跡
名詞複數 scripts
同 writing 筆跡、著述、作品
家族字彙
- script
- scripted **adj.** 使用稿子的、照原稿念

英初 | 國20 | 會考

seal [sil]

n. 封鉛、封條　**v.** 密封
名詞複數 seals
動詞變化 sealed; sealed; sealing
反 unseal 開封、使解除束縛、開啟
家族字彙
- seal
- sealed **adj.** 未知的、密封的
- sealant **n.** 密封物、密封劑

英中 | 會考

seaweed [`si͵wid]

n. 海草、海藻

英初 | 國20 | 會考

secondary [`sɛkən͵dɛrɪ]

adj. 次要的、第二的
反 primary 主要的、根本的
家族字彙
- secondary
- secondarily **adv.** 在其次、從屬地

英初 | 國12 | 會考

section [`sɛkʃən]

n. 部分、章節
名詞複數 sections
同 portion 部分
家族字彙
- section
- sectional **adj.** 部分的

英中 | 大6 | 學測

sector [`sɛktɚ]

n. 部門、部分
名詞複數 sectors
同 division 部門
家族字彙
- sector
- sectoral **adj.** 部門的、行業的

A
B
C
D
E
F
G
H
I
J
K
L
M
N
O
P
Q
R
S
T
U
V
W
X
Y
Z

secure [sɪ`kjur]

adj. 安全的、可靠的 **v.** 得到、獲得

動詞變化 secured; secured; securing
形容詞變化 securer; the securest
同 safe 安全的、平安的
反 anxious 憂慮的
家族字彙
- secure
- securely **adv.** 安心地、安全地
- security **n.** 安全、防護、防禦

 | **MP3** | Track 426 ↓

security [sɪ`kjurətɪ]

n. 安全、保障
名詞複數 securities
同 safety 安全
家族字彙
- security
- secure **v.** 把……弄牢、使安全

seed [sid]

n. 種子、起因 **v.** 播種
名詞複數 seeds, seed
動詞變化 seeded; seeded; seeding
同 sow 播種
家族字彙
- seed
- seeded **adj.** 播過種的、去籽的
- seedless **adj.** 無核的

seek [sik]

v. 尋覓、尋找
動詞變化 sought; sought; seeking
同 search 探究、搜尋
家族字彙
- seek
- seeker **n.** 搜索者、探求者

segment [`sɛgmənt]

n. 部分、斷片
名詞複數 segments
同 fraction 斷片、小部分
家族字彙
- segment
- segmentation **n.** 分割、細胞分裂

seize [siz]

v. 抓住、逮捕
動詞變化 seized; seized; seizing
同 clutch 抓住
反 loose 釋放、解開
家族字彙
- seize
- seizure **n.** 捉住、奪取、沒收
- seizer **n.** 扣押者、占有者

 | **MP3** | Track 427 ↓

select [sə`lɛkt]

v. 選擇、挑選
adj. 精選的、挑選出來的
動詞變化 selected; selected; selecting
形容詞變化 more select;
the most select
同 choose 選擇、挑選
家族字彙
- select
- selection **n.** 選擇、被挑選出的人
- selective **adj.** 選擇的、選擇性的
- selectively **adv.** 有選擇地、選拔地

selection [sə`lɛkʃən]

n. 選擇、挑選
名詞複數 selections
同 choice 選擇、精選品
家族字彙
- selection
- select **v.** 選擇、挑選

英初　國1　會考

selfish [ˈsɛlfɪʃ]

adj. 自私的、利己的
形容詞變化 ▶ more selfish;
　　the most selfish
同 self-centered 以自我為中心的、
　自私的
反 selfless 不顧自己的、無私欲的
家族字彙
┌selfish
├selfishly **adv.** 自私地、任性地
└selfishness **n.** 自我中心、任性、利己
　　主義

英初　國12　會考

semester [səˈmɛstɚ]

n. 學期
名詞複數 semesters
家族字彙
┌semester
└semestral **adj.** 六個月時期的

英中　會考

semiconductor
[ˌsɛmɪkənˈdʌktɚ]

n. 半導體
名詞複數 semiconductors
家族字彙
┌semiconductor
└semiconducting **adj.** 半導體的

🎧 | **MP3** | Track 428 | ⬇

英中　大6　學測　CET-4　PTE-4

seminar [ˈsɛməˌnɑr]

n. 研究班、研討會
名詞複數 seminars
同 conference 討論會
家族字彙
┌seminar
├seminarian **n.** 神學院學生
├seminarist **n.** 研究班學員
└seminary **n.** 神學院、女子學校

英中　會考

senate [ˈsɛnɪt]

n. 參議院、上院
名詞複數 senates
家族字彙
┌senate
├senatorial **adj.** 參議院的、參議員的
├senatorship **n.** 上議院議員之職
└senator **n.** 參議院議員、現任參議
　　員、上議院議員

英中　大6　學測

senator [ˈsɛnətɚ]

n. 參議員
名詞複數 senators
家族字彙
┌senator
├senatorial **adj.** 參議院的、參議員的
├senatorship **n.** 上議院議員之職
└senate **n.** 參議院、全體議員、立法機
　　構、元老院

英中　大4　學測

senior [ˈsinjɚ]

adj. 地位較高的、年長的
n. 較年長者、畢業班學生
名詞複數 seniors
同 older 年長的
反 junior 年少的
家族字彙
┌senior
└seniority **n.** 長輩、老資格、年長

英初　國20　會考

sensible [ˈsɛnsəbl̩]

adj. 明智的、合情理的
形容詞變化 ▶ more sensible;
　　the most sensible
同 wise 明智的
反 absurd 荒謬的、愚蠢的
家族字彙
┌sensible
├sensibly **adv.** 明顯地、敏感地
├sense **n.** 感官、感覺
├senseless **adj.** 無知的
└senselessly **adv.** 愚蠢地

英初 國20 會考

sensitive [ˈsɛnsətɪv]

adj. 敏感的、靈敏的
形容詞變化 ▶ more sensitive;
the most sensitive
反 insensitive 對……沒有感覺的、感覺遲鈍的

家族字彙
- sensitive
- sensitively **adv.** 神經過敏地
- sensitiveness **n.** 敏感、過敏
- sensitivity **n.** 敏感、靈敏性、靈敏
- sensitize **v.** 使敏感、使過敏

英中 大6 學測

sequence [ˈsikwəns]

n. 連續、繼續
名詞複數 sequences
同 succession 一連串、連續、接續

家族字彙
- sequence
- sequential **adj.** 連續的、有繼的
- sequentially **adv.** 相繼地、結果地
- sequencing **n.** 按順序安排

英中 大5 學測

series [ˈsɪriz]

n. 一系列、連續劇
同 serial 電視連續劇

英中 大6 學測

session [ˈsɛʃən]

n. 會議、一屆會期
名詞複數 sessions

家族字彙
- session
- sessional **adj.** 開會的、法庭的

英中 大5 學測

setting [ˈsɛtɪŋ]

n. 環境、背景
名詞複數 settings
同 background 背景

英初 國12 會考

settle [ˈsɛtl]

v. 使定居、安頓
動詞變化 settled; settled; settling
同 inhabit 居住於
反 migrate 遷移、移居

家族字彙
- settle
- settled **adj.** 固定的、不變的、決定的
- settlement **n.** 解決、殖民、定居
- settler **n.** 移民者、殖民者

英初 國12 會考

settlement [ˈsɛtlmənt]

n. 解決、協議
名詞複數 settlements
同 resolution 解決

家族字彙
- settlement
- settle **v.** 安頓、解決、定居
- settler **n.** 移民者、殖民者

英中 大4 學測

severe [səˈvɪr]

adj. 嚴重的、嚴厲的
形容詞變化 ▶ severer; the severest
同 strict 嚴格的、嚴厲的
反 lenient 寬大的、仁慈的

家族字彙
- severe
- sex **n.** 性別
- sexualize **v.** 使有性別
- severely **adv.** 嚴格地、激烈地
- severity **n.** 嚴格、嚴厲、猛烈

英初 國20 會考

sexual [ˈsɛkʃuəl]

adj. 兩性的、性別的
同 intimate 有性關係的

家族字彙
- sexual
- sexually **adv.** 性別地、兩性之間地
- sexuality **n.** 性特徵、性方面的事情、性欲

英初　國20　會考

shallow [ˈʃælo]
adj. 淺的、淺薄的　n. 淺灘、淺水處
名詞複數 shallows
形容詞變化 shallower;
　　　　　the shallowest
同 superficial 淺薄的、膚淺的
反 deep 深的
家族字彙
- shallow
- shallowness n. 淺、淺薄、膚淺

🎧 MP3 Track 431 ⬇

英初　國20　會考

shave [ʃev]
v. 剃、刮　n. 修面、刮臉
名詞複數 shaves
動詞變化 shaved; shaved, shaven;
　　　　　shaving
同 scrape 刮、削掉
家族字彙
- shave
- shaven adj. 削髮的、刮過臉的
- shaver n. 理髮師、刮鬍鬚的用具
- shaving n. 刮鬍子、刮臉

英中　大6　學測

shed [ʃɛd]
v. 脫落、脫去　n. 棚屋
名詞複數 sheds
動詞變化 shed; shed; shedding
同 hut 棚、舍

英中　大6　學測

sheer [ʃɪr]
adj. 完全的、十足的　v. 急轉向、偏離
adv. 垂直地、陡峭地
動詞變化 sheered; sheered; sheering
形容詞變化 sheerer; the sheerest
同 simple 完全的、純粹的
家族字彙
- sheer
- sheerly adv. 全然地、完全地

英初　國1　會考

sheet [ʃit]
n. 被單、褥單
名詞複數 sheets
同 bedding 被褥

英初　國12　會考

shell [ʃɛl]
n. 殼、貝殼　v. 剝……的殼、炮擊
名詞複數 shells
動詞變化 shelled; shelled; shelling
同 bombard 炮擊、轟擊
家族字彙
- shell
- shelling n. 炮擊

🎧 MP3 Track 432 ⬇

英中　大4　學測

shelter [ˈʃɛltər]
n. 掩蔽、保護　v. 掩蔽、庇護
名詞複數 shelters
動詞變化 sheltered; sheltered;
　　　　　sheltering
同 shield 保護、庇護
家族字彙
- shelter
- sheltered adj. 掩蔽的、被保護的
- shelterless adj. 沒有避難所的、沒有
　　　　　　　　保護的、無所依靠的

英中　大5　學測

shield [ʃild]
n. 防護物、護罩　v. 保護、防護
名詞複數 shields
動詞變化 shielded; shielded;
　　　　　shielding
同 defend 防護、防衛
家族字彙
- shield
- shielded adj. 有遮罩的
- shielding n. 防護、防護層

shift [ʃɪft]

v. 移動、轉移　**n.** 轉換、轉變
名詞複數 shifts
動詞變化 shifted; shifted; shifting
同 change 改變、更改
家族字彙
- shift
- shifting **n.** 轉移

shiver [ˈʃɪvɚ]

v. / **n.** 戰慄、發抖
名詞複數 shivers
動詞變化 shivered; shivered; shivering
同 quiver 顫抖、發抖
家族字彙
- shiver
- shivery **adj.** 顫抖的、令人毛骨悚然的、寒冷的

shortage [ˈʃɔrtɪdʒ]

n. 不足、缺少
名詞複數 shortages
同 lack 欠缺、不足
家族字彙
- shortage
- short **adj.** 短的、短暫的
- shorten **v.** 縮短、變短

🎧 | **MP3** | Track 433 | ⬇

shortcoming [ˈʃɔrtˌkʌmɪŋ]

n. 短處、缺點
名詞複數 shortcomings
同 defect 缺點、不足之處
家族字彙
- shortcoming
- short **adj.** 短的

shortly [ˈʃɔrtlɪ]

adv. 立刻、不久
同 soon 不久、馬上
家族字彙
- shortly
- short **adj.** 短的、短暫的

shove [ʃʌv]

v. 亂推、擠　**n.** 猛推
動詞變化 shoved; shoved; shoving
同 push 推、擠出前進
家族字彙
- shove
- shoving **n.** 推、擠、撞

shrink [ʃrɪŋk]

v. 退縮、畏縮
動詞變化 shrank, shrunk; shrunk, shrunken; shrinking
同 dwindle 減少、縮小
反 expand 使膨脹、擴張
家族字彙
- shrink
- shrinkage **n.** 收縮、減低、縮水
- shrinkable **adj.** 可收縮的

shrug [ʃrʌg]

v. / **n.** 聳肩
名詞複數 shrugs
動詞變化 shrugged; shrugged; shrugging

🎧 | **MP3** | Track 434 | ⬇

sideways [ˈsaɪdˌwez]

adv. / **adj.** 從一邊、向一邊
同 sidewise 向一邊的、橫斜的
家族字彙
- sideways
- side **n.** 旁邊、方面

| 英中 | 大6 | 學測 |

siege [sidʒ]

n. 包圍、圍困
名詞複數 sieges

| 英初 | 國20 | 會考 |

sigh [saɪ]

n. 歎息　**v.** 歎息、歎氣
名詞複數 sighs
動詞變化 sighed; sighed; sighing
同 suspire 歎息
家族字彙
- sigh
- sigher **n.** 歎息者

| 英中 | 大4 | 學測 |

sightseeing [ˋsaɪtˏsiɪŋ]

n. 觀光、遊覽
家族字彙
- sightseeing
- sightseer **n.** 觀光者、遊客
- sight **n.** 視界、景象
- sightsee **v.** 遊覽、觀光
- sightworthy **adj.** 值得一看的

| 英初 | 國20 | 會考 |

signal [ˋsɪgn̩]

n. 暗號、標誌
v. 向……發信號、標誌著
adj. 顯著的、重大的
名詞複數 signals
動詞變化 signaled, signalled;
　　　　　　signaled, signalled;
　　　　　　signaling, signalling
同 sign 符號、標誌
家族字彙
- signal
- signally **adv.** 顯著地、顯眼地
- signage **n.** 招牌
- signable **adj.** 需要簽名的
- signalize **v.** 發信號
- signaler **n.** 通訊兵
- signalman **n.** 信號手
- signalment **n.** 人像圖

| 英中 | 大4 | 學測 |

signature [ˋsɪgnətʃɚ]

n. 簽名、署名
名詞複數 signatures
同 autograph 親筆簽名
家族字彙
- signature
- sign **v.** 簽（名）

| 英中 | 大4 | 學測 |

significance
[sɪgˋnɪfəkəns]

n. 意義、含義
同 importance 重大、重要性
家族字彙
- significance
- significant **adj.** 重要的、有含義的
- significantly **adv.** 意味深長地、值得
　　　　　　　　　注目地

| 英初 | 國20 | 會考 |

significant [sɪgˋnɪfəkənt]

adj. 相當數量的、重要的
形容詞變化 more significant;
　　　　　　 the most significant
同 momentous 重大的、重要的
反 insignificant 無關重要的、無意義
　　　的
家族字彙
- significant
- significance **n.** 重要性、含義
- significantly **adv.** 意味深長地、值得
　　　　　　　　　注目地

| 英中 | 大6 | 學測 |

silicon [ˋsɪlɪkən]

n. 矽
家族字彙
- silicon
- silicic **adj.** 含矽的
- silicide **n.** 矽化物
- silicify **v.** 使矽化

A B C D E F G H I J K L M N O P Q R S T U V W X Y Z

silly [ˈsɪlɪ]

英初　國1　會考

adj. 傻的、愚蠢的
形容詞變化 sillier; the silliest
同 foolish 愚蠢的、傻的
反 intelligent 聰明的、有才智的
家族字彙
- silly
- sillily **adv.** 愚蠢地
- silliness **n.** 愚蠢

🎧 | **MP3** | Track 436 ⬇

similarly [ˈsɪmɪləlɪ]

英中　會考

adv. 相似地、類似地
同 likewise 同樣地、也
家族字彙
- similarly
- similar **adj.** 相似的、類似的
- similarity **n.** 類似、相似點、相似

simple [ˈsɪmpl̩]

英初　國1　會考

adj. 單純的、簡單的
形容詞變化 simpler; the simplest
同 plain 簡單的、明白的
反 complicated 複雜的
家族字彙
- simple
- simplicity **n.** 簡單、簡明易懂的事物
- simply **adv.** 簡單地、簡樸地
- simpleness **n.** 簡單
- simpleton **n.** 笨蛋
- simplex **adj.** 單純的

simplicity [sɪmˈplɪsətɪ]

英中　大6　學測

n. 簡單、簡易
反 complexity 複雜、複雜的事物
家族字彙
- simplicity
- simple **adj.** 簡單的、簡明的
- simply **adv.** 簡單地、簡樸地

simplify [ˈsɪmpləˌfaɪ]

英中　大6　學測

v. 簡化、使簡明
動詞變化 simplified; simplified; simplifying
反 complicate 弄複雜、使錯綜
家族字彙
- simplify
- simplification **n.** 單純化、簡單化
- simple **adj.** 簡單的、簡明的
- simply **adv.** 簡單地、簡樸地

simply [ˈsɪmplɪ]

英初　國12　會考

adv. 簡單地、簡明地
同 plainly 明確地、樸素地
家族字彙
- simply
- simple **adj.** 簡單的、簡明的
- simplicity **n.** 簡單、簡明易懂的事物

🎧 | **MP3** | Track 437 ⬇

sin [sɪn]

英初　國20　會考

n. 罪、罪孽　**v.** 違犯戒律、犯過失
名詞複數 sins
動詞變化 sinned; sinned; sinning
同 crime 罪惡、罪行
家族字彙
- sin
- sinful **adj.** 罪孽深重的、邪惡的
- sinfully **adv.** 罪孽深重地、不道德地
- sinfulness **n.** 有罪、作惡多端
- sinner **n.** 罪人、惡棍

sincere [sɪnˈsɪr]

英初　國20　會考

adj. 誠摯的、真誠的
形容詞變化 sincerer; the sincerest
同 genuine 誠懇的、真實的
反 insincere 不誠實的、無誠意的
家族字彙
- sincere
- sincerely **adv.** 真誠地、誠懇地
- sincerity **n.** 誠摯、真摯

英中　大4　學測

singular [ˈsɪŋgjələ]

adj. 單數的、非凡的
形容詞變化 more singular; the most singular
同 unique 獨特的、稀罕的
反 plural 複數的
家族字彙
- singular
- singularity **n.** 單一、奇異、異常
- singularly **adv.** 非常地、異常地

英初　國12　會考

sink [sɪŋk]

n. 污水槽、洗滌槽　**v.** 下陷、降低
名詞複數 sinks
動詞變化 sank, sunk; sunk, sunken; sinking
反 rise 上升、升起
家族字彙
- sink
- sinker **n.** 使……下沉的人、鉛錘、鑿井工

英初　國20　會考

sip [sɪp]

v. 小口地喝、啜飲
n. 小口喝、一小口的量
名詞複數 sips
動詞變化 sipped; sipped; sipping
同 drink 飲、喝
家族字彙
- sip
- sipper **n.** 啜飲者

🎧 **MP3** | Track 438 | ⬇

英中　大4　學測

site [saɪt]

n. 位置、場所　**v.** 使座落在、設置
名詞複數 sites
動詞變化 sited; sited; siting
同 location 特定區域、場所

英中　大5　學測

skeleton [ˈskɛlətn̩]

n. 骨骼、骨幹
名詞複數 skeletons
同 frame 骨骼、身軀
家族字彙
- skeleton
- skeletal **adj.** 骨瘦如柴的
- skeletogenous **adj.** 生成骨骼的
- skeletonize **v.** 使成骸骨

英中　大4　學測

sketch [skɛtʃ]

n. 略圖、草圖　**v.** 概述、簡述
名詞複數 sketches
動詞變化 sketched; sketched; sketching
同 outline 略圖、輪廓、素描
家族字彙
- sketch
- sketchy **adj.** 寫生的、概略的
- sketchily **adv.** 寫生風格地、大略地
- sketchiness **n.** 膚淺、大概
- sketcher **n.** 作素描者、舞臺佈景設計者

英初　國20　會考

ski [ski]

n. 滑雪板　**v.** 滑雪
名詞複數 skis, ski
動詞變化 skied; skied; skiing
家族字彙
- ski
- skiing **n.** 滑雪運動、滑雪術
- skier **n.** 滑雪的人

英初　國12　會考

skilled [skɪld]

adj. 熟練的、有技能的
形容詞變化 more skilled; the most skilled
反 unskilled 不熟練的、拙劣的、未成熟的
家族字彙
- skilled
- skill **n.** 技能、熟練、技巧

英初 | 國12 | 會考

skillful [ˋskɪlfəl]

adj. 靈巧的、嫻熟的
形容詞變化 more skillful;
the most skillful
同 adept 熟練的、拿手的
反 unskillful 不熟練的、笨拙的、不靈巧的
家族字彙
- skillful
- skillfully **adv.** 巧妙地、技術好地
- skill **n.** 技能、熟練、技巧

英中 | 大6 | 學測

skim [skɪm]

v. 流覽、略讀
動詞變化 skimmed; skimmed;
skimming
同 browse 流覽、隨便翻閱
家族字彙
- skim
- skimmer **n.** 大略閱讀的人

英中 | 大5 | 學測

slam [slæm]

v. 砰地關上、猛力拉 **n.** 砰的一聲
動詞變化 slammed; slammed;
slamming
同 bang 使（門等）砰然作響
家族字彙
- slam
- slammer **n.** 監獄
- slam-bang **adv.** 氣勢兇猛地

英中 | 大5 | 學測

slap [slæp]

v. 摑、掌擊 **n.** 摑、掌擊
名詞複數 slaps
動詞變化 slapped; slapped; slapping
同 smack 掌摑
家族字彙
- slap
- slap-bang **adv.** 猛然

英初 | 國20 | 會考

slave [slev]

n. 奴隸、被奴役之人
v. 奴隸般地工作、使從屬於
名詞複數 slaves
動詞變化 slaved; slaved; slaving
家族字彙
- slave
- slaver **n.** 奴隸商人、奴隸販賣船
- slavery **n.** 奴隸的身份、奴隸制度

英初 | 國20 | 會考

sleeve [sliv]

n. 袖子
名詞複數 sleeves
同 arm 衣袖
家族字彙
- sleeve
- sleeveless **adj.** 無袖的

英初 | 國12 | 會考

slender [ˋslɛndɚ]

adj. 苗條的、修長的
形容詞變化 more slender,
slenderer;
the most slender,
the slenderest
同 slim 瘦的、苗條的
反 stout 矮胖的、肥胖的
家族字彙
- slender
- slenderize **v.** 使細長、使苗條
- slenderness **n.** 苗條、微薄、細長

英初 | 國20 | 會考

slice [slaɪs]

n. 薄片、切片 **v.** 切片、削
名詞複數 slices
動詞變化 sliced; sliced; slicing
同 cut 切、削
家族字彙
- slice
- sliced **adj.** 已切成薄片的
- slicer **n.** 切片工、切片機

| 英初 | 國12 | 會考 |

slide [slaɪd]

v. 滑動、下滑　**n.** 滑動、下滑
名詞複數 slides
動詞變化 slid; slid; sliding
同 glide 滑動、使滑行

| 英中 | 大4 | 學測 |

slight [slaɪt]

adj. 輕微的、不足道的
v. / **n.** 輕視、藐視
名詞複數 slights
動詞變化 slighted; slighted; slighting
形容詞變化 slighter; the slightest
反 respect 尊敬、敬重
家族字彙
 ┌slight
 └sliding **n.** 滑行、移動

🎧 | **MP3** | Track 441 | ⬇

| 英初 | 國12 | 會考 |

slim [slɪm]

adj. 苗條的、薄的
v. 減輕重量、變苗條
動詞變化 slimmed; slimmed; slimming
形容詞變化 slimmer; the slimmest
同 slender 修長的、苗條的
反 stout 矮胖的、肥胖的
家族字彙
 ┌slim
 ├slightly **adv.** 輕微地、微小地
 └slightness **n.** 些微、少許、細長

| 英初 | 國12 | 會考 |

slip [slɪp]

v. 下降、跌落　**n.** 疏漏、差錯
名詞複數 slips
動詞變化 slipped; slipped; slipping
同 error 錯誤、差錯
家族字彙
 ┌slip
 ├slippy **adj.** 敏捷的、不可信賴的、滑的
 └slippage **n.** 滑動、跌下、下降

| 英初 | 國20 | 會考 |

slippery [ˈslɪpərɪ]

adj. 滑的
形容詞變化 slipperier;
　　　　　　the slipperiest
同 slippy 不可信賴的、滑的
家族字彙
 ┌slippery
 └slipperiness **n.** 滑溜

| 英中 | 大4 | 學測 |

slogan [ˈslogən]

n. 標語、口號
名詞複數 slogans
同 watchword 口號、標語
家族字彙
 ┌slogan
 ├sloganeer **n.** 標語使用者
 └sloganize **v.** 使成口號

| 英初 | 國20 | 會考 |

slope [slop]

n. 斜坡、斜面　**v.** 傾斜
名詞複數 slopes
動詞變化 sloped; sloped; sloping
同 slant 使傾斜
家族字彙
 ┌slope
 └sloping **adj.** 傾斜的、有坡度的

🎧 | **MP3** | Track 442 | ⬇

| 英中 | 大5 | 學測 |

smash [smæʃ]

v. 打碎、打破　**n.** 猛擊、猛撞
名詞複數 slopes
動詞變化 sloped; sloped; sloping
同 destroy 破壞、消滅、毀壞
家族字彙
 ┌smash
 ├smasher **n.** 擊碎者、撞擊物
 └smashing **adj.** 猛烈的、了不起的、
　　　　　　　　　興旺的

| 英初 | 國20 | 會考 |

snap [snæp]

v. 折斷、繃斷　**n.** 快照
adj. 倉促的、突然的
名詞複數 snaps
動詞變化 snapped; snapped; snapping
同 break 使碎裂、折斷
家族字彙
snap
snappish **adj.** 壞心眼的、愛罵人的
snappy **adj.** 劈拉做響的、有朝氣
　　　　的、精力充沛的

| 英中 | 大5 | 學測 |

soak [sok]

v. 浸泡、滲透
動詞變化 soaked; soaked; soaking
同 steep 泡、浸泡
反 dry 變乾
家族字彙
soak
soaked **adj.** 濕透的
soaking **adj.** 浸濕的

| 英中 | 大6 | 學測 |

soar [sor]

v. 高飛、升騰
動詞變化 soared; soared; soaring
同 tower 高高升起、高飛、翱翔
家族字彙
soar
soaring **adj.** 高飛的、翱翔的
soarer **n.** 高空滑翔機

| 英中 | 大6 | 學測 |

sociology [ˌsoʃɪˈɑlədʒɪ]

n. 社會學
家族字彙
sociology
sociological **adj.** 社會學的
sociologist **n.** 社會學家
sociologically **adv.** 社會上、從社會
　　　　　　　學角度看

🎧 | **MP3** | Track 443 | ⬇

| 英中 | 大4 | 學測 |

solar [ˈsolɚ]

adj. 太陽的、日光的
反 lunar 陰曆的、微亮的、月亮的

| 英中 | 大5 | 學測 |

sole [sol]

adj. 單獨的、唯一的　**n.** 腳底、鞋底
名詞複數 soles
同 only 唯一的、僅有的
家族字彙
sole
solely **adv.** 獨自地、單獨地

| 英中 | 大5 | 學測 |

solemn [ˈsɑləm]

adj. 嚴肅的、莊嚴的
形容詞變化 more solemn;
　　　　　the most solemn
同 serious 嚴肅的、莊重的
反 frivolous 輕佻的、妄動的
家族字彙
solemn
solemnly **adv.** 莊嚴地、嚴肅地
solemnness **n.** 莊嚴、莊重、嚴肅

| 英中 | 大5 | 學測 |

solitary [ˈsɑləˌtɛrɪ]

adj. 單獨的、獨自的
形容詞變化 more solitary;
　　　　　the most solitary
同 lone 孤單的、孤立的
反 gregarious 社交的、群居的
家族字彙
solitary
solitarily **adv.** 獨自一人地、寂寞地

| 英初 | 國12 | 會考 |

solution [səˈluʃən]

n. 解決、解答
名詞複數 solutions
同 resolution 解決、解答
家族字彙
solution
solve **v.** 解決、解答
soluble **adj.** 溶解的、可以解決的

英初　國12　會考

solve [sɑlv]

v. 解決、解答

動詞變化 solved; solved; solving

同 resolve 解決、解答

家族字彙
- solve
- solution **n.** 解決、溶液、解答
- solvable **adj.** 可以解決的
- solvent **n.** 解決方法
- solver **n.** 解答者

英初　國20　會考

somehow ['sʌm.haʊ]

adv. 以某種方式、用某種方法

同 someway 以某種方法、以某種方式

英初　國20　會考

sometime ['sʌm.taɪm]

adv. 將來某個時候、過去某個時候

adj. 以前的、一度的

英初　國20　會考

somewhat ['sʌm.hwɑt]

adv. 稍微、有點

同 slightly 略、輕微地、稍微

英中　大6　學測

sophisticated
[sə'fɪstɪ.ketɪd]

adj. 世故的、老練的

形容詞變化 more sophisticated; the most sophisticated

反 unsophisticated 不懂世故的、單純的

家族字彙
- sophisticated
- sophisticate **n.** 世故的人、老油條
- sophistication **n.** 世故、複雜、有教養

英初　國20　會考

sore [sor]

adj. 疼痛的、使人憂愁的

名詞複數 sores

形容詞變化 sorer; the sorest

同 aching 疼痛的

家族字彙
- sore
- sorely **adv.** 疼痛地、非常、強烈地
- soreness **n.** 痛苦、悲傷、憤慨

英初　國20　會考

sorrow ['sɑro]

n. 悲哀、悲痛

名詞複數 sorrows

同 sadness 悲哀、悲傷

反 joy 快樂、喜悅

家族字彙
- sorrow
- sorrowful **adj.** 悲傷的、令人傷心的
- sorrowfully **adv.** 悲哀地、悔恨地

英初　國12　會考

sort [sɔrt]

n. 特徵、典型　**v.** 分類、歸類

名詞複數 sorts

動詞變化 sorted; sorted; sorting

同 arrange 整理、安排

家族字彙
- sort
- sorter **n.** 從事分類的人、分類機
- sortable **adj.** 可分類的

英初　國1　會考

soul [sol]

n. 靈魂、精神

名詞複數 souls

同 spirit 精神、靈魂、心靈

反 body 身體、肉體

家族字彙
- soul
- soulful **adj.** 充滿熱情的、深情的
- soulfully **adv.** 感情深切地
- soulless **adj.** 卑鄙的、沒有靈魂的

A B C D E F G H I J K L M N O P Q R **S** T U V W X Y Z

sour [`saʊr]

adj. 酸的、酸味的
家族字彙
- sour
- sourly **adv.** 性情乖僻地、酸酸地
- sourness **n.** 性情乖僻、壞心、酸味

🎧 | **MP3** | Track 446 | ⬇

source [sors]

n. 發源地、來源
名詞複數 sources
同 origin 起源、來源

sow [so]

v. 播種 **n.** 大母豬
名詞複數 sows
動詞變化 sowed; sowed, sown; sowing
同 scatter 撒（某物）、散佈
反 reap 收割、收穫
家族字彙
- sow
- sower **n.** 播種者、傳播者、播種機

spacecraft [`spes‚kræft]

n. 航天器、太空船
名詞複數 spacecrafts
同 spaceship 太空船

spade [sped]

n. 圓鍬、鏟子
名詞複數 spades
家族字彙
- spade
- spadeful **n.** 滿滿一鏟子
- spadework **n.** 挖掘的工作

span [spæn]

n. 一段時間、跨距 **v.** 持續、貫穿
名詞複數 spans
動詞變化 spanned; spanned; spanning
同 period 一段時間

🎧 | **MP3** | Track 447 | ⬇

spare [spɛr]

adj. 多餘的、剩下的 **v.** 寬恕、赦免
動詞變化 spared; spared; sparing
形容詞變化 arer; the sparest
同 relinquish 放棄、讓與
反 waste 浪費、消耗
家族字彙
- spare
- sparing **adj.** 節儉的、保守的
- sparingly **adv.** 節儉地、保守地、謹慎地

spark [spɑrk]

n. 火花、火星 **v.** 發出火花
名詞複數 sparks
動詞變化 sparked; sparked; sparking
家族字彙
- spark
- sparkler **n.** 閃閃發光之物
- sparkle **n.** 火花

speaker [`spikɚ]

n. 說話者、演講者
名詞複數 speakers
同 orator 演說者、演講者
反 hearer 聽者、聽眾
家族字彙
- speaker
- speak **v.** 說話、講話、發表演說

specialise [ˈspɛʃəˌlaɪz]

英中　會考

v. 專門研究、專攻

動詞變化 specialised; specialised; specialising

家族字彙
- specialise
- specialisation **n.** 專門、專業化
- special **adj.** 特別的、專門的
- specially **adv.** 特別地、專門地

---

specialist [ˈspɛʃəlɪst]

英中　大5　學測

n. 專家

名詞複數 specialists

同 expert 專家、行家

家族字彙
- specialist
- special **adj.** 特別的、專門的
- specially **adv.** 特別地、專門地
- speciality **n.** 專長、特性、擅長

🎧 | **MP3** | Track 448 | ⬇

---

specialize [ˈspɛʃəˌlaɪz]

英中　大6　學測

v. 專門研究、專攻

動詞變化 specialized; specialized; specializing;

家族字彙
- specialize
- specialization **n.** 特別化、專門化
- special **adj.** 特別的、專門的
- specially **adv.** 特別地、專門地

---

species [ˈspiʃɪz]

英中　大4　學測

n. 種、類

名詞複數 species

同 group 類

家族字彙
- species
- speciesism **n.** 物種歧視

---

specific [spɪˈsɪfɪk]

英初　國20　會考

adj. 特定的、特有的　**n.** 詳情、細節

名詞複數 specifics

形容詞變化 more specific; the most specific

同 particular 特殊的、特定的

反 general 綜合的、普通的

家族字彙
- specific
- specifically **adv.** 特別地、具體地
- specify **v.** 具體指定、明確說明
- specification **n.** 規格、詳述
- specificity **n.** 具體性、明確性

---

specifically [spɪˈsɪfɪkḷɪ]

英中　會考

adv. 特別地、明確地

家族字彙
- specifically
- specific **adj.** 特殊的、明確的
- specify **v.** 具體指定、詳細指定
- specification **n.** 規格、詳述
- specificity **n.** 具體性、明確性

---

specify [ˈspɛsəˌfaɪ]

英中　大6　學測

v. 明確說明、具體指定

動詞變化 specified; specified; specifying

同 stipulate 講明、規定

家族字彙
- specify
- specification **n.** 規格、詳述
- specificity **n.** 具體性、明確性
- specific **adj.** 特殊的、明確的
- specifically **adv.** 特別地、具體地

🎧 | **MP3** | Track 449 | ⬇

---

specimen [ˈspɛsəmən]

英中　大5　學測

n. 標本、樣本

名詞複數 specimens

同 sample 樣品、標本

| 英中 | 大6 | 學測 |

spectacular

[spɛk`tækjələ]

adj. 壯觀的、引人注目的
n. 壯觀的演出、驚人之舉
名詞複數 spectaculars
形容詞變化 more spectacular; the most spectacular
同 dramatic 引人注目的、給人深刻印象的
家族字彙
- spectacular
- spectacularly **adv.** 壯觀地
- spectacle **n.** 場面、壯觀、景象

| 英中 | 大6 | 學測 |

speculate [`spɛkjə‚let]

v. 推測、推斷
動詞變化 speculated; speculated; speculating
同 guess 猜測、推測
家族字彙
- speculate
- speculation **n.** 思索、推測、投機
- speculative **adj.** 思索的、推測的
- speculator **n.** 投機者、思索者

| 英初 | 國12 | 會考 |

spelling [`spɛlɪŋ]

n. 拼寫、拼法
名詞複數 spellings
家族字彙
- spelling
- spell **v.** 用字母拼、拼作
- speller **n.** 拼字課本、拼字者

| 英中 | 大6 | 學測 |

sphere [sfɪr]

n. 範圍、領域
名詞複數 spheres
同 field 領域、範圍
家族字彙
- sphere
- spherical **adj.** 球的、圓的、球面的
- spheroid **n.** 球狀體、棒球

| 英初 | 國12 | 會考 |

spider [`spaɪdə]

n. 蜘蛛
名詞複數 spiders
家族字彙
- spider
- spiderweb **n.** 蜘蛛網
- spidery **adj.** 蜘蛛般的、細長的

| 英初 | 國20 | 會考 |

spill [spɪl]

v. 溢出、灑落 **n.** 溢出
名詞複數 spills
動詞變化 spilled, spilt; spilled, spilt; spilling
同 slop 濺出、潑出、溢出
家族字彙
- spill
- spillage **n.** 溢出、溢出量
- spillover **n.** 溢出（量）
- spillway **n.** 洩洪道
- spilth **n.** 溢出

| 英初 | 國20 | 會考 |

spin [spɪn]

v. 旋轉、暈眩 **n.** 旋轉、自轉
名詞複數 spins
動詞變化 spun; spun; spinning
同 reel 卷、繞、搖紗
家族字彙
- spin
- spinning **n.** 紡織、旋壓
- spinner **n.** 紡紗工人、紡紗機

| 英中 | 大4 | 學測 |

spiritual [`spɪrɪtʃʊəl]

adj. 精神的、宗教的
同 religious 宗教性的、宗教上的
反 material 物質的、肉體的
家族字彙
- spiritual
- spiritually **adv.** 精神上
- spirit **n.** 精神、靈魂、心靈
- spirituality **n.** 精神上的事情、神聖

英初 | 國20 | 會考

spit [spɪt]

v. 吐口水、吐痰 **n.** 唾液、唾沫
動詞變化 spit, spat; spit, spat; spitting
同 saliva 口水、唾液
家族字彙
- spit
- spitball **n.** 唾沫曲球

🎧 | **MP3** | Track 451 | ⬇

英初 | 國20 | 會考

spite [spaɪt]

n. 惡意、怨恨
同 malice 惡意、怨恨
家族字彙
- spite
- spiteful **adj.** 懷恨的、懷有惡意的
- spitefully **adv.** 懷恨地、懷有惡意地

英中 | 大4 | 學測

split [splɪt]

v. 分裂、分離 **n.** 裂口、分裂
名詞複數 splits
動詞變化 split; split; splitting
同 cleave 砍開、劈開
反 unite 使聯合、使黏合、統一
家族字彙
- split
- splitting **adj.** 裂開似的、飛也似的、劇烈的

英初 | 國20 | 會考

spoil [spɔɪl]

v. 損壞、寵壞 **n.** 戰利品、掠奪物
名詞複數 spoils
動詞變化 spoiled, spoilt; spoiled, spoilt; spoiling
同 damage 損害、毀壞
家族字彙
- spoil
- spoiled **adj.** 被寵壞的
- spoiler **n.** 搶奪者、損壞者
- spoilage **n.** 掠奪、損壞物、糟踢

英中 | 大5 | 學測

sponge [spʌndʒ]

n. 海綿 **v.** 擦
名詞複數 sponges
動詞變化 sponged; sponged; sponging
同 wipe 擦
家族字彙
- sponge
- spongy **adj.** 海綿狀的、多孔的
- sponginess **n.** 海綿狀
- sponger **n.** 用海綿擦拭的人、食客、海綿採集者

英中 | 大6 | 學測

sponsor [ˈspɑnsɚ]

n. 發起者、主辦者 **v.** 發起、主辦
名詞複數 sponsors
動詞變化 sponsored; sponsored; sponsoring
同 patronize 資助、贊助
家族字彙
- sponsor
- sponsored **adj.** 贊助的
- sponsorial **adj.** 主辦者的
- sponsorship **n.** 教父母身份、贊助、資助、保證人的地位

🎧 | **MP3** | Track 452 | ⬇

英中 | 大6 | 學測

spontaneous
[spɑnˈtenɪəs]

adj. 自然的、天真率直的
同 natural 自然的、本能的
家族字彙
- spontaneous
- spontaneousness **n.** 自然、任意
- spontaneity **n.** 自發性
- spontaneously **adv.** 自然地、不由自主地、自發地

| 英初 | 國12 | 會考 |

spot [spɑt]

n. 斑點、汙點 **v.** 認出、玷污
名詞複數 spots
動詞變化 spotted; spotted; spotting
同 stain 污點、汙斑、汙跡
家族字彙
- spot
- spotted **adj.** 有斑點的、弄汙了的
- spotty **adj.** 多斑點的、多污點的
- spotlessly **adv.** 一塵不染地
- spotless **adj.** 無髒汙的、無可挑剔的、無缺點的

| 英中 | 大6 | 學測 |

spouse [spaʊs]

n. 配偶
名詞複數 spouses
同 mate 配偶
家族字彙
- spouse
- spousal **adj.** 配偶的
- spouseless **adj.** 未婚的

| 英初 | 國20 | 會考 |

spray [spre]

v. 噴、潑散 **n.** 浪花、水花
動詞變化 sprayed; sprayed; spraying
同 sprinkle 灑、噴水於……
家族字彙
- spray
- sprayer **n.** 噴霧器
- spray-on **adj.** 噴塗用的

| 英中 | 大5 | 學測 |

spur [spɝ]

n. 刺激、激勵 **v.** 激勵、鞭策
名詞複數 spurs
動詞變化 spurred; spurred; spurring
同 urge 催促、激勵
家族字彙
- spur
- spurred **adj.** 裝有馬刺的
- spurrier **n.** 製造馬刺者

| 英初 | 國20 | 會考 |

squeeze [skwiz]

v. 擠、榨 **n.** 擠、緊握
名詞複數 squeezes
動詞變化 squeezed; squeezed; squeezing
同 press 擠出汁等、榨（某物）
家族字彙
- squeeze
- squeezer **n.** 壓榨者、果汁機

| 英中 | 國20 | 會考 |

stable [ˈstebl̩]

adj. 穩定的、穩固的 **n.** 馬廄、馬棚
名詞複數 stables
形容詞變化 stabler; stablest
同 steady 穩定的、不動搖的
反 unstable 不牢固的、不穩定的
家族字彙
- stable
- stability **n.** 穩定、穩定性、堅定
- stably **adv.** 穩定地、堅定地、堅固地

| 英中 | 大5 | 學測 |

stack [stæk]

n. 整齊的一疊
v. 把……疊成堆、堆放於
名詞複數 stacks
動詞變化 stacked; stacked; stacking
同 pile 堆積、把……堆在
家族字彙
- stack
- stackable **adj.** 可疊起堆放的、易疊起堆放的

| 英初 | 國20 | 會考 |

staff [stæf]

n. 全體職工、全體人員
v. 為…配備（人員）
名詞複數 staffs, staves
動詞變化 staffed; staffed; staffing;
同 personnel 全體職員、全體成員

stain [sten]

v. 沾汙、染汙　**n.** 汙點、汙跡
名詞複數 stains
動詞變化 stained; stained; staining
同 spot 玷污、變汙
反 cleanse 使清潔、使純潔、淨化
家族字彙
- stain
- stainer **n.** 著色工人、著色液
- stainless **adj.** 無瑕疵的、不鏽的

🎧 | **MP3** | Track 454 | ⬇

stake [stek]

n. 賭本、賭注
v. 以……打賭、拿……冒險
名詞複數 stakes
動詞變化 staked; staked; staking
同 bet 以打賭、與打賭、打賭
家族字彙
- stake
- stakeholder **n.** 賭金保管人
- stakeout **n.** 監視（地區）

stale [stel]

adj. 不新鮮的、陳腐的
形容詞變化 staler; the stalest
同 musty 過時的、陳腐的
反 fresh 新鮮的
家族字彙
- stale
- staleness **n.** 不新鮮、污濁、走味、陳舊

standpoint [`stænd,pɔɪnt]

n. 立場、觀點
名詞複數 standpoints
同 viewpoint 觀點

starve [starv]

v. 挨餓、餓死
動詞變化 starved; starved; starving
同 hunger 挨餓、使挨餓
反 satiate 使飽足
家族字彙
- starve
- starved **adj.** 饑餓的
- starving **adj.** 饑餓的
- starvation **n.** 饑餓、餓死、挨餓

statement [`stetmənt]

n. 聲明、陳述
名詞複數 statements
同 account 報告、描述、說明
家族字彙
- statement
- state **v.** 陳述、聲明、說明
- stated **adj.** 所述的

🎧 | **MP3** | Track 455 | ⬇

static [`stætɪk]

adj. 靜的、靜力的　**n.** 靜電、靜力學
同 still 靜止的、不動的
反 dynamic 動力的、動態的
家族字彙
- static
- statical **adj.** 靜態地
- statics **n.** 靜力學

statistic [stə`tɪstɪk]

n. 統計數值、統計學
名詞複數 statistics
家族字彙
- statistic
- statistical **adj.** 統計的、統計學的
- statistically **adv.** 統計上
- statistician **n.** 統計員、統計學家
- statistics **n.** 統計學

A B C D E F G H I J K L M N O P Q R S T U V W X Y Z

statue [ˋstætʃʊ]

n. 塑像、雕像
名詞複數 statues
同 sculpture 雕塑、雕塑品
家族字彙
- statue
- statuette **n.** 小雕像
- statuesque **adj.** 雕像般的、輪廓清晰的、均衡的

英中 | 大4 | 學測

status [ˋstetəs]

n. 情形、狀況
名詞複數 statuses
同 state 狀況、狀態、形勢

英初 | 國20 | 會考

steady [ˋstɛdɪ]

adj. 平穩的、穩定的
v. 使平穩、使穩定
動詞變化 steadied; steadied; steadying
形容詞變化 steadier; the steadiest
同 constant 不變的、持續的
反 unsteady 不安定的、反覆無常的
家族字彙
- steady
- steadily **adv.** 穩定地、有規則地、無變化地
- steadiness **n.** 堅定性

🎧 | **MP3** | Track 456 | ⬇

英初 | 國12 | 會考

steak [stek]

n. 牛排、肉排
名詞複數 steaks

英中 | 大5 | 學測

steamer [ˋstimɚ]

n. 汽船、輪船
名詞複數 steamers
同 steamboat 汽船、輪船

英初 | 國20 | 會考

steep [stip]

adj. 陡的、陡峭的 **v.** 浸泡、沉浸
動詞變化 steeped; steeped; steeping
形容詞變化 steeper; the steepest
反 gentle 平緩的
家族字彙
- steep
- steepen **v.** 使……陡峭、變得更險峻
- steeply **adv.** 險峻地
- steepness **n.** 險峻、陡峭

英中 | 大5 | 學測

steer [stɪr]

v. 駕駛、引導
動詞變化 steered; steered; steering
同 guide 指導、管理
家族字彙
- steer
- steering **n.** 操縱、指導、掌舵
- steerer **n.** 舵手、誘騙者

英中 | 大4 | 學測

stem [stɛm]

n. 莖、幹 **v.** 起源於
名詞複數 stems
動詞變化 stemmed; stemmed; stemming
同 stalk 莖、梗
家族字彙
- stem
- stemmed **adj.** 有莖的、去掉莖的

🎧 | **MP3** | Track 457 | ⬇

英中 | 大5 | 學測

stereotype [ˋstɛrɪəˌtaɪp]

n. 鉛版、陳規
v. 使用鉛版、對……形成固定看法
名詞複數 stereotypes
動詞變化 stereotyped; stereotyped; stereotyping
家族字彙
- stereotype
- stereotypical **adj.** 陳規的、老套的

sticky [ˈstɪkɪ]

英初　國20　會考

adj. 黏的、黏性的
形容詞變化▶ stickier; the stickiest
同 adhesive 有黏性的、帶黏性的
家族字彙
- sticky
- stick **v.** 釘住、黏住
- stickiness **n.** 黏性

stiff [stɪf]

英初　國20　會考

adj. 硬的、僵直的
adv. 極其、僵硬地
形容詞變化▶ stiffer; the stiffest
同 rigid 堅硬的、不易彎曲的
反 limp 柔軟的
家族字彙
- stiff
- stiffly **adv.** 頑固地、僵硬地、呆板地
- stiffness **n.** 僵硬、頑固、生硬
- stiffen **v.** 使堅硬、使僵硬

stimulate [ˈstɪmjəˌlet]

英中　大6　學測

v. 刺激、激勵
動詞變化▶ stimulated; stimulated; stimulating
同 spur 鞭策、鼓勵
反 deaden 使麻木、變得死一般
家族字彙
- stimulate
- stimulation **n.** 激勵、刺激、鼓舞
- stimulating **adj.** 刺激的、令人興奮的

sting [stɪŋ]

英初　國20　會考

v. 刺、蜇　**n.** 蜇刺、刺痛
名詞複數 stings
動詞變化▶ stung; stung; stinging
同 prick 刺、刺痛
家族字彙
- sting
- stinger **n.** 有刺的動物、刺、螫針
- stinging **adj.** 刺人的、激烈的

stir [stɜ]

英初　國20　會考

v. 攪拌、攪動
動詞變化▶ stirred; stirred; stirring
同 mix 混合、攪拌
家族字彙
- stir
- stirrer **n.** 搗亂分子、活動分子
- stirring **adj.** 忙碌的、活躍的

stock [stɑk]

英中　大5　學測

n. 備料、庫存　**v.** 儲備
adj. 常用的、常備的
名詞複數 stocks
動詞變化▶ stocked; stocked; stocking
同 keep 保存
家族字彙
- stock
- stockist **n.** 有庫存的商店

stoop [stup]

英中　大5　學測

v. 彎腰、俯身　**n.** 彎腰、曲背
動詞變化▶ stooped; stooped; stooping
同 crouch 彎腰
家族字彙
- stoop
- stooped **adj.** 駝背的

storage [ˈstorɪdʒ]

英中　大5　學測

n. 貯藏、保管
同 store 貯存、儲藏
家族字彙
- storage
- store **v.** 儲存

stove [stov]

英初　國12　會考

n. 爐子、火爐
名詞複數 stoves
同 fireplace 火爐

A B C D E F G H I J K L M N O P Q R S T U V W X Y Z

| 英中 | 大5 | 學測 |

strain [stren]

n. 拉緊、張力 **v.** 扭傷、拉傷
名詞複數 strains
動詞變化 strained; strained; straining
同 stretch 伸長、拉直
反 relax 使鬆弛、放鬆
家族字彙
┌strain
├strained **adj.** 緊張的、裝作的
└strainer **n.** 拉緊者、篩檢程式、鬆緊
　的裝置

| 英中 | 大5 | 學測 |

strap [stræp]

n. 帶、皮帶 **v.** 用帶扣住、束牢
名詞複數 straps
動詞變化 strapped; strapped;
　strapping
同 fasten 拴緊、扣緊
家族字彙
┌strap
├strapped **adj.** 用皮繩捆住的
├strapless **adj.** 無肩帶的
└strapping **adj.** 魁偉的、身材健壯的

| 英中 | 大6 | 學測 |

strategic [strəˋtidʒɪk]

adj. 對全域有重要意義的、關鍵的
家族字彙
┌strategic
├strategy **n.** 策略、軍略
├strategist **n.** 戰略家、軍事家
└strategically **adv.** 戰略上、戰略性地

| 英初 | 國20 | 會考 |

strategy [ˋstrætədʒɪ]

n. 戰略、策略
名詞複數 strategies
同 tactic 戰略、策略
家族字彙
┌strategy
├strategic **adj.** 戰略的、戰略上的
├strategist **n.** 戰略家、軍事家
└strategically **adv.** 戰略上、戰略性地

| 英初 | 國12 | 會考 |

straw [strɔ]

n. 稻草、麥杆
名詞複數 straws
家族字彙
┌straw
└strawy **adj.** 麥稈的、像麥稈般的

| 英中 | 大5 | 學測 |

streak [strik]

n. 條紋、條痕 **v.** 形成條紋、飛跑
名詞複數 streaks
動詞變化 streaked; streaked;
　streaking
同 stripe 條紋
家族字彙
┌streak
├streaker **n.** 裸奔者
└streaky **adj.** 有條紋的、有斑點的

| 英初 | 國12 | 會考 |

stream [strim]

n. 小河、溪流 **v.** 流出、湧出
名詞複數 streams
動詞變化 streamed; streamed;
　streaming
同 brook 小河、小溪
家族字彙
┌stream
└streaming **n.** 流動、能力分班

| 英中 | 大4 | 學測 |

strengthen [ˋstrɛŋθən]

v. 加強、鞏固
動詞變化 strengthened; strengthened;
　strengthening
同 fortify 使堅強、加強
反 weaken 削弱、減弱
家族字彙
┌strengthen
└strength **n.** 力氣、強度

英初　國12　會考

stress [strɛs]

n. 壓力、緊張　**v.** 強調、著重
名詞複數 stresses
動詞變化 stressed; stressed; stressing
同 pressure 壓力、壓迫感
家族字彙
─stress
├stressed **adj.** 緊張的、有壓力的
└stressful **adj.** 緊張的、壓力重的

英初　國12　會考

stretch [strɛtʃ]

v. 伸展、延伸　**n.** 一段時間、一段路程
名詞複數 stretches
動詞變化 stretched; stretched; stretching
同 extend 延伸、伸展
反 shrink 收縮、萎縮
家族字彙
─stretch
└stretchy **adj.** 伸長的、易延伸過長的、有彈性的

🎧 | **MP3** | Track 461 | ⬇

英中　大5　學測

stride [straɪd]

v. 大踏步走　**n.** 大步、步法
名詞複數 strides
動詞變化 strode; stridden; striding
同 pace 速度、步法、步調

英中　會考

striking [ˈstraɪkɪŋ]

adj. 顯著的、突出的
形容詞變化 more striking; the most striking
同 conspicuous 顯著的、出眾的、顯眼的
家族字彙
─striking
├strike **v.** 打動、給……以印象
└strikingly **adv.** 顯著地、突出地、顯目地

英初　國12　會考

string [strɪŋ]

n. 弦、線　**v.** 用線串、用線懸掛
名詞複數 strings
動詞變化 strung; strung; stringing
同 thread 線
反 unstring 放鬆……的弦線、解開
家族字彙
─string
├stringy **adj.** 線的、纖維的、繩的
└stringless **adj.** 無弦的

英初　國20　會考

strip [strɪp]

v. 脫光、剝去　**n.** 條、帶狀物
名詞複數 strips
動詞變化 stripped, stript; stripped, stript; stripping
同 remove 去掉、消除
反 dress 穿衣
家族字彙
─strip
└stripper **n.** 剝（奪）者、脫衣舞表演者

英中　大5　學測

stripe [straɪp]

n. 條紋
名詞複數 stripes
同 streak 條紋
家族字彙
─stripe
├striped **adj.** 有斑紋的
├stripy **adj.** 條紋狀的、有條紋的
└stripeless **adj.** 無條紋的

🎧 | **MP3** | Track 462 | ⬇

英中　大4　學測

stroke [strok]

n. 中風　**v.** 撫摸
名詞複數 strokes
動詞變化 stroked; stroked; stroking
同 blow 一擊

structure [ˈstrʌktʃɚ]

n. 結構、構造　**v.** 構造、建造
動詞變化 structured; structured; structuring
同 building 建築物
家族字彙
- structure
- structural **adj.** 結構的、建築的
- structurally **adv.** 在結構上

studio [ˈstjudɪo]

n. 畫室、攝影室
名詞複數 studios
同 laboratory 研究室
家族字彙
- studious **adj.** 勤奮好學的
- studiously **adv.** 好學地

stuff [stʌf]

n. 原料、材料　**v.** 填進、填滿
動詞變化 stuffed; stuffed; stuffing
同 fill 裝滿、填充
家族字彙
- stuff
- stuffed **adj.** 塞滿了的、餵飽的
- stuffing **n.** 填塞物、填充劑

style [staɪl]

n. 風格、時尚　**v.** 設計
名詞複數 styles
動詞變化 styled; styled; styling
同 fashion 流行式樣、時裝、時尚
家族字彙
- style
- styling **n.** 樣式
- stylishness **n.** 時髦
- stylishly **adv.** 時髦地、新式地
- stylish **adj.** 時髦的、流行的、漂亮的

🎧 | **MP3** | Track 463 | ⬇

submerge [səbˈmɝdʒ]

v. 浸沒、淹沒
動詞變化 submerged; submerged; submerging
同 immerse 沉浸
反 emerge 浮現
家族字彙
- submerge
- submerged **adj.** 水下的
- submergence **n.** 沉沒、浸入、淪落

submit [səbˈmɪt]

v. 屈服、聽從
動詞變化 submitted; submitted; submitting
同 yield 投降、屈服
反 resist 反抗、抵抗
家族字彙
- submit
- submission **n.** 屈服、服從、降服
- submissive **adj.** 柔順的、順從的
- submissively **adv.** 順從地、服從地

subsequent [ˈsʌbsɪˌkwɛnt]

adj. 隨後的、後來的
同 following 下面的、接著的
反 antecedent 在先的、在前的
家族字彙
- subsequent
- subsequently **adv.** 後來、隨後
- subsequence **n.** 後果

substance [ˈsʌbstəns]

n. 物質、實質
名詞複數 substances
同 matter 原因、物質
家族字彙
- substance
- substanceless **adj.** 無物質的
- substantial **adj.** 實在的
- substantiality **n.** 實質性

英中 大5 學測

substantial [səbˈstænʃəl]

adj. 實質的、真實的
形容詞變化 more substantial;
the most substantial
同 real 實際的、真的
反 empty 空的
家族字彙
- substantial
- substantialism **n.** 實體論
- substantialist **n.** 實體論者
- substantiality **n.** 實質性
- substantiate **v.** 證實
- substantiation **n.** 證實
- substantiator **n.** 證人
- substantive **adj.** 表示實在的
- substantively **adv.** 實質上
- substantially **adv.** 本質上、實質上、相當多地

🎧 | **MP3** | Track 464 | ⬇

英中 大5 學測

substitute [ˈsʌbstəˌtjut]

n. 代用品、代替者
v. 代替、代以
名詞複數 substitutes
動詞變化 substituted; substituted;
substituting
同 replace 把……放回、以……代替、取代
家族字彙
- substitute
- substitution **n.** 代替、取代作用

英中 大6 學測

subtle [ˈsʌtl]

adj. 微妙的、難於捉摸的
形容詞變化 subtler; the subtlest
同 delicate 微妙的
反 simple 簡單的、簡明的
家族字彙
- subtle
- subtlety **n.** 稀薄、精明、微妙
- subtly **adv.** 敏銳地、巧妙地、精細地

英初 國12 會考

subtract [səbˈtrækt]

v. 減去
動詞變化 subtracted; subtracted;
subtracting
同 deduct 減去
反 add 加
家族字彙
- subtract
- subtractive **adj.** 減去的、有負號的
- subtraction **n.** 減、減損、減算

英初 國20 會考

suburb [ˈsʌbɝb]

n. 市郊、郊區
名詞複數 suburbs
同 environs 郊區、附近的地方、近郊
家族字彙
- suburb
- suburban **adj.** 郊外的、偏遠的
- suburbanite **n.** 郊區居民
- suburbia **n.** 郊區、郊區居民

英初 國12 會考

subway [ˈsʌbˌwe]

n. 地鐵、地道
名詞複數 subways
同 underground 地鐵

🎧 | **MP3** | Track 465 | ⬇

英中 大4 學測

succession [səkˈsɛʃən]

n. 連續、接續
名詞複數 successions
同 sequence 連續、連續發生
家族字彙
- succession
- succeed **v.** 成功、發跡
- successive **adj.** 連續的、接替的
- successively **adv.** 接連著、繼續地
- successor **n.** 繼承者、後續的事物、接替的事物

英中　大6　學測

successive [sək`sɛsɪv]

adj. 接連的、連續的
同 consecutive 連續的、聯貫的

家族字彙
- successive
- successively **adv.** 接連著、繼續地
- succeed **v.** 成功、發跡
- succession **n.** 連續、繼位、繼承權

英初　國20　會考

suck [sʌk]

v. 吸、吮
動詞變化　sucked; sucked; sucking
家族字彙
- suck
- sucking **adj.** 吸奶的、尚未斷奶的

英初　國20　會考

sufficient [sə`fɪʃənt]

adj. 足夠的、充分的
同 adequate 足夠的、能滿足需要的
反 insufficient 不夠的、不充足的

家族字彙
- sufficient
- sufficiently **adv.** 十分地、充分地
- sufficiency **n.** 充足、足量、自滿
- suffice **v.** 足夠、有能力、使滿足

英中　大4　學測

suggestion
[səg`dʒɛstʃən]

n. 建議、意見
名詞複數　suggestions
同 hint 暗示、提示

家族字彙
- suggestion
- suggest **v.** 提議、促成、建議
- suggestible **adj.** 耳根軟的、可建議
　的、易受影響的

英初　國20　會考

suicide [`suə‚saɪd]

n. 自殺、自取滅亡
名詞複數　suicides
同 self-murder 自殺
反 murder 謀殺

家族字彙
- suicide
- suicidal **adj.** 自殺的、自我毀滅的
- suicidally **adv.** 自殺性地、毀滅性地

英初　國20　會考

sum [sʌm]

n. 總數、總和　**v.** 共計
名詞複數　sums
動詞變化　summed; summed;
　　　　summing
同 total 總計、共計為

英中　大4　學測

summarize [`sʌmə‚raɪz]

v. 概括、總結
動詞變化　summarized; summarized;
　　　　summarizing
同 capsule 概括、簡述

家族字彙
- summarize
- summarily **adv.** 概要地
- summarization **n.** 摘要、總結
- summation **n.** 總和
- summarise **v.** 作總結
- summary **n.** 摘要、概要

英初　國20　會考

summary [`sʌmərɪ]

n. 摘要、概要　**adj.** 即刻的、立即的
名詞複數　summaries
同 abstract 梗概、摘要

家族字彙
- summary
- summarily **adv.** 概要地
- summarization **n.** 摘要、總結
- summation **n.** 總和
- summarise **v.** 作總結
- summarize **v.** 總結、概括

英初 | 國20 | 會考

summit [ˈsʌmɪt]

n. 最高點、峰頂
(名詞複數) summits
(同) acme 最高點、頂點
(反) bottom 底、下端、底部

🎧 | MP3 | Track 467 | ⬇

英中 | 會考

sunrise [ˈsʌnˌraɪz]

n. 日出、拂曉
(名詞複數) sunrises
(同) dawn 黎明、拂曉
(反) sunset 日落

英中 | 會考

sunset [ˈsʌnˌsɛt]

n. 日落、傍晚
(名詞複數) sunsets
(同) sundown 日落
(反) sunrise 日出

英中 | 大6 | 學測

superb [suˈpɝb]

adj. 極好的、高品質的
(同) excellent 極好的
家族字彙
┌superb
└superbly **adv.** 莊重地、華美地

英中 | 大5 | 學測

superficial [ˌsupɚˈfɪʃəl]

adj. 膚淺的、淺薄的
(形容詞變化) more superficial;
the most superficial
(同) shallow 膚淺的
家族字彙
┌superficial
├superficially **adv.** 淺薄地
└superficiality **n.** 表面性的事物、表面情況、淺薄

英初 | 國20 | 會考

superior [səˈpɪrɪɚ]

adj. 上級的、較高的
n. 上級、長官
(名詞複數) superiors
(同) better 較好的
(反) inferior 下等的、差的、下級的
家族字彙
┌superior
├superiority **n.** 優越、優等、上級
├super **adj.** 特佳的
├superioress **n.** 女長官
└superiorly **adv.** 較優地

🎧 | MP3 | Track 468 | ⬇

英中 | 大5 | 學測

supervise [ˈsupɚˌvaɪz]

v. 監督、管理
(動詞變化) supervised; supervised;
supervising
(同) administer 管理、掌管
家族字彙
┌supervise
├supervisor **n.** 監督人、管理人
├supervision **n.** 監督、管理
├supervisal **adj.** 監督的
└supervisory **adj.** 管理的、管理人的、監督的

英中 | 大6 | 學測

supplement [ˈsʌpləmənt]

n. 增補、補充 **v.** 增補、補充
(名詞複數) supplements
(動詞變化) supplemented;
supplemented;
supplementing
(同) complete 使齊全、使完整
家族字彙
┌supplement
├supplemental **adj.** 增補的
├supplementation **n.** 補充
└supplementary **adj.** 補足的、追加的、補充的

英中	大5	學測

supreme [sə`prim]

adj. 最高的、至上的
同 extreme 極度的、非常的

家族字彙
- supreme
- supremacist **n.** 種族優越論者
- supremely **adv.** 至上地、崇高地
- supremacy **n.** 至高無上、優勢、最高地位、主權

英中	大4	學測

surf [sɝf]

n. 海浪、拍岸浪濤聲
v. 作衝浪運動、在激浪上駕船

動詞變化 surfed; surfed; surfing

家族字彙
- surf
- surfer **n.** 衝浪運動員
- surfing **n.** 衝浪遊戲、滑動、騎馬

英中	大5	學測

surge [sɝdʒ]

v. 奔放、奔騰 **n.** 洋溢、奔放
名詞複數 surges
動詞變化 surged; surged; surging
同 billow 翻騰、波浪似地起伏、滾滾向前

🎧 | MP3 | Track 469 | ⬇

英中	大4	學測

surgeon [`sɝdʒən]

n. 外科醫生
名詞複數 surgeons
反 physician 醫師、內科醫師

家族字彙
- surgeon
- surgery **n.** （外科）手術
- surgical **adj.** 外科的
- surgically **adv.** 外科手術上
- surgiholic **n.** 整型上癮的人

英中	大4	學測

surgery [`sɝdʒərɪ]

n. 外科、手術
名詞複數 surgeries
同 operation 手術

家族字彙
- surgery
- surgical **adj.** 外科的、手術上的
- surgically **adv.** 外科手術上、如外科手術般地

英中	大6	學測

surplus [`sɝplʌs]

n. 過剩、剩餘 **adj.** 過剩的、多餘的
名詞複數 surpluses
同 excess 過多、過剩
反 deficit 赤字、不足額

英中	大4	學測

surrender [sə`rɛndɚ]

v. 投降、屈服 **n.** 投降、放棄
名詞複數 surrenders
動詞變化 surrendered; surrendered; surrendering
同 yield 投降、屈服
反 resist 反抗、抵抗

英初	國20	會考

surround [sə`raʊnd]

v. 環繞、圍繞
動詞變化 surrounded; surrounded; surrounding
同 encircle 環繞、包圍、圍繞

家族字彙
- surround
- surrounding **adj.** 周圍的、附近的
- surroundings **n.** 環境、周圍的情況、周圍的事物

🎧 | MP3 | Track 470 | ⬇

英中　大4　學測

surroundings
[sə`raʊndɪŋz]

n. 周圍的事物、環境
同 environment 環境、四周狀況

家族字彙
- surroundings
- surrounding **adj.** 周圍的、附近的
- surround **v.** 包圍、圍繞、環繞

英初　國20　會考

survey [sə`ve]

n. 調查、測量　**v.** 調查、檢視
名詞複數 surveys
動詞變化 surveyed; surveyed; surveying
同 examine 仔細觀察、檢查、調查

家族字彙
- survey
- surveyor **n.** 測量員、檢查員
- surveying **n.** 考察
- surveyal **n.** 觀察

英初　國20　會考

survival [sə`vaɪvl̩]

n. 倖存、倖存者
名詞複數 survivals

家族字彙
- survival
- survive **v.** 活下來、倖存、殘留
- survivor **n.** 生還者、殘存物、倖存者
- surviving **adj.** 繼續存在的、未死的、依然健在的

英初　國12　會考

survive [sə`vaɪv]

v. 活下來、倖免於
動詞變化 survived; survived; surviving
同 outlive 比……活得長

家族字彙
- survive
- survival **n.** 留住生命、殘存、生存
- survivor **n.** 生還者、殘存物、倖存者
- surviving **adj.** 繼續存在的、未死的、依然健在的

英初　國20　會考

suspect
[sə`spɛkt] / [`sʌspɛkt]

v. 疑有、推測　**n.** 嫌疑犯、可疑分子
adj. 可疑的、不可信的
名詞複數 suspects
動詞變化 suspected; suspected; suspecting
同 doubt 懷疑、疑惑

🎧　**MP3** | Track 471 | ⬇

英中　大5　學測

suspend [sə`spɛnd]

v. 暫停、中止
動詞變化 suspended; suspended; suspending
同 pause 暫停、中止

家族字彙
- suspend
- suspension **n.** 暫停、暫時剝奪、懸架、懸浮液、懸掛

英初　國20　會考

suspicion [sə`spɪʃən]

n. 懷疑、涉嫌
名詞複數 suspicions
同 doubt 懷疑、疑惑
反 trust 信任

家族字彙
- suspicion
- suspicious **adj.** 猜疑的、可疑的、表示懷疑的

英中　大5　學測

sustain [sə`sten]

v. 保持、使持續下去
動詞變化 sustained; sustained; sustaining
同 maintain 維持

家族字彙
- sustain
- sustained **adj.** 持久的、經久不衰的

| 英初 | 國12 | 會考 |

swallow [ˈswɑlo]

v. 吞、咽 **n.** 吞、咽
名詞複數 swallows
動詞變化 swallowed; swallowed; swallowing
同 bear 忍受、承擔

| 英中 | 大4 | 學測 |

sway [swe]

v. 搖擺、搖動 **n.** 搖擺、搖動
名詞複數 sways
動詞變化 swayed; swayed; swaying
同 swing 搖擺、旋轉

 | **MP3** | Track 472 |

| 英初 | 國20 | 會考 |

swear [swɛr]

v. 詛咒、咒罵
動詞變化 sweared; sweared; swearing
同 curse 詛咒、咒罵

| 英初 | 國20 | 會考 |

sweat [swɛt]

v. 出汗、流汗 **n.** 汗、汗水
名詞複數 sweats
動詞變化 sweated; sweated; sweating
同 perspiration 汗水、流汗

| 英初 | 國20 | 會考 |

swell [swɛl]

v. 增多、擴大 **n.** 增強、增加
名詞複數 swells
動詞變化 swelled; swelled; swelling
同 increase 增加、增強、提高
反 decrease 減少、降低

| 英初 | 國20 | 會考 |

swift [swɪft]

adj. 迅速的、速度快的
形容詞變化 swifter; the swiftest
同 rapid 快的、迅速的、急速的
反 slow 慢的
家族字彙
- swift
- swiftly **adv.** 迅速地、敏捷地
- swiftness **n.** 迅速、敏捷

| 英初 | 國12 | 會考 |

swing [swɪŋ]

v. 轉彎、突然轉向 **n.** 搖擺、鞭韃
名詞複數 swings
動詞變化 swung; swung; swinging
同 turn 轉彎

 | **MP3** | Track 473 |

| 英初 | 國20 | 會考 |

switch [swɪtʃ]

v. 轉變、改變 **n.** 開關、電閘
名詞複數 switches
動詞變化 switched; switched; switching
同 convert 變換、轉變
家族字彙
- switch
- switchblade **n.** 彈簧刀
- switchboard **n.** 接線總機

| 英中 | 大4 | 學測 |

sympathetic
[ˌsɪmpəˈθɛtɪk]

adj. 同情的、體諒的
形容詞變化 more sympathetic; the most sympathetic
同 pitiful 可憐的、令人同情的
家族字彙
- sympathetic
- sympathy **n.** 同情、同情心、同感、贊同、慰問

sympathize [ˈsɪmpəˌθaɪz]

v. 體諒、贊同

動詞變化 sympathized; sympathized; sympathizing

同 assent 同意、贊成

家族字彙
- sympathize
- sympathetic **adj.** 同情的、共鳴的

---

sympathy [ˈsɪmpəθɪ]

n. 同情、同情心

名詞複數 sympathies

同 support 支持

家族字彙
- sympathy
- sympathize **v.** 同情、體諒、贊同

---

symptom [ˈsɪmptəm]

n. 症狀、徵兆

名詞複數 symptoms

同 sign 體征、徵兆

家族字彙
- symptom
- symptomatic **adj.** 根據症狀的
- symptomatize **v.** 表示……的症狀
- symptomatology **n.** 症候學

🎧 | **MP3** | Track 474 | ⬇

synthetic [sɪnˈθɛtɪk]

adj. 合成的、人造的

同 artificial 人造的、虛偽的

反 authentic 真正的、可靠的

家族字彙
- synthetic
- synthesis **n.** 綜合、合成
- synthetical **adj.** 合成的
- synthetically **adv.** 以合成方法

---

system [ˈsɪstəm]

n. 系統、體系

名詞複數 systems

同 institution 機構、制度

家族字彙
- system
- systematic **adj.** 有系統的、系統化的

---

systematic [ˌsɪstəˈmætɪk]

adj. 有系統的、系統化的

形容詞變化 more systematic; the most systematic

同 scientific 符合科學規律的、系統的

家族字彙
- systematic
- system **n.** 系統、制度、體制、方法、身體

A
B
C
D
E
F
G
H
I
J
K
L
M
N
O
P
Q
R
S
T
U
V
W
X
Y
Z

Tt

英中　大5　學測

tackle [ˈtækl̩]

v. 對付、處理　**n.** 阻截、擒抱
動詞變化 tackled; tackled; tackling
同 handle 處理、應付
家族字彙
┌tackle
├tackler **n.** 阻截隊員
└tackling **n.** 船的索具

英初　國20　會考

tag [tæg]

n. 標籤、標牌　**v.** 給……加上標籤
名詞複數 tags
動詞變化 tagged; tagged; tagging
同 label 標籤、標記

🎧 | **MP3** | Track 475 | ⬇

英初　國1　會考

tail [tel]

n. 尾巴、結尾
名詞複數 tails
同 end 末尾、盡頭
反 head 起源、頂端
家族字彙
┌tail
├tailboard **n.** 車子的後檔板
└tailbone **n.** 尾椎骨

英初　國20　會考

tailor [ˈtelɚ]

n. 裁縫、成衣匠　**v.** 縫製
名詞複數 tailors
動詞變化 tailored; tailored; tailoring
同 dressmaker 裁縫
家族字彙
┌tailor
└tailoring **n.** 裁縫業、縫工

英初　國12　會考

talent [ˈtælənt]

n. 才能、人才
名詞複數 talents
同 ability 才能、能力、天資
家族字彙
┌talent
└talented **adj.** 有才能的、有才幹的

英初　國20　會考

tame [tem]

adj. 馴服的、溫順的　**v.** 馴化、馴服
動詞變化 tamed; tamed; taming
同 docile 容易教的、溫順的
家族字彙
┌tame
├tamely **adv.** 馴服地
└tameness **n.** 溫順、馴服

英初　國12　會考

tank [tæŋk]

n. 油箱、槽
名詞複數 tanks
同 slot 槽
家族字彙
┌tank
└tanker **n.** 油輪

🎧 | **MP3** | Track 476 | ⬇

英初　國20　會考

tap [tæp]

n. 輕敲、輕拍
名詞複數 taps
同 pat 輕拍

英初　國12　會考

target [ˈtɑrgɪt]

n. 目標、物件　**v.** 瞄準
名詞複數 target
動詞變化 targeted; targeted; targeting
同 goal 目標、目的

英初 | 國20 | 會考

tax [tæks]

n. 稅款、負擔
v. 對……徵稅、使負重擔
名詞複數 taxes
動詞變化 taxed; taxed; taxing
同 burden 負擔
家族字彙
┌tax
└taxation **n.** 稅制、稅項

英中 | 大4 | 學測

technician [tɛk`nɪʃən]

n. 技術員、技師
名詞複數 technicians
同 artificer 技工、技師
家族字彙
┌technician
├technical **adj.** 技術的、工藝的
└technicalize **v.** 使技術化、使專門化

英初 | 國20 | 會考

technique [tɛk`nik]

n. 技巧、技術
名詞複數 techniques
同 skill 技能、技巧

🎧 | **MP3** | Track 477 | ⬇

英初 | 國20 | 會考

technology [tɛk`nɑlədʒɪ]

n. 工藝、技術
名詞複數 technologies
同 craftwork 工藝
家族字彙
┌technology
└technological **adj.** 技術的、科技的

英中 | 大6 | 學測

tedious [`tidɪəs]

adj. 乏味的、單調的
同 dull 乏味的、遲鈍的
反 interesting 有趣的

英初 | 國12 | 會考

teenager [`tin,edʒɚ]

n. 青少年
名詞複數 teenagers
同 juvenile 青少年
反 agedness 老年、高齡
家族字彙
┌teenager
└teen **adj.** 十幾歲的

英中 | 大4 | 學測

telescope [`tɛlə,skop]

n. 望遠鏡
名詞複數 telescopes
同 binoculars 雙筒望遠鏡

🎧 | **MP3** | Track 478 | ⬇

英初 | 國20 | 會考

temper [`tɛmpɚ]

n. 脾氣、情緒 **v.** 調和、使緩和
名詞複數 tempers
動詞變化 tempered; tempered; tempering
同 disposition 性情、性格
家族字彙
┌temper
└temperament **n.** 氣質、性格

英初 | 國12 | 會考

temple [`tɛmpḷ]

n. 廟宇、神殿
名詞複數 temples
同 monastery 修道院、寺院

英初 | 國20 | 會考

temporary [`tɛmpə,rɛrɪ]

adj. 暫時的、臨時的
同 provisional 暫時的
反 perpetual 永久的
家族字彙
┌temporary
└temporarily **adv.** 暫時地

temptation [tɛmpˋteʃən]

n. 誘惑、引誘
【名詞複數】 temptations
【同】 seduction 引誘、誘惑
【家族字彙】
- temptation
- tempt **v.** 吸引、引起……的興趣、引誘、誘惑

tend [tɛnd]

v. 照管、護理
【動詞變化】 tended; tended; tending
【同】 caretake 照管、看管
【家族字彙】
- tend
- tendency **n.** 趨向、趨勢

🎧 | **MP3** | Track 479 ⬇

tendency [ˋtɛndənsɪ]

n. 趨向、趨勢
【名詞複數】 tendencies
【同】 tendence 趨勢、趨向
【家族字彙】
- tendency
- tend **v.** 易於、趨向、照管、護理
- tendentious **adj.** 有偏見的

tender [ˋtɛndɚ]

adj. 疼痛的、一觸即痛的
v. 提出、投標 **n.** 投標
【名詞複數】 tenders
【動詞變化】 tendered; tendered; tendering
【形容詞變化】 more tender; the most tender
【同】 mild 溫和的、溫柔的
【反】 stiff 硬的、僵直的
【家族字彙】
- tender
- tenderer **n.** 投標人
- tenderness **n.** 嬌嫩、柔軟、溫柔

tense [tɛns]

adj. 緊張的、繃緊的 **v.** 拉緊、使繃緊
n. 時態
【名詞複數】 tenses
【動詞變化】 tensed; tensed; tensing
【形容詞變化】 tenser; the tensest
【反】 loose 寬鬆的
【家族字彙】
- tense
- tension **n.** 緊張、拉力、張力

tension [ˋtɛnʃən]

n. 張力、拉力
【名詞複數】 tensions
【同】 pull 拉力

tent [tɛnt]

n. 帳篷
【名詞複數】 tents
【同】 tentage 帳篷

🎧 | **MP3** | Track 480 ⬇

terminal [ˋtɝmənl]

adj. 終點的、極限的 **n.** 終點、終端
【名詞複數】 terminals
【同】 ultimate 終極的、極限的
【家族字彙】
- terminal
- terminate **v.** 停止、終止
- terminable **adj.** 可終止的

territory [ˋtɛrəˏtorɪ]

n. 領土、版圖
【名詞複數】 territories
【同】 domain 領域、領地
【家族字彙】
- territory
- territorial **adj.** 領土的、領地的

英中　大4　學測

terror [ˈtɛrə]

n. 恐怖、恐怖活動
名詞複數 terrors
同 horror 恐怖、戰慄
家族字彙
- terror
- terrorist **n.** 恐怖分子
- terrorism **n.** 恐怖行動
- terroristic **adj.** 恐怖統治的

英初　國12　會考

textbook [ˈtɛkstˌbʊk]

n. 教科書、課本
名詞複數 textbooks
同 schoolbook 課本、教科書

英中　大6　學測

textile [ˈtɛkstl̩] / [ˈtɛkstaɪl]

n. 紡織品、紡織業　**adj.** 紡織的
名詞複數 textiles
同 drygoods 紡織品
家族字彙
- textile
- texture **n.** （織物的）組織

🎧 | **MP3** | Track 481 | ⬇

英中　大6　學測

theme [θim]

n. 主題、題目
名詞複數 themes
同 subject 主題

英中　大6　學測

theoretical [ˌθiəˈrɛtɪkl̩]

adj. 理論（上）的
同 abstract 抽象的、理論的
反 practical 實際的、實用的
家族字彙
- theoretical
- theory **n.** 理論、原理、學說、意見、看法

英初　國20　會考

theory [ˈθiərɪ]

n. 理論、原理
名詞複數 theories
同 principle 原則、原理
家族字彙
- theory
- theoretical **adj.** 理論（上）的

英中　大6　學測

therapy [ˈθɛrəpɪ]

n. 治療、理療
名詞複數 therapies
同 treatment 治療
家族字彙
- therapy
- therapeutic **adj.** 治療的

英中　大6　學測

thereby [ðɛrˈbaɪ]

adv. 因此、從而
同 therefore 因此、所以

🎧 | **MP3** | Track 482 | ⬇

英中　大6　學測

thermometer [θəˈmɑmətə]

n. 溫度計
名詞複數 thermometers
同 weatherglass 晴雨錶、溫度計

英初　國12　會考

thick [θɪk]

adj. 厚的、粗的　**adv.** 厚地、濃地
形容詞變化 thicker; the thickest
反 thin 瘦的、薄的、稀的
家族字彙
- thick
- thicken **v.** 變濃、使……厚、變為複雜
- thickener **n.** 勾芡粉
- thickening **n.** 稠化

thirst [θɝst]

n. 渴、乾渴 **v.** 渴望、渴求

名詞複數 thirsts

動詞變化 thirsted; thirsted; thirsting

同 desire 渴望、欲望

家族字彙
- thirst
- thirsty **adj.** 口渴的、渴望的
- thirstily **adv.** 口渴地

---

thorough [ˈθɝo]

adj. 徹底的、完全的

形容詞變化 more thorough; the most thorough

同 complete 完整的、徹底的

家族字彙
- thorough
- thoroughly **adv.** 完全地、徹底地
- thoroughgoing **adj.** 徹底的、完全的
- thoroughness **adv.** 徹底地

---

thoughtful [ˈθɔtfəl]

adj. 體貼的、關心的

形容詞變化 more thoughtful; the most thoughtful

同 considerate 考慮周到的、體貼的

家族字彙
- thoughtful
- thoughtfully **adv.** 深思地、體貼地

🎧 | **MP3** | Track 483 | ⬇

threat [θrɛt]

n. 威脅、恐嚇

名詞複數 threats

同 menace 威脅、脅迫

家族字彙
- threat
- threaten **v.** 威脅、構成威脅
- threatened **adj.** 受到威脅的
- threatening **adj.** 脅迫的

---

threaten [ˈθrɛtn̩]

v. 威脅、恐嚇

動詞變化 threatened; threatened; threatening

同 terrify 使恐怖、威脅

家族字彙
- threaten
- threat **n.** 威脅、恐嚇、凶兆、徵兆

---

thrill [θrɪl]

n. 因興奮或激動而引起的戰慄或顫動、引起激動的事物 **v.** 非常興奮、非常激動

名詞複數 thrills

動詞變化 thrilled; thrilled; thrilling

同 excite 刺激、使⋯⋯興奮

反 sadden 黯淡、（使）悲傷

---

thrive [θraɪv]

v. 興旺、繁榮

動詞變化 thrived; thrived; thriving

同 prosper 興旺、繁榮

反 decline 衰微、跌落

---

throat [θrot]

n. 咽喉、嗓子

名詞複數 throats

同 fauces 咽喉

家族字彙
- throat
- throaty **adj.** 嗓子沙啞的

🎧 | **MP3** | Track 484 | ⬇

thrust [θrʌst]

v. 擠、推 **n.** 戳、刺

名詞複數 thrusts

動詞變化 thrusted; thrusted; thrusting

同 gist 要點

thumb [θʌm]

英初　國12　會考

n. 拇指　**v.** 示意要求搭車
名詞複數 thumbs
動詞變化 thumbed; thumbed; thumbing
同 pollex 拇指

---

thunder [ˈθʌndɚ]

英初　國12　會考

n. 雷聲、雷鳴般響聲
v. 打雷、轟隆響
名詞複數 thunders
動詞變化 thundered; thundered; thundering
同 roar 吼叫、咆哮
家族字彙
┌thunder
└thunderbolt **n.** 雷電、霹靂

---

tick [tɪk]

英中　大5　學測

n. 記號、勾號
v. 給……標記號、發出滴答聲
名詞複數 ticks
動詞變化 ticked; ticked; ticking
同 mark 做標記

---

tide [taɪd]

英初　國20　會考

n. 潮流、趨勢
名詞複數 tides
同 trend 趨勢、時尚

🎧 | **MP3** | Track 485 | ⬇

---

tidy [ˈtaɪdɪ]

英初　國20　會考

adj. 整潔的、整齊的　**v.** 整潔、整齊
動詞變化 tidied; tidied; tidying
形容詞變化 tidier; the tidiest
同 neat 整潔的、簡潔的
反 messy 散亂的、污穢的

---

tight [taɪt]

英初　國20　會考

adj. 緊的、牢固的　**adv.** 緊緊地
形容詞變化 tighter; the tightest
同 fast 緊的、牢固的
反 loose 寬鬆的
家族字彙
┌tight
├tighten **v.** 變緊、繃緊、扣緊
└tightly **adv.** 緊、緊密地

---

timber [ˈtɪmbɚ]

英初　國20　會考

n. 木材、原木
名詞複數 timbers
同 wood 木材、木頭

---

tiny [ˈtaɪnɪ]

英初　國1　會考

adj. 微小的、極小的
形容詞變化 tinier; the tiniest
同 small 小的
反 huge 巨大的、龐大的

---

tire [taɪr]

英初　國1　會考

v. 厭倦、疲憊
動詞變化 tired; tired; tiring
同 fatigue 疲乏、疲勞
家族字彙
┌tire
├tired **adj.** 疲勞的、累的、厭煩的
├tireless **adj.** 不疲倦的、無輪胎的
└tiresome **adj.** 令人疲勞的、令人厭倦的

🎧 | **MP3** | Track 486 | ⬇

---

tissue [ˈtɪʃʊ]

英初　國20　會考

n. 薄紙、紙巾
名詞複數 tissues
同 towel 手巾、紙巾

A
B
C
D
E
F
G
H
I
J
K
L
M
N
O
P
Q
R
S
T
U
V
W
X
Y
Z

title [ˈtaɪtl]
n. 題目、標題
名詞複數 titles
同 subject 主題

toast [tost]
n. 烤麵包、吐司　**v.** 烘、烤
名詞複數 toasts
動詞變化 toasted; toasted; toasting
同 bake 烘焙、烤

toe [to]
n. 腳趾、足尖（部）
名詞複數 toes
反 finger 手指

tolerance [ˈtɑlərəns]
n. 寬容、容忍
名詞複數 tolerances
同 patience 忍耐、耐心
家族字彙
┌tolerance
├tolerant **adj.** 寬容的、容忍的
└tolerate **v.** 容許、承認、容忍、忍受

🎧 | **MP3** | Track 487 | ⬇

tolerate [ˈtɑləˌret]
v. 容許、承認
動詞變化 tolerated; tolerated; tolerating
同 endure 忍耐、容忍
家族字彙
┌tolerance
├tolerant **adj.** 寬容的、容忍的
└tolerance **n.** 寬容、容忍、忍耐

toll [tol]
n. 過路費、過橋費　**v.** 收費
名詞複數 tolls
動詞變化 tolled; tolled; tolling
同 fee 費用

tone [ton]
n. 腔調、語氣　**v.** 增強
名詞複數 tones
動詞變化 toned; toned; toning
同 pitch 強度、音高
家族字彙
┌tone
└toneless **adj.** 單調的、沉悶的

torch [tɔrtʃ]
n. 火炬、火把
名詞複數 torches
同 firebrand 火把

torture [ˈtɔrtʃə]
n. / **v.** 拷問、折磨
名詞複數 tortures
動詞變化 tortured; tortured; torturing
同 agonize 使極度痛苦、折磨
反 jollify 使快樂、使高興
家族字彙
┌torture
└torturous **adj.** 痛苦的

🎧 | **MP3** | Track 488 | ⬇

toss [tɔs]
v. 扔、拋　**n.** 扔、拋
名詞複數 tosses
動詞變化 tossed; tossed; tossing
同 throw 投、扔、拋、擲

tour [tʊr]

v. 旅行、參觀
名詞複數 tours
動詞變化 toured; toured; touring
同 travel 旅行、遊歷
家族字彙
- tour
- tourism **n.** 旅遊事業
- tourist **n.** 旅遊者、觀光者

tourism [ˈtʊrɪzəm]

n. 旅遊、觀光
名詞複數 tourisms
同 trip 旅行、旅遊
家族字彙
- tourism
- tour **n.** / **v.** 旅遊、觀光、巡迴
- tourist **n.** 旅遊者、觀光者

tourist [ˈtʊrɪst]

n. 旅行者、觀光者
名詞複數 tourists
同 traveller 旅行者
家族字彙
- tourist
- tour **n.** / **v.** 旅遊、觀光、巡迴
- tourism **n.** 旅遊事業

towel [taʊl]

n. 毛巾
名詞複數 towels
同 washcloth 毛巾、面巾
家族字彙
- towel
- towelette **n.** 濕餐巾紙
- toweling **n.** 毛巾料
- toweling **n.** 毛巾布

🎧 | **MP3** | Track 489 | ⬇

trace [tres]

v. 查出、找到　**n.** 痕跡、蹤跡
名詞複數 traces
動詞變化 traced; traced; tracing
同 vestige 痕跡
家族字彙
- trace
- traceability **n.** 可追蹤
- traceable **adj.** 可追蹤的
- traceless **adj.** 無蹤跡的

track [træk]

n. 蹤跡、痕跡　**v.** 跟蹤、追蹤
名詞複數 tracks
動詞變化 tracked; tracked; tracking
同 tail 跟蹤、尾隨

tractor [ˈtræktə]

n. 拖拉機、牽引車
名詞複數 tractors
家族字彙
- tractor
- traction **n.** 拖拉、牽引力

tradition [trəˈdɪʃən]

n. 傳統、傳統的思想
名詞複數 traditions
同 convention 慣例、習俗
家族字彙
- tradition
- traditional **adj.** 傳統的、習慣的

tragedy [ˈtrædʒədɪ]

n. 慘事、災難、悲劇
名詞複數 tragedies
同 catastrophe 大災難、災禍
家族字彙
- tragedy
- tragedienne **n.** 悲劇女演員
- tragic **adj.** 悲慘的、可悲的、悲劇的

英初　國20　會考

trail [trel]

v. 跟蹤、追蹤　**n.** 小路、小徑
名詞複數 trails
動詞變化 trailed; trailed; trailing
同 lane 小巷、小路
家族字彙
- trail
- trailer **n.** 拖車、跟蹤者

英中　大6　學測

trait [tret]

n. 特點、特性
名詞複數 traits
同 character 特性
家族字彙
- trait
- traitor **n.** 叛徒

英中　大6　學測

transaction
[træns`ækʃən]

n. 交易、業務
名詞複數 transactions
同 trade 貿易、交易、買賣
家族字彙
- transaction
- transact **v.** 做交易

英中　大4　學測

transfer
[træns`fɝ] / [`trænsfɝ]

v. 轉移、調動　**n.** 轉移、調動
名詞複數 transfers
動詞變化 transfered; transfered; transfering
同 shift 轉移、轉變
家族字彙
- transferability **n.** 可移動性
- transferable **adj.** 可轉移的
- transferee **n.** 受讓人、被調任者
- transference **n.** 轉移、調任
- transferential **adj.** 轉讓的
- transferor **n.** 讓渡人
- transferrer **n.** 讓渡人

英中　大4　學測

transform [træns`fɔrm]

v. 使改觀、改革
動詞變化 transformed; transformed; transforming
同 reform 改革、改造
家族字彙
- transform
- transformation **n.** 轉化、改造
- transformer **n.** 變壓器

🎧 | **MP3** | Track 491 | ⬇

英中　大4　學測

translation [træns`leʃən]

n. 譯文、譯本
名詞複數 translations
同 version 版本、譯本
家族字彙
- translation
- translate **v.** 翻譯

英中　大6　學測

transmission
[træns`mɪʃən]

n. 播送、發射
名詞複數 transmissions
同 dissemination 傳播、傳染
家族字彙
- transmission
- transmit **v.** 播送、發射、傳送、傳遞、傳染

英中　大6　學測

transmit [træns`mɪt]

v. 播送、發射
動詞變化 transmitted; transmitted; transmitting
同 spread 傳播、散佈
家族字彙
- transmit
- transmitter **n.** 發射機、發射台
- transmission **n.** 播送、發射

英中　大5　學測

transparent
[træns`pɛrənt]
adj. 透明的、明顯的
形容詞變化 more transparent;
the most transparent
同 crystal 晶體的、透明的
反 opaque 不透明的

英中　大6　學測

transplant
[træns͵plænt] / [`træns͵plænt]
v. 移栽、移種　**n.** 移植
名詞複數 transplants
動詞變化 transplanted; transplanted;
transplanting
同 migrate 遷移、遷徙、轉移

🎧 **MP3** | Track 492 | ⬇

英初　國20　會考

transport [`trænsport]
v. 運輸、運送　**n.** 運輸、運輸系統
名詞複數 transports
動詞變化 transported; transported;
transporting
同 transit 運輸
家族字彙
┌transport
└transportation **n.** 運輸、運輸系統、
運輸工具

英中　大4　學測

transportation
[͵trænspɚ`teʃən]
n. 運輸、運輸系統
名詞複數 transportations
同 conveyance 運輸、運輸工具
家族字彙
┌transportation
└transport **v.** 運輸

英初　國12　會考

trap [træp]
n. 陷阱、圈套
v. 設陷阱捕捉、使中圈套、
名詞複數 traps
動詞變化 trapped; trapped; trapping
同 snare 陷阱、圈套
家族字彙
┌trap
└trapper **n.** 夾獸者

英初　國20　會考

trash [træʃ]
n. 垃圾、廢物　**v.** 搗毀、破壞
名詞複數 trashes
動詞變化 trashed; trashed; trashing
同 rubbish 垃圾、廢物
家族字彙
┌trash
└trashy **adj.** 碎屑的、沒用的

英初　國20　會考

tray [tre]
n. 盤、碟
名詞複數 trays
同 plate 碟、盤
家族字彙
┌tray
└trayful **adj.** 一整盤

🎧 **MP3** | Track 493 | ⬇

英初　國12　會考

treatment [`tritmənt]
n. 治療、療法
名詞複數 treatments
同 therapy 療法、治療
家族字彙
┌treatment
├treat **v.** 對待、醫治、款待
└treatable **adj.** 能治療的

treaty [ˈtritɪ]

n. 條約、協定
名詞複數 treaties
同 agreement 契約、協議

英初 國0 會考

tremble [ˈtrɛmbl̩]

v. 顫抖、搖晃 **n.** 顫抖、搖動
名詞複數 trembles
動詞變化 trembled; trembled; trembling
同 quiver 顫抖、抖動

英中 大4 學測

tremendous [ˈtrɛmjələs]

adj. 巨大的、極大的
形容詞變化 more tremendous; the most tremendous
同 gigantic 巨大的
反 petty 小的
家族字彙
- tremendous
- tremendously **adv.** 可怕地、極大地

英初 國20 會考

trend [trɛnd]

n. 趨向、趨勢
名詞複數 trends
同 fashion 時尚
家族字彙
- trend
- trendy **adj.** 時髦的
- trendiness **n.** 追求時髦

🎧 | **MP3** | Track 494 | ⬇

英初 國12 會考

trial [ˈtraɪəl]

n. 試用、試驗
名詞複數 trials
同 test 測試、試驗

英初 國12 會考

triangle [ˈtraɪˌæŋgl̩]

n. 三角、三角形
名詞複數 triangles
家族字彙
- triangle
- triangular **adj.** 三角形的、以三角形為底的、三方的、三角關係的

英初 國12 會考

trick [trɪk]

n. 詭計、欺騙手段 **v.** 欺騙、矇騙
名詞複數 tricks
動詞變化 tricked; tricked; tricking
同 deceive 欺騙、蒙蔽
家族字彙
- trick
- trickery **n.** 欺騙、詭計

英中 大5 學測

trifle [ˈtraɪfl̩]

n. 瑣事、小事、無價值的東西
v. 嘲笑、輕視
名詞複數 trifles
動詞變化 trifled; trifled; trifling
同 jeer 嘲弄
家族字彙
- trifle
- trifling **adj.** 不足道的

英中 大5 學測

trim [trɪm]

v. 修剪、整修 **adj.** 苗條的、修長的
n. 修剪、整理
名詞複數 trims
動詞變化 trimmed; trimmed; trimming
形容詞變化 trimmer; the trimmest
同 slim 苗條的、細長的
反 obese 肥胖的
家族字彙
- trim
- trimly **adv.** 整潔地
- trimmer **n.** 修剪工具
- trimming **n.** 整理

| 英中 | 大4 | 學測 |

triumph [ˈtraɪəmf]

n. 勝利、成功　**v.** 獲勝、得勝
名詞複數 triumphs
動詞變化 triumphed; triumphed; triumphing
同 victory 勝利、成功
反 failure 失敗
家族字彙
┌triumph
├triumphal **adj.** 凱旋的
└triumphant **adj.** 洋洋得意的

| 英初 | 國20 | 會考 |

troop [trup]

n. 軍隊、部隊　**v.** 成群結隊
名詞複數 troops
動詞變化 trooped; trooped; trooping
同 group 組、群
家族字彙
┌troop
└trooper **n.** 騎兵、傘兵、運兵船

| 英初 | 國20 | 會考 |

tropical [ˈtrɑpɪkl̩]

adj. 熱帶的、炎熱的
同 subsolar 熱帶的
反 frigid 寒帶的
家族字彙
┌tropical
└tropic **n.** 回歸線、熱帶地區

| 英中 | 大4 | 學測 |

troublesome [ˈtrʌbl̩səm]

adj. 討厭的、麻煩的
形容詞變化 more troublesome; the most troublesome
同 bothersome 令人煩惱的
反 pleasant 令人愉快的
家族字彙
┌troublesome
└trouble **n.** 麻煩、困難

| 英中 | 會考 |

truly [ˈtrulɪ]

adv. 真正地、忠實地
同 really 真正地
家族字彙
┌truly
└true **adj.** 真實的、忠誠的、準確的

| 英初 | 國12 | 會考 |

trumpet [ˈtrʌmpɪt]

n. 喇叭、小號　**v.** 大聲宣告、吹噓
名詞複數 trumpets
動詞變化 trumpeted; trumpeted; trumpeting
同 loudspeaker 揚聲器、喇叭

| 英初 | 國20 | 會考 |

trunk [trʌŋk]

n. 樹幹、軀幹
名詞複數 trunks
同 suitcase 手提箱

| 英初 | 國12 | 會考 |

tube [tjub]

n. 管、軟管
名詞複數 tubes
同 pipe 管子
家族字彙
┌tube
└tubal **adj.** （輸卵）管的

| 英初 | 國20 | 會考 |

tune [tjun]

n. 曲調、曲子　**v.** 調音、調節
名詞複數 tunes
動詞變化 tuned; tuned; tuning
同 adjust 適應、調整
家族字彙
┌tune
├tuned **adj.** 經調諧的
└tuneful **adj.** 音調優美的

A
B
C
D
E
F
G
H
I
J
K
L
M
N
O
P
Q
R
S
T
U
V
W
X
Y
Z

tunnel [ˈtʌnḷ]

n. 隧道、地道　**v.** 挖地道、開隧道
名詞複數 tunnels
動詞變化 tunneled; tunneled; tunneling
同 subway 地鐵、地道

🎧 | **MP3** | Track 497 | ⬇

turbine [ˈtɝbaɪn]

n. 渦輪機
名詞複數 turbines

tutor [ˈtjutɚ]

n. 導師、家庭教師　**v.** 當教師
名詞複數 tutors
動詞變化 tutored; tutored; tutoring
同 teacher 教師
家族字彙
─tutor
─tutorage **n.** 輔導費
─tutorship **n.** 輔導
─tutorial **adj.** 個別指導的、家庭教師的

twin [twɪn]

n. 孿生兒之一、雙胞胎之一
adj. 孿生的、成雙的
名詞複數 twins
同 mated 成對的、成雙的
反 single 單個的、單一的

twist [twɪst]

v. 扭歪、扭傷　**n.** 彎曲、曲折處
名詞複數 twists
動詞變化 twisted; twisted; twisting
同 wrench 扭傷、曲解

typewriter [ˈtaɪpˌraɪtɚ]

n. 打字機
名詞複數 typewriters
同 typer 打字機
家族字彙
─typewriter
─type **v.** 打字

🎧 | **MP3** | Track 498 | ⬇

typical [ˈtɪpɪkḷ]

adj. 典型的、有代表性的
形容詞變化 more typical; the most typical
同 representative 代表性的、典型的
家族字彙
─typical
─type **n.** 類型、種類、品種、鉛字

◎請根據題意，選出最適合的選項

01. This subject is outside the _____ of our inquiry.
    A. lawn   B. scope   C. frame   D. tray

02. No one believed him. They all thought that what he said was
    _____ nonsense.
    A. never   B. sheer
    C. sensitive   D. sentimental

03. I need a few _____ to tighten the device.
    A. screws   B. belts   C. nuts   D. bolts

04. The city was _____ yesterday.
    A. egg   B. shelled   C. breads   D. muscle

05. The children were having a wonderful time _____ on the
    frozen lake.
    A. slipping   B. gliding   C. skidding   D. sliding

06. During winter vacation, a lot of parents come to universities
    to find _____ for their children.
    A. workers   B. teachers   C. tutors   D. friends

07. Their youngest child is thoroughly _____ because they
    always give him whatever he wants.
    A. wasted   B. spoiled
    C. destroyed   D. uneducated

08. Carry this glass of milk into the next room and be careful not
    to _____ any on the floor.
    A. spill   B. knock   C. spoil   D. allow

09. Although his remarks are humorous, they carry a _____.
    A. weight   B. hook   C. sting   D. reason

10. The campers lit _____ from the campfire when it was getting
    dark.
    A. flashlights   B. brands   C. torches   D. flames

☼【解析】

01. 答案為【B】。
含意「這個問題不在我們探討的範圍之內。」scope 範圍；lawn 草坪；frame 架構；tray 托盤。

02. 答案為【B】。
含意「沒有人相信他。大家都認為他所說的話是一派胡言。」sheer nonsense 一派胡言。

03. 答案為【A】。
含意「我需要一些螺絲釘來鎖住這些器具。」screw 螺絲釘；belt 帶子；nut 螺母；bolt 螺栓。

04. 答案為【B】。
含意「昨天該城市遭到砲擊。」shell 炮擊；egg 蛋；bread 麵包；muscle 肌肉。

05. 答案為【D】。
含意「孩子們在結冰的湖上溜來溜去很開心。」slide 滑行；slip 滑倒；glide 滑翔；skid 煞車。

06. 答案為【C】。
含意「寒假期間，很多父母來大學裡替小孩找家教。」tutor 家庭教師、私人教師；worker 工人；teacher 老師；friend 朋友。

07. 答案為【B】。
含意「他們最小的孩子徹底地被寵壞了，因為他們總是給他所有他想要的。」spoil 寵壞、溺愛；waste 使衰弱、耗盡精力；destroy 破壞、毀滅、拆毀；uneducated 缺乏教養的、未受良好教育的。

08. 答案為【A】。
含意「把這杯牛奶拿到隔壁間，小心不要灑到地板上。」spill 溢出來；knock 敲；spoil 寵壞；allow 允許。

09. 答案為【C】。
含意「儘管他言語幽默，但他的話裡總帶著刺。」sting 刺；weight 重量；hook 鉤；reason 理由。

10. 答案為【C】。
含意「當天色漸暗，露營的人從營火中點燃火把。」torch 火炬、火把；flashlight 手電筒；brand 牌子；flame 煙火。

Uu

英中 | 大6 | 學測

ultimate [`ʌltəmɪt]

adj. 最後的、最終的　**n.** 終點、終極
名詞複數 ultimates
同 final 最後的、最終的
反 initial 開始的、最初的
家族字彙
- ultimate
- ultimately **adv.** 最後、最終
- ultimatum **n.** 最後通牒
- ultimacy **n.** 終極性

英中 | 大6 | 學測

uncover [ʌn`kʌvɚ]

v. 揭露、暴露
動詞變化 uncovered; uncovered;
　　　　　uncovering
同 expose 揭露、使暴露
反 conceal 隱藏、掩蓋
家族字彙
- uncover
- uncovered **adj.** 未遮蓋的

英中 | 大6 | 學測

undergo [ʌndɚ`go]

v. 經歷、遭受
動詞變化 underwent; undergone;
　　　　　undergoing
同 suffer 遭受、容忍

英中 | 大5 | 學測

undergraduate
[ʌndɚ`grædʒʊɪt]

n. 大學本科生
名詞複數 undergraduates
反 graduate 大學畢業生

🎧 | **MP3** | Track 499 | ⬇

英初 | 國12 | 會考

underground
[`ʌndɚ`graʊnd]

adj. 祕密的、不公開的
adv. 不公開地　**n.** 地鐵、地下組織
名詞複數 undergrounds
同 secret 祕密的
反 open 公開的

英中 | 大5 | 學測

underline [ʌndɚ`laɪn]

v. 強調、使突出
動詞變化 underlined; underlined;
　　　　　underlining
同 emphasize 強調、著重

英中 | 大6 | 學測

undermine [ʌndɚ`maɪn]

v. 暗中破壞、逐漸削弱
動詞變化 undermined; undermined;
　　　　　undermining
同 destroy 破壞、摧毀

英中 | 大5 | 學測

underneath [ʌndɚ`niθ]

prep. 在……底下
adv. 在下面、在底下
n. 下部、底部
同 bottom 底部、底端
反 top 頂、頂部

英中 | 會考

understanding
[ʌndɚ`stændɪŋ]

n. 理解、諒解　**adj.** 體諒的、寬容的
名詞複數 understandings
同 considerate 考慮周到的、體諒的
家族字彙
- understanding
- understandable **adj.** 可理解的
- understandably **adv.** 可理解地
- understandingly **adv.** 領悟地
- understand **v.** 理解、懂、意識到、諒解、聽說、認為

A
B
C
D
E
F
G
H
I
J
K
L
M
N
O
P
Q
R
S
T
U
V
W
X
Y
Z

| 英中 | 大6 | 學測 |

undertake [ˌʌndə`tek]

v. 答應、保證

動詞變化 undertook; undertaken; undertaking

同 ensure 保證、擔保

家族字彙
⌐undertake
└undertaking **n.** 事業

| 英中 | 大6 | 學測 |

undo [ʌn`du]

v. 解開、鬆開

動詞變化 undid; undone; undoing

同 unloosen 解開、釋放

反 fasten 紮牢、繫牢

| 英中 | 大5 | 學測 |

undoubtedly [ʌn`dautɪdli]

adv. 無疑、必定

同 unquestionably 無可非議地

反 uncertainly 不明確地、懷疑地

家族字彙
⌐undoubtedly
└undoubted **adj.** 無疑的

| 英中 | 會考 |

uneasy [ʌn`izɪ]

adj. 擔心的、憂慮的

形容詞變化 more uneasy; the most uneasy

同 worried 擔心的、煩惱的

家族字彙
⌐uneasy
└uneasily **adv.** 不安地、侷促地

| 英中 | 會考 |

unexpected [ˌʌnɪk`spɛktɪd]

adj. 想不到的、意外的

形容詞變化 more typical; the most typical

同 accidental 意外的、偶然的

| 英中 | 會考 |

unfortunately [ʌn`fɔrtʃənɪtlɪ]

adv. 遺憾的是、可惜的是

家族字彙
⌐unfortunately
└unfortunate **adj.** 不幸的、運氣差的

| 英初 | 國12 | 會考 |

uniform [`junəˌfɔrm]

adj. 相同的、一致的   **n.** 軍服、制服

名詞複數 understandings

同 identical 相同的、同一的

反 different 不同的、差異的

家族字彙
⌐uniform
├uniformity **n.** 同樣、一致性
└uniformly **adv.** 一致地、齊心地

| 英初 | 國20 | 會考 |

union [`junjən]

n. 團結、一致

名詞複數 unions

同 uniformity 同樣、一致

反 variance 不一致、變化

| 英中 | 大4 | 學測 |

unique [ju`nik]

adj. 唯一的、獨特的

形容詞變化 more unique; the most unique

同 particular 特殊的、特別的

反 ordinary 普通的

| 英初 | 國20 | 會考 |

unity [`junətɪ]

n. 和睦、協調

名詞複數 unities

同 harmony 協調、和睦

家族字彙
⌐unity
├unitize **v.** 使成一整體
└unitive **adj.** 統一的

英中　大4　學測

universal [ˌjunəˋvɝsḷ]

adj. 普遍的、全體的
形容詞變化 more universal; the most universal
同 cosmic 宇宙的
家族字彙
┌universal
└universally **adv.** 普遍地

英初　國20　會考

universe [ˋjunəˌvɝs]

n. 宇宙、萬物
名詞複數 universes
同 cosmos 宇宙
家族字彙
┌universe
└universal **adj.** 普遍的、萬能的、宇宙的、全世界的

英中　會考

unload [ʌnˋlod]

v. 卸貨、從……卸下貨物
動詞變化 unloaded; unloaded; unloading
同 discharge 卸貨

英中　會考

unusual [ʌnˋjuʒʊəl]

adj. 不平常的、少有的
形容詞變化 more unusual; the most unusual
同 uncommon 不尋常的、不凡的
反 common 平常的、普通的
家族字彙
┌unusual
└unusually **adv.** 異常地、非常

英初　國12　會考

upper [ˋʌpɚ]

adj. 上面的、上部的
同 above 上面的
反 under 下面的

英中　大5　學測

upright [ˋʌpˌraɪt]

adj. 直立的、豎立的
adv. 挺直著、豎立著
同 honest 誠實的
反 unfaithful 不誠實的

英初　國20　會考

upset [ʌpˋsɛt]

v. 使心煩意亂、使苦惱
adj. 心煩的、苦惱的
n. 攪亂、心煩意亂
名詞複數 upsets
動詞變化 upset; upset; upsetting
同 annoy 使惱怒、使煩惱
反 please 使高興

英中　大4　學測

upward [ˋʌpwəd]

adj. 上升的、往上的
adv. 向上地、向上游
反 downward 向下

英中　會考

up-to-date [ʌp təˋdet]

adj. 現代化的、最新的
同 modern 現代的、時髦的
反 outdated 落伍的、過時的

英中　大4　學測

urban [ˋɝbən]

adj. 城市的
同 civic 市民的、城市的
反 rural 農村的
家族字彙
┌urban
├urbanize **v.** 使都市化
├urbanism **n.** 都市生活
├urbanite **n.** 都市人
├urbanity **n.** 都市風格
├urbanization **n.** 都市化
├urbane **adj.** 都市化的
├urbanedge **adj.** 鄰接於城市的
└urbanely **adv.** 溫文爾雅地

A
B
C
D
E
F
G
H
I
J
K
L
M
N
O
P
Q
R
S
T
U
V
W
X
Y
Z

| 英中 | 大4 | 學測 |

urge [ɝdʒ]
v. 催促、力勸
n. 強烈的欲望、迫切的要求
名詞複數 urges
動詞變化 urged; urged; urging
同 hasten 催促、趕快

| 英中 | 大4 | 學測 |

urgent [ˋɝdʒənt]
adj. 急迫的、緊要的
形容詞變化 more urgent;
the most urgent
同 pressing 緊迫的、緊急的

| 英中 | 大4 | 學測 |

usage [ˋjusɪdʒ]
n. 使用、用法
名詞複數 usages
同 direction 指導、用法說明
家族字彙
┌usage
└use **v.** 用、耗費、利用

| 英初 | 國12 | 會考 |

used [juzd]
adj. 用過的、用舊的
同 habitual 慣常的、習慣的
反 brand-new 嶄新的
家族字彙
┌used
└use **v.** 用、耗費、利用

| 英中 | 會考 |

useless [ˋjuslɪs]
adj. 無用的、無價值的
形容詞變化 more useless;
the most useless
同 ineffective 無效的、不起作用的
反 valid 有效的、有根據的
家族字彙
┌useless
├useful **adj.** 有用的、有益的
└uselessly **adv.** 無用地、徒勞地

| 英中 | 大6 | 學測 |

utility [juˋtɪlətɪ]
n. 功用、效用
名詞複數 utilities
同 function 功能

| 英中 | 大6 | 學測 |

utilize [ˋjutḷaɪz]
v. 利用
動詞變化 utilized; utilized; utilizing
同 use 使用、利用
家族字彙
┌utilize
└utilization **n.** 利用

| 英中 | 大6 | 學測 |

utmost [ˋʌtˌmost]
adj. 極度的、最大的　**n.** 極限、極度
名詞複數 utmosts
同 extremity 極限、極端

| 英中 | 大5 | 學測 |

utter [ˋʌtɚ]
v. 發出聲音、說　**adj.** 完全的、徹底的
動詞變化 uttered; uttered; uttering
同 absolute 絕對的、完全的
反 incomplete 不完全的、不完整的
家族字彙
┌utter
├utterly **adv.** 完全地、十足地
└utterance **n.** 發音、言辭、所說的話

Vv

英初 | 國20 | 會考

vacant [ˋvekənt]

adj. 空著的、空缺的
同 empty 空的、空虛的
反 full 滿的、充滿的
家族字彙
┌vacant
└vacancy **n.** 空缺

🎧 | **MP3** | Track 506 | ⬇

英中 | 大5 | 學測

vacuum [ˋvækjʊəm]

n. 真空、真空吸塵器
v. 用吸塵器清掃
名詞複數 vacuums
動詞變化 vacuumed; vacuumed; vacuuming

英中 | 大5 | 學測

vague [veg]

adj. 含糊的、不明確的
形容詞變化 vaguer; the vaguest
同 ambiguous 含糊不清的
反 explicit 明確的、明晰的
家族字彙
┌vague
└vaguely **adv.** 含糊地、暧昧地

英中 | 大4 | 學測

vain [ven]

adj. 徒勞的、無效的
形容詞變化 vainer; the vainest
同 useless 無效的
反 effectual 有效果的
家族字彙
┌vain
└vainly **adv.** 虛榮地、自負地

英中 | 大6 | 學測

valid [ˋvælɪd]

adj. 有根據的、有理的
形容詞變化 more valid; the most valid
反 rootless 無根據的
家族字彙
┌valid
├validate **v.** 使生效
└validity **n.** 有效、正當

英初 | 國20 | 會考

van [væn]

n. 運貨車
名詞複數 vans
同 wagon 貨車

🎧 | **MP3** | Track 507 | ⬇

英初 | 國20 | 會考

vanish [ˋvænɪʃ]

v. 突然不見、消失
動詞變化 vanished; vanished; vanishing
同 disappear 消失
反 emerge 出現

英中 | 大5 | 學測

vapor [ˋvepɚ]

n. （蒸）汽
名詞複數 vapors
家族字彙
┌vapor
├vaporable **adj.** 可氣化的
├vaporarium **n.** 蒸汽浴室
├vaporific **adj.** 產生蒸汽的
└vaporizable **adj.** 可蒸發的

英中 | 大5 | 學測

vapour [ˋvepɚ]

n. （蒸）汽
名詞複數 vapours

A B C D E F G H I J K L M N O P Q R S T U V W X Y Z

variable [ˈvɛrɪəbl̩]

adj. 易變的、多變的
n. 可變因素、變數
名詞複數 variables
同 chanceful 多變的
反 unchangeable 不變的
家族字彙
─variable
─variability **n.** 變化性、變化無常
─variation **n.** 變化、變動
─variant **n.** 變種

variation [ˌvɛrɪˈeʃən]

n. 變化、變動
名詞複數 variations
同 change 變化
家族字彙
─variation
─variant **n.** 變種
─variable **adj.** 易變的
─variability **n.** 變化性、變化無常

🎧 | **MP3** | Track 508 | ⬇

variety [vəˈraɪətɪ]

n. 變化、多變性
名詞複數 varieties
同 diversity 多樣性
反 singleness 單一性
家族字彙
─variety
─varied **adj.** 各種各樣的

various [ˈvɛrɪəs]

adj. 各式各樣的、不同的
同 assorted 各種各樣的
家族字彙
─various
─vary **v.** 變化、改變、使不同

vary [ˈvɛrɪ]

v. 變化、有不同
動詞變化 varied; varied; varying
同 alter 改變、改動
家族字彙
─vary
─varied **adj.** 各種各樣的

vast [væst]

adj. 巨大的、高大的
形容詞變化 vaster; the vastest
同 gigantic 巨大的、龐大的
反 tiny 極小的、微小的
家族字彙
─vast
─vastly **adv.** 巨大地、廣闊地

veil [vel]

n. 面紗、面罩 **v.** 遮蓋、掩飾
名詞複數 veils
動詞變化 veiled; veiled; veiling
同 yashmak 面紗

🎧 | **MP3** | Track 509 | ⬇

venture [ˈvɛntʃə]

n. 風險投資、風險項目
v. 冒險、大膽行事
名詞複數 ventures
動詞變化 ventured; ventured; venturing
同 risk 冒險

verify [ˈvɛrəˌfaɪ]

v. 證明、證實
動詞變化 verified; verified; verifying
同 confirm 確定、證實

英中　大6　學測

version [ˈvɝʒən]

n. 版本、譯本
名詞複數 versions
同 translation 譯文、譯本

英中　大5　學測

vertical [ˈvɝtɪkl̩]

adj. 垂直的、豎的
同 upright 挺直著、豎立著
反 horizontal 水準的、橫的

英中　大4　學測

vessel [ˈvɛsl̩]

n. 船、艦
名詞複數 vessels
同 ship 船、艦

🎧 | **MP3** | Track 510 | ⬇

英中　大6　學測

veteran [ˈvɛtərən]

n. 老兵、老手
名詞複數 veterans
反 novice 新手

英中　大5　學測

via [ˈvaɪə]

prep. 經由、經過
同 through 經過、穿過

英中　大5　學測

vibrate [ˈvaɪbret]

v. 振動、搖擺
動詞變化 vibrated; vibrated; vibrating
同 shake 搖動、震動
家族字彙
┌vibrate
└vibration **n.** 顫動、振動、搖動

英中　大6　學測

vice [vaɪs]

n. 缺點、弱點
名詞複數 vices
同 shortcoming 缺點
反 merit 價值、優點

英初　國20　會考

victim [ˈvɪktɪm]

n. 犧牲品、受害者
名詞複數 victims
同 sufferer 受難者、被害者
家族字彙
┌victim
├victimization **n.** 犧牲
└victimize **v.** 使犧牲

🎧 | **MP3** | Track 511 | ⬇

英初　國12　會考

video [ˈvɪdɪo]

n. 錄影、電視　**adj.** 錄影的
v. 製作……的錄影
名詞複數 videos
同 kinescope 錄影、錄像

英初　國1　會考

view [vju]

n. 觀點、觀察　**v.** 看待、考慮
名詞複數 views
同 standpoint 立場、觀點

英中　會考

viewpoint [ˈvjuˌpɔɪnt]

n. 觀點
名詞複數 viewpoints
同 perspective 看法、觀點
家族字彙
┌viewpoint
└view **n.** 看法

vigorous [ˈvɪgərəs]

adj. 強壯的、精力充沛的
形容詞變化 more vigorous; the most vigorous
同 energetic 精力充沛的
反 exhausted 精疲力盡的
家族字彙
- vigorous
- vigor **n.** 活力、精力
- vigorously **adv.** 精神旺盛地
- vigorousness **n.** 朝氣蓬勃

英中 | 大4 | 學測

vinegar [ˈvɪnɪgɚ]

n. 醋
名詞複數 vinegars
家族字彙
- vinegar
- vinegarish **adj.** 尖酸的
- vinegary **adj.** （像）醋的

 🎧 | **MP3** | Track 512 | ⬇

英中 | 大4 | 學測

violate [ˈvaɪəˌlet]

v. 侵犯、妨礙
動詞變化 violated; violated; violating
同 infringe 侵犯
家族字彙
- violate
- violation **n.** 破壞、冒犯、侵害

英初 | 國20 | 會考

violence [ˈvaɪələns]

n. 暴力、強暴
名詞複數 violences
同 force 軍隊、暴力
家族字彙
- violence
- violent **adj.** 暴力引起的、強暴的、猛烈的、強烈的

英初 | 國20 | 會考

violent [ˈvaɪələnt]

adj. 暴力引起的、暴力的
形容詞變化 more violent; the most violent
同 impetuous 衝動的、猛烈的
反 mild 溫和的、柔和的
家族字彙
- violent
- violently **adv.** 強暴地、猛烈地
- violence **n.** 暴力、強暴、猛烈、劇烈、強烈

英初 | 國20 | 會考

violet [ˈvaɪəlɪt]

n. 紫羅蘭　**adj.** 藍紫色的
名詞複數 violets
同 purple 紫的

英中 | 大6 | 學測

virtual [ˈvɝtʃʊəl]

adj. 實質上的、事實上的
同 actual 實際的、事實上的
家族字彙
- virtual
- virtually **adv.** 實際上、事實上

🎧 | **MP3** | Track 513 | ⬇

英中 | 會考

virtually [ˈvɝtʃʊəlɪ]

adv. 實際上、事實上
同 actually 事實上、實際上
家族字彙
- virtually
- virtual **adj.** 事實上的、實際上的

英中 | 大4 | 學測

virtue [ˈvɝtʃʊ]

n. 德行、優點
名詞複數 virtues
同 merit 優點、價值
反 weakness 弱點、缺點

英中　大4　學測

virus [ˈvaɪrəs]
n. 病毒、病毒性疾病
名詞複數 viruses

英中　大5　學測

visa [ˈvizə]
n. 簽證

英初　國20　會考

visible [ˈvɪzəbḷ]
adj. 看得見的、可見的
同 visible 可見的、看得見的
反 invisible 看不見的
家族字彙
- visible
- visibility **n.** 能見度
- visibly **adv.** 明顯地

🎧 **MP3** | Track 514 | ⬇

英初　國20　會考

vision [ˈvɪʒən]
n. 視力、視覺
名詞複數 visions
同 eyesight 視力
家族字彙
- vision
- visible **adj.** 看得見的、有形的
- visional **adj.** 視力的
- visionally **adv.** 幻想地
- visionary **adj.** 想像中的
- visionless **adj.** 沒有遠見的

英中　大4　學測

visual [ˈvɪʒʊəl]
adj. 視覺的、看得見的
同 seeable 看得見的、可見的
反 viewless 看不見的
家族字彙
- visual
- visualize **v.** 想像、設想

英中　大4　學測

vital [ˈvaɪtḷ]
adj. 有生命的、充滿生機的
同 energetic 充滿活力的
家族字彙
- vital
- vitality **n.** 活力、生命力、效力
- vitalize **v.** 給與……生命力、激發、使有活力

英初　國20　會考

vitamin [ˈvaɪtəmɪn]
n. 維他命
名詞複數 vitamins
家族字彙
- vitamin
- vitaminic **adj.** 維他命的

英初　國20　會考

vivid [ˈvɪvɪd]
adj. 栩栩如生的、鮮豔的
形容詞變化 more vivid;
　　　　　　 the most vivid
同 lively 活躍的、栩栩如生的
家族字彙
- vivid
- vividly **adv.** 活潑地、生動地

🎧 **MP3** | Track 515 | ⬇

英中　大4　學測

volcano [vɑlˈkeno]
n. 火山
名詞複數 volcanos
家族字彙
- volcano
- volcanic **adj.** 火山的、猛烈的
- volcanology **n.** 火山學

英初　國12　會考

volleyball [ˈvɑlɪˌbɔl]
n. 排球
名詞複數 volleyballs

英中　會考

volt [volt]

n. 伏特
名詞複數 volts
家族字彙
- volt
- voltage **n.** 電壓
- voltaic **adj.** 電流的、伏特的

英中　會考

voltage [ˈvoltɪdʒ]

n. 電壓
名詞複數 voltages
家族字彙
- voltage
- volt **n.** 伏特
- voltaic **adj.** 電流的、伏特的

英初　國20　會考

volume [ˈvaljəm]

n. 容積、容量
名詞複數 volumes
同 capacity 容量、容積
家族字彙
- volume
- volumed **adj.** 有……冊的
- volumetric **adj.** 容積的
- voluminal **adj.** 容積的

🎧 | **MP3** | Track 516 | ⬇

英中　大4　學測

voluntary [ˈvalən͵tɛrɪ]

adj. 自願的、志願的
同 willing 願意的
反 reluctant 不情願的
家族字彙
- voluntary
- volunteer **n.** 志願者
- voluntarily **adv.** 志願地
- voluntariness **n.** 自願
- voluntaryism **n.** 募兵制

英中　大4　學測

volunteer [͵valənˈtɪr]

n. 志願者、志願兵
v. 自願、自願提供
名詞複數 volunteers
動詞變化 volunteered; volunteered; volunteering
同 postulant 志願者
家族字彙
- volunteer
- voluntary **adj.** 自願的
- voluntarily **adv.** 志願地
- voluntariness **n.** 自願
- voluntaryism **n.** 募兵制

英初　國12　會考

vote [vot]

n. 選票、選舉　**v.** 投票、選舉
名詞複數 votes
動詞變化 voted; voted; voting
同 poll 投票
家族字彙
- vote
- voter **n.** 投票者、選舉人

英中　大4　學測

voyage [ˈvɔɪɪdʒ]

n. / v. 航海、航行
名詞複數 voyages
動詞變化 voyaged; voyaged; voyaging
同 navigation 航行、航海

Ww

英初 | 國20 | 會考

wage [wedʒ]

n. 工資、報酬 **v.** 開始、進行
名詞複數 wages
同 pay 工資
家族字彙
- wage
- wager **n.** 賭注

🎧 | **MP3** | Track 517 | ⬇

英初 | 國20 | 會考

waggon [ˈwægən]

n. 大篷車、客貨兩用車
名詞複數 waggons
同 caravan 大篷車

英初 | 國20 | 會考

wagon [ˈwægən]

n. 大篷車、客貨兩用車
名詞複數 wagons
家族字彙
- wagon
- wagonage **n.** 運貨車運費
- wagoner **n.** 貨運馬車車夫
- wagonette **n.** 四輪遊覽馬車

英初 | 國12 | 會考

waist [west]

n. 腰、腰部
名詞複數 waists
家族字彙
- waist
- waistcoat **n.** 背心、馬甲
- waisted **adj.** 腰狀的
- waistline **n.** 腰圍

英初 | 國20 | 會考

waken [ˈwekn]

v. 醒來、喚醒
動詞變化 wakened; wakened; wakening
同 arouse 喚醒、叫醒
家族字彙
- waken
- wake **v.** 醒來、喚醒、使認識到、喚起

英初 | 國20 | 會考

wander [ˈwɑndə]

v. 漫遊、漫步
動詞變化 wandered; wandered; wandering
同 ramble 漫步、漫遊
家族字彙
- wander
- wanderer **n.** 流浪者

🎧 | **MP3** | Track 518 | ⬇

英中 | 大5 | 學測

ward [wɔrd]

n. 病房、受監護人 **v.** 監護、保護
名詞複數 wards
動詞變化 warded; wardeed; wardeing
同 custody 監護、照看
家族字彙
- ward
- warden **n.** 監察員、監獄長、看守人、監護人

英初 | 國20 | 會考

warmth [wɔrmθ]

n. 熱情、熱心
同 enthusiasm 熱情、熱心
反 indifference 冷淡、無足輕重
家族字彙
- warmth
- warm **adj.** 溫暖的、暖色的

A
B
C
D
E
F
G
H
I
J
K
L
M
N
O
P
Q
R
S
T
U
V
W
X
Y
Z

waterproof [ˈwɔtɚˌpruf]

adj. 不透水的、防水的
名詞複數 warmths
同 watertight 不透水的、防水的
家族字彙
┌waterproof
└water **n.** 水

---

wave [wev]

n. 波濤、波浪　**v.** 波動、起伏
名詞複數 waves
動詞變化 waved; waved; waving
同 fluctuate 波動、漲落、起伏
家族字彙
┌wave
└wavy **adj.** 波浪形的、起伏的

---

wax [wæks]

n. 蠟、蜂蠟　**v.** 給……上蠟
名詞複數 waxes
動詞變化 waxed; waxed; waxing
家族字彙
┌wax
├waxiness **n.** 蠟質
├waxen **adj.** 蠟製的
└waxwork **n.** 蠟像

🎧 | **MP3** | Track 519 | ⬇

weaken [ˈwikən]

v. 變弱、減弱
動詞變化 weakened; weakened; weakening
同 abate 減少、減輕
反 strengthen 加強
家族字彙
┌weaken
├weak **adj.** 虛弱的、微弱的、稀薄的
└weakness **n.** 虛弱、衰弱、軟弱、弱點、缺點、嗜好

---

wealthy [ˈwɛlθɪ]

adj. 富裕的
形容詞變化 more vivid; the most vivid
同 rich 富有的
反 poor 窮的
家族字彙
┌wealthy
└wealth **n.** 財富、財產、豐富、大量

---

weapon [ˈwɛpən]

n. 武器、兵器
名詞複數 weapons
同 arms 武器、裝備
家族字彙
┌weapon
├weaponize **v.** 使武器化
└weaponless **adj.** 無武器的

---

weave [wiv]

v. 織、編
動詞變化 weaved; weaved; weaving
同 knit 編織
家族字彙
┌weave
└weaver **n.** 紡織工、編織者

---

wedding [ˈwɛdɪŋ]

n. 婚禮
名詞複數 weddings
同 marriage 婚姻、婚禮
家族字彙
┌wedding
├wed **v.** 結婚、嫁、娶
└wedded **adj.** 已結婚的、婚姻的、獻身的

weed [wid]

n. 雜草、野草　**v.** 除草
名詞複數 weeds
動詞變化 weeded; weeded; weeding
同 fireweed 雜草

---

weekly [ˈwiklɪ]

adj. 每週的、一週一次的
adv. 一週一次地
n. 週報、週
家族字彙
┌weekly
└week **n.** 星期、周

---

weep [wip]

v. 哭泣、滲出
動詞變化 wept; wept; weeping
同 cry 哭、叫喊
反 laugh 笑、發笑
家族字彙
┌weep
└weeping **adj.** 哭泣的

---

weird [wɪrd]

adj. 古怪的、離奇的
形容詞變化 more weird;
　　　　　the most weird
同 eccentric 古怪的、反常的
反 normal 正常的、平常的
家族字彙
┌weird
└weirdness **n.** 古怪、離奇、不可思議

---

weld [wɛld]

v. 焊接　**n.** 焊接、焊縫
名詞複數 welds
動詞變化 welded; welded; welding

welfare [ˈwɛl.fɛr]

n. 福利、福利救濟
名詞複數 welfares
同 benefit 利益、好處
反 loss 損失

---

whale [hwel]

n. 鯨魚
名詞複數 whales

---

whatsoever
[ˌhwɑtsoˈɛvɚ]

adv. 任何

---

whereas [hwɛrˈæz]

conj. 然而、但是、儘管

---

whichever [hwɪtʃˈɛvɚ]

n. / adj. 無論哪個、無論哪些
家族字彙
┌whichever
└which **adj.** 哪一個、哪一些

---

whip [hwɪp]

n. 鞭子　**v.** 鞭打、抽打
名詞複數 whips
動詞變化 whipped; whipped;
　　　　　whipping
同 strap 用皮條抽打

A
B
C
D
E
F
G
H
I
J
K
L
M
N
O
P
Q
R
S
T
U
V
W
X
Y
Z

whisper [ˈhwɪspɚ]

v. / n. 低語、耳語、私語
名詞複數 whispers
動詞變化 whispered; whispered; whispering
同 mutter 低語
反 shout 呼喊、大聲叫

whistle [ˈhwɪsḷ]

v. 吹口哨、鳴汽笛　**n.** 哨
名詞複數 whistles
動詞變化 whistled; whistled; whistling
家族字彙
- whistle
- whistler **n.** 吹口哨的人

whoever [huˈɛvɚ]

n. 無論誰、不管誰
家族字彙
- whoever
- who **pron.** 誰、什麼人

wholly [ˈholɪ]

adv. 完全地、全部地
同 completely 完全地、十分地
家族字彙
- wholly
- whole **adj.** 全部的、完整的、無缺的

🎧 | **MP3** | Track 523 | ⬇

wicked [ˈwɪkɪd]

adj. 淘氣的、頑皮的
形容詞變化 more wicked; the most wicked
同 naughty 頑皮的、淘氣的
家族字彙
- wicked
- wick **n.** 燈心、蠟燭芯

widen [ˈwaɪdn]

v. 加寬、放寬
動詞變化 widened; widened; widening
同 broaden 變寬
反 narrow 變窄
家族字彙
- widen
- widely **adv.** 寬廣地
- width **n.** 寬闊
- wide **adj.** 寬闊的、廣泛的、偏離的

widespread [ˈwaɪdˈsprɛd]

adj. 分佈、普遍的
形容詞變化 more widespread; the most widespread
同 prevalent 流行的、普遍的
家族字彙
- widespread
- wide-spreading **adj.** 範圍廣闊的

widow [ˈwɪdo]

n. 寡婦
名詞複數 widows
同 relict 寡婦、殘遺物
反 widower 鰥夫
家族字彙
- widow
- widowed **adj.** 寡居的
- widower **n.** 鰥夫
- widowered **adj.** 鰥居的

width [ˈwɪdθ]

n. 寬闊、廣闊
名詞複數 widths
同 vastitude 廣大、廣闊
反 narrowness 狹小、小氣
家族字彙
- width
- wide **adj.** 寬的
- widely **adv.** 寬廣地
- wide **adj.** 寬闊的、廣泛的、偏離的

英初 | 國20 | 會考

wisdom [ˈwɪzdəm]

n. 明智、智慧
名詞複數 widows
同 intelligence 智力、智慧
家族字彙
─wisdom
─wisely adv. 聰明地
└wise adj. 有智慧的、聰明的、英明的、明智的

英中 | 大4 | 學測

wit [wɪt]

n. 妙語、頭腦
名詞複數 wits
同 brainpower 腦力、智慧
家族字彙
─wit
─witty adj. 機智的
─wittily adv. 機智地、幽默地
─witticism n. 妙語、俏皮話
─wittiness n. 機智、巧妙
─witting adj. 知曉的
└wittingly adv. 有意地

英中 | 大4 | 學測

withdraw [wɪðˋdrɔ]

v. 收回、撤銷
動詞變化 withdrew; withdrawn; withdrawing
同 retreat 撤退
反 attack 攻擊、抨擊
家族字彙
─withdraw
─withdrawn adj. 隱退的、離群的
└withdrawal n. 取回、提款、撤退、撤軍

英中 | 大6 | 學測

withstand [wɪθˋstænd]

v. 承受、抵住
動詞變化 withstood; withstood; withstanding
同 bear 忍受

英中 | 大6 | 學測

witness [ˈwɪtnɪs]

n. 證據、證言 **v.** 目擊、注意到
名詞複數 witnesses
動詞變化 witnessed; witnessed; witnessing
同 evidence 證據、證明
家族字彙
─witness
└witnessable adj. 可目睹的

英初 | 國12 | 會考

wonder [ˈwʌndɚ]

n. 奇蹟、奇事 **v.** 感到驚異、想知道
名詞複數 wonders
動詞變化 wondered; wondered; wondering
同 miracle 奇蹟
家族字彙
─wonder
─wonderful adj. 極好的、奇妙的
└wonderfully adv. 令人驚訝地、奇妙地

英初 | 國12 | 會考

wool [wʊl]

n. 羊毛、毛線
名詞複數 wools
同 fleece 羊毛、羊毛狀之物
家族字彙
─wool
└woolen adj. 毛線的、毛織品的

英中 | 會考

workman [ˈwɝkmən]

n. 工人、工匠
名詞複數 workmen
同 worker 工人、工作者
家族字彙
─workman
└workmanship n. 手藝、工藝品、作品

A B C D E F G H I J K L M N O P Q R S T U V **W** X Y Z

英中　大5　學測

workshop [ˈwɝkˌʃɑp]

n. 車廠、工廠
名詞複數 workshops
同 factory 工廠
家族字彙
- workshop
- work **v.** 工作

英中　會考

worldwide [ˈwɝldˈwaɪd]

adj. / **adv.** 世界範圍的、全世界的
同 global 全球性的、全世界的
家族字彙
- worldwide
- world **n.** 世界

🎧 | **MP3** | Track 526 ⬇

英初　國1　會考

worm [wɝm]

n. 蟲、蠕蟲
名詞複數 worms
同 insect 昆蟲、蟲

英中　大5　學測

worship [ˈwɝʃɪp]

v. / **n.** 崇拜、崇敬
名詞複數 worships
動詞變化 worshiped; worshiped; worshiping
同 adoration 崇拜、愛慕
家族字彙
- worship
- worshiper **n.** 崇拜者、禮拜者
- worshipful **adj.** 虔敬的、崇拜的

英初　國1　會考

worst [wɝst]

adj. 最壞的、最差的
adv. 最壞地、最差地
反 best 最好的

英初　國12　會考

worth [wɝθ]

adj. 值錢的、貴重的
n. 價值作用、值一定金額的數量
prep. 相當於……價值
同 valuable 貴重的、有價值的
反 valueless 無價值的、不值錢的
家族字彙
- worth
- worthless **adj.** 無價值的、沒用處的
- worthy **adj.** 值得的、配得上的、有價值的

英中　會考

worthless [ˈwɝθlɪs]

adj. 無價值的、沒有用處的
同 valueless 無價值的、不值錢的
反 worthful 有價值的、寶貴的
家族字彙
- worthless
- worth **n.** 價值、財富

🎧 | **MP3** | Track 527 ⬇

英中　大5　學測

worthwhile [ˈwɝθˈhwaɪl]

adj. 值得做的
形容詞變化 more worthwhile; the most worthwhile
同 worthy 值得的、配得上的
反 unworthy 不值得的、不應得的

英中　大5　學測

worthy [ˈwɝðɪ]

adj. 值得的、配得上的
形容詞變化 more worthy; the most worthy
同 deserving 應得的
反 unworthy 不值得的、不應得的
家族字彙
- worthy
- worth **n.** 價值、財富
- worthless **adj.** 無價值的

wrap [ræp]

v. 包、裹　**n.** 披肩、圍巾
（名詞複數）wraps
（動詞變化）wrapped; wrapped;
　　　　　 wrapping
（同）scarf 圍巾、披巾
家族字彙
┌wrap
├wrapped **adj.** 有包裝的
└wrapping **n.** 包裝材料

---

wreck [rɛk]

v. 破壞、毀壞　**n.** 失事、失事船
（名詞複數）wrecks
（動詞變化）wrecked; wrecked;
　　　　　 wrecking
（同）ruin 毀滅、廢墟
家族字彙
┌wreck
└wreckage **n.**（失事飛機等的）殘骸、
　　　　　　破壞、毀壞

---

wrinkle [ˋrɪŋkḷ]

n. 皺紋　**v.** 起皺紋
（名詞複數）wrinkles
（動詞變化）wrinkled; wrinkled;
　　　　　 wrinkling
（同）rumple 弄皺、弄亂
家族字彙
┌wrinkle
├wrinkled **adj.** 有皺紋的
├wrinkling **v.** 起皺紋
└wrinkly **adj.** 易生皺紋的

🎧 ┃ **MP3** ┃ Track 528 ┃ ⬇

wrist [rɪst]

n. 腕、腕關節
（名詞複數）wrists
（同）carpus 腕、腕骨

---

writing [ˋraɪtɪŋ]

n. 著作、作品
（名詞複數）writings
（同）composition 作文、寫作
家族字彙
┌writing
├write **v.** 寫、寫字、寫作、作曲
└writer **n.** 作者、作家

A
B
C
D
E
F
G
H
I
J
K
L
M
N
O
P
Q
R
S
T
U
V
W
X
Y
Z

Xx

英中　會考

X-ray [ˋɛks ˋre]
n. X射線、X光
名詞複數　X rays

Yy

英初　國20　會考

yawn [jɔn]
v. 打呵欠　**n.** 呵欠
名詞複數　yawns
動詞變化　yawned; yawned; yawning
同　gape 張嘴、打哈欠

英中　大4　學測

yearly [ˋjɪrlɪ]
adj. 每年的、一年一度的
adv. 每年、一年一次地
同　annual 每年的、年度的
家族字彙
┌yearly
└year **n.** 年、年份

🎧　| **MP3** | Track 529 | ⬇

英初　國20　會考

yell [jɛl]
v. / **n.** 號叫、叫喊
名詞複數　yells
動詞變化　yelled; yelled; yelling
同　shout 呼喊、大聲叫

英中　大4　學測

yield [jild]
v. 屈服、順從
名詞複數　yields
動詞變化　yielded; yielded; yielding
同　surrender 投降、屈服
家族字彙
┌yield
└yielding **adj.** 彎曲自如的、靈活的

英中　大4　學測

yogurt [ˋjogət]
n. 優酪乳
名詞複數　yoghurts
同　buttermilk 優酪乳

英中　會考

youngster [ˋjʌŋstə]
n. 青年、年輕人
名詞複數　youngsters
同　youth 青年
反　twilight 暮年、晚期
家族字彙
┌youngster
└young **adj.** 年輕的、青年的

Zz

英初　國20　會考

zone [zon]
n. 地區、區域
名詞複數　zones
同　region 地區、地域

◎請根據題意，選出最適合的選項

01. He flew from New York to Singapore _____ Bangkok.
    A. by   B. pass   C. via   D. through

02. Last Sunday I went to my friend's home to help him _____ the floor.
    A. break   B. wax   C. build   D. fall upon

03. After failures of so many trials, I almost came to my _____ end.
    A. wit's   B. wisdom's
    C. brain's   D. intelligence's

04. The mischievous boy was _____ for having played hooky for two days.
    A. patted   B. whipped   C. wiped   D. strapped

05. The playground in the college has given way to _____ during the summer holiday.
    A. flowers   B. trees   C. weeds   D. leaves

06. The party decides to try its _____ to help their own candidate win out in the election.
    A. utmost   B. means   C. most   D. effort

07. This album is _____ as it was the only one ever signed by the President.
    A. unusual   B. unique   C. rare   D. singular

08. There is no language in the world that is completely _____.
    A. universal   B. unfortunate   C. unusual   D. upright

09. I'm afraid this painting is not by Picasso. It is only a copy and so it's _____.
    A. priceless   B. worthless   C. invaluable   D. precious

10. Don't _____ for the dead, for they are at peace.
    A. weep   B. shout   C. move   D. yawn

01. 答案為【C】。
含意「他從紐約經由曼谷轉機，飛往新加坡。」via 經由、路過；by 通常指「通過某種方式或途徑」；through 穿過；pass 經過。

02. 答案為【B】。
含意「上個禮拜日，我去朋友家幫他把地板上蠟。」wax 給……上蠟；break 打破；build 建造；fall upon 攻擊。

03. 答案為【A】。
含意「多次嘗試都以失敗而告終，我已經不知道該怎麼辦了。」at one's wit's end 不知所措、想不出辦法。

04. 答案為【B】。
含意「頑皮的小男孩因為逃了兩天學而被打了一頓。」whip 鞭打；pat 輕拍；wipe 擦；strap 用皮帶裝飾。

05. 答案為【C】。
含意「暑假期間，學校的操場上長滿了雜草。」weed 雜草；flower 花；tree 樹；leave 葉子。

06. 答案為【A】。
含意「那個政黨決定傾全力幫助他們自己的候選人在這場選舉中勝出。」utmost 極限、極度、最大可能。

07. 答案為【B】。
含意「這本相簿的特別之處在於它是唯一有總統簽名的一本。」unique 唯一的、獨特的、獨一無二的；rare 稀有的、罕見的。

08. 答案為【A】。
含意「沒有任何一種語言是完全可以在全世界通用的。」universal 通用的、萬能的；unfortunate 不幸的；unusual 不同尋常的；upright 正直的、誠實的。

09. 答案為【B】。
含意「這幅畫恐怕不是畢卡索的，這只是一件複製品，所以它毫無價值。」worthless 毫無價值。priceless / invaluable / precious 無價的、珍貴的。

10. 答案為【A】。
含意「不要為逝者哭泣，他們已經歸於安寧。」weep 哭泣；shout 大叫；move 感動；yawn 打哈欠。

語研力 **E069**

滿分必考英文單字帶著走：

擴散式聯想記憶＋分級程度對照＋重要考點練習＆解析 應考速記三大策略

> **讓單字滿分救星，終止你「背了就忘，忘了再背」的惡夢！**

作　　者	Tong Weng
顧　　問	曾文旭
出版總監	陳逸祺、耿文國
主　　編	陳蕙芳
文字校對	翁芯琍
封面設計	陳逸祺
內文排版	李依靜
法律顧問	北辰著作權事務所

印　　製	世和印製企業有限公司
初　　版	2022 年 07 月
出　　版	凱信企業集團 - 凱信企業管理顧問有限公司
電　　話	（02）2773-6566
傳　　真	（02）2778-1033
地　　址	106 台北市大安區忠孝東路四段 218 之 4 號 12 樓
信　　箱	kaihsinbooks@gmail.com

定　　價	新台幣 349 元／港幣 116 元
產品內容	1 書

總 經 銷	采舍國際有限公司
地　　址	235 新北市中和區中山路二段 366 巷 10 號 3 樓
電　　話	（02）8245-8786
傳　　真	（02）8245-8718

國家圖書館出版品預行編目資料

滿分必考英文單字帶著走：擴散式聯想記憶＋分級程度對照＋重要考點練習＆解析 應考速記三大策略／Tong Weng著. -- 初版. -- 臺北市：凱信企業集團凱信企業管理顧問有限公司, 2022.07
　面；　公分
ISBN 978-626-7097-19-9(平裝)

1.CST: 英語 2.CST: 詞彙

805.12　　　　　　　　　　111008711

凱信企管

用對的方法充實自己，
讓人生變得更美好！

凱信企管

用對的方法充實自己，
讓人生變得更美好！